岐黄使者

——仲景村走来中医名家曹东义

愚　公⊙著

陕西新华出版传媒集团

太白文艺出版社·西安

图书在版编目（CIP）数据

岐黄使者：仲景村走来中医名家曹东义 / 愚公著
. -- 西安：太白文艺出版社，2022.6（2023.1重印）
ISBN 978-7-5513-2182-2

Ⅰ．①岐… Ⅱ．①愚… Ⅲ．①报告文学－中国－当代
Ⅳ．①I25

中国版本图书馆CIP数据核字(2022)第091471号

岐黄使者——仲景村走来中医名家曹东义
QIHUANG SHIZHE ZHONGJINGCUN ZOU LAI ZHONGYI MINGJIA CAO DONGYI

作　　者	愚　公
责任编辑	蒋成龙　姚亚丽
封面设计	王　洋
出版发行	陕西新华出版传媒集团 太白文艺出版社
经　　销	新华书店
印　　刷	三河市同力彩印有限公司
开　　本	787mm×1092mm　1/16
字　　数	258千字
印　　张	20.75
插　　页	4
版　　次	2022年6月第1版
印　　次	2023年1月第2次印刷
书　　号	ISBN 978-7-5513-2182-2
定　　价	88.00元

如有印装质量问题，可寄出版社印制部调换
联系电话：029-81206800
出版社地址：西安市曲江新区登高路1388号（邮编：710061）
营销中心电话：029-87277748

肩负传承光大中华医学之特殊使命，须博极医源，精勤不倦，先发大慈恻隐之心，誓愿普救含灵之苦，远播国粹，不辱使命。

——题记

　　曹东义，1958 年出生于河北衡水市仲景村，1977 年考入河北新医大学中医系，1985 年考入中国中医研究院中国医史文献研究所读研，毕业后就职于河北省中医研究院。

　　主任中医师，教授，硕士生导师，河北省中医药科学院原副院长，国家科技奖励评审专家，河北省名老中医药专家指导老师。兼任河北中医学院扁鹊文化研究院院长、中华传统中医学会会长、世界中医药学会联合会一技之长专业委员会会长等。主持多项省级和国家级课题，发表论文 180 余篇，出版《中医外感热病学史》《中医群英战 SARS》《回归中医》《捍卫中医》《关注中医》《中医近现代史话》《永远的大道国医》等多部中医学术和科普著作。

2005 年拜师邓铁涛

2005 年拜师朱良春

聆听路老志正传授辨证论治经验

几代人组成的中医传承梯队团聚在邓老家

与亦师亦友李佃贵国医大师相逢于中医会场

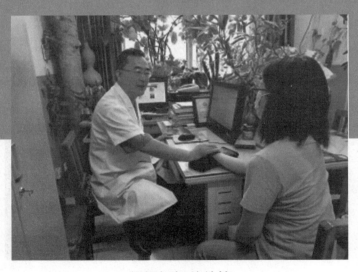

望闻问切总关情

目 录

序一

岐黄自有后来人

胡君（愚公）托人将《岐黄使者》书稿转我审阅，并索序以励后学。打开书稿，我方知传主竟是曹东义。说到曹东义，对我来说不可谓不熟。他是我的好友，是中国中医科学院中国医史文献研究所原所长余瀛鳌先生的硕士研究生；同时又是邓老铁涛、朱老良春的入室弟子；更因为我籍贯河北，和他有同乡之谊，又缘于东义热心中医公益事业，故无论是参加"名师与高徒"，还是河北省中医业内的学术传承及交流活动，我与他相见、交流的机会，自比与其他青年才俊要多得多，热络程度也非其他人可比。然面对作序的邀请，我还真有些纠结。虽然东义是河北省第四、五批师带徒的中医导师，且退休有年，但在我们这个"六十成才"的行业里，他毕竟属于小字辈。很多耄耋名宿尚未见经传，现在冒出一部以他为传主的长篇报告文学，一旦出版对他是否会有不利的影响？

但当我翻阅全书后，疑虑顿消，平添几分喜悦。喜悦者何？简而言之，因为从书中我仿佛看到了我们这辈中医人，从懵懂少年几经蜕变终成国医高手的身影；体验到志岐黄、苦求索、做临床、终成明医的一路艰辛；也收获到信步杏林、掘橘井、扬"一技之长"、守正传薪的喜悦；更难能可贵的是寻觅到一位出于公心，为中医药事业建言献策、针砭时弊、仗义执言的中医卫士和接班人。另外，在本书的某些章节里，我也看到一些有关东义与我，与邓、朱等老一辈相互交流互动的片段，其中一些记述还与某些中医大事相关。由于我们每个人都会受到所处时空的限制，又因为传主和撰稿人的审视、选材视角不同，因此书中所记虽为事实，但多为历史一隅。要知道欲成就一件大事，绝非一人一时之功，若要还原历史全貌，仍需大量他人资料加以佐证、补充。

中医药学源远流长，是中华优秀传统文化最厚重的基石和载体。千百年来，不但为中华民族的世代繁衍、昌盛做出过卓越贡献，而且在近现代抗击"乙脑""非典"，尤其是当下"新冠"之疫的战斗中，面对毒株的突变，仍能从容不迫再立新功。这无不彰显了其"真金"的本色，是应对重大卫生突发事件不可或缺的利器，也是"健康中国"建设的中坚力量。

这次疫情犹如一次大考，中医药的优异成绩和突出贡献，在为中医正了"名"的同时，也引发了国人广泛的赞誉和惊叹。按理说，这本是一件为中医增光添彩的好事，但仔细想来，又有几分苦涩。因为"惊叹"的背后，无不折射出中医在国人心目中的影响力、信任度和话语权的欠缺。俗话说"冰冻三尺，非一日之寒"，个中原因在《岐黄使者》书中多有反映。就目前来说，中医"不科学"、是"慢郎中"等负面言论不时出现，可以预料某些"公知"还会借个别事件，以一概全；或以"科学卫士"的身份，刁难或抹杀中医的疗效。面对这一情况，我们一方面要依据《中医药法》，在党和政府以及广大群众的支持下，给予必要的回击；另一方面，要练好"内功"，增强服务意识，大力提高业内，尤其是一线人员的临证水平。

"以人为本，疗效为先"是我们的立身之本，"大医精诚"是我们行业的座右铭。患者找我们的目的，就是帮他解除病痛。可以想见，患者以性命相托，若多次用药后效果仍不佳，这怎能赢得他的信任和支持呢！故我以为，就"治未病"和"治已病"而言，前者永远是我们追寻的战略目标；而后者，则是我们每时每刻都应强化的战术方法。就"大医精诚"本义来看，"精"是医术的评判水准，"诚"是待人接物（包括对己）求真务实的一种心态、气度或思想格局。俗话说"思想境界决定人生的高度"，我们每一个中医人都应该意识到：自己就是中医的形象大使、代言人和义务宣传员。只有"德艺双馨"，脚踏实地，立足当下，才能赢得群众、领导的信任和支持；也才能觅得有如胡君（愚公）一样，发自内心、不吐不快，为中医歌与呼的知心人。

　　"一花独放不是春，百花齐放春满园。"为寻觅、造就千百万"德艺双馨"的中医药事业接班人，尤乐见更多反映青年才俊立志岐黄，奋发向上，孜孜以求，勤于临床，攻坚克难，终成明医大家的文学作品问世，并借以助推中医药事业的传承、发展和中华民族的伟大复兴！

　　是为序。

路志正

辛丑凉月

---

　　*路志正，首届国医大师，老中医药专家学术经验继承工作指导老师，国家级非物质文化遗产传统医药项目代表性传承人。

序二

铁杆中医百炼成

看到《岐黄使者》这部书稿，看到有作家关注中医、为中医人写书，我心里是高兴的。这部报告文学是以曹东义为主人公，但也写了中医工作者这个群体，曹东义只是这个群体中的一个代表。这个"代表"我了解，书中所讲的中医故事和曹东义的事迹都是我熟悉的，是客观的、真实的，这样的图书走上书架、走向读者，对中医药事业传承发展是有益的，因而，我愿意为此书作序。

我们知道，中医行业不是缺人，是缺真正的中医人，缺少铁杆中医，但要做一名铁杆中医却不容易。我曾说过，中医人首先要把中医传统文化、医术医道学通了掌握了，对中医有信心，对自己有信心，才能做到自觉自信。但这还不够，还要有恒心，这个恒心说起来简单，做起来却是最难的，因为中医是一门实践性很强的学科，需要多年的临床磨炼。我认为要想成为一名铁杆中医，除了必须熟读经典，勤于临床，多拜名师外，还要有悟性。

中医是个辛苦而又不太被人理解的行业，有作家来关注中医、写中医是一件值得庆幸的事情。作家胡君笔名愚公，这个笔名就很不一般，学中医和写中医都要有那么点愚公移山的劲头。《岐黄使者》主人公曹东义我很熟悉，他比我小七八岁，我们先后就读于河北新医大学，是校友。后来我担任河北医科大学负责人，又兼任河北省中医科学院的院长，与在中医科学院工作的曹东义的关系就更近了一步，成了同事。其间还常常一起做课题研究，我主持"浊毒证研究"国家课题时，觉得曹东义的中医理论底子不错，就把他吸收到课题组中。他果然不负众望，做出了令我满意的成绩。

后来我和郭纪生、曹东义、袁野等人一起发起成立了河北省中医药文化交流协会，一起搞"基层中医圆梦燕赵行"，一起走进很多县区培训了大量中医人员，做了一些有意义的工作，这个过程中曹东义付出了很多心血。他在燕赵中医网开公益讲座，连续讲了《伤寒论》《金匮要略》《温病学》《黄帝内经》，一讲就是好几年，影响遍及海内外；他还担负起河北省中医药传统知识保护与研究的职责，出版了《杏林寻宝·保护中医》，还参与政协工作积极建言献策，成为世界中医药学会联合会一技之长专业委员会的会长，做了大量有意义的工作。

从曹东义的成长过程来看，单说某一件事可能是偶然，但前因后果联系起来就是必然。比如这部报告文学写到的仲景村，这是曹东义的出生地，仲景村出了个喜欢张仲景医术的中医学者，这是偶然吗？这就像"张仲景到过仲景村吗"这个谜一样，有人说到过，有人不信，历史久远，很难说清楚，但是结合那个时代的历史状况，这件事也绝非不可能。张仲景五六岁的时候，汉灵帝还没有出生，汉献帝的时候他做了长沙太守，"坐堂行医"时他也可能像华佗那样游学各地，或者到许都述职，或者到曹丞相府拜访的时候，顺便到渤海边的鄚州去拜访扁鹊故乡，一路行医救人也是情理之中的事情。当朝的汉灵帝是河北河间府出生的，信都（今衡水冀州）邳彤是汉光武帝刘秀的大功臣，他被后世尊为安国药王，这在张仲景心目之中有多少分量，我们不敢瞎猜。但是，文学家不一样，他们可以根据一些历史依据，用文学作品再现那些动人的历史瞬间。

这部报告文学写出了曹东义的三个特征——医道是至精至微之事，

学医者须医极博源，精勤不倦，在这一点上曹东义是合格的，他的求学之路、习医之路证明了这一点；第二点，重视师道传承，善于向老一辈名老中医求师学习，并带徒传道；第三点是对医术医道和中医药文化自觉自信，弘扬光大国粹，积极参与各种论坛讲学授课活动，宣传中医药文化，参加社区义诊等中医药事业公益活动，古道热肠，不辞劳苦。曹东义还是中医界的一个笔杆子，他写文章不仅快，而且思路新颖，见解深刻，发表和出版了不少著作，这些著作都有一个共同的主题：传承中医精华，弘扬岐黄文化。这部报告文学书名是"岐黄使者"，可以说是恰如其分，"使者"二字曹东义当之无愧。同时，这部报告文学还比较真实地再现了当代中医传承发展过程中很多历史细节，值得大家参考。

当然，人无完人，我与曹东义相识多年，我欣赏他刻苦研习经典、勤于临床、努力弘扬国粹等方面的优点，工作中也看到他的一些缺点，但瑕不掩瑜，只要与他接触多了，了解了他这种"理论自信、传承自觉"的精神，我想很多人都会为之感动，或者向他看齐，一起为中医复兴而奋斗。

"传承精华，守正创新"，这是习近平总书记对中医药工作做出的重要指示。中医药学蕴藏着中华民族几千年独一无二的健康养生理念及实践经验，是最具特色的中华文明瑰宝，凝聚着中国人民和中华民族的博大智慧，我们中医人把这份瑰宝传承光大责无旁贷。

基于上述认识，我乐意为这部书作序，并向大家推荐这部好作品。

李佃贵[*]

辛丑仲秋

————————————

　　*李佃贵，河北省中医院教授、主任医师，博士生导师。第三届国医大师，首届中医药高等教学名师。

男儿若遂平生志

如何定义曹东义先生这位杏林名士呢？

他是怀抱仁心悬壶济世的医者。他秉持"儿女性情，英雄肝胆，神仙手眼，菩萨心肠"的中医情怀，恫瘝在抱，忧虑民众疾苦，解除患者危难，从辨识蒲公英、车前子开始服务百姓，抱着蛇皮袋子"下海行医"十年磨砺，到成为专家教授名动业界，以仁心得仁术，不分高低贵贱、贫富贤愚，一视同仁为患者消除病痛。这就是历代中医大家推崇和褒扬的"德"，是医者大道，是为医根本。德之存废高于医术之多寡，没有为人民服务的仁心，以获利之心、致富之心行医，是绝难长久的。曹东义教授树立了良好的榜样。

他是仆仆道途、孜孜求知的学者。他的学医之路坎坷崎岖，但他不畏艰难，一步步攀登高峰。他起步于乡村赤脚医生，高考之际慈母抱恙，新郎半年重学经典，为夫为父再读研究生，远赴江北岭南拜师学艺，面对深奥理论、浩繁典籍、艰涩字词（他的研究生专业是佶屈聱牙的"中医文献"），没有强烈的求知欲，耐不住寂寞，很可能半途而废。但他在家乡、在滏阳河畔、在首都、在省会，饱读岐黄经典，学习先贤风范，采集民间智慧，如饮甘露，如醍醐灌顶，一路求学，一路求索，一路求仁得仁。这是一条艰难痛苦的成长之路，他采撷捡拾，收获丰硕。

他是学养丰厚护卫中医的金刚。勇士多见，有学养的勇士少见，而唯有学养丰厚的勇士才能金刚一样坚忍无敌，出拳精准，一击成功。曹东义先生誓做铁杆中医，勇担家国使命，奋力痛击那些丑诋中医的行为。这个战场没有硝烟，其最激烈最核心之阵地，不是中医西医孰优孰劣，而是中医所代表的中国文化能否生存能否发展。灭人之国，必先去其史，必先去其记忆，必先去其文化。中医作用何须置疑？中医如无能，何劳他们群起攻之？但中医要正乎其名，要生存发展，迫切需要能征善战、有勇有谋的卫士。曹东义先生挺身而出，勇于担当，精心谋划，刚强不屈，殚精竭虑，宵衣旰食，力护岐黄之道、护佑国民健康之丰功，为人称道，为人敬佩！护卫中医文化之役，堪为典范，值得护卫中华文化的人们研究效法。

他是苦口婆心诲人不倦的老师。坚守、弘扬、传承，拜名师、带学生，承上启下，手授口传，曹东义先生尽到了一个当代中医中坚的责任。教授弟子，中医讲究"非其人勿教，非其真勿授"。为求其人其真，曹东义先生反复考察弟子；为求名师大道，他带众多弟子千里寻访，程门立雪。传道授业解惑，他做到了。

他是笔耕墨种、著作等身的中医史官。他讲述中医辉煌，记录当代医事，洋洋五十万字的《中医群英战SARS》，展示了中西医结合治疗新型病毒的成就和前景。他出版多部研究专著和科普读物，传授医理和养生之道，让中医贡献载入史册、融入民心。他活跃于讲台论坛，宣讲医术医道，在民众心头激起热爱中医、信赖中医的情感和理智，让诋毁中医的外感内邪无法存活。这一切，功莫大焉！

曹东义先生，是让人敬重的、有古人之风的君子，是将道德、学识、责任心集于一身的当代中医人典型。我第一次见其风采，是在羊城2004年深秋的邓铁涛先生学术思想国际研讨会上。识荆之后，因所带中医研究生事项，多次恭请莅临并指导，他穿越太行，从当初五小时绿皮火车到今日一小时高速铁路，频繁辛劳奔波于这条线路上；会议和线上活动中，经常聆听他的深邃宏论；平时电话联系则不计其数。我和同道的共同感受是，曹东义先生是值得推崇的。

我郑重向中医学子和垂青中医的有识之士推荐《岐黄使者》这部报告文学，它真实展示了曹东义先生为民服务的初衷、护卫文化的勇气、仗义执言的性格、继承发展的努力、著作等身的才干、扶掖后进的热情、多姿多彩的生活，故事曲折，情节生动，文风朴实，娓娓道来，有强烈的吸引力，能激发阅读快感。希望大家由此更多地了解中医和当代中医人，更加热爱中医文化和中国文化，更好地增强作为中国人的文化自信。

感谢作者愚公先生对中医的热衷和褒扬。

马　华[*]

辛丑孟秋于山西太原

---

*马华，主任医师，教授，硕士研究生导师，山西省名中医，全国三八红旗手。

引　子

　　中医博大精深，文学激情飞扬，当中医遇见文学，大夫遇见作家，一定会有奇妙的缘分发生。

　　这部报告文学就是中医与文学结缘的果实。

　　2021 年 3 月，我的中医题材小说《青囊》出版后，相关信息经微信朋友圈传播，被河北省中医科学院（原名河北中医研究院，1999 年更名）曹东义教授看到了，他当即加了我的微信，说虽然尚未读到这部写中医的小说，但从简介上看非常吸引人，并且快速地在"燕赵中医"公众号转发有关《青囊》的评论文章。这个快速是怎么个快法？通常是他看到文章或者收到文章十几或二十几分钟后，公众号上就出现了，还加了编者评语什么的。这时我才想到：应该给这位热心的曹教授寄一本《青囊》吧。

　　曹教授收到书回复了简短的几个字：书收到，空时读。此时我已在网上看到曹东义教授的相关信息和海量文章。原来曹教授是河北省中医科学院副院长、硕士研究生导师，是大国医邓铁涛、朱良春亲传弟子，担任着河北省中医药文化交流学会副会长、世界一技之长专业委员会会长等职务，被中医界誉为铁杆中医、中医卫士，同时还是一位研究中医药文化的专家，出版了《回归中医》《捍卫中医》《关注中医》《中医近现代史话》《永远的大道国医》《中医大智慧》等多部著作。我注意到，曹教授的每一天都排得满满的：专家门诊、讲堂授课、晚间讲座、著书立说，频繁外出参加中医药工作会议和学术会议，受邀参加多家卫视文化论坛讲授传播中医药文化，做客新浪网阐述中医的科学性，在中医药论坛担任版主并实名注册回答网友们的提问，等等。似乎，每一天每一刻他都在为弘扬传统中医药文化、为中医的复兴奔走呼号。

好嘛！我一个初学中医者一不小心结识了一位声名赫赫的大学者、大专家。我开始关注曹教授的工作和经历，习读曹教授的论著，了解曹教授的医学思想。因为我很想知道，一个医生，一个医学教授，是怎样把自己的生命激情点燃，让理想和信念熊熊燃烧，释放出这么大的热量，为华夏中医做了这么多事情的！

曹教授收到《青囊》第四天，发来微信："大作读完，很感人，因此写了一篇读后感，请您批评指正。"

天哪！曹教授在百忙之中不仅读了我的长篇小说《青囊》，还专门写了评论。他那么忙，竟然主动为一个素未谋面的无名作家写评论文章！我急忙捧着手机读了起来。曹教授说他一直希望能看到写中医、写中医文化的小说，讲好中医故事是传播中医文化的重要方式，当前的中医非常需要作家的关注。曹教授在评论结尾处写道："我们期待愚公先生继续挖山不止，不怕智叟耻笑，带领一家老小，从太白山、太行山，再到三山五岳、五湖四海，在治病救人的过程之中，一手紧握《青囊》，一手抓着'和氏璧'，也许会有一天感动天帝，让扁鹊弟子柏、董奉杏林遍植神州大地，人人健康快乐到天年……"

评论文章只有一千多字，我却看了很久。我为自己的中医小说得到一位中医专家的肯定而振奋、而欣喜，对自己的中医题材文学创作有了全新的认识，有了一种使命感、责任感，也增强了信心。当我向曹教授表示谢意时，曹教授淡淡回道："我们都是为了弘扬中医文化。"

就这样，因写作中医小说结识了曹教授，和曹教授、和中医的缘分一步步加深。我白天读曹教授的论文和著作，夜间听曹教授的讲座，还可分享到"燕赵书院"其他医生的文章或讲座视频。随着微信的交流越来越深入，我提出自己学中医的一些困惑，曹教授不厌其烦地一一解惑。我透露了自己系列中医小说写作计划，曹教授给予鼓励并提出建议。

在此期间，陕西社会科学院一位文学博士阅读《青囊》后写了一篇评论文章，着重从"中医情怀"这个视角对小说进行解读。曹教授看到这篇文章后非常赞赏，当即在"燕赵中医"公众号转发，对我说，从"中医情怀"这个角度认识这部小说非常好，传统中医药文化以及医术医道都离不开"情怀"二字。然后满怀情感地讲起了他的导师朱良春先生传给他的关于中医情怀的十六个字："儿女性情，英雄肝胆，神仙手眼，菩萨心肠"，并给我讲述了这十六个字的来历——1938年，朱良春从上海中国医学院毕业即将开业行医的前夕，他的导师章次公先生特地赠图章一枚，上面镌刻的就是这十六个字。后来，朱良春把这十六个字传给他的弟子曹东义，曹东义一直把这十六个字作为自己的座右铭。今天，他把这十六个字的故事讲给了我。

曹教授讲的中医情怀使我思绪连绵，推动传统中医绵延千年的力量不正是这份"中医情怀"吗？

中华医学博大精深、源远流长，数千年来惠泽神州大地，维系着炎黄子孙的健康。亲近中医几年来，我对中华医学的认识渐渐加深，我懂得了，中医的魅力不仅仅在于它的古老神奇，不仅仅在于它是一个深奥的完善的医学体系，更重要的是它凝聚着中医人的情怀，凝聚着中国人的情怀。小说《青囊》中的民间郎中徐长卿、我新结识的医学教授曹东义，以及一代代中医人都是因了这份情怀，以弘毅坚守之心，虔诚笃志的匠心和治病救人的仁义之心，默默耕耘于中华医学的岐黄厚土，坚守、弘扬、传承，用心血和智慧培育出灿烂的杏林之花。

随着与曹教授的交流越来越深入，我详细介绍了自己创作中医小说的进度——继《青囊》之后，第二部长篇小说《当归》即将付梓，第三部《重楼》正在创作中。曹教授对我的写作非常关注和支持，同时，我自学中医亦步步深入，曹教授的著作和论文正好引导我当前的学习。曹教授说他也曾经迷恋文学，特别想用文学作品来表现中医药文化和中医人的生活，但没有时间也缺乏文学天赋。可是中医药文化的传播迫切需要作家参与，需要文学作品来表现，因此，他对写中医题材的作家特别期待。

曹教授真的是很有文学情怀的！他给我发过一段充满诗意的话："我们曾经似乎离得很近，但是，无缘相见，就好像不相交的平行线，在各自的轨道上运行。你是水泥我是沙，钢筋在仓库里，图纸在研究院里，只有让它们走到一起，才能构建中医药的宏伟大厦……"

后来，就谈到由我为曹教授写一部报告文学的想法。从内心来说，我珍惜这样一个机会，这是我进一步走近中医、学习中医的大好机缘。但，我这样一个普通作者怎么配，又怎么能够为一位临床经验丰富、医学思想独立、发表过100多篇学术论文、出版多部专著的赫赫有名的中医学教授和中医药文化专家写报告文学呢？

我忐忑道："像您这样的名医、专家，应该由那些声名显赫的大作家来执笔，才能够相映生辉，我这样一个无名作者，行吗？"

曹教授迅即回复："您就是我心仪的名作家。"接着又发来一段话："知我者，谓我心忧；不知者，谓我何求？"

还用犹豫吗？我知曹教授为中医忧也，也知自己无所求。如果说他是水泥，我就是沙子；他是设计师，我就是钢筋和砖瓦。让我们为建构宏伟的中医药大厦凝聚在一起！

写一部长篇报告文学的大事就这么在未曾见面的情况下，没有任何条件和要求，以君子之约的形式确定了，这本身就是一种中医情怀的写真吧。而且，因曹东义教授日程紧迫工作繁忙，初期所有采访都通过微信交流，到最需要的时候我们才会相约会谈。这种最简洁最有效的方式持续了很久。

春夏之交的日子里，我常常沉浸在曹教授的日记和著作里，沉浸在诸多媒体报道曹教授事迹的文章里，用另一种方式采访交流，循着曹教授凝重而闪光的足迹走进岐黄世界，追寻那个高举岐黄火炬从燕赵大地一路奔来的身影——

他从仲景村一步步走来，从赤脚医生到诊所坐堂到主任医师，临床数万例，为成千上万的人解病除症，民间口碑相传甚广。

他是一位卓越的中医药文化研究专家，著述丰厚，至今已经创作出版18部专著，其《永远的大道国医》《中医大智慧》《关注中医》《中医近现代史话》等在中医界影响深远。

他是个勇猛无畏的铁杆中医、中医卫士，当一些别有用心者抹黑中医、诋毁中医，扬言要"废医验药"取消中医的时刻，他不惧权威挺身而出，以笔为枪冲锋在最前沿，他说中医之殇就是国殇，必须以生命捍卫华夏中医的尊严。

他是一位承上启下的国医传承者，师承邓铁涛、朱良春大师，并传师带徒80多名弟子，分布在全国各地，有的已经成为一方名医……

他是岐黄的使者，是为中医而生的。他从邓铁涛、朱良春等老一辈医者手中接过华夏中医火炬，把自己的生命与火炬一同点燃，一路奔跑，与中医界仁人志士一起，传承精华，守正创新，迎接古老中医的春天……

从17岁背上赤脚医生药箱开始，曹教授习医、行医已46年。曹教授的奋斗史，也是我国中医在改革发展浪潮中传承壮大的写照和缩影。曹教授以心怀天下的担当，为传承光大华夏中医这块民族瑰宝而自强不息地进取、砥砺前行，这种可贵的品格，正是我们这个时代的精神脊梁。

当我构思这部报告文学的蓝图时，曹教授那奔放的激情、鲜活的个性和深度的思索，时时令我感慨万千。中医的历史、中医的现状、中医的感情，不时在字里行间涌出，热人心怀。我想通过这部《岐黄使者》与读者一起认真地了解伟大的中医——作为我国传统文化重要板块，作为我国独有的传承几千年的医学，究竟是怎样一个神奇的世界。

但是，我的笔墨能描绘出岐黄使者曹教授生命的绚烂吗？能表达出曹教授的医术和情怀吗？能展示出华夏中医铿锵前行的步履吗？能映射出传统中医博大顽强的生命力吗？

顾不得这么多了！曹教授的每一刻都是忙碌的珍贵的，我希望自己的生命也像他一样燃烧起来，就这样不揣浅陋、不顾一切地开始了这部报告文学的写作，因为，我们心中都有中医情怀。

出发，从仲景村那片热土开始，沿着杏林深处的足迹，追随岐黄使者曹东义教授，一起走进博大而辉煌的中医殿堂！

第一章
仲景村里药箱君

心中那颗中医的种子是什么时候埋下的？

在曹东义的文章里，在我们交谈的过程中，一次次提到仲景村这个名字。我知道，仲景村就是曹东义家乡的那一片热土，是冀中平原衡水市南部一个普通村庄，曹东义是在仲景村出生、长大的，所以每提到仲景村，总是怀着深深的感情。

家乡为什么叫仲景村？古代那位医圣张仲景到底来过这个村子没有？那是个遥远的传说，没人能说清楚。但那位医圣的灵魂似乎就在这个村子的田间地头、农家院里、头上三尺盘旋，在老人们的讲述中来了，去了。而今，由国医大师孙光荣题名的汉白玉张仲景塑像矗立在村头，像村里的老住户似的，亲切随和。每到清明时节，老辈人还会说到张仲景，会讲一些传了不知多少代的传说；谁家有人病了，也会想到张仲景的医方。似乎，一千多年来，医圣张仲景从未离开过仲景村。

这个响亮的村名因一个美丽的传说而传承下来，听起来很美。虽然，在历史的长河里，这个村是和贫瘠、灾难、瘟疫连在一起的，但也是和亲人、童年连在一起的。正是因为这个村名，曹东义在童年时心灵就埋下了中医的种子。

也许，这颗种子的基因更多来自那个脾气古怪、会讲故事会看病、会熬麦芽糖的姥爷。

"我们的村子为啥叫仲景村？"八九岁时，曹东义常常向姥爷询问这个问题。对于仲景村的来历，本村老人说法不一，邻村更是众说纷纭。有人把张仲景说成神，说他四处施医，来无影去无踪，有一年村子瘟疫流行，眼看人就要死光了，张仲景来到这里救了村里的人。为了纪念他，人们把村名改为仲景村。还有人说张仲景原本就是我们仲景村的人，后来才去了南阳……

姥爷读过私塾，会讲古今，懂医理，有时还帮一些患急病的人医治，村里人称他是"乡下先生""乡大夫"。姥爷耿直爽快，好恶分明，发脾气时大嗓门能传出二里地。后河村那些淘气的半大小子们都想听他讲古今却又怕他，但越是上年纪的人越是待见他，东义每到暑寒假都要去姥爷那里待一阵子。

关于张仲景，东义觉得只有姥爷说得靠谱些。姥爷虽不是仲景村人，但他懂中医，只有懂中医的人才能记住他们的祖先。有人问姥爷时，这个怪脾气老头一副世人皆昏唯他醒的样子，鼻子一哼："他们懂个屁！"姥爷越是牛，人们越是信他，因为他是有文化的人啊，读书多，会讲古今，又会看病，这样的人村里只有一个。

童年时的夏季和秋季，姥爷有很长时间要在这个种了菜蔬、瓜果的园子里守夜。全村的好东西怕是都在这个园子里吧？夏有西瓜，秋有苹果、梨。东义暑假时节常常去陪姥爷护青，睡在窝棚里看星星。窝棚搭在地势较高的园子西北角，在外面看起来不大，爬上去才知道里面宽敞着哩！不光有一张挺大的木板床，还有一个像炕桌一样的木架子，上面放着几本书，两个热水瓶，一把茶壶。姥爷的任务是黄昏浇水，夜间巡查，不能让果树、菜蔬旱死了，不能让人偷了瓜果，也不能让野物毁了瓜果菜蔬。姥爷干活累了就看书睡觉，晚上四处转悠巡查。窝棚后有一眼水井，姥爷来时牵着头老黄牛，给老黄牛套上绳圈后它就慢悠悠地围着水井转圈儿，水顺着小渠哗哗地流向园子各个角落。水井旁还有一个小秘密：窝棚角上背阴的地方，有一个小小的地坑，上边倒扣了一个木盆。这里面常常会有惊喜，有时藏着个西瓜或甜瓜，有时是几个熟透的落果，碰上姥爷高兴时东义就能大饱口福。在地坑里放过的瓜果凉凉的，吃起来那个爽啊！

东义记得，自己到了人嫌狗不爱的淘气年龄后几次问过姥爷："我们这个仲景村到底咋叫起来的？"通常姥爷不会和这个毛孩子外孙好好讲话。这天在果园看守棚里，东义又缠上姥爷了。对着皎皎明月和满天繁星，对着瓜地一个个熟透的、快要崩裂的西瓜，姥爷来了兴致："你问这干啥？跟你有啥关系？"

东义仰起脑袋："有关系！我长大要当张仲景那样的医生，让全村人都不得病，有了病也能帮他医好！"

正抱着茶壶喝茶的姥爷狂喷一口茶水，大笑几声，不等气喘匀又问道："你拿啥当张仲景？你读了几本书？"

"我读过一些书，将来还会读更多书，我妈说我将来能当秀才，可是我将来要学医，要当医生！"

姥爷笑够了，看东义的眼神发亮了，拍拍东义的脑袋瓜子："好好好，付秀君生养的好秀才，未来的'张仲景'，是姥爷眼拙没认清嘞！"

说罢，姥爷抬头望着天上的星星，曹东义也随着向天穹仰望，好像姥爷会告诉他哪颗星是张仲景似的。姥爷瞅了一会儿说："你们仲景村真能出个张仲景就好喽！你爷爷也不会在你还没出生时就蹬腿儿啦！"

机灵鬼东义一边给姥爷点燃烟锅子，一边趁机求道："姥爷，快给我讲讲张仲景的故事吧，我们村到底为啥叫仲景村？"

姥爷咂巴几口烟，像说书一样讲了起来。

"张仲景不是咱们衡水人，人家是河南南阳人，生活在东汉末年。那年头战乱不休，更可怕的是，经常发生瘟疫，一死一大片。张仲景家本是个大家族，人丁兴旺、枝繁叶茂，但自建安元年（196 年）后便因瘟疫损丁减口。这一点，张仲景在《伤寒杂病论·序》中有记述。他是这样说的：'余宗族素多，向余二百，建安纪元以来，犹未十稔，其死亡者，三分有二，伤寒十居其七。'你能听懂吗？就是说在不到 10 年时间，张家 200 多口的大家族就有 100 多口人死去，其中被瘟疫夺去生命的占一多半。这是多么可怕、多么惨痛的事啊！你再想想，张仲景家这样的大家族都这么惨，更多的普通百姓家庭不是更遭殃吗？眼看着身边的亲人一个个病死，眼看着一个个村庄成了无人村，作为医生的张仲景心里急啊！可是，仅靠他和数量很少的医生救不了多少人，还有的奇难怪病从未见过，没有可借鉴的治疗方法。但医者都知道，有一病必有一法。为找到这个方法，仲景发愤钻研《素问》《灵枢》《难经》《阴阳大论》等医书，'勤求古训，博采众方'，对于其中与瘟疫有关的治疗方法精研细学。《素问》认为'夫热病者，皆伤寒之类也'，还说'人之伤于寒也，则为热病'。这里的'热病'指的就是流行性传染疾病，张仲景将其统称为'伤寒'。于是，他一边四处奔波救人，一边撰写《伤寒杂病论》一书，列出伤寒论辨病条文，把所见到的病症和临证心得汇集到一块儿，逐步完善《伤寒杂病论》，把治疗伤寒各种病症的疗法和经方，如何辨病、如何用药详细写成条文，传播给各地医者和百姓，让他们自己学会治疗瘟病的方法。"

东义知道，姥爷一讲起故事就变得正经了，人也和善了。故事越讲越精彩，他便静静地伏在姥爷膝上屏息凝神地不敢出声，唯恐打断了姥爷的讲述。

"有一年，张仲景从他家乡向着冀中平原一路走来，一路上行医施药救了很多人。途经这一带几个村子时，正逢瘟疫肆虐，你们那个村子人死了过半，家家有哭声。张仲景停了下来，就地采药，在村头架起一口大锅煎熬药汁，昼夜施治，一家一家地查，一家一家地看，最后终于遏制住瘟疫，算是保住了半村人。张仲景又奔往下一个村子。从那时起，百姓就把你们那个村子叫仲景村。仲景治病救人的地方多了，来去也匆忙，没留下什么遗迹，只留下用药的方法在百姓中一代传一代，在人们心头留下一颗中医的种子。"

姥爷的一本旧书上有张仲景的画像，东义看到过，听着姥爷的讲述，东义眼前幻化出一个面容清癯、穿着长衫的古人在田野上奔波救人的情景。他不由得问道："张仲景到处给人看病怎么能带那么多药啊？"

"傻瓜！中草药遍地都是。张仲景当初治伤寒的药材也就是苍术、藿香、桔梗、荷叶柄等普通草药，咱们这一带田野里、村民的房前屋后都能找到。"

"照这么说，好像这世上满地都是中草药，要啥有啥？"

"当然啦！你低下头看，你脚下的地坎子上就有好几种中草药。"

东义看了看姥爷不像是在耍笑他，便蹲地头上拔了一棵开着小黄花的叶子长长的苦菜，又拔了一棵椭圆叶子中间有长穗的青草举着问姥爷："这也是药吗？"

"哈哈！"姥爷笑道，"俺们东义说不定真是张仲景转世嘞！一出手就采了两样重要本草。"说着拈起开黄花的那棵，"这个叫蒲公英。"

"这我知道，过一段时间就能长出一朵降落伞，我们一采一大把，比赛看谁吹得远。可它怎么是药材？能干啥？"

"这是大夫常常用到的一味药。别看它是满地都长的贱草，用处可大了，能清热解毒，利尿、缓泻、利胆都少不了它。这一棵叫车前草，也叫蛤蟆草，清肝明目、祛痰利水效果极好，还能治眼睛肿、喉咙痛、咳嗽、皮肤溃疡等病症。"

东义越发好奇，瞅着车前草，问："为啥叫车前草？"

姥爷笑眯眯地说："以后你在咱乡间土路上无论是骑自行车还是拉架子车的时候注意朝前看，车子前面总是有那么几丛青草，人踩车碾它也不死，那就是车前草。"

东义惊讶好奇地瞅着地垄边的草丛，还想再拔几棵让姥爷认，姥爷说："别瞅了，别拔了，地边百草都是药。"

"那，既然这么多药，为啥还有人生病？有病了就来采药啊，为啥还有人因病而死？"

姥爷说："二愣子东义啊！药是啥朝代啥季节都有，可是用啥？咋用？这就要靠大夫了。"

东义似懂非懂地点点头，凝神打量着果园地垄边上绿茵茵的青草。

这以后，姥爷对东义态度有了变化，把东义当个小大人看了。姥爷那个村与仲景村只有几里路，隔一条有时有水有时断流的小河，东义常常往姥爷家跑。姥爷家不光有麦芽糖吃、有故事听，还有好多书，虽然有很多看不懂，但随着东义二年级三年级往上升，能认识的字、能看懂的书越来越多了。

有一天，东义正在姥爷家院子里帮着泡麦芽，忽然看到两个壮汉又是抬又是背地把一个人弄到姥爷家来，喘着气求姥爷治病。姥爷问："奏莫咧（衡水土话怎么了）？"闪了腰的人只有咧嘴龇牙哼哼的份儿，一句话也说不出。一个送他的人说："挖土方猛一使劲，腰闪了。"另一个说："干得好好的，不知怎么就像中邪了一样突然就闪了腰，一步也动弹不了。你看看疼得脸上这汗!"

姥爷挥挥手打断这个人的啰唆，背着手围伤者转了一圈，说："你俩一边一个搀好他，脚落地。"伤者腿蜷着伸不直。姥爷命令道："抬炕上去趴下摆平了。"他们刚刚摆弄好，姥爷后脚就跟进来，在伤者膝盖后窝处按捏了几下，然后猛地一捶，伤者疼得大喊起来。

这时候姥爷已经扭身走到一边："你们闪开让他自己下炕，走走看。"

护送人看姥爷不是开玩笑也不像整人，退到一旁。伤者试了一下腰和腿，犹豫着下了地，一迈腿，一挺腰，脸上露出诧异的神色："哎，真的不疼了!好了!"说完在屋里走了几圈，然后向姥爷连声道谢。另两人惊奇地打量伤者——真好了?然后对着姥爷喊："付大爷您太神了!"

伤者装模作样地在衣兜摸钱，但啥也没摸出来，讪讪地说道："付大爷，我身上没装钱，回头送过来。"

姥爷把他们往外轰："你装嘛装?送你个鬼!一没看病二没用药要嘛钱?赶紧下地干活去，别在这儿耍滑偷懒!"

看着几个人走远了，东义才问："姥爷你咋这么神呢，就按捏几下咋就把那人治好了呢?"姥爷越发神气："这么点小毛病都治不好，你以为姥爷这乡医是白叫的?"

"不是不是，我就想知道，那个大汉子是腰闪了，你怎么在他膝盖后头摸了几下就治好了?"

"这还不简单?这就叫'腰疼委中求'啊!"

"腰疼委中求?'委中'是啥?"

"'委中'是个穴位，这个穴位在膝盖后头。"

"穴位是啥?"

"穴位嘛，是人体经络线上特殊的点区部位。哎，你这么问下去啥时是个头啊？"

东义说："最后一个问题——这医法从哪儿来的？"

"《黄帝内经》里讲得明明白白。"

"《黄帝内经》是啥书？"

姥爷懒得说话了，指了一下炕尾的书橱子："自己看去！"

姥爷家的火炕大得像一个戏台，炕尾放了个橱子，里面有很多书。曹东义从上学后就开始对这些书感兴趣了，来了姥爷家就爬到炕上翻书。有《西游记》《三国演义》《说岳全传》等好几十本，不过橱顶上那一层东义从没动过，全是些纸张发黄的旧书，还是认不来的繁体字，姥爷会看病的奥秘全在那里头。

从小学到中学，曹东义爱看书是出了名的。听说哪个同学有"新书"，他就千方百计借来看。他的办法多得很，有时以书换书；有时用自己的"好东西"以物换书；有时听说外村某个同学有好书，跑上十几里也要去换回来看。借来的书要快看，在还书之前还可以再和另一个人交换一次，这种拆东墙补西墙的办法让一本书变成两本书三本书。至于怎么看得快，东义的办法多了去了——走路看，下课看，晚上看，上课时间偷着看。东义的绝招是课桌上摆着课本，课本下放着小说。时间长了老师发现曹东义搞"双簧"，就把东义叫起来："曹东义，我刚才讲的是什么？"曹东义知道自己的小聪明暴露了，就只有老老实实被罚站。

考进中学那年，姥爷这一橱子书已经让东义啃了个遍，除了那几本《黄帝内经》什么的。姥爷说东义看不懂，东义心里想：等我念了中学，非把那几本发黄的古书看懂看透。姥爷不就是凭着看了那几本书就学会了看病吗？

姥爷不是正式医生，也不是天天给人看病，那时村里人病重了都是跑公社卫生院，有时犯了什么急病一时去不了卫生院，或是有人得了怪病卫生院看不好的就来找姥爷。姥爷看病一般不收钱，但时常有人给姥爷送东西，粮食果蔬肉蛋，一把地里长的韭菜也是礼，村民常常是手边有啥就送点啥表示个心意。

1975 年冬天，高中毕业的曹东义已经是个大小伙子啦！东义 17岁的身板随他父亲，健壮有力中还带着几分斯文；是非分明、敢说敢做、拼命三郎的劲头像他母亲；看书读古今的钻劲有他姥爷的遗风。他长了一双曹家人特有的卧蚕眉，眼睛却像母亲，细长细长，似乎有穿透力。村里老人说，长有这种眼睛的人有定力，肯下苦，是能做大事的人。在父老乡亲眼里，东义已经长大成人，能为村子做事了，议论中流露出他是一块队干部的料，不是队长也是会计这一号的认可。

这年冬，仲景村这个大村子要分为三个生产队，队干部抽了几个有文化的人组成工作组，从一进数九就开始紧忙活。分队的事必须在开春前搞定，因为一开春的春耕耽误不得。工作组天天连轴转，每天丈量土地，清点牲口、农具和生活物资，夜晚做账对数、列方案。东义跑前跑后登记做账，讨论分配方案时，心里就有了一本明账，说出话来句句公道。队干部、乡亲邻里都在传：东义这小子是块材料，这回分了队有可能当队长，最起码也得当个会计。这话传到东义妈耳朵里，东义妈一副波澜不惊的样子："东义这娃是啥材料我清楚，能先为乡亲们做点事也好，不过他将来是要做大事的。"

乡亲们的话也落在东义心底，他也是兴巴巴地等着当队干部呢。

眼看分队工作要完成了，队干部公选在即。正月十五这天，队长带话让东义到大队去，一见面说了一件大事："东义呀，你这娃子机会来了，大队要你去当赤脚医生嘞！"

这消息挺突然，东义说："我倒是想当医生，可是不会看病啊。"

队长笑道："所以呢，让你先给猪看病。到大队医疗站帮着搞防疫，为队里的猪和各家户的鸡打防疫针，搞完防疫以后要送你去培训，学习咋样子当医生。"

就这个啊？东义心里有点凉。

队长正色说道："你可别小瞧这个啊！就这也要先跟着李医生好好学一阵子，学得会才能给猪打针，学不会灰溜溜地回来可没你好果子吃啦！"

东义挺起胸嚷道："我没有学不会的！学会给猪看病，紧跟着就能学会给人看病！"

晚上回到家，东义给母亲说了此事后惴惴不安地看着母亲。东义自己心里也没个谱，当赤脚医生也是自己喜欢的事，可是原来总想着当个队干部，比如会计或是队长，那多给母亲长脸。母亲20多岁就当了妇女队长，曾名噪一时。要是自己17岁就当上队长，母亲一定会更高兴。

但母亲听了东义的话之后好像一下子没反应过来，瞪眼看着东义，愣了一会儿面露喜色，拍手嚷道："好事啊！俺家东义这么早就要去当医生啦，这可是大好事嘞！"

东义委屈地说："可是，队里让我学的是给猪看病。"

"眼下让你给人看病你看得了吗？那不得从头学起啊？人畜同理，这是你学医的开始。真正要当医生要读很多很多书，像你爸一样上大学、上医学院，学会真本事才能当上好医生。"

就这样，曹东义走上从医的道路。

当时仲景村的乡村医生李存保实在忙不过来，找大队要求配个帮手，一起完成村子的防疫保健任务，他看上了曹东义这个有家庭医学背景又是高中生的小伙子。当时正值冬春季防疫的时节，需要给各生产队的猪、各家各户的鸡挨个儿打防疫针，这是个苦差事，没点耐性的人干不了。

没有序曲，没有过门儿。东义到村防疫站第一天就跟着李存保去猪圈，那时每个生产队都有猪圈，一个圈里好几十头猪。李存保给东义讲了打针的技术要领后就拿出针头和药液，演示了一下打针方法，就一人持一针干开了。猪圈挺大，几十头猪分在三个圈舍里，他们把门关上，一个圈一个圈地来。但猪一见有人进来就吱哇乱叫，像运动员似的贴着墙跑，你追得快它跑得快，好不容易给几头打上了，一跑又混到了一起，到最后连哪头打了哪头没打都搞不清。

这不行，东义开始琢磨了。李医生年纪大了，爬高下低受不了，自己要多承担些工作。第二天来到猪圈后，东义说："李医生你就在外面指挥，给针管注上药就行了，看我的！"然后进到圈里，挥一个长杆子把猪赶到一个角落里，"啰啰"地轻唤，这些猪听话地靠墙站着。东义不慌不忙，一边给猪挠痒痒一边打针，打一头放走一头，从屁股或者脖子上进行注射，哪里方便打哪里。东义想明白了，其实猪并不是怕疼，只是怕人接近，总怕人把它抓到屠宰场去。

活儿变得轻松顺利，李存保笑眯眯地说："我没看错，东义呀，你这娃子将来准能干成事！"

十来天的工夫给几个队的猪都打上针了，接下来给鸡打针更麻烦。因为白天农户家的鸡都在院子里或者门前屋后找食吃，通常都是天擦黑、鸡归窝后才能到人家屋里打防疫针，从窝里掏出来一只打完针放走再掏下一只，一户人家往往都有八九只十多只，可得折腾一阵子。掏鸡窝时，东义手还没伸进去，鸡就咯咯乱叫一通，鸡一叫狗也跟着叫，真个是鸡犬不宁啊！遇上那种个头大性子凶猛的公鸡就更麻烦了，公鸡不肯就范，东义把手伸进鸡窝被啄得乌青；好不容易抓出来，公鸡更凶猛地往人脸上啄，一失手，又扑啦啦飞上墙去了，东义头上、身上鸡毛飞舞，有时胳膊上、肩膀上还落下一泡白里泛青的稀溏鸡屎。最让人头痛的是，这儿正瞀乱呢，偏还有几个看热闹的孩子在一旁起哄："曹东义，周扒皮，半夜鸡叫周扒皮！"这一叫引来更多的熊孩子一起喊："曹东义，周扒皮……"

当了一个多月"周扒皮"，全村所有的猪和鸡都打上了防疫针，曹东义经受住了第一个考验。大队送他去公社卫生院接受赤脚医生培训，曹东义在学医的道路上迈出了第一步。

1975 年 3 月，柳树梢刚刚绽出一点点浅绿叶蕾的时候，17 岁的曹东义独自去小侯公社医院接受赤脚医生培训。这回学的是给人看病，是真的学医。

公社医院比大队防疫站规模大多了，有医生有护士，有门诊和临时住院部，西医为主，但也有中医。曹东义心里想的是学中医，却没想到培训老师是一位西医大夫。不过这个人挺好的，他叫张西平，中等身材，稍胖，白净脸庞，平时和善斯文，总是笑眯眯的。传闻他因被打成右派从县医院发配到这个最基层的小医院来，家人都在外地。他平时工作生活都非常严谨，总是体体面面的，从不急躁、不埋怨，给学员们上课时，细心又耐心。

一同来培训的有五个年轻人，是各村选送的赤脚医生接班人。张医师念一段书，然后进行讲解和实际操作演示，如果有一个人没记住没弄懂，他就再细细地讲一遍、操作一遍。一段时间后，张医师和东义单独相处的时间渐渐多起来。下班后的黄昏，看到东义在读书，就和东义攀谈起来。他对东义的求知欲和对医学的向往很赞赏，但每当东义问及中医的话题时，他都避而不谈。他是从教会洋医生那里学的医，英文底子特别好，是个纯正的西医学者，不信中医，但从不谈论中医的是非。

《赤脚医生教材》中有解剖、生理、药物知识，还有各种常见病的诊治要点，张医师讲得都很细致，但另一部分中医内容，如针灸十二经络穴位，还有一些常用中医验方等，他总是说这一部分以后请中医大夫给大家补上。张医师和东义单独交谈时，给东义讲了很多自己行医的经验和做一个医生的必要的修养，鼓励东义学好英文。但是，从不谈及自己的身世，不谈他被打成右派的经历。东义知道，这是他内心深处的伤疤，不愿被别人看到，所以，他也从来不问及这个话题。张医师经历了很多磨难，但依然活得很有尊严，依然坚守着医生的操守。

三个多月的培训很快结束，曹东义再回到村里的卫生所时，已经是个见习的乡村赤脚医生了。这以后就常常见到这个背着药箱的年轻人在村口村尾的槐树下、在田地的阡陌上、在村户人家的院子里穿梭。他年轻有活力充满朝气，满脸带着笑，四处巡诊，从无怨言。如果有谁家老人或是娃娃病了，不管刮风下雨，他总是上门送药打针。乡亲们喜欢这个背着药箱的小医倌，像路旁那一排叶子绿油油、树干挺拔光滑的桑树一样，纯朴可爱，充满生机。不过，喜欢归喜欢，要说看病，乡亲们还是有点不放心，才十七八岁的愣头青嘛。有时遇上谁家孩子发烧肚子疼，东义忙赶上门给瞧病，人家家里当事的就会带着笑把东义推开："不要紧不要紧，李医生说晌午就过来了。"

东义满心不快："这是不放心咱啊，咱也是培训过的呀！"

那时，打针这活可不容易呢！村卫生站只能"注射"，输液叫"打吊针"，公社医院才有那样的设备。输液是治大病才会用上的，"打吊针"意味着病情很严重，需要急送到公社医院。

深秋的一天，曹东义去后河村送药，还有李医生交代的服药注意事项也要给传达到。走到村口时看到，几个人正把一个40来岁的妇女往拖拉机上推，妇女因疼痛喊叫不止，挣扎着不愿上拖拉机。曹东义上前一问才得知，原来这个妇女突然腹痛，家人请村人帮忙往医院送，但妇人疼痛剧烈根本无法乘坐拖拉机，不愿去医院。曹东义走到妇人面前观察后，对她家人说："病人眼下疼痛剧烈，如果坐拖拉机去医院，一路上颠簸导致病情加重，会有危险。"

村民看着这个年轻的小医倌："那你说咋办？你有没有法子治？"

曹东义说："我眼下也没有治病的药，但我可以先给她扎几针缓解疼痛。"

"扎针？你行吗？会不会把人扎瘫了？"

曹东义以前看过姥爷扎针，这两年又跟父亲学针灸，有一阵子自己经常腹痛，尝试针灸之后立刻就缓解了。所以他信心满满地说："你们放心，这个只是在腿上扎，不会有任何危险。"说罢，曹东义取出银针先在自己足三里穴上扎了一针，村民们马上就放心了。

曹东义在村妇足三里和虎口穴扎上针，然后轻轻地旋转捻动，过了不到一刻钟的工夫，妇人呻吟声停止了。曹东义取针后按揉了几下，妇人站起身就说："不疼了！我要去做饭，医院就不去了。"转过身才想起向曹东义道谢。她家人还愣愣地望着曹东义："你这个小医倌厉害呀！才学几天就有这么大能耐，眼看着一根细针就把病治好了。"

这件事传开后，乡亲们更喜欢这个小医倌了。

背着药箱走进各家各户，与父老乡亲处久了熟络了，曹东义才渐渐懂得为什么村里人把赤脚医生看得这么重，为什么到现在还一代代传着张仲景的故事。各个村子都缺医少药，有病治不起，很多慢性病人只有熬日子等死。曹东义把每次巡医都当作要紧事，哪怕是给哪个婶子送几片药、给哪个老伯打一针。有时候刚回到家就又有人带话来，赶紧又往外奔。有时候半路遇雨淋成落汤鸡，就把药箱抱在怀里，唯恐淋湿了药品。最受罪的是冬天，常有人半夜叫门，找上门来的都是急病，都是救命的大事，曹东义二话不说裹上衣服冲进风雪里，走好远的路身上还没有一点热乎气。

苦和累都不可怕，年轻的曹东义有的是力气又充满热情，要紧的是，一个赤脚医生千万不能送错药、打错针，那可是人命关天的大事。在地区医院工作的父亲也常常告诫他，医者，是人生命的守护神，不能出分毫的差错。每次配药曹东义都要反复核对处方，唯恐打针送药出岔子，因为，在卫生站里，曹东义曾亲眼见过"打错针"的可怕后果。

一次，一个村民因发烧托人买了几支"庆大霉素"，请村医帮他注射。村医知道这个药退烧特别灵验不易买到，就帮他打了。谁知刚一打完就出现严重的过敏反应，那个村民当下呼吸困难，大小便失禁，眼睛也看不见了。村医心知坏了，他原以为这个村民之前打过这个药物，没想到过敏反应这么强烈。赶紧让人去叫肖张公社医院的医生来急救，公社医生一来就赶紧给病人注射了山梗菜碱、尼可刹米、肾上腺素等兴奋呼吸和循环中枢的针剂，又一起紧张地抢救了一阵子，病人总算恢复视力了，但是，压了几床被子还是哆嗦不止。经公社医生解释，病人明白是自己私自"弄好药"惹下的祸，若抢救不当命都没了。

目睹了这场"打针"风波，曹东义心里暗暗吃惊：仅仅因为没做注射前的皮试，差点就出人命！看来，医生也不是好当的啊！

那个时候的村卫生站，条件十分简陋，一不小心就会出错。当时的注射器都是玻璃管，全村只有3个公用注射器，与几个针头泡在一个大口的酒精瓶子里，用过之后煮沸消毒再放回酒精瓶里。从公社领回来的药片都是大包装，常用的去痛片（索米痛片）、安乃近、胃舒平（复方氢氧化铝片）、酵母片、甘草片、苏打片等，都是500粒或1000粒一瓶，药柜里摆满了一个个大玻璃瓶。给患者取药时把几种药片包在一起。有的药片形状完全一样，取药时要一一核对才不会取错药。

1976 年初，曹东义被选拔到衡水地区卫校参加"放射科训练班"，学习透视、造影、拍 X 光片，一个多月的放射科训练班结束之后，又到衡水县医院放射科进修学习半年。对于这个年轻的小村医来说，这是一次比较全面的提升和训练。半年之后，再回到公社医院的曹东义已经是一名正式的公社医院医生，在医者修行之路上，曹东义又迈进了一步。

1977 年 10 月，随着百废待兴的祖国一步步走上正常轨道，恢复高考的喜讯伴着朗朗秋风呼唤着曹东义——考大学，考医学院，实现追随张仲景的梦想！

曹东义参加高考的想法得到医院领导的支持，他便在工作之余全力投入复习。那个时期晚上经常停电，东义就在院子里借着月光看书、背题，很晚才睡。翌日天刚放亮，东义住宿的放射室的黑玻璃窗户就打开了，东义每天都是医院里第一个迎接曙光的人。

刚开始复习不久，公社医院突然接到一个艰巨任务——乡村修建公路，给医院分摊了 30 米的任务。因医院这一段地势低洼，要从一旁取土垫高，公社把这个任务交给医院自己完成。可是小小的医院只有 10 多个医务人员，而且大都是年纪比较大的老人和女人，这么重的力气活主要依靠像曹东义这样的年轻人。

院长知道曹东义正值复习功课的紧张时刻，而且对曹东义参加高考的愿望很理解、支持，此时只好为难地说："东义呀，咱们医院里多数都是老人和妇女，不派你去干活吧，咱们的任务难以完成；派你去干活吧，万一耽误了复习，你就会埋怨我一辈子！"

曹东义说："院长放心，工作和复习我分得清。白天我去工地，晚上回来看书复习，干活、复习两不误。"

那半个多月里，曹东义白天扑在修路工地上，苦活累活抢在前。

几天下来，手上打起水泡，晚间复习时抓不住笔，便用布把手缠上照样做题。而且，曹东义第一次发现，疼痛可以使人清醒，还消除了困意。那些天，曹东义每天都复习到很晚。

入冬不久，公社医院的 X 光机器出了故障，需要送到生产厂家去修理，曹东义和一个同事抬着旧的球管，坐火车来到省会石家庄。这是曹东义第一次来到省会大城市，但他没有心思去逛闹市街头，没有心思去看向往已久的文物古迹，把时间都用在了复习功课上。但是，当听说附近不远就是河北新医大学之后，便拉着同事走进校园。当时已是日落时分，校园里绿树成荫，安宁温馨，只有三三两两的学子在花园小径里走过。东义抬头望着那一排排教学楼，心里充满希冀：这就是父亲曾经读过书的河北新医大学，自己要是也能在这里上学多好啊！一定要考上医学院，像父亲一样，当一个真正的医生！

回到公社之后，曹东义更加珍惜每一分每一秒，找同学借资料，找高中的老师解答问题。东义知道，自己物理科目最差，因为在学校里压根儿就没学过高中物理，便去找物理老师刘恩国求教，这位老师是父亲初中时的同学，是衡中有名的物理老师。东义急切地问："我想以最快的速度补上声光电磁物理学的课程，大约需要多长时间？"老师说："就是日夜赶也得一个星期。"东义心想，没那么多时间了，复习的时间已进入倒计时，听老师讲了一些基本概念后便带着老师给的资料和测试题急火火地回到公社医院。

高考那两天，曹东义一大早骑着自行车到衡中参加考试，中午时间很紧张，就在附近吃一点带来的东西，剩余的时间继续临阵磨枪。

高考中榜的消息传来，东义的分数排在全县前几位。父亲特意从县上赶回来为东义庆贺。病中的母亲似乎也特别精神，眼睛亮闪闪地望着东义，喃喃说着："我儿子是秀才，我早说了我儿子是秀才！"家里亲戚也从外村赶来，为恢复高考后村里第一个大学生庆贺。

曹东义心里清楚，这是父亲和母亲从不放弃让他读书的结果。即便刮起"读书无用论""反对白专道路"歪风的那些年里，父亲和母亲也从不放松对子女读书学习的管束，是家里代代相传的耕读传家的家风促使东义迈进大学的门槛。

父亲很高兴，母亲也露出了笑容。历史相似的一幕又出现了：当初父亲考上大学时，东义即将出生，奶奶在病中，家里常常断粮，那是怎样的困难时期？可母亲没有丝毫的犹豫，毅然担起一家老小生活的重担，硬下心肠赶着父亲去上学。如今，家里的生活条件比那时好一些了，但是，母亲，那个天大的困难也难不住的母亲却病倒了。在后来的许多年里，东义总在想：究竟是什么时候，生活的重负把母亲压垮了？

东义这一走，家里所有的事情、所有的担子就落在父亲身上了！东义迟疑地看着父亲、母亲，看着家里的一切，心中犹豫不决。父亲知道他的心思，扫了他一眼，说："放心吧，天大的难处也不能误了上大学！家里有我呢。你弟弟妹妹也都大了，没啥过不去的坎。"

就这样，1978 年春，曹东义作为恢复高考后第一批大学生迈进了河北新医大学的大门。

20 年前的 1958 年，曹东义的父亲曹存良从保定第三中学直接考进河北医学院（20 世纪 70 年代中期该校与天津中医学院合并，改称河北新医大学）。26 年后的 2004 年，曹东义的女儿曹晓芸又考入改名为河北医科大学的同一所大学，历史的一幕再一次重现。这是一个有趣的重叠，三代人在不同的历史时期考入同一所医科大学，构成了一个沿袭三代的医生世家。

第二章
更无慈母望当归

1980 年 4 月 4 日，清早就下起了小雨，曹东义冒着小雨在操场跑步。清明这个节气还真是灵，每到这天必是小雨纷纷。丝丝小雨让他想起家乡仲景村，想起家中的亲人，想起精神已沉入黑暗隧道的母亲。

进入校园两年多，曹东义与母亲离多见少，常常想念病中的母亲。曹东义在心里对母亲说过很多遍："我已经大三了，很快就能成为一名真正的医生，我一定要想尽一切办法治好母亲的病。母亲，你等我啊！"

快要上课的时候，门房传来喊声："曹东义接电话！"曹东义快步跑到传达室，一把抓起电话；电话里传来舅舅低沉而沙哑的声音："你妈病重，尽快回来。买好火车票告诉我，我到车站接你。"舅舅说完就把电话挂上了。

曹东义请了假立刻往火车站跑，他要赶乘最早一列开往衡水的火车。舅舅的声音低沉沙哑，口气却是不容商量，显然是出了大事，曹东义心中有几分不好的预感。

到衡水时天空也有小雨在飘，曹东义快步走出站口，看到舅舅向他招手，急忙上了汽车，舅舅立即将车开动。东义望着舅舅的后脑勺，急切地问道:"我妈她咋样?"

舅舅把车子拐上大路后才说道:"你妈她不在了。"

舅舅轻轻地说了一声,没有回头,没有再说具体经过,只是沉着脸挂挡加速。东义没有再问,依旧望着舅舅的后脑勺,直到泪水完全阻挡了视线,才捂着脸哭了起来。

接到电话时已经有预感,他知道,为了不影响他的学习,非到万不得已家里不会给他打电话的。母亲已经在病中挣扎了三年,东义上大学已两年多,随着知识的滋养,他的脑子越来越灵光,母亲的脑子却越来越混乱,那思想意识之光渐渐熄灭了。走进大学校园,东义回乡的时间很少,对母亲的牵挂越来越重,东义常常在心里对母亲说:妈,我已经大三了,很快就是个会看病的医生了,你等我啊,我一定能治好你的病!可是母亲没有等到这一天,他再也没有机会了,这是曹东义心里永远的痛!

仲景村里,再无慈母望当归!

以母亲好强的性格,她如果知道自己堕入混沌世界,知道自己不再是个正常人,她一定是一天也不愿多活的!为治疗母亲的疾病,身为医生的父亲想尽了办法,咨询医界专家,打听相关信息,还请外地专科医师前来会诊,都没有取得好的疗效。父亲学的是西医,但一直信任中医并自学了一些中医医疗手法,一度采用针灸、香灸为母亲调理治疗,效果时好时坏,可是终未能唤醒母亲的意识。东义知道父亲和自己一样,内心深处总还留着一丝希望,相信随着医学的发展,总有一天能治好母亲的病,让母亲回到光明的世界、回到理性的世界。父亲是个中西兼修的好医生,为很多家乡父老医治好了疑难怪病,也一定能医治好母亲。东义自己也学医到大三了,很快就将成为一名医生,说不定能找到治疗母亲的办法。几年来,东义在心里一次次地呼喊:母亲,你再等等我啊……

如今，母亲这口气咽下去，一切再无可能了。母亲吃了太多的苦，付出了太多的心血，才四十多岁就撒手人寰，实在让人痛心啊！

在东义考大学的前夕，母亲常常感到心悸、头晕、胸闷，父亲带她去医院检查后确定为二尖瓣狭窄，并有心脏功能衰竭迹象。那次从医院回来后，母亲情绪很低落，当东义询问检查结果时，她悲伤地说："娃呀，你说妈这辈子怕过啥？哪怕剩一条胳膊也能干活，剩一条腿拄根棍照样走路，可这心一会儿跳得猛一会儿不跳就没法子啦！妈这个病怕是治不好了。"

母亲的心脏病加重于1976年，自唐山大地震后全家人都住在防震棚里，日晒雨淋的，湿气重，冬季还在院子里的半地窖里住了一段时间，像原始人一样的穴居生活害得她风湿病加重，出现了房颤。

1978年秋，为了消除母亲的房颤，父亲带母亲到省医院做药物除颤，要服用奎尼丁。这个名叫奎尼丁的西药是抑制性抗心律失常药，能直接作用于心肌细胞膜，可显著延长心肌不应期，降低自律性、传导性及心肌收缩力。但这个药的有效量和中毒量很接近，服用这种药有很大的风险。当时的医疗水平还很落后，今天怕是没人敢冒这样的风险。

母亲住院期间，父亲细心地叮咛值班护士，每天定时定量盯着母亲服药。一段时间后，父亲因公外出了几天，没想到就在这几天里出了意外。

这种药要严格按时按量服用，一直是由当班护士每隔两小时送一片药来看着母亲服下。但这天碰上一位马大哈护士，把一天的药一次拿给母亲，母亲捧着药惊慌地问："不是说两个钟头吃一片吗？今天怎么一下子吃这么多？"护士没当回事："那你就分开吃吧。"

母亲本来对这种药就心怀恐惧，这下更是怕了，也不知道当天吃了几片，心慌意乱地想：不能在这里住院了，不再吃这样危险的药了。她想打电话告诉父亲，但是，那个年代打电话、挂长途是多么困难的事情，找护士帮忙只落了一顿训斥。母亲在纠结、焦虑、忧愁、愤怒的不安中，连续几天几夜不能进食不能睡眠。等父亲赶回来为时已晚，一眼就看到母亲精神失常了。

是的，从那时起母亲就坠入了精神错乱的深渊。当时东义的大学生活刚进入第二学期，灾难就在那个时刻降临在母亲身上。从那一刻起，东义就陷入对母亲的深深担忧之中。

父亲把母亲接回衡水的时候给东义打来电话。那天东义刚刚下课，正和几个同学们在操场上说话呢，喊曹东义接电话的声音传来，东义急忙跑到校办室。通常学校是不能让学生家里打电话来的，除非有特别的急事，东义心知这电话一定是父亲打来的，是母亲的病情有变化吗？果然，拿起电话，母亲的声音倏然传来："孩子，你要说实话！要相信党！"

东义莫名其妙地对着电话说："妈你说啥？"

电话那端传来的依然是那种机械的、语气怪异的声音："孩子，你要说实话！要相信党！"没错，那是母亲的声音，她遇到了什么事情，怎么会有这样的突变？到底发生了什么事？

"妈，你说啥呢？"东义再次问道。这是母亲在"四清运动"中遭受迫害时常常说的一句话，在她遭受精神压力最大的时刻，常常对东义说这句话。可如今那历史的一页已经掀过去了，大家都一天天好起来了，她的思维她的意识为什么又回到了那个时代？

"孩子，你要说实话！要相信党！"母亲又把这句话重复了两次，声调平稳恳切。

东义脑子里轰地一响，他不知道发生了什么，但母亲一次次清楚地重复这句话，显然是出事了，出大事了！母亲遭受了什么变故？不等发问，话筒里传来父亲的声音，大概说了一下经过，曹东义才明白，母亲已经精神失常了！他心中英雄一样的母亲就这样突发变故，让他不认识了。这使他比当初听到母亲生病的消息时还要恐惧还要震惊还要痛苦！那么好强的母亲，那么刚毅的母亲，那么开朗豁达聪慧机智的母亲，被几粒药片击垮了！

从此，母亲跌入了永远的黑暗中。

他刚开始复习高考的那阵子，母亲就时常出现心脏不适。东义周末回到家也复习到很晚。母亲常常静静地站在一旁，久久地看着东义，本来就细长的眼睛笑成一条缝："真快呀，俺东义也到了考大学的时候了。"

东义说："我今年先试试，我的物理课太差了，可能考不上。"母亲说："俺东义行的，东义从小就是当秀才的料，你姥爷说你将来能当张仲景那样的医生嘞！"东义说："我一定要考上医学院，将来当个好医生，今年考不上明年还考。等我学好了就能治好妈的病。"母亲开心地笑了，那一刻看不出她是个病人。

就在东义考上医科大学，走进父亲 20 年前求学的河北新医大学的 1978 年，母亲因服药事故导致病情加重，受刺激精神失常，还因房颤而发生脑栓塞。东义寒假回家期间，用自己刚学到的灸疗技术为母亲做艾灸。她身上有几个部位因为血栓而导致溃疡，就像是结核病的寒性疮疡。东义在父亲的指导下用艾灸、隔姜灸，为母亲治疗了整整一个暑假，疮疡渐渐好了。

过完年临离开家时，母亲用手指着东义说："你该说对象了，是我连累了你。"东义说："哪有啊，我才上大学，正是念书的时候，过两年才能找，到时给你领回来。"

寒假回来时，父亲请照相师来家照了一张全家福。上大一、大二这两年寒假回去都请人拍了全家人的合照。父亲心里知道，这种全家人聚齐的日子不会多了。果然，在曹东义上大三这年，母亲就离去了。

回到学校的曹东义又开始大三的紧张学习，心中既怀念病逝的母亲，也牵挂中年丧妻的父亲和尚未成年的弟弟妹妹。自己在省会城市念书，父亲在衡水行医、照顾家人，许久不得一见，常常是以家书表达思念。那一时期，曹东义给父亲写了很多信，谈自己对母亲的思念，谈对父亲的牵挂。父亲几乎是每信必回，给东义讲母亲生前的事，更多的是给东义讲医学上的事，让东义安心学习。曹东义记得，那一时期他们父子之间交流最多，很多关于人生、关于医学的理念都是父亲通过家书传递给他的。

之后的很多年里，东义和弟弟每到清明都要陪着父亲去扫墓，去看望另一个世界的母亲。2009年清明节，他们再次陪伴已经年逾古稀的父亲去扫墓，弟弟曹东旺写了一首怀念母亲的诗：

> 冬去春来又清明，暖风拂面杨柳青。
> 愁云淡日映枯草，鸦雀掠魂传哀声。
> 含悲心泪向天语，垂首叩祭向地灵。
> 慈母离世三十载，每当佳节梦里逢。
> 去时多恨儿年幼，不敢看人母子爱。
> 只愿天庭人情暖，以慰隔世儿女情。

在大学毕业之前，东义每每想起母亲时多是怀念和悲伤，真正思念母亲、理解母亲是在走上工作岗位和成家以后。"有儿方知父母恩"，母亲离开太早，东义仅靠回忆甚至都不能看到一个完整的母亲，无法走进母亲的世界，心里一直不解的是，母亲那矮小的身躯怎么会有那么大的力量？那瘦弱的肩膀怎么能为全家人撑起一片蓝天？从没进过校门的她为什么对读书有那么强烈的向往，有那么坚定的信念，在那艰苦的岁月里，坚定地把家里两代男人送进大学！

在后来的许多年里，东义从父亲的回忆、姑母和姨妈等亲人的讲述中才走进母亲的世界，才渐渐把母亲的足迹串联起来。

母亲叫付秀君，1933 年出生于枣强县后河西村。在冀中乡下，母亲家里的条件算是比较好的，姥爷是个能人，有文化，懂中医，还有熬麦芽糖的手艺。母亲兄弟姊妹三个，老大是个男孩，家里自是看得重，到年龄就进学堂了。到了母亲该上学的这一年，家里添了个女娃，母亲必须帮着带娃干家务，上学就不可能了。等到小她七岁的妹子到了上学年龄时，家里日子好些了，母亲却错过了上学年龄。就这样，家里三个孩子中大的小的都上了学，唯独把最想上学的老二落下了。但她从没有埋怨过，谁让自己生不逢时啊。母亲自小能吃苦，十几岁就顶个劳力出工、操持家务。她把对读书、对学校的这份向往深深地藏在心里。所以，当得知家里给她定的对象是仲景村里的一个高中生时，她立刻喜滋滋地应下了婚事。

东义的舅舅和姨妈还给他讲了母亲当年出嫁时的盛况。

1956 年，母亲从枣强县后河西村嫁到仲景村来。当时父亲还在上高二呢，那时村里上高中的没几个，母亲就是奔着这个高中生来的。她没有上过学，因而她对上学有一种特别的羡慕和看重。

母亲嫁过来时正是麦假时节，看热闹的人多。那个时候农村已经不兴抬花轿了，都是讲究借辆马车装扮一下娶亲。可是姥爷是乡亲们公认的"乡下先生"，好面子，坚持要抬花轿，也是因为他一直觉得这个二姑娘为家里付出太多，一定要风风光光嫁出去。但轿子不好找，找遍几个村终于借来一顶轿。当地有规矩，花轿不能空着来，便让新郎坐着花轿去接亲，然后让新娘子坐着轿子来。

母亲是新社会的共产党员，她才不听老人们的摆布——穿绣花的红嫁衣行那些烦琐的旧礼，她是穿着西服上的花轿。送亲队伍进村，把村里人吓了一跳：母亲娘家置办的嫁妆丰盛得很，大衣橱、八仙桌、炕橱子等家具应有尽有，仲景村里的乡亲还没见过这阵仗呢。

那时国家《婚姻法》刚实施不久，反对包办婚姻新风刚刚兴起。母亲和父亲经人介绍相识，经过几次见面有所了解才订下了婚事。而爷爷是党员又是村长，自然是倡导新风尚的。

农村人常说，女大三，抱金砖。但母亲命里注定多灾多难，嫁到仲景村好景不长，爷爷突然病故。爷爷死得很突然，头天还去地里干活，回屋后感觉不舒服，吃了一服中药，然后就腹泻、便血而死。

父母结婚时，父亲还上着高二呢，把媳妇娶进门就去学校上课了。母亲一进婆家就担起了下地挣工分、侍候公婆、打理里外家务的重担。这日子苦点累点倒也还过得去，没想到平安日子才过了一年，家里就突遭变故。爷爷突然去世，留下个常年老慢支总也治不好的奶奶。家里顶梁柱倒下了，养家糊口的重担谁来担？父亲是辍学找工作还是回乡种地？他如果继续读高中，母亲怎么撑得起这个家？

那个时期母亲成了全村人关注的焦点。

那一年母亲和父亲有许多个不眠之夜吧？家里悲声未息，愁结又来，还有闲话在村子流传，地头路边枣树下，常有风言风语的议论：

有人说："这个媳妇一嫁过来就把公爹克死了。"

"付秀君的属相与她公爹属相犯冲，属鸡的与属狗的不合。这不，媳妇进屋才一年就把公爹克死了。"

"克星啊！存良他爹正当年，没想到儿媳妇过门才一年，就把命丢了，还说啥女大三抱金砖，看看……"

"付秀君这个女人命太硬！你看她那么瘦小个人哪来那么大力气啊？"

有时候，闲话传到奶奶耳朵里，气得她一边咳嗽一边骂那些长舌头。儿媳妇进门一年,那股子吃苦耐劳劲和孝顺劲她看在眼里记在心上,这么贤惠的媳妇从嫁过来没过一天轻松日子,还有人说三道四,太欺侮人了!

母亲却像没听见那些嚼舌根的话,她忙个不停地撑着这个家,给婆婆和一个年幼的小叔子做饭,按时给婆婆熬药,婆婆的慢支病永远也治不好,需要她精心侍候。还有打猪草、喂鸡、种菜等家务活,从天明到夜黑,她像风一样呼呼地飘过来飘过去,永远没有停歇的时候。

爷爷一走,家里的顶梁柱塌了,父亲心想:自己这个学怕是不能再念了,家里就他一个大男人,不养家像个啥?还没等到他开口,母亲说:"你好好上你的学,上完高中能考大学就考大学,家里的事有我。"

父亲忧心忡忡地说道:"爹一走,家里连个壮劳力都没有了,我还顾着自己上学能行吗?"

母亲手一挥:"放心吧,我不会让娘饿着冷着。"

就这样,父亲高中一毕业又考上了河北医学院,那个时代的大学生可真是稀罕得很,父亲是仲景村里的头一个医科大学生,村里人说仲景村出了一个新时代的张仲景。

母亲像一把火炬,点燃自己,照亮了全家人。

父亲回忆自己考上大学那段日子,总是怀着对母亲深深的愧疚。

父亲上高中时成绩好,在班里一直是名列前茅。毕业时老师鼓励他考大学,他自己也有几分和同学较劲的心劲儿,可真拿到通知书,心里轰然一响,这学咋上?自己成家两年上了两年高中,父亲突然病故时,自己还在学校里上课。妻子是怎么撑着这个家的?如今自己再去上大学,这一上就是五年,而且,妻子已经怀了孩子,到时她怎么办?上有老下有小,地里、院里还有一摊子活儿要做,她就是个铁人也撑不过来啊！

母亲却没有一丝愁云，捧着大学录取通知书看了一遍又一遍，乐呵呵地说："好嘞，医学院，将来是要做医生的。你是咱仲景村出的第一个医科大学生吧？"

父亲犹豫地说："家里这一摊子咋办？你一个人累死也顾不过来啊！"

母亲手一挥轻松地说："你掂不来个轻重啊？苦点累点算个啥？当然是上学要紧啊！日子是难点，真有过不去的坎不是还有你们曹家的亲戚，还有我们娘家人嘛！放心去上学吧！"

1958 年 9 月，父亲作为仲景村第一个医科大学生走进河北医学院。同年 11 月，曹东义出生。那几年正是共和国经历"大跃进"和经济困难的艰难时期，一个农村家庭供养一个大学生有多难？一个刚刚生下孩子的产妇要赡养老人、养育孩子又有多少难处？

东义满周岁时，母亲还被选为妇女队长，她是共产党员，队里需要她。那年，大炼钢铁的风潮席卷仲景村，村里办起大食堂，队干部带着人挨家挨户收铁器，做饭锅、烧水锅、锅铲子、铁勺子，连铁质的门把手都被收走了，后来变成了一坨一坨的废铁。

那时母亲常常端着瓦罐从食堂里打玉米粥，她喝上边稀的，下边稠一点的给婆婆、小叔和东义喝。后来，大食堂渐渐办不下去了，连玉米粥也喝不上了。有人出去逃荒，有人投亲奔友。可母亲走不了，家里有老人，有一岁多的孩子。她漫山遍野找吃的，野菜、树叶、玉米芯子，一切能填肚子的东西都找来吃。付家人、曹家亲戚也都知道这个家里男人在外上学，有一口吃的也给他们接济一点。大食堂停办后，家里当下就断顿了，想煮点野菜粥都没处做啊。后来，奶奶小心翼翼地从地窖里翻出一口生锈的小铁锅，队里上门收铁器时她偷偷藏下了这口锅。这下可派上大用场了，煮野菜、熬糊涂汤，熬过了一阵时光。

那时村里人家家都吃不饱，妇女生下孩子没有奶水，孩子哇哇的哭声呼唤着她这个妇女队长。母亲碰上了，二话不说抱起娃就喂奶，可她成天吃的是稀得能照见人影的玉米粥，自己家不满周岁的东义都常常没奶吃，哪来的奶水喂养别家娃啊！奶奶拦她时，她说："你看看那娃娃都快要哭断气了，哪怕能让吸出一口奶也能救下一条命啊！"就这样，没有奶也让饥饿的婴儿使劲吮吸，母亲先后给邻里乡亲六个孩子喂过奶。

东义自小身体弱，个把月里总要发一两次烧，烧起来全身滚烫。母亲抱着东义在屋里转圈，一圈一圈又一圈，一边往东义红红的脸蛋上和小手上吹气，一边念叨着："娃呀，娃呀，你可别烧傻了，烧烧就行了呗，你咋就这么'费'啊！"

有时，奶奶后半夜醒来看到儿媳妇还抱着孩子在地下转圈，心疼地说："秀君，这咋行啊？你白天晚上不睡觉哪吃得消啊！"

几年苦日子总算熬过来了，一家老小都活了下来。父亲再有半年多也要大学毕业了。父亲上大学那几年，母亲还从来没去过他的学校呢。1963年夏秋之交，很少出远门的母亲准备去石家庄探望父亲，准备了换洗衣服，还有几样家乡的土特产，还有东义姥爷做的麦芽糖。

没想到，一生没出过几次远门的母亲这一回偏偏就遇上了大水灾。母亲刚到石家庄，一场百年不遇的大暴雨突降衡水，一连下了七天七夜啊！还没等雨停，洪暴就来了！为了保护京津两个大城市，河北省的农田和村庄都被淹没了，作为保卫京津的护城河，衡水城南的仲景村首当其冲。家被淹，石德线铁路也被冲毁了，母亲被困在石家庄回不来了。

家人生死不明，房屋倒塌，父亲和母亲一天天打探家乡传来的消息，可公路铁路全被冲断，心急如焚却回不去。

东义的姑妈曹存贞家在邻村半壁店，听到有洪水的消息后，一想东义的母亲去了石家庄，家里只剩一老一小，急忙赶到东义家照顾东义和他奶奶。家里已经被屋顶漏的雨水湿透了，没有落脚的地方。姑妈把东义放在长条坐凳上，把老人扶到窗台上靠着，就这样熬过了一个不眠之夜。没有柴火烧，奶奶把父亲用过的课本和医学教材抱来，问姑妈哪些能烧，先烧一锅开水吧。姑妈识一些字，但哪懂医学教材啊，说把旧的烧了吧，便把书扯开晾干，三张两张地续着火，烧了一锅开水。

第二天，姑妈把祖孙二人接到地势高一些的半壁店村，大家围在一起听着外面哗哗的雨声，听人传来洪水的消息。当路过的邻居带来东义家的房子已经倒塌在洪水中的消息时，奶奶呜呜地哭了。

后来，随着洪水不断上涨，姑妈带着他们不停地往地势高的地方转移，投亲靠友，一路上看到一片片房舍接连轰然倒下，溅起一片水花。

后来的几天，政府派飞机空投救济物资，说是有烙饼、饼干等食物。青壮年在洪水里捡，有的一手托着食物，一手划着水，还有一个水性好的人一边游泳，一边推着身前的西瓜，一副天不怕地不怕的样子。他们上岸后把捡到的空投物资给落难的人都分了一点。

姥爷来了，还带了村里一个水性好的人来接东义，他们把一个大车轮胎浮在水面上，上面放一个大长箩筐，把东义放在里面，推回后河西村……

火车通车后，母亲终于回到仲景村。大水退下去了，天空中弥漫着一股腥气。母亲一路小跑冲进临时搭建的棚屋里，看见亲人，身子一软扑通一声就坐地上了，包袱里的东西散落一地，瞅见躲在姥爷身后的东义，又猛地扑上去抱住就哭。

母亲哭着说："都怪我呀，偏偏这个时候去石家庄，差点让你们见了龙王爷！屋子也没了！"

姥爷说："秀君，屋子没了不怕，只要人都在，没啥大不了的。"

在临时窝棚里住了一年多，父亲和母亲开始张罗重新盖房子。他们像燕子垒窝一样，把老房子的砖头从废墟里一块块拣出来，然后垫高宅基地。母亲找娘家人帮忙东拼西凑，攒齐了屋脊木料，又请人帮忙打土坯，一点一点地把盖房的材料凑齐。

但是，天公不作美，一场大雨把打好的土坯全都泡了汤。母亲愣愣地站着，望着那一堆泡垮的土坯，使劲瞪着细长的眼睛就是没有一滴泪，第二天备好家伙什备好饭食请匠人重打土坯。终于，赶在入冬前建起三间新房，以前的土坯房变成了"挂砖面"的三间北屋，村里的乡亲们无不啧啧赞叹。

母亲身上有一种永不服输、永不低头的倔强劲，在遇到困难、遇到命运的不公时，她身上会爆发出惊人的能量。

"四清运动"的时候，有人贴大字报诬陷她，她坦然地说："你们去查，我这个妇女队长只要贪过一件公家的东西，只要借队长的身份沾过一次公家的光，你们就批就斗。"说完，扭头就带着妇女们出工去了，干农活没有人比得过她。

"四清运动"刚兴起那两年，队里人都不愿意去给牲口铡草。所谓铡草就是把给牲口吃的秸秆、谷草捆成一束，用铡刀切成寸长的小段，这是个苦活，而且相当危险，过去曾有人铡草把手铡断。这运动一闹，连男人都不愿干这活了。没人干，母亲就去干，一干就是一个冬天。

母亲干起活来总是风风火火的，在困难面前刚强不屈，对家里亲人却是和风细雨、温情柔肠。

东义小时候爱说爱动，比别的孩子更淘气，时不时惹点祸事，母亲从没有打过他。东义不听话，她最重的惩罚就是这样一句话："去，搬凳子去，你不要上学了！"那时村里的小学生都是自己带凳子，凳子在学籍就在，哪个学生辍学了，教室就不会有他的凳子了。东义自小也是把上学看得比命重，一听不让他上学了，赶紧给母亲认错，一遍遍发誓再也不会犯错了。

受母亲的影响，东义自小要强，学习成绩拔尖。虽说早上学一年，是班级里年龄最小的，成绩却排在前面。有的同学不服气，几个比他高比他大的同学总是想着法子欺侮他。有人把他的帽子摘下来，一扔就扔到教室房顶上，东义想法拿下来之后，他们哄闹着又扔上去。东义找老师评理，开始老师还管管，后来次数多了也就懒得说了。

有一次，那个老爱欺侮他的同学又一次把他的帽子摘下来扔在树梢上，东义瞪着眼睛说："怎么扔上去的你给我怎么取下来！"那个同学不以为然，还鼓动别的同学起哄。曹东义突然像头小豹子一样扑了上去，一头撞在他身上。

那个同学倒在地上，腮帮子出血了。老师和家长都来了，把那个同学送到公社医院包扎治疗。同学家大人不干了，纠集了十几个人来到东义家，大吵大闹要说法。听着门外人声喧哗，母亲把东义拉到后院往柴火堆里一按，自己迎上去面对怒火中烧的一群人说好话，低三下四地一遍遍赔礼道歉，翻出家里仅有的一点钱给人家赔医药费。

躲在柴火堆后的东义这回心里害怕了。他知道母亲一向好强，作为妇女队长、共产党员，平时是村里处理家事、村事说了算的人，在村民中颇有威望。可这次她自己的儿子打了人，她的腰杆挺不起来，说话都不响亮。面对一街筒子看热闹的人群，母亲心里该有多难受啊！

东义知道母亲好强，这次让她丢了面子，一定非常生气，一顿打是少不了了。但是，当母亲从柴火堆后面把东义拉出来时，没有打也没有骂，而是静静地看着东义等他解释。倔强的东义歪着头只说了一句："他们欺侮我，合起来欺侮我，老师也不管！"

母亲给东义擦去眼泪领到厨房里——自惹祸后东义大半天还没吃饭。母亲在身后说："以后记住，任何时候都不能伤着别人！"

母亲对儿子的爱，是浓厚的、无微不至的，是不计任何代价的。

东义至今清楚地记得他十多岁时惹下的另一场大祸。

那年夏，母亲去姥姥家帮忙做农活，第二天下午才回来。东义去村口接上母亲往家走，不经意地说："我看天气太热，就挑了几担水给猪圈和老母猪身上浇了一遍。"

母亲停下脚步惊慌地说："你说啥？给老母猪身上浇水了？"不等东义回答又说："坏了，母猪死了！"

东义一听也慌了："怎么会呢？我是让它凉快凉快呀！"

母亲一路小跑往家赶，一进院子直奔猪圈，只听母亲一声长叹："完了完了，下半年就指望它给家里换点油盐钱啊！"

跟在身后的东义看到母亲愣在那儿，心说坏了，忙探头往里看，只见母猪仰躺在地，四只蹄子翘着，三只小猪还在它身边拱着"吃奶"。

母猪真的死了！东义知道这祸惹大了！呆愣愣地等着母亲处罚。母猪没了，三个小猪崽本来要等着喂一阵子才好出售，这是家里一笔重要的收入，这下全完了！

又惹大祸了！东义低下头等母亲打他、骂他，但母亲好像忘了这件事的起因，一阵风似的跑去找人来帮忙杀猪，然后把猪崽送给能养的人家。

圈空了，猪没了，下半年的油盐零花钱没有了，母亲忙到后半夜才料理完了一应的事，呆望着空荡荡的猪圈……

第二天早晨，母亲过来看东义，担心地问："你昨晚咋样啊？睡着了没？"东义已把头天的事忘到九霄云外了，大咧咧地说："我睡得好呀。"母亲说："那就好那就好！可吓死我了，我怕你遇到这么大的事会吓得睡不着觉，你倒心大。"

无知少年啊！不知人间愁，不知母亲苦，惹下弥天大祸却像个没事人一样踏实地睡了一夜，而母亲既发愁家里平白蚀了一笔财，又担心东义心里自责，想来想去到三更都不能入眠。

东义从小就记得，母亲平时不光自己孝敬奶奶，还要求孩子们处处敬老爱老，一言一行都给他们做出样子。那时生活清苦，家里蒸馍馍烙饼，都是做细粮、粗粮两样，细粮给老人吃，孩子们吃混面，她自己吃窝头。奶奶有慢阻肺，一到冬天就出不了屋，整天趴在被窝里跪着睡觉，喘气咳嗽时要有一口吃的压一压。因此，家里再穷，奶奶枕头边上也总放着一两个苹果、柿子或是几片饼干什么的。母亲对东义兄妹说："你们奶奶吃了一辈子苦，又是个病身子，好东西要顾着她，你们的好日子在后边。"

奶奶心疼孙子、孙女们，经常偷着把好吃的给东义他们。但东义知道这是奶奶"压咳嗽"的东西，告诉弟弟妹妹谁都不许吃。有时，奶奶咳嗽病来得猛，咳到半夜都停不下来，就见母亲悄悄到厨房里，用玉米皮点着火，用一个大铁勺子热开一点花生油或者棉籽油，炸一个鸡蛋端给奶奶吃。母亲说，奶奶的咳嗽病是年轻时受累、受饿得了"劳伤"，犯病时吃点好的就能减轻病痛。

母亲不仅仅是妇女队长，而且还是半个医生，衣柜上常年放着一个小箱子，里边有听诊器、体温计，还有退烧药、外伤药等。她不但为很多村民看过病，还接生过几次。记得村里刚有电动铡草机的那一年，一个村民铡草时机子卡住了，就伸手去掏，当即切掉了右手，当时人们吓得四散而逃，喊声一片。母亲镇定地冲上去，快速进行止血、包扎，还煎了鸡蛋送给他吃，安慰他、鼓励他。

母亲一生最大的遗憾就是未能进学校读书，她对读书的羡慕达到令人费解的程度！新中国成立后，村里办起扫盲班，母亲头一个报名参加。虽然只是半年扫盲班，母亲却靠着用功自学，很快就能读书看报，还成了妇女中第一个共产党员。

姨妈直到老年时还对东义说："你妈这个人自小聪明，比我、比你舅舅都强，就是命不好，把念书看得比啥都重却没能进入学校。"

东义成年后一直觉得无法想象那些年是什么样的情景。爷爷入土不久，家里唯一一个男丁还在读书，奶奶因悲伤、急愁交加，慢支更严重了，咳声连连寸步难行，还有一个小叔子才十多岁，这家人拿什么活？母亲是怎么挺过来的？紧接着，在自己出生时，父亲又进了医科大学，母亲是怎么熬过来的？问父亲时，父亲也是感慨万千地叹道："真不知你妈那么瘦弱个人，哪来那么大的力气，哪来那么大的毅力！"

许多年后，当曹东义成为一个男子汉时，成为中国中医研究院的硕士研究生时，成为一名经验丰富的医生时，成为一位著书立说的专家时，常常想起这个问题：母亲是一个怎样的女人？她那么瘦弱的身躯哪来那么坚忍的毅力？她没有进过学校，哪来那么多的智慧？她一辈子没有离开过乡村，哪来那么高的眼界、那么大的胸怀？当祖母讲那些年的艰难日子，父亲讲他狠心离开家去上大学的情景时，东义听着都难以置信。母亲啊母亲，你是个什么样的女人？你那瘦弱的身躯怎么能担当起这么重的担子？你一辈子究竟吃了多少苦？

第三章
远志去寻使君子

1978 年 3 月初，河北新医大学恢复高考之后的第一届学生，在晚了一个学期之后，终于集合在校园里了。

刚开始走向正常轨道的大学校园，学习和生活条件都很差，校园荒芜，被破坏的教学系统才逐步恢复，教材只能沿用"工农兵学员教材"。各班级实行军事化管理，每天下午课后读报、学习、讨论，每个同学人手一只军绿小马扎，一个军人出身的学员响亮地喊号令："稍息，立正！"大家左手提马扎，前后一步宽，听"马扎放下，落座"的号令传来后，随着整齐的咔咔一阵响，便坐下一大片。

对于曹东义来说，校园里的一切都是新鲜有趣的，条件差根本不算什么，毕竟是大学校园，有心求知随时都能学习。十年，荒废青春荒废读书的十年终于结束了，来之不易的求学机会令人更加珍惜。曹东义晚上总是到自习室学习，直到熄灯时才回到宿舍。

学生住宿条件十分艰苦，中医系 3 个大班 120 人，全部被安排到 3 楼图书馆分隔出来的 6 间大宿舍。曹东义这个班 40 多人分别住两个大宿舍，男女生宿舍相邻，因为是隔出来的房间，只有一扇木板分开男生女生两个世界。两个世界的说话声清晰入耳，平时都小心翼翼，在情绪高涨的时候就忘乎所以了。有时女生那边说到什么有趣的事情了，欢声笑语不断；当男生这边为什么事情讨论不休的时候，也会情绪激昂声浪阵阵。这个时候，离门近的同学就会把木门敲得咚咚响，喊道："同学们，别吵了，咱们睡吧？"

对方接收到提醒就会客气地说："好，睡吧。"

安静了一分钟，忽然两边都爆发出笑声。是啊，这话怪怪的，听着像是一家人似的，怎能不引发哄堂大笑？

集体生活是多彩而愉快的，常常会有一些意想不到的小插曲成为大家的快乐源泉。初学医学，新生们都带着强烈的好奇心，说话间有意无意都要用上医学名词。有一天班级集体劳动过后，同学们回到宿舍都累得不想说话，显得很沉闷。突然听到对面宿舍传来一个女同学的说话声："哎呀，累得我都阳痿了！"那时刚入校不久的同学们刚学了点医学知识，脑子里装满了一些中医词汇，"五行""阴阳"什么的，经常不由自主地蹦出怪话，惹人发笑。这个女同学竟然冒出这么一句，男生这边一时间笑都不敢笑了。只听一个结过婚的老大姐同学说："你啊，你永远得不了这个病，这是男人的专利！"原来是刚学中医的女同学不知这是男性病，冒出这么一句话，两边宿舍的男生和女生一起大笑起来。

大学的校园生活虽然很清贫，但并不枯燥，中医系的同学常常会把学到的一点知识用来搞个恶作剧什么的，总会令人捧腹不止。有个同学身条瘦瘦的，说话慢条斯理显老气，大家都说他最像中医。有同学就装出找他看病的样子，他也就现场表演起看病来。一边打量同学的脸，一边切上脉，一脸坏笑地说："恭喜恭喜，你有喜了！"

曹东义不喜欢在宿舍闲聊天，往往熄灯时才回到宿舍，一回来就躺下，便有人起哄："曹同学病了，哪位大夫来给看看？"便有人过来又是要按摩又是要切脉。

有时候，下铺的同学嫌上铺太吵，就让鞋子飞上去带口信，还有人把脸盆敲得当当响。但是，有同学用收音机听中国女排在日本比赛实况时，大家又都围过来一起听，一直听到夺取世界冠军升国旗，都激动得不能入眠。

虽然条件艰苦，教学资料也很缺乏，但终究是大学校园，是一方可以安心读书学习的地方。学校有一个被压缩的图书馆，原来三四间的大阅览室挤到一个大厅里，但书却很多。在书的海洋里，曹东义认识到自己中学时代欠账太多，历史、地理这些课程几乎空缺，大一大二这两年把中国和世界历史、地理尽数补上，还把时间生物学、细胞杂交、生物进化论等相关课程跟进不少。东义感觉到，中医这门古老的学科，很多原理很难理解，像一座高山无从攀缘。有时觉得要打开中医宝库，也许不在中医自身，而要与其他密钥配合使用才能打开通道。

班里有一位女同学，读书甚多，同学们议论到的中外名著她几乎全都看过，她可以如数家珍地给同学们讲托尔斯泰、普希金，日本的川端康成，以及法国的雨果、巴尔扎克等，无论谁提起俄罗斯文学、日本文学或是欧美文学，她都能随口讲出几本书的梗概，这让同学们既佩服又羡慕。当然，大家都知道，人家是从北京高干家庭出来的，不是一般人能比的。

曹东义是同学们公认的书袋子，但和这位女同学比起来还是感觉到了差距。曹东义便虚心求教，让这位女同学给他列一个书单，把她所知道的世界名著全写上，东义一一找来看，学校没有的，这位女同学还找人帮忙借。

随着学习渐渐深入，东义知道了，中医是一门博大精深的学科，也是一门理论深奥的学问，要想成为一名好中医真的太难了。光是那些不计其数的医学典籍就够吓人的了，什么《黄帝内经》《神农本草经》《难经》，等等。它们既是留给后人的宝贵经验，又是一座座难以逾越的高山。要想掌握它、学会它，必须理解、记住这些复杂深奥的医学理论和繁多的典籍。阴阳、五行、经络、藏象，林林总总，概念多如天上的繁星，这些复杂的理论基础学起来非常枯燥而晦涩，但别无他路，要想成为一名真正的中医只有攻下这一座座城堡，才能摘下这一颗颗"星星"。

从大一第二学期开始，同学们就发现曹东义变得沉默寡言了，不太和同学们说笑，也不和大家一起活动。有时自习背经典过于专注，竟忘记了自己是谁。有一次，同学大喊曹东义，他竟摇着头说曹东义不在。晚间，熄灯前的时光他总是趴在铺上一页页啃那难懂的《黄帝内经》《难经》，学习中发现自己古文基础薄弱，又回过头恶补了古汉语课程。

下功夫的汗水是苦涩的，但汗水孕育的果实却是香甜的，给东义带来了愉悦。当老师在台上引经据典讲解各种病症、分析病因时，别的同学如坠五里雾中，东义却如饮甘霖，感到自己在医学的海洋里畅快地遨游。

晚间，宿舍里，同学们各自躺在铺上之后开始了睡前的议论，一个来自天津的同学叹道："我真不知自己能不能把这个中医学下去，这也太难了！光是要背诵的这一大堆要几年才能背下啊！《黄帝内经》《伤寒杂病论》《金匮要略》《千金要方》，等等，一个人脑子能装下这么多东西吗？"

另一个同学也诉苦道："更可怕的是那些汤歌、药方，成千上万的方剂，一个人的脑子里怎么可能装下那么多东西？而且那些奇奇怪怪的药名、药效、药性，搞不好就张冠李戴。"

又一个同学说："不，不，这还不是最可怕的，最可怕的是各种病症的表象、脉象，经络的走向，分布在全身的穴位，这些内容像天书一样难记难懂啊！"

有同学问："曹东义，你好像记性特别好，老师提问都难不住你，给我们讲讲你有什么绝招？有什么好办法不要独享，给我们大家说一下。"

曹东义说："我和大家一样，也是觉得学中医挺难的。以前咱们只觉得一个好中医治病有方、学识渊博，没想过他们是怎样修炼出来的。进了中医学院才知道，只有下苦功夫学，读、背、记，还不能空下一步，空下哪一步，往前的路就不通了。我没有什么好办法，只有苦学。"

大二大三这两年，曹东义内心深处那个爱好文学的梦想，也蓬勃地生长着，他如饥似渴地读了大量文学书籍，到后来都能和"女秀才"比拼了。文学，极大地丰富了曹东义的内心世界，也帮助他对外部世界有了更多的了解。以前东义以读书多在同伴中出名，现在看来简直不值一提。中国文学除了"四大名著"，还有很多古代、现代、当代的文学佳作，世界文学更是如同浩瀚的海洋，曹东义欣喜地在这文学的海洋里尽情地遨游。

河北新医大学是一所很特殊的学校，它是河北医学院与天津中医学院合并后的院校，后来天津中医学院、河北中医学院恢复建制，河北医学院也恢复了建制。曹东义入学的时候，学校名叫"河北新医大学"，当曹东义毕业的时候，毕业证上盖的章已经是"河北医学院"了。

西医临床课是在河北医学院第二医院（现河北医科大学第二医院）上的，持续了一年。毕业后的一年实习期中医西医各占一半。西医实习半年是在石家庄地区人民医院（现石家庄市第二医院），在内、外、妇、儿四个科室进行了全面的实习，这对大学所学是一次检验和提高。曹东义已经能够按照医生的标准熟练进行各种操作，在内科实习时，独立做心电图、出报告；到外科门诊，自己"主刀"，完成了除腋臭、包皮环切、脂肪瘤、脚鸡眼切除等60多个小手术；在妇产科实习时，顺利接生了6个新生儿。

1982年末，五年大学生活结束了，毕业分配的信息浪潮般一波一波袭来。中医学子们都知道，对于一个学中医的大学生来说，什么最重要？平台，也就是你能去的单位，到一个好单位才有成为一个好医生的可能。同学们都希望留在大城市、大医院，但大城市里大医院的名额终究有限，"竞争"十分激烈。但此时的竞争就不单单凭个人的成绩，还看你有没有背景，有没有关系。对初入社会的东义来说，这是又一个新课题、又一种磨炼。

曹东义的父亲只是个普通的医生，没有什么背景，历来怕求人托关系这种事情，但为了东义能留在石家庄工作，他把他的几个老同学动员起来，筹划了一番，最后一致认为，找东义所在系的副主任。这个副主任是他们当年的班主任，虽少有来往，总算是老关系，再说东义又是系里出类拔萃的学生，便带着东义找上门去求情。没想到这位旧相识副主任却是不念旧情，满嘴新词儿："你们父子两代都是学医的，应该为国家着想，服从分配，到艰苦的地方去。"

东义父亲被人上了一课，脸红了又红。过了几天，想想东义的前程，还是不死心，又托人找到系主任。见面时父亲勾着头低声说自己这一辈子就在衡水医院干到底了，希望把东义留在石家庄，锻炼的机会多一些。这位主任倒是实话实说："名额有限，只有最优秀的毕业生才能留在省城。"东义当即说道："我上了五年学，当了四年系级三好学生，成绩一直靠前，算不算优秀？我希望留校或分配到省医院够不够格？"主任显然不爱听这话，满脸不屑地说道："三好、三好，那还不是说你好你就好？现在正是考验你的时候，听话、服从分配才是真三好！"

东义一步跨到系主任面前，反驳道："主任，你就是这样糊弄人的吗？你做报告让我们争先进创三好的时候，说三好如何重要，是将来分配工作的重要依据，现在你又把三好说得这么儿戏！你敢在新生面前把这话再讲一遍吗？"

这位系主任唰地红了脸，打官腔惯了，没想到曹东义竟会当面质问他，而且东义父亲、当年的老学友在场，让他感觉很难堪，赶紧打哈哈说是自己口误，分配问题以后再谈。

但经过东义这样质问，还有什么可谈的呢？

服从分配，回到衡水老家，这是意料之中的结局。但没想到的是，到衡水地区中医院报到，并没有行医问诊的岗位，中医院尚在改建中，用的是县医院的旧平房，紧靠滏阳河边，房子破败不堪，到处都要修修补补，短时间内还开不了张。曹东义和其他几个新分配来的大学生被安排到县医院协助工作，东义被分配到儿内科，有时在病房值班，有时出诊，夜晚常在儿科病房值班。

那个年代儿科病房条件很差，苍蝇成群结队，病房的走廊、墙壁上到处都是。病人大都是农村的儿童，有的发高烧、腹泻，有的神志不清几近昏迷。治疗抢救退烧后，家长马上就要求出院。医生劝留时，家长说必须马上回家，家里还有老人、孩子，再不回去还要病一个。

刚踏上从医之路的曹东义为家乡医疗条件和健康意识的落后深深担忧。

1984 年春节前夕，27 岁的曹东义与衡水市第二医院医生杜省乾结婚。杜省乾是深县八弓村人，高个子，体格匀称健壮，曾经是篮球队员、铁饼运动员，学习上也是尖子生，父母靠卖水果、轧挂面供养她上了大学。分配到衡水市二院工作后与曹东义相识一年多，彼此都被对方热爱医学、勤于钻研的精神打动，很自然地走到一起。本计划在

"五一"前后喜结连理，但曹东义父亲说这年有闰月，结婚不吉利，要么在春节前速办，要么再等一年。

为了尊重父亲的意愿，曹东义和杜省乾来了一场"突击结婚"，从做出决定到大喜之日只有三天时间。借了郭双庚同学300元钱，二人便出发旅行结婚。游玩了省城石家庄、首都北京，然后到双方老家拜见了亲人，完成了结婚仪式。杜省乾真是个会省钱的媳妇，吃苦精神和曹东义真是般配得很。

在北京的夜晚，旅馆是住不起的，能住的只有澡堂子。办完手续后，新郎住男澡堂，新娘住女澡堂，但是每天要到晚上十点后才能住进去，早晨五点钟必须起床离开澡堂。这是住，至于吃，也要千方百计省着花，几个馒头、几个包子，常常就顶住饥了，只偶尔奢侈一回吃一顿饺子。

不过，这些都不会冲淡新婚的喜悦，心爱的人儿在一起比什么都香甜。再说，首都的一切都是那么美好、那么吸引人，以前只在香烟盒上看过大前门，现在可以在大前门下一步步丈量。到北京头一天，他们从崇文门外的东花市大街一直走到天安门，走过金水桥，走到故宫门前。俩人手叠手抚摸着天安门大门上的圆疙瘩门钉，心里的激动久久难以平息。

回到衡水，一个中医大夫、一个西医医生组成的全新小家庭诞生了——两张单人床拼起来，两个人的被褥放在一起，买来蜂窝煤，柴米油盐的生活进行曲由此开始。条件简陋了点，但并不影响医生之间的交流和互相促进，中西医结合得非常默契。曹东义行医中遇到问题会从妻子这里得到帮助，杜省乾遇到西医解决不了的问题常常由曹东义用中医方法解决。

有一天，妻子下班回来对东义说："今天看了一个冠心病心衰的患者，感觉效果不太好。"

曹东义心知这个病比较危险，用药要特别小心，便问道："开的什么药？"妻子说了开的几种药，曹东义听到其中有"心得安"（即指普萘洛尔），当即就说："这个药开错了！"妻子吃了一惊，但不愿相信这个说法，分辩道："怎么会呢？当时还有其他大夫在场，也是这个意见啊。"

曹东义找出书来让妻子看："心衰的患者应该强心利尿，而心得安是减弱心脏收缩力的'负性肌力药物'，正好与理论上说的相反，这个病人吃药之后如果出了问题，那可不是小事。"

妻子仔细看了书上关于"心得安"的注释，脸色陡变："坏了！这个病人出事了怎么办？还是个老人！得去找他收回这个药。"

曹东义说："不怕不怕，明天一早我陪你去找，真要是让你坐了牢房，我给你送饭去。"虽是一句玩笑话，但妻子一晚上没睡着。

第二天天刚放亮，曹东义就和妻子一起出门找病人，骑自行车急奔了一个多小时，找到城郊边上的一个工厂。这个病人是看守大门的，找到时厂子还没有开门，问别人，说出去买早饭了。等了一会儿，看到老人回来，曹东义迎上去便问："老人家，您吃了药觉得怎么样？"老人说："好多了。"曹东义说："您把药拿出来，我再看看。"

老人把药拿出来后，曹东义把余下的"心得安"收起来，对老人说："这个药我们要拿回去再研究研究，下午给您换别的药送来。"老人不明白开出来的药还研究什么。曹东义也不便多解释，回医院后换了一种药又给老人送了过来。

这次虽说没出什么问题，但这以后妻子用药特别小心谨慎，都是反复查证后才下方。

仲景村的乡亲们听说那个背着药箱满村子跑的小医倌上了大学，现在又回到衡水当医生了，便有人到衡水来找曹东义求医。村子有一个姓王的大嫂找来，诉说患乳腺增生跑了多少回医院也不见有啥效果，希望从仲景村走出的中医为她开个好方子。曹东义诊断后开出一方，三服药下去症状就消失了。但农村人心疼钱，不愿经常往城里跑，停药一个多月后因为情志不遂再次复发，举手抬臂都疼痛不已，曹东义用了疏肝解郁、活血行气之方为其解除病痛。经几次劝说，王大嫂总算是引起重视，每隔一两个月来看病抓药，经一年多时间终于痊愈。

一个医生走到哪里，哪里就是医院。结婚后的曹东义每到逢年过节时都要和爱人一起回八弓村岳父家，两个医生凑一起就更热闹了，爱人学的是西医，东义学的是中医，中医西医全有了，每天总有找来看病的，家里成了小诊所。有时聚一屋子人，七嘴八舌地说省城的大医生回来了，都要趁机来看病。有些人没什么大病，就是想诊个脉安下心，再听医生说说按摩的法子和起居、饮食养生的方法。

亲戚传亲戚、乡邻告诉邻村，东义两口子一回家，消息就会传开，乡邻会把附近村里的亲戚叫来求医看病。杜医生是西医，乡下没有检查设备，有些病诊断不了，就靠东义这个中医大夫唱主角了。有时，短短的几天时间里，还要跑到外村去看病，有人带话来，外村有人犯病，年纪大行动不便，求着去救个急。再一说起来和杜家都能套上亲戚，能不去吗？于是，二人就当起了走方郎中，给亲戚兼病人去看病。这样一来，春节期间回双方老家探亲往往都是忙着行医了。这样的回乡义诊，还真为村里一些行动不便的老人解决了困难。有一次到外村给一个老人看病后，听说同村有一对年近 80 的老两口，儿女都在外，病倒在床上没人管。曹东义找到老人家，发现两个老人都有病：老汉心衰严重，腿肿得发亮，靠在炕上哼哼；老太婆老慢支犯了，喘得说不出话来。曹东义为老汉诊断后，用真武汤与五苓散加减，几服药就消肿大半，接着又为其老伴诊治，接连几次送医上门，帮两位老人缓解了病痛。

夏去秋来，传来河北省举办四大经典提高班的消息，医院领导把年轻医生排了一遍，目光渐渐聚焦到曹东义身上——这个年轻人来医院两年多了，工作积极主动，每次医疗下乡总是冲在前，尤其是在钻研业务、探讨学术方面特别有闯劲。几位领导一致推荐曹东义去参加进修，但刚刚成家半年他愿意抛下小家去进修吗？没想到刚一问，曹东义立刻满口答应，还一再感谢院领导给他学习的机会。大学毕业后就在医院按部就班地上班，曹东义不甘心这种平淡安稳的生活，向往更高的平台，一切学习提高的机会对他来说都很重要。

告别妻子，离开温暖的小家，曹东义只身赶赴石家庄，又一次走上求学的旅程。

进修班设在刚成立的河北中医学院新校区，这个新校区还没有完善后期建设，交通也不方便，环境很糟糕，西边是个大粪场，臭气熏天，北边是个火葬场，看见那烟筒就够吓人的。但是，这些都不能阻挡曹东义求知的渴望。国庆放假时，妻子来探亲，曹东义拉着她爬到教学楼的楼顶上，远远望着省博物馆广场上升起的焰火，看电视直播的阅兵式，那感觉真好啊！到底是省城，到底是大城市！生活是艰难辛苦的，但也充满着希望和快乐。

随着进修的推进，曹东义萌生了报考研究生的想法。到市招生办查阅招生简章后，按照自己所学课程，曹义东选择了中国中医研究院（2005年更名为中国中医科学院）中国医史文献研究所的"中医文献"专业。在简章上看到，这个专业这次有3个导师联合招生，招收6个研究生，主要课程是四大经典、中医古文。这正合曹东义所想，工作两年来，曹东义一直没放松四大经典和中医古文的学习，从骨子里喜欢传统中医和中医文化类书籍，虽然深奥古涩，却内容厚重、意境深远。

第一次报考研究生，曹东义只是想检验一下自己的知识储备，试探一下路子，不行就次年再考。没想到，一个多月后接到复试通知，这个专业全国的考生只有两个人上线，曹东义是专业第一名。

参加复试时，曹东义心情很轻松，计划招生 6 名，只有两个人上线，几乎没有竞争。3 位老师相继问了一些问题，曹东义对答如流。但是，最后一个环节，让曹东义一下子从自鸣得意的云朵上跌了下来—— 一位先前研究生毕业的"大师兄"，面无表情地盯着曹东义，随手翻开一本线装古书，指着序言说："念一段。"曹东义捧起书睁大眼睛，发黄的纸张上排着密密麻麻的繁体字，没有标点，不分段落，很多生僻的古文字压根没见过。曹东义结结巴巴念了一小段，已是汗流满面……

虽然复试过关了，但这一个念序言的小插曲深深刻在了曹东义的心上，时时提醒他告诫他：要学好中医，一辈子都要不停地读书，不要自以为是，学习永无止境。

很快，曹东义考上研究生的消息在亲友间传播开来，父亲专程来到东义的小家做了一桌菜，虽没有直接夸奖，但父亲脸上欣喜的神色已经说明了一切。亲友们也纷纷前来祝贺，曹东义的"金榜题名"给这个小家、给这个春节带来了浓浓的喜庆。但东义发现，妻子近来持续胃口不好，恶心呕吐，扎针吃药也不管用，后来才知道妻子怀孕了。这是个意外的惊喜，他们还没有计划要孩子，没想到孩子却随着"金榜题名"的喜庆不约而至。

惊喜之余，顾虑与担忧随之而来——就像车尔尼雪夫斯基那本书的名字《怎么办》一样，东义小两口该怎么办呢？东义很快要去北京读研究生，妻子一个人怎么面对工作、生活、带孩子？曹东义不由得想起父亲上大学时自己的出生，今天这一幕又重演了！为什么，曹家的后代总是在父辈外出求学的重要关头悄然而至呢？

顾虑和担忧只是短暂的，夫妻二人很快做出决定——让这个新生命自然降临，去远方求学的曹东义按时出发。虽说妻子的生活会艰辛劳累一些，但各方面条件比起曹东义出生的年代好多了，没有过不去的坎。

曹东义迈进了国家中医最高学府——中国中医研究院。

开学这天，研究院举办了研究生入学仪式，陈绍武院长的讲话令学子们心潮澎湃。陈院长说自己刚从教育部管理留学生的部门调到中医研究院来，这里就是中医的"黄埔军校"，是为国家研究中医培养高端人才的地方。大家安下心来好好学习，将来都有希望留在北京工作，因为，中医界亟需人才。

从踏进这座"黄埔军校"起，曹东义就全力投入学习，实现了读研的梦想，开始一次人生的再造。有这么多的大学者做导师，有这么好的环境和条件，怎能不努力学习呢？

为了弥补自己医古文基础薄弱的短板，曹东义选修了北京大学古典文献专业，学习王力先生的《古代汉语》《版本学》《目录学》《校勘学》等相关课程。第一年的选修课是在北大听课，从西苑医院到北大路程比较近；第二年开始去东直门中国中医研究院中国中医师研究所听课，路程就远多了。从西苑医院走到东直门坐电车，然后换乘公共汽车，几经辗转。但曹东义早出晚归坚持不休，从不空缺一节课。后来从衡水把自行车托运到北京，骑着自行车去上课就方便多了。两年坚持下来，他的医古文基础牢牢加固。

第一个学期即将结束的时候，女儿出生了。这个小生命给曹东义和妻子带来了极大的幸福和快乐，他们给女儿起名曹晓芸。每隔一段时间，妻子就会来信讲晓芸的变化、晓芸牙牙学语的进步。有时奢侈一回，打电话来，听到女儿的声音，曹东义所有的学习压力都缓解了，但心底暗暗心疼妻子，她一个人带孩子还要工作，有多少难处啊！

是啊，新生命的出生如同天使的降临，给这个小家庭带来无限的快乐。但生活的压力也成倍地增长，变成一副沉甸甸的担子压在妻子肩头。曹东义远在首都，不能为妻子分担生活的艰辛，只能每天像过电影一样，在心头一幕幕播映着妻子和女儿的生活进行曲。

结婚时，单位上没有分房子，他们就借单位的单身宿舍作新房。后来，曹东义租了一间民居，房子实在太破旧了，窗户和门都关不严，一使劲好像就会掉下来。冬天他们用报纸、塑料布把门缝窗缝贴严实，但还是会有风钻进来。比起冬季的寒风，夏天的闷热更难受一些，破旧的小屋没有任何遮挡，家里的一切都被晒透了，地面、墙壁、家具，所有的东西都是热乎乎的。妻子常常是一手抱晓芸一手摇扇子，发现孩子长痱子了就擦一擦痱子粉。天一亮，请的保姆来家后，妻子给交代好一天的吃用，关好煤炉子，然后骑车子奔往衡水市第二医院，要骑半个多小时呢。

不光杜省乾会"省钱"，曹东义也计算着节省每一毛钱。这里的图书馆资源丰富，不用再买书了，菜金尽量省着用。节省下的钱、粮票可以在北京换大米。换了几次大米，攒够了几十斤，买的鸡蛋也有几十个了，曹东义用研究院开运动会发的塑料桶装上大米，又在操场上捡了一个破旧的小铁桶，装鸡蛋刚刚好。然后，在一个星期五下课后曹东义就往衡水赶。那时衡水没有公交车，出租车也还没有出现，火车是从永定门老车站发车，后半夜到衡水。曹东义肩膀上扛着米桶，手提着破铁桶从火车站往家走，生活真是沉甸甸的啊！这一走就是一个多小时，刚好迎着曙光走进家里。东义充满了力量，累且快乐着！

晓芸很可爱！初为人父的曹东义体会到了做父亲的快乐和自豪。衡水离北京并不是太远，东义每隔一两个月就能回来一趟，晓芸一天天长大，每一次回来都有不同的变化。晓芸满周岁那年，东义在北京买了一个小小的录音机，第一次给晓芸放音乐时，她惊奇地睁大眼睛，随着旋律蹬脚挥手。曹东义用录音机录下晓芸的笑声和哭声，带着磁带回学校，借同学的录音机播放，那成为他最爱听的珍藏版专辑。寒暑假，东义会有较长的时间守在晓芸身边，妻子从亲戚家借来一辆小童车，曹东义喜欢推着孩子在家门前的街巷里慢慢地走，走过去再走回来，有时就坐在自家门前，自己看书，晓芸瞪着大眼睛看过往行人。傍晚，妻子下班回家之前，曹东义会一边看孩子一边在煤炉子上做好晚饭，等到妻子回家，又是一家人的快乐时光。

1987 年夏天，妻子带着晓芸来北京探亲，那时晓芸还不到两岁。东义知道妻子来一次不容易，这次要让她好好休息，好好游览一下首都的名胜古迹。便去找了在北京工作的三叔，托他借用了部队干休所的一间探亲房，这样可以让妻子和女儿舒舒服服地住几天。这时晓芸已经能满地跑了，来到一个陌生的城市，来到爸爸的身边，她好奇地问这问那，一刻也不停地奔跑。看着追着晓芸跑的妻子，曹东义这才注意到，这两年多妻子竟然瘦了 20 多斤。她的身材原本比较健壮，为了养育孩子，在那不流行减肥的时代，意外地瘦身了、苗条了。

在天安门、中山公园、劳动人民文化宫的广场上，快乐的晓芸笑声不断。大概是因为第一次看到这么美丽的地方，晓芸太兴奋了！穿一条在北京刚买的红裙子，头发被妈妈剪得很短，伸着胖胖的小手，一路奔跑，咯咯的笑声银铃般洒了一路。妻子怕她摔着，在后面追着叫着，蓝蓝的天空下，两张开心的笑脸像花儿一样绽放。那一瞬间形成一幅特别美好的画面，一些游人看到这一幕，听着晓芸开心的笑声，不由得情为所动，纷纷给这一对母女拍照，有两个外国游客也兴致勃勃地追着晓芸拍照。

生活，多么美好！那几年，曹东义常常不由自主地唱起那首流传度很高的歌曲："啊，并蒂的花儿竞相开放，比翼的鸟儿展翅飞翔，迎着那长征路上战斗的风雨，为祖国贡献出青春和力量。啊，亲爱的人啊携手前进，携手前进；我们的生活充满阳光，充满阳光……"

中国中医研究院号称中国中医的黄埔军校，确实名不虚传。这里的师资力量、教学资源都非常雄厚。东义以前听闻过的大名鼎鼎的名老中医、教授都常来传经授课。

研究生部设在西苑医院西南角一幢三层楼里，还有一幢二层楼的宿舍，有教室，还有小规模图书室，藏有不少孤本奇书。部主任是王琦大师，授课老师有方药中先生、时振声先生，还有何绍奇、许家松、江幼李等一大批著名中医。还有很多研究院的专家，或者从外地请来的客座教授前来开讲座，比如北京中医药大学程士德教授、上海凌耀星教授、医史所的马继兴教授、基础所的陆广莘教授，还有曹东义的导师余瀛鳌先生等，都是这里的常客，可谓大医云集，鸿儒满堂。

研究生部的教学内容突出四大经典，围绕传统中医经典理论，各家学说百家争鸣，各家学派百花齐放。当时，学界有人批评中医研究院只重视中医经典教育，而忽视现代科学研究手段的培养。但是，部主任和老先生们认为，精研国粹，领悟老祖宗的智慧，才是正宗的中医人才培养之路。

经典注释是研究生的一项重要课题。每一个研究生都面临一个问题：自己选题时选什么题目才好？什么才是好题目？有的同学说，没人做过的题目就是好题目，也有的说选题太难，因为自己想做的题目，往往都有人做过了。

曹东义向导师余瀛鳌先生请教这个问题，先生朗声一笑，不假思索地说："很简单，值得将来继续做的题目，甚至值得做一辈子的就是好题目，不要狗熊掰棒子，掰一个丢一个。"

细悟导师的话，曹东义不由得脸红了。自己不就是从"掰棒子"

开始的吗？起初曹东义选了一个研究选题，刚开始准备资料就听说这个题目和别人撞车了，便重选了"《肘后方》的文献构成"这样一个研究题目，做了一些功课，写了研究方向的打算。不久，听说河北中医学院赵洪钧先生来研究院查资料，东义急忙面见请教，赵先生是医史研究专家，写过《近代中西医论争史》，学识深厚，经验丰富。赵先生说："这个选题太狭隘，将来不便深入研究。因为《中国医籍考》《宋以前医籍考》都是日本学者搞出来的，中国学者没有这方面的著作。"

幸亏赵先生指点，不然自己迷失在学海里还不知道。那究竟选什么题目好呢？赵先生建议东义做《明代医籍考》，等毕业后再搞《清代医籍考》，这两个课题都很大，适合长期的持续性研究。赵先生的教导使曹东义豁然开朗，但是，毕业前的时间是有限的，这个课题很难在短时间里完成，只能先取其一。因此，曹东义便按照相关中医古籍图书目录资料的指引，选择了宋金元时期的伤寒著作，心想把这一阶段历史上的20多部伤寒论著通读一遍，毕业论文就有米下锅了。

当潜进书海开始研究之后，他才发现不是自己想得那么简单。当你想要理清宋金元伤寒学术脉络时，就必须深入研究张仲景的原著，以及魏晋南北朝、隋唐时期是什么状况，明清时期又是如何继承发展的。没有比较就说不清宋金元时期伤寒学术的特点，由此及彼，范畴比原来设定的大出好几倍。另外，除了伤寒专著之外，比如《千金方》《外台秘要》《诸病源候论》《圣济总录》《儒门事亲》等著名医书之中关于伤寒的内容，都不能不加以了解。显然，这是一项盘根错节、关系极为复杂的研究内容，但是，绝对值得下功夫去做。而且从学术史的角度来看，这个课题值得研究一辈子。

这时曹东义才深深地理解了马克思关于求知的那段名言："在科学上没有平坦的大道，只有不畏劳苦沿着陡峭山路攀登的人，才有希望达到光辉的顶点。"也明白了，为什么有的导师一辈子做一个课题还没做完。曹东义下决心啃下这块硬骨头，按着课题的延伸，列了一个长长的书单，开始在茫茫书海中求索。

1987 年，为了查阅《伤寒纪玄妙用集》，曹东义专程来到位于杭州市的浙江省图书馆。这部成书于元代的孤本书保存在该馆善本部，东义有一周的时间阅读、抄录。但古籍保护规定阴天下雨不能借阅善本书，而杭州是个雨水多的城市，几乎隔天就有一场雨，只好多待一些日子。

读万卷书，行万里路，这是导师的教诲。曹东义给自己制订了阅读经典和古医书推进计划，每天、每周、每月，按计划一部部往下啃。为了借鉴导师、同学的研究经验，还到上海、杭州、南京、青岛等地考察调研，拜望了几位曾辅导自己的导师和正在读博的同学，还结识了新的学友，开阔了眼界，增长了知识。

1988 年春，硕士论文《宋金元伤寒学术源流探要》完稿，曹东义心中颇为忐忑。一年多来，在古中医书海中追溯，梳理"宋金元伤寒学术源流"的脉络，随着自己读书思考的深入，他对古中医有了一些新的理解和认识，有一些前人没有提过的新看法，不吐不快，便在论文中提出了很多大胆的观点，比如"广义狭义温病论""广义温病取代广义伤寒"等。为了总结金元时期如何承接了张仲景的伤寒学术、如何启迪了明清的温病学，以及金元时期"以经解论，用歌括、图表的形式解经，补亡拾遗方便实用，辨舌开后世先河"等观点，都是当今学术界尚未定论或没有系统论述的。显然，这些观点很敏感又有些尖锐，有可能遭到答辩委员会一些专家的否定。以前，赵洪钧先生就曾因为立论尖锐，答辩论文虽然通过了，但是学位审核没有通过，未能获得硕士学位，因而支持他的导师马堪温先生从此后竟不再招收研究生了。

曹东义感觉到自己的论文就面临这样的风险。

导师余瀛鳌先生是国务院古籍整理领导小组成员、医史所的所长，他是最先看到论文的，并没有提出有何不妥。曹东义鼓起勇气把论文交给大名鼎鼎的刘渡舟教授、赵绍琴教授、耿鉴庭教授等导师审阅，并邀刘渡老、赵绍老这两位伤寒界、温病学界的领军人物分别担任主任和副主任委员。

举行答辩会的这天下午，很多同学、师兄师姐为曹东义捏着一把汗，担心题目太大，里边有争议的话题太多，过程不会一帆风顺。

主持答辩会的刘渡老坐在主任委员的主宾席，扫视了一圈后严肃地宣布："请曹东义报告论文摘要。"

曹东义站着宣读了十多分钟。刘渡老挥挥手示意曹东义坐下，然后说："请各位委员发表质疑意见、看法。"

时间一分一秒过去，谁也不说话，会场显得沉闷、凝重。一般情况下，是由委员先说，主任最后综合、定调。但这次有点反常，委员们都迟迟不张口。十来分钟的沉默之后，刘渡老开始讲话了："既然大家都很谦虚不愿先说，我就谈谈我的看法。我觉得曹东义这篇论文很好，我读了很受启发，学到很多东西。比如，过去我们都说《伤寒例》是王叔和的赞经之词，因此明代方有执、清代喻嘉言对王叔和提出严厉批评，我们看到的很多《伤寒论》的本子，只有六经病，没有《伤寒例》，号称'洁本'《伤寒论》。曹东义说《伤寒例》源于张仲景，后世有注文衍入正文，它是《伤寒论》与《内经》《难经》之间的理论桥梁。这一点，让我很受启发，我觉得写得很好。"

会场的气氛缓和一些，委员们开始用眼神交流，有的人频频点头。刘渡老接着说："从创新和质疑这两方面的意义上讲，曹东义这篇论文存在多方面的价值。"

刘渡老不愧一代大家，对于曹东义所述的"广义狭义温病论"

"广义温病取代广义伤寒"等容易引起争议的论点避而不谈，高抬贵手，放曹东义一条"生路"。因为他知道，在答辩会上如果有某专家对曹东义的观点提出异议，以曹东义的性子一定不肯认输，来个据理力争，必然会让答辩会难以收场，结果可想而知。刘渡老在做文字鉴定时，表示不同意关于"辛温解表难用论""广义温病取代广义伤寒"的观点，因为这不是一篇毕业论文能讲清楚的。但是，刘渡老欣赏曹东义做学问的敏锐和敢想敢说的品格，认为这个学子将来必定有一番作为，因而，从容智慧地推进答辩会，让曹东义的论文过关，表现出一位大家的胸怀，这种对青年学子关怀爱护的殷殷之情令人铭记终生。

答辩通过了，关心曹东义的师兄师姐们都悄悄说替他捏着一把汗，曹东义也才明白"旁观者明"这句话绝非虚言。许多年后，当曹东义成为导师，为别人的论文、课题做鉴定的时候，时时想起刘渡老的胸怀，在答辩会上指出论文缺点的时候注意分寸，心里想的是怎样利于研究生未来的发展。

1988 年，随着夏季来临，研究生毕业分配的风声也一天天紧迫起来。以前，陈院长言之凿凿地讲过，本院毕业的研究生大多都会留在北京，中医缺少人才。眼下，陈院长似乎为难了，当同学们问到这个话题时他总是闪烁其词。当时的社会状况是，中医是缺少人才，但中医整体上不受重视，医疗机构、研究机构都处在一种被压缩的状态，没有中医才子们施展才华的舞台。当有同学围着陈院长欲问个究竟时，陈院长说，你们这一届招多了，都想安排在北京中国中医研究院或者留在北京工作可能不现实。

正是改革开放浪潮汹涌的年代，北京每天都在变化着，每一处都充满了生机，每一个进入北京的学子都梦想留在北京。可是，北京再大也不能留下所有人啊！同学们都在想办法、找门路，但曹东义没有这方面的资源，只好听天由命地等结果。

有一位姓罗的教授欣赏曹东义的才华，得知联大正在招收讲师，便帮东义搭了桥让他去试试。曹东义去招聘处和负责人见了面，负责人说需要安排一次试讲，老实的曹东义回答自己没有做过教学工作，不知道是否可以胜任，招聘就再无下文。罗教授听曹东义讲了这个过程后苦笑道："完了，一个大好机会被你放走了！你咋就这么实在？你应该告诉人家，你读过大学，研究生毕业，讲什么课都没问题！"

此后还努力尝试了别的途径，但由于各种原因，得到的回答都是没有指标。后来，管理研究生的教务处长告诉曹东义："你被分配到河北省中医药研究所了，我们可以直接派遣过去。"

也好。曹东义心里反而镇定了，河北仲景村的学子回到河北当医生，也许是命中注定。尽管念书学医越行越远，从村里到镇上到县里到衡水市然后到省会大城市，又进了北京迈入中医"黄埔军校"的大门，但最终还是要回到出发的原点，曹东义感到心里的石头落了地。

但是，万万没有想到的是，别看你是一个研究生，别看你是中国中医研究院直接分配的，河北省中医药研究所却拒不接收这个研究生。一个副所长面露难色地对曹东义说："上边凭什么不征询我们的意见就直接分配？我们不要！"

曹东义又颠颠儿地跑到省教委，那位管分配的年轻干部满腔义愤地说："他凭什么不要！研究所刚成立，正缺研究人才，上面给送上门来了竟然拒之门外！"说完又给研究所打电话，眼看要吵起来，一位年长一些的部门领导对曹东义说："单位不接收不是针对你个人，而是对这种分配方式有看法，你找人托托关系。"

曹东义向一位在省中医院工作的同学求助。这位同学在河北医疗界颇有影响，当即写了一封信，让曹东义去找省四院中医科主任刘亚娴帮忙。刘先生看了这封信和曹东义的报到函后，痛快地说："这是顺理成章的事，为啥还要绕圈子？我给中医学院郑副院长写信，他刚从卫生厅下到中医学院，兼任你们的所长。"

就这样，曹东义拿着报到函以及刘亚娴先生的介绍信，找到了郑副院长兼所长，郑副院长很快批示："请张××同志协助办理。"张××是管人事的科长，很快办理了手续。那位副所长看到这个上面硬分下来的研究生还是来报到了，心里很不痛快。

此前，曹东义希望分配到中医学院图书馆，便于继续课题研究。所里管人事的领导说："不管到哪个部门，你要先写个保证：五年之内，不要住房，不提家属调动。"曹东义答应了。但是，院长办公会讨论这件事的时候，一位副所长说："写了保证也没用，来了就变卦，干脆就不要！"曹东义一心想去中医学院图书馆研究中医文献的梦想，一下子破灭了。

大学毕业时，为工作分配，看到了过去所不知道的社会的另一面；研究生毕业再分配，让曹东义再次知道了所谓"社会学"的力量有多大。

1988 年 6 月，曹东义在河北省中医研究所的工作历程开始了。当时，研究所的体量不大，在河北省中医院三楼西头配了几间办公室，期待在改革浪潮中发展壮大。因此，副院长兼所长郑兆华，在走廊里给研究所全体职工讲话，号召大家进入市场创业，要求所有职员都想办法拓展外部联合，开办第二门诊。

作为所里最年轻的研究员，曹东义自然应该一马当先为研究所创业出力。经过一段时间的奔波，曹东义与省直老干所谈成了共同建立联合门诊部一事，攻下了研究所改革创业第一城。

到研究所工作后，曹东义和杜省乾这一对分飞的劳燕总算是重新团聚了，虽然杜省乾的户口和工作都还没有解决，住房也没有着落，但曹东义没有抱怨、没有颓废，总是尽自己的力量做好联合门诊、联合办学的工作。那几年，曹东义骑一辆自行车风里雨里奔波，到石家庄几个学校讲课，到藁城去讲课，回到所里又去忙联合门诊的事情，从没听他喊过累。曹东义先后讲过内经、中医基础、诊断、中药、方剂、内科、妇科、外科、儿科、医古文等。其他讲课老师都只愿讲自己熟悉的课程，以免备课麻烦，但曹东义是什么课都讲，只要有需要就上。

曹东义把妻子和女儿接到石家庄后，单位没有房子，先是在西三教村找了间民房，住了一个多月，因为太潮湿不得不搬到教学楼办公室旁的连廊上腾出的一间房，只能算是个临时的窝。可这有什么关系呢？曹东义几年没有和家人在一起了，只要能团聚，多艰苦的条件也不怕。

搬进这个小小的临时的家时，三岁多的晓芸迟迟不肯进屋，望着这个不像家的空间一再问："爸爸，咱们没家了？"曹东义抱着女儿一再哄："这是咱们临时的家，以后会有好大好大的新家。"

就这个不像家的临时房也不能久住，办公重地不适宜家居。过渡了几个月之后，就在槐底村租了间民房，住了几年后终于分到一间小小的单元房。

和曹东义一样，女儿曹晓芸在艰苦环境里长大，身上始终有一股刻苦努力的劲头。2004年考上河北医大本硕连读，毕业后虽然身在西医三甲医院工作，却心系中医。为了研习中医，拜父亲为师，中西兼修，十分努力，事业上颇有建树。

2006年，曹东义赴天津参会时到南开大学生命科学学院参观，顺便去看望在此求学的晓芸，晓芸高兴地说："我知道您的时间很宝贵，每天每时都有做不完的事情，今天能来看我，我好开心，我要送您一份礼物。"说着，把曹东义拉到琴房，为他弹了一首贝多芬的《命运交响曲》。

那天，曹东义久久地沉浸在《命运交响曲》的旋律中，这真是一份极好的礼物啊！女儿长大了。在充满渴望与憧憬的旋律中，曹东义感受到了一种坚强地面对"命运在敲门"的力量。是啊，自己忙碌一生，从女儿进幼儿园到上大学，始终没能为她做点什么，除了教她一点儿中医理论，什么也没给她。但她凭着顽强的拼搏精神一路走来，奏响了她自己的命运交响曲，迎来精彩的人生。曹东义心中感到深深的欣慰和自豪。

第四章
厚朴继承神农药

1994 年春，改革开放的浪潮在祖国大地波澜起伏，给各行各业带来勃勃生机。在这个万物生发的季节，河北中医研究所也在浪潮的冲击下萌动着变革，第一朵浪花首先向曹东义迎头冲来。

自研究生毕业分配到研究所，曹东义一直负责图书情报研究室工作，这是一个冷僻孤寂的岗位，没有谁会一干好几年，但曹东义喜欢这项工作，古医文、岐黄术以及历代医学思想理论，像神秘的崇山峻岭，越往上攀登越是气象万千，令人着迷令人神往。这几年里，曹东义已经完成了几个重要的课题。

然而，在改革的大潮中，这项只花钱不挣钱的研究工作面临转轨，面临走向市场。先是曹东义的岗位发生了变化——不再单纯做图书情报研究工作，而是兼任了一项新的工作——本院第三任医研科长。作为医研科长，要积极投入到改革的洪流中，开拓市场，自己去寻找合作单位开办第二门诊部，为研究所创造效益。

曹东义放下手头的医史研究工作，骑上自行车在街巷里奔波，寻找可以开办第二门诊部的地方。大街小巷跑遍，看好了一处租价低廉、面积还挺可观的铺面，然后就开始在科里招标。曹东义心想，自己率先当这个停薪留职的下海医生，再招聘一两名有资质的医生和药师一同去办门诊，说不定还是能搞好的。但迟迟没有人应标。虽说改革的疾风已经刮起一阵了，但真正要一个研究所的研究人员离开公职去市场闯荡，又有谁敢去冒这个头？第一次招标流产后，又做了一番宣传进行了第二次招标，依然落空。既然没有"愿者上钩"，事情的结局就明摆在那儿了——曹东义只能把自己"请君入瓮"，主动向所里申请停薪留职，放下医研科长、图书情报研究员职务去开办第二门诊部。

这个局面是曹东义预料到了的，他本来就没想置身事外，本打算招标到一两个敢于下海拼搏的，自己带着他们一同干一场。曹东义在大队医疗站、公社卫生所，以及县、市级医院都干过，啥苦没吃过？所谓开拓市场，不就是到社会最基层自己找饭吃吗？所谓自生自灭是也。干不好就是自灭，干得好也可能走出一条路子。

但是，诊所怎么开？上大学、读研究生，都没有学过，也没有哪个老师教过，一切只能从头开始吧。

晓芸一天天成长，小家庭也在一天天壮大。在外人眼里，曹东义头上有研究生文凭的光环，是年轻的副主任医师，又在研究所担任科长，但一直没有能力给妻子女儿建一个温暖的家。东义知道妻子从嫁给他以来一直过得很辛苦，回到石家庄上班以后想着和妻子一起好好打拼，给晓芸一个好的成长环境。可是，把妻子女儿接到石家庄，女儿上学有了着落，妻子原先的工作却丢掉了，只好去私人诊所打工。这些都不要紧，劳累不可怕，面包会有的，让东义心里着急的是住房。小单位分房机会很少，前些年单位能分自建房，但妻子没有调过来，自己就是一个单身游子，没有分房的资格。后来，曹东义一面四处求人帮助办理妻子的调动，一面在西三教村租房住，只为争取一个分到住房的机会。租到房子后，曹东义自己骑三轮车拉土垫地基，铺上砖头。对他来说，房子旧、房子小都不可怕，过渡一年半载情况总会有改观的。但这间地势低洼的房子太潮湿了，被褥、衣服总是潮湿的，挂在墙上的挂历竟然潮湿成一团！作为医生，曹东义知道这样的环境对妻子和女儿的身体是十分有害的，不能再住下去。后来，单位领导同意东义搬到所里办公楼的连廊上暂住一阵，后来又在附近租房稳定了几年。

那几年，房子带来的苦恼太深重了！分配到研究所之后，曹东义怀着远大志向要在中医史研究上做一番事业，却没想到第一步还没迈出去，一个小小的房子问题就把人困住了。想起罗天益拜师李东垣时，李东垣问：汝来学觅钱医人乎？学传道医人乎？罗天益张口就说：亦传道耳。老实人说老实话，李东垣喜欢老实人，收下罗天益为徒。是呀，一个医者是要先把家安顿好，让家人有饭吃、有屋住，才能做一个好医生。

终于，在一位同学的帮助下，妻子的工作关系先调入石家庄啤酒厂，分到了住房，进而由啤酒厂调到"长征集团"胶鞋厂职工医院。真有一番形势大好的气象！谁想到，好景不长，厂医还没当几天，"集团"仓促倒闭，妻子这个主治医师被派去糊鞋盒，糊一个鞋盒可挣一分钱，糊够了鞋盒才能糊口。东义去找妻子时要在一摞摞鞋盒里绕来绕去，才能找到埋头糊鞋盒的妻子。那每一分钱可真是来之不易啊！更让人猝不及防的是，终于盼来了分房，却遇上了"先售后租"房改政策，若是买不起福利房，就将失去购房资格，再度成为无房户。改革开放之初，很多人下海是为了开辟一片新天地，曹东义停薪留职则属于被逼无奈，是因生活、工作的双重压力所迫。他不仅要安顿自己的小家，还要给诊所找一个家，一切都要从头开始。

6月，随着炎夏的到来，门诊部终于有着落了。曹东义走街串巷地寻了一个多月，问了好几家，终于找到一家合适的。这是一家兵工厂职工医院的中医科，由于老中医退休，一间诊室、一间药房、一个药库闲置下来。没有了中医，中医科自然办不下去了，便低价租给曹东义。虽说位置偏僻，在靠近太平间的走廊尽头，但终究是在市内。几间房子虽旧了点，经过整理清扫，换上新灯泡，安装了公用电话，室外做了广告牌，门窗破损处钉几颗钉子就焕然一新了。工房原先的药柜、加工台，正好当作药橱子、药架子，原有的办公桌椅等就是现成的诊桌、诊床，还有一批库存的中草药也折价转给曹东义，开办费省了一大半。

既然是经过审批的正规诊所，又有中草药加工的基础，曹东义就一边开汤药辨证论治，一边中西医结合尽量多地开展医务服务，如上门输液、代煎中药、加工中成药等。在所里招聘失败后，曹东义面向社会招聘了几个有资质的医生和药师，诊所全面开业。作为医研科长，曹东义本来就是院里几种制剂的研制负责人，又有几项热门产品，生产起来轻车熟路。

起初，"研究所第二门诊部"以制作丸药和口服液为主，如治疗妇科病的"顺坤丹"、治疗肝胆病的"同治丹"，还有治疗儿童咽喉干燥疼痛的"清肺口服液"和"复感灵口服液"，这两种口服液交替服用，治疗儿童呼吸道反复感染效果极好。患这种病症的儿童体虚、容易上火，这是矛盾：单纯补虚，容易上火；只重视清火，很难提高抗病能力。因此，两种口服液交替服用清补结合，一补一清、二补一清，或者二清一补、三清一补等，灵活掌握，效果很好。之后几年陆续有数千例治疗成功的案例，当地患者口口相传，一些外地患者也专程赶来购买口服液，一时间供不应求。

为了保证口服液的生产，曹东义时常带着助手到周围几个厂办医院回收小输液瓶，送去厂家消毒后再利用。小小诊所门前，一箱一箱输液瓶摞得很高，颇为壮观。

制作中成药，采购合格药材是关键。曹东义时常自己去药材基地进购药材，没有周转资金，每次只能少量地买，几乎每隔两三周就要去采购。去采购药材时，通常是背一个很大的编织袋，里边有很多小口袋，各种药材分装在小口袋里，一次可以装几十种中药材，像肚子奇大的蚁后，肚子里可以生出很多后代。买好之后乘坐长途班车返回石家庄。路途中，这只"蚁后"或是用绳子捆在车顶上，或是放在车内过道里，人货混装，颇不规范。有些当地人在装车时便额外要装卸费，即使是东义自己装上车也被索要装车费，不给还不行。有时，因"蚁后"挡了别人的路被呵斥，曹东义总是双手抱住"蚁后"一迭声地给人道歉。一个白净斯文的白面书生抱着个大蛇皮袋子挤在贩夫倒爷的人堆里，有点不太合群。

一同去进药材的也有医疗系统的熟人，有人看到曹东义抱着蛇皮袋子，惊讶地问："这不是曹医生吗？听说你是上过研究生的，又是大科长，怎么还跟我们一样了？"

曹东义怀里搂着"蚁后"，手里捧着书，没抬头，淡定地说道："下海行医，咱们都一样。"

几年后，诊所有了一些积蓄，曹东义在城内小区买了一套130多平方米的单元房，在一楼，还有一间14平方米的地下室，正好做药材库房。阳台很大，1.5米宽，10米长，室内室外都可以接待患者，条件好多了，也不用担心不断上涨的房租了。

要办好门诊，首先要确定是办专科还是办普通门诊。通常来说，办专科比较省劲，第二门诊部出自研究所，可谓出身高贵，只要有协定处方，做好宣传，定会有患者来求医，打开局面容易些。但是，曹东义想得更多更长远，招聘来的几个年轻人都来自农村，还有的是亲戚托付的，学医都是基本入门，临床经验少，曹东义希望他们在这里能学会独立看病，回到基层后能独立应诊，所以选择了做普通门诊。普通门诊虽然解决了周边群众看病难的问题，但是办起来很吃力，而且医生永远"长不大"，不会被大医院接纳，成不了名医。

中成药有了，器材齐备了，诊所正式开业。没有仪式，没有花篮鞭炮什么的，若有，在这背街小巷里摆着也没几个人看到。曹东义心里清楚，一个医生，一个诊所，只有实实在在地医好了病人，病人会说给其他病人，口口相传才能形成所谓口碑。

最早迈进诊所的是一位名叫韩某尊的中年妇女，患顽固性更年期综合征。初诊时诉胸闷，胁肋抽掣，心烦。诊断见其内冷不适，内热胃胀，手足不温，口苦，便干，舌苔暗黄腻，脉滑。曹东义细细辨证后下方，用三仁汤与藿香正气散加减，开了3剂中药。

几天后，韩某尊又来了。东义二诊后觉得症状如初，不见疗效，不由少了自信——是自己下方不对，药力不足？便和病人攀谈起来，问及服药过程时，韩某尊吞吞吐吐，犹豫了一会儿才难为情地说道："中药我是取了，但回家想想还是没敢吃。"

曹东义问："那是为什么呢？你辛辛苦苦找医生，花钱买了药又不吃？"

韩某尊说："我看病都一年多了，还看过很多次专家号，都说专家开的方子肯定好，但是我越吃越难受。眼下我不看病不行，看了又不知道该不该信，所以买了药回去又不敢吃……"

曹东义明白了，有类似经历的病人很多，诊其病要先打开其心结。便为其倒了一杯水，说："今天正好没有其他病人，咱们先好好聊聊你的病吧，你信不信得过我、吃不吃我开的药，咱们下来再说。"

韩某尊看到眼前这个年轻大夫这么诚恳这么细心，头次来就是听说这里有一个研究生大夫才来找他的，没想到这个研究生没一点架子，眼神和言语中透着真切朴实的人情味，便把自己患病求医的过程细细讲了出来。

韩某尊在三年前做了子宫切除手术，后来就出现了内热烦躁的症候。不愿和外人接触，喜欢把自己关在屋子里，连朋友来问候病情都觉得心烦。但自己在屋里待时间长了又觉得害怕，心里总是矛盾重重。后来病情越来越重，茶饭不思，整天骑着自行车外出找医生看病。然而，找了不少医生，吃了不少药，却不见病情好转。眼下是不看不行，看了又不敢吃药，真不知道如何是好。

听了韩某尊的讲述，曹东义脉诊后对她的病症有了更深的了解。脉沉伏、胸满恶心、头疼身温，须破散阴气，导达真火。

曹东义又开了一方，说道："你要是信得过我，我现在亲自给你煎好，你就在这里服下去试试，觉得好了明天你再来这儿现场服药，感觉好了就接着喝，不好咱就停，万一有什么不适也好当下处理，这样行吧？"

韩某尊这样一个老病号，从没见过哪个医生给人这样看病，还有啥不放心呢？当曹东义端来煎好的药后韩某尊当场服下。就这样，韩某尊来诊所，曹东义煎好药，眼看着她服下，休息一个多小时，没有什么不适后再回家，第二天再如期而至。就这样连着喝了一周，症见好转，情绪由阴转晴。再诊时，曹东义发现病人仍心悸而空，背沉，舌暗苔黄，脉沉细，寸滑，便在前方上加夏枯草 15 克、卜子 30 克、龙齿 30 克。

韩某尊病情逐渐稳定。后来连续服药月余，症状消失。人有了精神头儿，身体也明显强壮起来，后来经营了一家门店，再来看望曹东义时脸上常带着笑容。

1994 年 6 月 28 日中午时分，听得门外一阵喧哗声，只见几个人抬着一个女病人正要进诊所。曹东义迎上去看了一下，患者手背上输液的针孔还有新鲜的痕迹，便问道："她是在医院治疗的病人，怎么抬到这儿来了？"一位护送的女士回答说："我们是从医院接出来的，她已经住院两个月了，病情越来越严重，昨天又下了病危通知。这咋行呢？才 40 岁的人，让治死了咋办？我们不在那家医院治了，就找到您这儿来了。"

曹东义说："我这儿一个小诊所，没有设备没有护理条件，不一定能治疗这么严重的疾病啊！"

那位女士说："我们打听过的，这儿虽说是个小诊所，您可是个有学问有经验的好医生呢！您就帮忙看看吧！"

曹东义不再说话，把人抬进诊室一边诊断一边问询病因。患者情绪低落，紧闭双眼一言不发，还好那位大概是她的同事的女士对病人十分了解，言谈流利，讲述了患病、治疗的过程。

这位特殊的患者姓郝，40 岁，是市里特教学校的聋哑老师。几个月前突然出现大面积皮肤疱疹，听信别人介绍的野路子用偏方治疗，造成肝肾损伤。之后，住院两个月，病情不见好转，反倒日渐加重，两次报"病危"。眼下全身浮肿，不能进食，时时恶心、乏力。诊断舌质暗红，苔白薄，脉细数，皮肤呈蜡黄。病历显示口干苦，小便黄，既往有胃炎史，右胁肋部隐痛，肝功能转氨酶 120 单位，麝浊 19 单位，黄疸指数 44 单位。

刚开业不久就遇上这么危急的病人，病情重大，人命关天，曹东义恐自己经验不足，打电话请来老中医孟元勋合诊。二人商议一番，认为患者住院多日，一直使用西药，没有采用中医药治疗，有其局限性，因此决定按照中医思路下方：

柴胡 15 克、云苓 12 克、茵陈 20 克、连翘 20 克、白花蛇舌草 15 克、黄精 20 克、黄芩 12 克、女贞子 12 克、五味子 30 克、清半夏 12 克、竹茹 10 克、枳壳 12 克、佛手 12 克、厚朴 12 克、赤芍 15 克、丹参 15 克、旱莲草 15 克、车前子 20 克、白茅根 30 克，4 剂。

二诊：7 月 2 日郝某由同事搀扶而来，诉服药后饮食有所好转，精神向好，仍全身浮肿，口干，大便成形，次数多，舌质暗红，苔薄黄腻，脉细滑数。

接下来以健脾利湿、疏肝解毒的思路，在原方基础上化裁、加减，两个月之后病情逐渐好转。再以参苓白术散加减治疗，肝功逐渐恢复正常。治疗到第三个月的时候，郝某出现了牛皮癣见证，惊慌不已，疑老病重发。曹东义告诉她，这是体内瘀毒外排，接下来在兼顾正气的基础上，加用解毒凉血之品，逐步见效。入冬之后又出现发热头疼，用三仁汤加减清解郁热而缓解病情。此后逐渐改为清热凉血、化瘀消斑为主的治疗方法，病人痊愈。

也是诊所开张初期，有一位从隆尧县牛桥乡林家庄来的 50 多岁的妇女刘某，是个心脏病患者。刘某在诊所外盘桓了几个来回不敢进。医助看到了告诉曹东义，曹东义让领进诊所。看到来人是个农村妇女，不知是想看病没钱还是别的什么原因，便先和刘某拉家常。

"您是来看病呢还是想要问点啥？只管说，我们尽量帮您。"

刘某把诊所里外瞅了一番，喘匀了气才说道："我是听我们村修自行车的老林头说的你这儿，他跟我得了一样的病，吃你开的中药心脏平稳多了，他说让我来找你。我从隆尧县牛桥乡林家庄来，天刚亮就出门，你看看到这儿都中午了。平时我们没时间来看病，也没那么多钱，我想请你给我看看，能不能给我开点犯病时吃的丸药？"

曹东义明白了，微微笑颔首让座，望闻问切了一番。妇人说时常心慌胸闷，憋气时不能平卧，前一两年到医院看过，一是没见有什么好的疗效，二是看一次病实在太折腾，好久没有再找医生了。近日村里有个比她还年轻的患同一种病的病人突然死了，她很害怕，四处打听治病的良医，听老林头说到曹医生就找来了。

曹东义按仲景师《金匮要略》中"瓜蒌薤白半夏汤"与"生脉散""血府逐瘀汤"加减，刘某服了6服之后感觉有效，心慌胸闷、憋气的时段减少，症状也轻缓了一些。半个月后老人再来时，高兴地说："这个方子好，能救我的命。不过曹大夫，你能不能把汤药变成药丸子？我能常服这个药就好了，因为，我从老家来看一次病太折腾了。"

曹东义说："好，咱们以后就服药丸子，我让人给您把药带去或是寄去，您就不用再跑路了。"

曹东义在公社医院的时候就学会了炮制中药大丸子。记得大队医生刘群锁给自己教制丸时特别仔细，如何把药材配好研粉，如何把蜂蜜化开搅拌合适，捋成大蜜丸后用蜡纸包好，装起来备用。开业之后，炮制中药蜜丸就是本所一个重要项目。这个办法非常适合刘某治病，后来刘某托人打个电话来，曹东义就会托人给她捎回去，碰不上顺路的人时就邮寄过去。凭着服药丸子，刘某后来活到70多岁。

1995年冬的一天，一位精干利落的朝鲜族妇女一阵风似的卷进诊所。曹东义一看乐了："金老板怎么来了？您这可不像是有病的样子啊。"

这位50来岁的餐馆老板在石家庄可是个名人，她叫金某芝，开了家朝鲜菜馆，生意火得很，曹东义和同事们去过好几次，与老板很熟了。金某芝快人快语："曹大夫你可要救我儿子呀！"曹东义忙问："您儿子怎么了？坐下来说。"

金某芝讲了事情的原委。她有两个儿子，大儿子叫马某国，几天前突患胸膜炎，胸腔积液，到胸科医院办理了住院手续，住进病房后发现同房都是结核病人，担心被传染，要求换病房，但当时医院里一床难求，哪有条件换病房呢？马某国宁可不治疗也不住那种让人不放心的病房，立即要求办理出院手续。医院不同意，马某国态度强硬地说不要住院押金了，当即离开医院寻求中医药方法治疗。金某芝听儿子一讲就想到了曹东义诊所，径直就找来了。

马某国来后，曹东义当即为其诊断。初诊即判定其胸腔积液甚多，27 岁的小伙子呼吸急促、胸闷气短、倦怠无力。按《伤寒论》十枣汤方，用大戟、芫花、甘遂共为细末，装入胶囊，1 次服用 3 粒，大约 1 克，空腹服用，每日大便三四次为度，不泻就加量，增服一个胶囊。每过 3 天重复一次治疗，同时服用汤剂。

1996 年 1 月 28 日三诊，患者的胸腔积液已吸收，胁肋疼痛缓解，但感冒频繁，大便日三行，有不适感。

改为以汤剂为主，处方：党参 15 克、炒白术 15 克、茯苓 30 克、车前子 30 克、泽兰 20 克、白芍 20 克、粟米 10 克、百部 15 克、百合 15 克、沙参 15 克、葛根 20 克、当归 10 克、鸡内金 15 克、焦三仙各 15 克、香附 30 克、柴胡 10 克、佛手 10 克、炒山药 15 克，3 剂。

依此方治疗数月，马某国胸膜炎痊愈。

同年 10 月 10 日，比马某国小一岁的弟弟马某中也来求医，竟然患了与其兄同样的胸膜炎。初诊时右胁疼痛半月余，同样使用了十枣汤装胶囊。服药数日，口诉仍然胁痛、少寐、低热、难于平卧。大便由干转稀，胸膜肥厚，口渴好转，舌暗苔薄白，脉滑数。

曹东义细诊其病症与其兄病症的异同，重下一方：柴胡 10 克、郁金 15 克、泽兰 30 克、当归 15 克、紫苑 10 克、元胡 20 克、青蒿 15 克、守宫 15 克、白芍 30 克、百合 15 克、蜈蚣 2 条、百部 15 克、前胡 10 克、川楝子 15 克、地骨皮 30 克、知母 10 克、大贝 15 克、丹参 20 克、鸡内金 20 克、焦三仙各 15 克、葶苈子 15 克、瓜蒌 15 克、鳖甲 15 克、丹皮 15 克。

用法：每日 1 剂，文火煮 2 次，每次煮 30 分钟，共取汁 300 毫升，内服，一日 3 次，共 5 剂。

依此法服药后病情逐渐好转，再诊时又行加减，持续服药数月，在没有进行抽放胸腔积液的情况下，病情明显好转。

有一位年近七旬的老年妇女，姓赵，常年患慢性支气管炎、肺气肿、肺心病、心功能不全等疾病，冬季因寒冷而加重，咳喘不休，夜晚不能平卧，饮食、睡眠皆差，辗转几家医院治疗均无明显好转，被家人拉到曹东义诊所来求中医治疗。曹东义见老人多病缠身，病象危重，一面嘱其家人不要骤然停用病人服用的西药，一面详细诊断。老人咳嗽频繁，喘促明显，语言低微，心慌气短，不能平卧，夜难入睡，痰多如清水，带白色泡沫，小便少，面色黄白无光泽，下眼睑微有浮肿，下肢浮肿，按之凹陷不起，食纳减少，不欲饮水，脘间发堵、微痛，不喜重按，有时恶心呕逆，舌苔白而水滑，脉滑而数，属湿热蕴结之证。

根据"急则治标，缓则治本"和"病痰饮者当以温药和之"的治则，用降气除痰、助阳化饮之法，开出标本兼治之方：

炒苏子 10 克、炒莱菔子 9 克、制半夏 10 克、橘红 10 克、炙甘草 6 克、茯苓 15 克、猪苓 15 克、桂枝 8 克、泽泻 10 克、珍珠母 30 克（先煎）、藿香 10 克、元胡 9 克。5 剂，水煎，1 日 1 剂。

一周后，老人前来二诊。咳喘减轻，痰亦减少，小便增多，浮肿已消，能平卧安睡。舌苔转薄，脉略滑而和缓。疗效明显，效不更方，再服上方 7 剂，告知病愈。

这个病案给曹东义启发很大，诊治慢性病和老年顽疾，遵循古人经典理论和医疗思想十分重要，当日写下按语："根据面色黄白无泽，言语低微，天冷季节发作，知其阳气不足。年老阳虚，脾肺功能衰减，脾运不健，肺失肃降，寒湿不化，而生痰饮，停于心下。饮邪上凌心肺，故咳喘、气促、心慌，甚则不能平卧；饮邪为患，故咯痰清稀易出，量多而带白色泡沫；湿邪停滞，中焦不化，故脘堵，不欲饮水，舌苔白滑；湿邪下注，而致下肢水肿；又因水饮凌心，胸阳不振，水饮射肺，肃降、布化之令难行，不能'通调水道，下输膀胱'，故小便减少而水肿日增。从脉象分析，知是阳虚水饮内停、上凌心肺之证。"

一天，市医院打来电话，请曹东义到医院为一位重症病人会诊。原来是一位姓郭的病人因膀胱手术后尿血，且有前列腺并发症，数次在这家医院做膀胱冲洗和尿道扩张手术。这天，郭某手术后心脏病发作，连续几天血压偏低，依靠升压泵升压，但一坐起来就血压下降，头晕心慌。医院主治医生觉得情况危急，又没有有效方法改善，便请曹东义前来会诊，想看看中医有没有可行的办法。

曹东义详细诊断后使用了生脉饮与补中益气汤加减，病人的血压渐趋稳定。此后，郭某渐渐转为以中医手法治疗为主，曹东义又给他服用了一段时间猪苓汤与六味地黄加减，病情逐渐好转。这个病案不仅使郭某对中医的信赖程度大幅增加，连医院的西医大夫从此也对中医高看一眼。

诊所后楼有个叫赵某兰的老年妇女，70 岁左右，是一个肺心病、慢性阻塞性肺病的患者，平时经常脸部肿胀青紫，走路上气不接下气，来一趟诊所都很吃力，每次进了诊所半晌都说不出话来。喘息一会儿，才能慢慢说出自己的病情。曹东义给她持续治疗了好些年，不断调整处方，减缓她的病痛。赵某兰几次入院都是直接送进 ICU，化验结果让医生都害怕，她的血氧浓度太低，像这样的情况一般都挺不过几天。但是，赵某兰却一次又一次挺了过来，常年服中药帮助她一次次渡过难关。

有一个病人叫王某爱，是一个患有慢性肺病、严重肺纤维化的患者，昼夜不能离开氧气，断一小会儿就有窒息的危险。因此，她们家的楼下小房里，经常放着两个大氧气瓶，把吸氧的管子从小房直接拉到居室里。这种病人给人一种朝不保夕的危险感，但王某爱的丈夫很细心，除了时时盯着换氧气的事情，还经常请曹东义到他家诊脉、开方，帮助缓解病情，这样的日子一过就是很多年。

栾城县有位 60 岁左右的妇女叫王某栾，患肝腹水、发烧、呕吐、满身皮疹，医院里下了病危通知书。其丈夫在石家庄上班，听说了曹东义门诊能治好被医院判"死刑"的人，不甘心老伴就这样死在医院里，便背着王某栾来求医。曹东义看病情危重，请来李浩教授一同会诊，用柴胡汤加减调理，患者渐渐退烧，止住了呕吐，满身的皮疹逐渐消退。治疗一个多月后回家恢复了一段时间，几个月后再来的时候，王某栾像换了一个人一样满面红光、有说有笑了。

有一天，一个 30 多岁的乡下汉子拉着一辆小拉车飞快地跑到诊所门前，见了曹东义一迭声地嚷嚷："快救救我媳妇！"曹东义一看病人高热昏迷不省人事，急忙问道："病人病情危重有生命危险，怎么不送医院抢救？"

那乡下汉子急忙说："大夫你不知道，我们是从医院出来的！只有请你救命啦！"

曹东义一边给病人切脉，一边听乡下汉子说了经过。原来，他媳妇患产褥感染，送医院抢救了 10 多天不见好转。那天早晨，医院宣布没有"救治价值"了，让他办理出院手续，免得人财两空。曹东义知道，有的医院为了减少"病死率"，就是这么处理危重病人的。可是乡下汉子把媳妇拉出医院又能怎么办呢？也不能眼看着媳妇等死啊！

听村里人讲过，城南巷子里有个曹东义诊所看病好，便用小拉车拉着媳妇跑到诊所来了。

曹东义为病人诊断过后，开了犀角地黄汤加减，对乡下汉子说："你回家赶快煎药，用小勺慢慢喂服，每天上下午各一次。3 天后要是人还活着就来我这儿换方，咱们接着治。"

三天后，乡下汉子面带喜色地来了，当然不用再问，曹东义对方子做了化裁，对乡下汉子说："这 3 服药服下应该平安了，剩下的就要靠她自己慢慢恢复。"

服药一周，这个被宣判没有救治价值的产妇奇迹般地活了，并且没有留下任何后遗症。

几年后，曹东义到乡下巡诊时碰见这个乡下汉子，问他："你媳妇后来怎么样了？"乡下汉子笑着指一个背着一筐草走过来的人说："你看，这就是她！"

曹东义一抬头，吃惊地看到，当时那个蓬头垢面、奄奄一息的妇女，此时已然成了一个身体健壮的少妇。

衡水的乡亲们知道曹东义自己开诊所了，时常有人坐长途车，或者搭顺路车来求医。有一次，一个从衡水来的大妈找到曹东义先问："你们这里的房子好租吗？"曹东义一愣："你不是来看病的吗？为什么问租房子的事情？"

大妈难为情地讲了她治病的经过。她持续几年情志不遂，时时心烦意乱，在当地找了好几个名医看都没治好，病越来越重，她越治越怕，不敢再服用医生开的药了。有个医生给她发脾气："我这药就是专治你的病，再治不好，你就只能去看精神病了。"老人觉得自己的病治不好，起码短时间内没指望了。听说曹医生是衡水老乡，待病人有耐心，便打算在附近租房子住下来慢慢治疗。

曹东义经过四诊合参，认为老人虽然年近60岁，已过了更年期，但由于之前的治疗作用不大，失调的状况没有得到纠正，而且越治越复杂。曹东义决定由体质调理入手，扎针与服汤药配伍使用，半月内就有了大的改观，老人增强了信心，心神安定，病情缓解。后来每过一段时间来调一次处方，渐渐痊愈。

周边的乡亲们都知道了，那个仲景村走出来的赤脚医生现在是有名的大夫了。

一个中医小诊所在市场的夹缝中生存是很难的，常常会遇上令人尴尬的事情。

有一次，一个姓冯的年轻人悄悄来找诊所求医，曹东义一查，20多岁的小伙子竟然患有严重的肝病。问他为什么没有到医院好好治疗，小冯未语先哭："去了，治疗好久了，越治越重，我是从医院跑出来的，请你悄悄给我看病，不要告诉我家人。"

从小冯的讲述中，曹东义明白了，原来他家的亲戚中有两个是医院的医生，小冯发病后由他们安排小冯的治疗，但治了两个多月不见好转。小冯听同病房的人说了中医治疗效果好，提出要找中医治疗，亲戚坚决反对，他只好偷偷跑到曹东义的诊所来。服药一个月，病情渐有好转，转移酶等肝功指标趋于正常。后来，他那西医亲戚发现小冯服用中药后坚决阻止。相隔不久，体检时发现有脾大和肝硬化的情况，又被安排到省三院肝胆科做脾栓手术，很快出现病危的情况。小冯的父亲看到儿子病情危重，顾不得亲戚关系了，和医院吵了一通，坚持要把中医曹东义请来会诊。曹东义走进病房一见小冯，不由心头一紧，两个月未见，小冯体质急剧衰退，脸色萎黄，骨瘦如柴，高烧不退，不能进食。小冯看到父亲领来了曹大夫，眼含希望地说："曹大夫，救救我！"

　　一个年轻人如此痛苦、如此绝望，曹东义既伤心又为难。医院治疗思路有问题，却排斥中医，耽误了这个年轻人。作为会诊大夫，曹东义提出中医辅助治疗，给小冯开了补中益气和生脉饮加减的方子，由家属把煎好的中药悄悄带进病房，私下吃药。一个多月后，小冯逐渐退烧，肝病缓解，后来恢复体力出院了。

　　曹东义学医之初，先从西医始，后来又受学西医的父亲影响，对西医从不排斥，认为中西医各有所长，在临证中常常是中西并用，并认为很多时候西医的思维方式可帮助自己判断病情，而且在遇到不可逆转的终极治疗时，西医的处理方式可避免不必要的医患纠纷。

　　有一个平时经常来诊所看病的老年妇女，因为咳喘病情加剧，带话让曹东义来家治疗。东义为老人诊断后，发现其哮喘严重，呼吸困难，需要急救，就劝老人马上去住院，并嘱咐她的家人不要自己开车，要叫救护车来急救。果然，老人被抬上救护车就昏迷了，幸亏抢救及时，避免了意外的发生。过了十来天，这个年近八旬的老人出院回家，见到曹东义还开玩笑："曹大夫，你让我多花钱，花了8000块。"曹东义说："那天要不是叫救护车急救，可能命都没了，8000块买一条命，值得。"

　　行医40多年，有很多奇遇、很多故事，积累的两麻袋处方，一直没时间整理。但在曹东义的辨证心得中，也记录了一些失败的病例，或者说是教训。

　　笔者在阅读这些文字时，对一个良医的修成有了清晰的认识。

　　"前几日，一老者前来求医，诊为肺心病、老慢支，冬时感冒引发哮喘。按照《伤寒论》'喘家作，桂枝汤加厚朴杏子佳'古训，开方桂枝汤加厚朴、杏仁等。二日后，老者来所诉服药后，腹腔、胸膛里边如火烧般难受。我暗惊，这么强的服药反应说明用药有问题。复为老人细诊，自责初诊时辨证不细，对于治疗此类疾病，张仲景还有这样的嘱咐：'桂枝下咽，阳盛则毙；承气入胃，阴盛乃亡。'我向老人说明了用药有不当之处，免收老人药费。此后再遇同类哮喘、老慢支的病人，要小心辨证，不能贸然套用成方。"

"今有一病人来所，诉自前日服药后心烦、失眠很严重，查诊疗记录找到原因：日前为其开了麻黄入方剂煎服的汤药，没有用炙麻黄而是用生麻黄，也没有细嘱'先煎去上沫'，结果病人服药后不适。这件事提醒我，今后在开方用药时一定要遵古用药，细致再细致，不可有一丝粗心。"

"'三折肱为良医''医不三世不服其药'，古人这些论述，都是经验教训中总结出来的。行医可不是件容易事，扁鹊说：'医之病，病道少；人之病，病疾多。'而且还有'六不治'的说法，高明的医生也有难以作为的时候。"

自开诊所，坐堂问诊，是一个良医必修之课，也是对一个医生最严峻的考验。

读研时，一位导师讲过，不要小看那些开个小诊所的民间医生，学院出来的人不知道开诊所多么不容易，开诊所是对一个医生最严格、最全面的考验。医院里的医生们，上有领导，下有助手，还有各个科室分担各种责任，并且有分得很细的科室，不同的病人会找不同的医生，在这儿，一切都没有了！只有你自己，辨证、用药、疗效、风险、病人的安危，全部是靠你自己判断、你自己确定。医术好不好要病人说了算，要经几年、几十年的考验，才能成为一个合格的医生，才会经百姓的口碑传播。所以说，终年工作在一线小诊所的中医们最伟大、最了不起！

这话，当时在教室里听完也就过去了，曹东义没想到会与自己有什么关系，更没想到自己读研之后会做一个开小诊所的医生。如今才懂了为什么导师说一线小诊所的医生最伟大。初期的困惑过去之后，曹东义变得越来越坚忍，学古中医史让他明白，自古以来，没有哪一位名医没有经过艰难的磨炼、痛苦的历程。扁鹊、张仲景、张景岳、孙思邈、罗天益等，无不如是。正如阿·托尔斯泰那句名言："在清水里泡三次，在血水里浴三次，在碱水里煮三次，我们就会纯净得不能再纯净了。"

第五章
誓愿普救含灵苦

在市场风雨中经营一个小诊所，吃了很多苦，也锻炼了意志，增长了学识。有病人看病，没病人时继续自己研究医史文献的老本行。曹东义勤修苦研的精神，影响了来诊所工作的一批又一批年轻人，使小小的诊所成为一个培养人才的摇篮，先后有刘秀清、王丽、于钟波、姜晓杰、王堂海、王群才、刘云霞、耿保良、杜明明等人成为曹东义的徒弟，历经磨炼，成长为服务社会的医学人才。

1996 年，曹东义当选河北省首届优秀青年中医。2001 年晋升为正高级主任中医师，同时成为河北医科大学硕士研究生导师。曾跟随曹东义在诊所临诊的王丽，成为曹东义带的第一位硕士研究生。王丽学的是中西医结合临床专业，研究课题是《辛温辛凉不同解表方药对于肺损伤影响的实验研究》，课题研究完成后考上了李佃贵国医大师的博士，毕业后到吉林省中医药研究院工作，成为一名高级研究员。

在临床一线，曹东义发现临证最常见的疾病是反复呼吸道感染，尤其是中老年人，往往都有较长病史，反反复复缠绵不休，无论怎样用方遣药总是难求痊愈，医患双方皆为此苦恼。曹东义选定这个课题后，以十数年之功细致观察、深入研究，在诊所长期扎实的临床实践中，观察了数千例患者，对呼吸道疾病病机病理的普遍规律进行梳理总结，师承仲景补脾补肾医学思想，抓主症，灵活应用验方，并使用实验动物对"清肺口服液""复感灵口服液"做了药理实验，积累了实验数据。

2003 年抗击"非典"期间，曹东义能够对外感热病提出独立见解，为国家抗击"非典"指挥部建言献策，取得相关课题研究成果，并担任主笔出版了 50 万字的《中医群英战 SARS》，可以说，自办门诊的 10 年为他打下了坚实的基础。同时，曹东义对于无名热、肝胆病、顽固性更年期综合征的临床研究，也是在这个时期积累了扎实的临床经验。

想那街巷深处诊所里，病患云集，曹东义省病诊疾详察形候，巧施仲景方，病患开颜，杏林春暖，笔者多么希望那时的情景能再现！

曹东义指指办公桌后两个鼓鼓囊囊的麻袋笑道："有关诊所的记忆全在这里。"打开一看，原来是一次次医病的处方积攒了两麻袋，还有写在医案后的诊疗思路、临证心得等。笔者虽看不懂，但被这密密麻麻的字迹和数万份医案惊到了。

曹东义说："这里有很多值得梳理总结的东西，但一直没有合适的时间整理。当年我结束诊所工作回到研究所，正赶上'非典'爆发，立即投入抗击'非典'的战役中，白天在抗疫前线奔波，夜间伏案进行重大课题研究。之后的几年忙于捍卫中医的论战，以及一系列学术研究活动，一年年就这么忙过来了。如今我已是年过花甲，感觉是越来越忙，怕是要再过些年，老到跑不动才有时间整理……"

曹东义实在是太忙了。好在有弟子曹传龙等人撰写的《双师带徒实录》一书，记录了大量曹东义医案，本章摘选医案若干例。

董慕芬医案

乳腺增生病，属中医学"乳癖"病证范畴。清代高秉钧在《疡科心得集》云："乳癖，良由肝气不舒郁结而成。"其病机与肝郁气滞、痰气凝结、湿热蕴于乳络、肝郁肾虚有关。临床表现出乳房一侧或双侧胀痛、刺痛或刀割样痛，并可向胸前区、侧胸、腋下放射，月经来潮后或经净后，疼痛锐减或消失。本案患者乳房胀痛，胁肋时痛，目涩，头晕而左半身麻木，便干、尿黄，既表现出肝郁血滞证，又表现出肝经湿热证，肝经湿热上致头晕，下致便干、尿黄。曹师对此复杂的乳腺增生症，综合辨证，处方用药既疏肝理气、活血散结，又清热利湿。方中柴胡、白芍、枳壳、佛手、当归、半夏、麦芽、香附、鸡血藤、泽兰等疏肝活血治乳房胀痛，丹皮、土茯苓、天麻、白菊花清湿热平肝，白术、茯苓、党参、山药、藿香等健脾益胃而培土疏肝。

张某然医案

复发口腔溃疡，又称复发性口疮，西医称本病为复发性阿弗他口炎或复发性阿弗他口腔溃疡。中医认为，本病因素体阴虚，加之病后失养，或劳累过度，熬夜多思，更耗阴液，阴虚火旺，虚火上炎，导致口疮。往往临床表现出溃疡多生于舌根或舌下，数目可多可少，创面灰白，周围微红，疼痛较轻，或此起彼伏，伴舌咽干燥，腰膝酸软。舌红少苔，脉细数。治以滋阴降火之法。曹师临证紧扣本案病因病机而处方用药。方中柴胡、郁金、沙参、玄参、麦冬、玉竹、生甘草、石斛疏肝滋阴清热；竹叶、栀子、黄芩祛火。

王某蕾医案

无湿不成带。历代医案多将带下病的产生责之于"湿"，认为"湿"是导致带下病的主要因素。如《傅青主女科》云："夫带下俱是湿症。"又《医学心悟》云："大抵此证不外脾虚有湿。"也就是说脾虚湿困是带下病的主要病因。但实际临床，带下病又与肾虚、肝郁、血瘀等相因为病。临床治疗以健脾祛湿为主，兼以补肾、疏肝、滋肾、清热等法配合治疗。曹师临证紧扣本案病因病机而处方用药。方中白术、党参、苍术、芡实、山药健脾除湿止带，柴胡、白芍、黄檗、败酱草、白芷、陈皮、白果疏肝清热止带。

孙某文医案

慢性胃炎，分为慢性浅表性胃炎、慢性萎缩性胃炎等，属于中医学"胃脘痛"等病症范畴。中医认为，慢性胃炎由于饮食不节，损伤脾胃；或情志失调，气郁伤肝，肝气犯胃所致。本案患者为慢性胃炎，临床表现比较复杂，既有脾胃虚寒疼痛，又有肝气犯胃所致的脘胁疼痛，还有局部萎缩表现出的胃脘灼痛。对此，曹师临证有条不紊，对于患者表现出的全身乏力、全腹疼痛、下腹畏寒证，治以温中健脾之法，施以黄芪建中汤加减。方中黄芪、桂枝、干姜、白芍、元胡、大枣、甘草益气温中、健脾止痛。再诊时，患者表现出脘胁胀痛证，治以疏肝理气、和胃止痛之法，方中乌药、荔枝核、郁金、柴胡、木香等疏肝理气止痛，又以百合、沙参、麦冬、黄芩、黄连等清热滋阴治胃局部萎缩的灼热痛。环环相扣而终获佳效。

王某宝医案

原发性肺癌简称肺癌，是指发生于支气管黏膜上皮、支气管腺体、肺泡上皮的癌肿，属于中医学"肺积""肺胀""息贲"等病症范畴。本病以肺气阴虚为主，以痰瘀毒邪为标，病位在肺，常累及脾肾。病机是肺脾肾虚弱，邪毒乘虚干扰，使肺气闭郁，宣降失司，气机不畅，气滞血瘀，肺络受阻，脾失健运，津液输而不利，痰浊凝聚，日久形成肺积。本案患者肺癌，术后纳少，口苦干，腹胀，乏力，便不爽，小便黄，寐少，显然属于脾虚湿阻气滞证。曹师临证施以理气化湿、健脾和中之法切合本案病因病机。方中苍术、厚朴、茯苓、半夏、滑石、藿香化湿，陈皮、柴胡、枳壳、香附、炒麦芽理气消胀，党参、白术益胃健脾，葛根解热生津。

王某兰医案

脑出血，是指脑动脉、静脉或毛细血管壁的病变导致脑实质内的出血。临床表现出突然头痛、头晕、呕吐、偏瘫、失语、意识障碍、大小便失禁等症状。根据本病的发病特点和临床表现，与中医学"中风""偏枯"相关。

本案患者为脑出血左半身不遂后遗症。正如《诸病源候论》所云："脾胃既弱，水谷之精润养不调，致血气偏虚，而为风邪所侵，故半身不遂也。"脾胃虚弱，痰湿阻滞经络则左半身活动不便、沉重，湿阻中焦则见脘腹闷胀，中气不足则见乏力、汗出，肝风内动上扰则见头痛。曹师临证紧扣本案病因病机而施以益气化湿、平肝潜阳，和胃降浊之法，终获佳效。方中黄芪、白术、党参益气，桂枝、茯苓、泽泻、半夏、砂仁、炒谷芽、炒麦芽、厚朴、枳壳、白豆蔻、焦三仙等健脾化湿，天麻、钩藤、怀牛膝平肝潜阳，鸡血藤、当归活血通络。

吕某中医案

消化性溃疡（包括十二指肠球部溃疡）属于中医学"胃疼"（也称胃脘痛）病症范畴。中医认为，消化性溃疡的病因与感受外邪、饮食不节、情志不遂、素体脾胃虚弱四个方面密切相关；其病机是胃气郁滞，胃失和降，胃之气血瘀滞，不通而痛。明代张三锡在《治法汇》中认为引起胃脘痛之因"有寒、有火、有痰、有气郁、有食积、有死血"。本案患者胃脘痛，临床表现出喜温按，时有胃灼热、口干、咽中有痰、纳差、口中乏味、眠少，舌暗苔白厚腻，脉有滑有弦。既有脾胃虚寒证，又有湿热中阻，气滞血瘀证。曹师临证综合分析而处方用药。方中桂枝、山药、炒白术、党参、黄芪益气温胃，荔枝核、枳壳、香附、乌药理气消胀，元胡、当归、白芍、蒲黄活血止痛，茯苓、黄连、半夏清湿化痰。

赵某银医案

本案患者种种临床表现，应是更年期综合征。中医是指绝经前后诸症，也称经断前后诸症。肾、肝、心功能失调是本病发生的病机关键。肾阴亏虚，水火失济，心肾不交，心火亢旺，扰于心神则见心烦、失眠、口干诸症；心火上炎则见口唇红肿疼痛；阴盛阳虚，肾阳虚则见两脚畏寒；肾阳虚无以温煦脾阳，脾失健运，化源不足，可见乏力，大便偏稀，胃脘不适诸症。曹师临证综合辨治而处方用药。方中黄芪、党参、白术益气，当归、川芎、白芍、熟地四物汤调血补血，巴戟天、仙茅、淫羊藿、桂枝、独活温阳补肾治脚寒，知母、生龙骨、生牡蛎、丹皮、地骨皮、生地、胡黄连、女贞子、旱莲草、白薇、合欢皮、夜交藤、黄连、黄檗、石膏等滋肾阴清火，治洪热汗出、眠差、口唇红肿疼痛。

张某梅医案

《内经·灵枢·经脉》云："肝足厥阴之脉……循喉咙之后……于督脉会于巅……是动则病腰痛不可以俯仰……甚者嗌干。"又《西溪书屋夜话录》云："肝木性升散，不受遏郁，郁则经气逆。"而气郁气逆又可以引起血瘀。气滞血瘀则肝经所经之处即发症状。肝气郁结，气机壅滞则见咽部憋塞；肝气郁结不升散则见头顶胀痛；肝郁血瘀，血不荣肠则见便干。曹师临证施以疏肝解郁之法切合本案病因病机。方中柴胡、苏梗、厚朴、香附、郁金、川楝子、大腹皮、炒麦芽疏肝理气解郁，白芍、当归、葛根、菊花疏肝清肝活血治头顶胀痛，川牛膝补肝肾、活血祛瘀治腰酸手胀。

下面这三个医案是笔者从曹东义行诊笔记中选录的。

汤药加针灸治好全结肠炎

设计院王某法，由于长期野外作业患有"全结肠炎"，和平医院消化科劝其做全结肠切除，王某法不愿做切除术。1996 年 4 月 4 日前来就诊，吾与李浩教授经过四诊，开处方：葛根 30 克、黄连 6 克、广木香 12 克、地榆 30 克、秦皮 15 克、仙鹤草 30 克、诃子 20 克、佛手 12 克、白蔻仁 12 克、陈皮 6 克、云苓 12 克、败酱草 15 克、法半夏 6 克、焦三仙各 10 克、青蒿 12 克、鸡内金 9 克、菖蒲 30 克、银花 15 克、苏叶 6 克。服药 6 剂，病情有所缓解后，吾对药方作以加减，同时加用针灸。王某法恐针刺，每次扎针都是出一身汗，吾反复劝解安抚，王某法渐渐克服恐针心理，治疗半年余，病症缓解。

与孟庆生老中医合力救治肌无力

苏某宾，男，28 岁，肌无力患者。

初诊：1995 年 9 月 4 日。阑尾术后半月余，全身倦怠乏力，腿软，手指不能伸展，双腿行走艰难。患者当时新婚不久，是运输公司货车司机，一米八的大个子，连自行来就诊都做不到，依靠母亲和妻子陪伴，双手失去功能，连扣衣服扣子也要家人帮助。初诊时口干欲饮，舌体胖嫩，边有齿痕，苔薄白，脉细数无力。

与孟老中医协商之后，开了处方：黄芪 40 克、人参 10 克、当归 15 克、白芍 15 克、熟地 20 克、首乌 20 克、肉苁蓉 20 克、白术 10 克、茯苓 10 克、麦冬 15 克、天冬 15 克、陈皮 10 克、升麻 10 克、火麻仁 10 克、枳壳 10 克、广木香 10 克、甘草 6 克，7 剂。

服中药的同时加用针刺治疗，患者逐渐恢复肌力，一周后可以对掌了，能够自己吃饭、自行就诊了。

1995 年 11 月 2 日第八诊的记载是：药后对掌明显好转，体力增加，舌淡有齿痕，苔薄白，脉沉，便干。在原处方上黄芪、当归加量。

今天再看这个病例的时候，整个诊疗过程的诊治思路，与恩师邓铁涛先生用补中益气汤为主的思路可谓不谋而合，也足以说明《黄帝内经》治痿独取阳明的观点非常正确。当然，治疗过程之中，吸收李东垣升阳散火，以及应用朱良春先生倡导的虫类药，也起到了积极作用。

治疗常某英Ⅰ型糖尿病

女，1994 年 5 月 27 日初诊时 48 岁。Ⅰ型糖尿病 20 余年，伴发脑出血、血栓 10 年，右目失明，现症头晕，乏力，腰痛，下肢肿，口干，牙痛，腹胀，纳差，便干，舌淡苔薄黄中剥，脉细无力。

这个病案，先后经我和郭主任等中医治疗几年，印象深刻。患者早年在单位做广播员，相貌出众，声音甜美，婚后育有一女。然命途多舛，30 岁时即被脆性糖尿病缠身，几十年来受尽折磨，但是很坚强，积极配合治疗。然而，该病到后期，各种并发症陆续出现，实难逆转。我至今清楚地记得，该患者一目失明，另一目视力也很差，腿部骨折多年，行动不便。每当她艰难地出现在一楼昏暗的走廊里，踽踽独行，拐杖落地有声地一步步走进诊室的时候，一股难以言说的同情之心便油然而生。她是如何从没有电梯的三楼下来的，又如何走到诊室的？虽说有时她丈夫陪伴在侧，但是，因为上班而不能相伴的时候更多。她突出的症候是口干，因此，每次来都要倒一些开水喝。便秘、腹胀，两腮肿胀，时有浮肿。经过治疗，病情有所缓解。她家庭困难，家属也想让其停药，但是她坚决要求治疗，甚至在她丈夫去世之后，她仍然坚持了很久。我耳边常常回响着她的呼声："救救我吧，大夫！"就这样"救"了她很多年，她常常对街坊邻居说："没有中医，我活不到现在。"

翻阅这些在麻袋里沉睡了 20 多年的病例，时光仿佛倒流，笔者与曹东义一起回到那个走廊深处的诊所，看着他为一个个病人望闻问切、开方配药。

从曹东义师徒记载病案的不同角度和不同思考，我们可以感受到一个医者修炼的过程。做苍生大医，妙手回春，是每个中医人的希望。然而，"病为本，工为标，恨无方解但求真"。当一个人病入膏肓时，医生有时也是回天无力。中医强调养生保健，往往在失去健康的人身上，才能显出其深刻意义。

做医生的，什么人都要面对，尤其是开办个人诊所的，一些见不得"阳光"、不便到医院就诊的人往往会摸到诊所来，采用各种手段强行索求医疗。曹东义曾接触过几个吸毒者，他们暗淡的人生令曹东义为之痛心和惋惜。

有一天，一个神情不正常的中年人突然闯进诊室，手拿一个注射器，里边有多半管液体，要求给他扎静脉。曹东义一看就知是吸毒者，说道："我们这里是中医诊所，不是扎针的地方。"此人态度蛮横地说："少来这一套！我知道你们会扎。"曹东义说："诊所有规定，不能随意给人扎静脉，谁给你配的药你找谁扎。"吸毒者一听就急了："我要是自己会扎，就不来找你了！少啰唆，快给我扎！要不然，你就别干了！"

曹东义知道，对这种无理取闹的人不能妥协，否则他就会得寸进尺，便板下脸说："我们是依法行医，你要是恶意捣乱，我就只好报警了！"此人见这个医生吓不住，只好找别的地方去了。后来才知道，此人是个臭名远扬的吸毒者，当时40多岁，经常半夜三更找诊所买一次性注射器，住店的年轻学徒很害怕。曹东义与派出所取得联系后，安装了一部固定电话，若再遇类似情况可随时报警。一部电话，就是一个哨所，吸毒者的骚扰便逐渐消失了。

有一次，一个30来岁的高个子女青年，来诊所求医时说自己有妇科炎症，要求输液，但每次输液都要求在脚上扎静脉。来诊所几次后，曹东义对她的情况有所了解，原来这个相貌美丽、做模特职业的女子是个瘾君子。她丈夫是个商人，在外挣钱很少回来，她有钱了，却因寂寞染上了毒瘾。一开始自己扎针，后来静脉发炎血管不好找了，就跑到诊所来以治疗妇科病为由输液，实际是为了在输液过程中到卫生间自己加进毒品输入静脉。一次，她在卫生间时间长了，别人在外边敲门，她急忙加快输入速度，由于毒品浓度大，输入过快，出来后突然头颈后仰，全身抽搐，那情景非常吓人。曹东义紧急施以针刺抢救。等苏醒过来后才知晓内情，情知再也不能接收这样的患者了。送她出去的时候，看她身子晃荡，步履不稳，曹东义劝说了一番。这样一个身材高挑、容貌美丽的年轻女子，家里还有一个几岁的女儿，却让毒品毁了，这样的人生遭遇实在让人痛心。但是，一个医生的一番劝说又怎能轻易改变一个瘾君子的命运呢？

还有一个家住诊所附近的 30 多岁的男士，有个六七岁的女儿。90 年代初去海南求发展，办过酒店，开过歌厅，钱挣了不少，人却染上了毒瘾。回到石家庄后，一心想戒毒，来诊所几回，服了一阵药没有效果，不久就听说自尽了，留下妻子女儿。有时曹东义路过他家门前，看到他年迈的父母，不由为这些被毒品毁掉的人感到痛心。

有这样一个病案，曹东义从开诊所之初就为这个病人治疗，直到 20 年后曹东义已经成为主任医师、带硕导师时还在为其治疗。这个 20 年没有完成的病案在东义行医生涯中极其重要，成为曹东义弟子们反复研究学习的"典型性病案"。而 20 年没能治愈的病人却成为曹东义的至交，治疗过程中他们结下深厚的情谊，以至后来许多年里，病人的家人、子女身体有恙时都来找曹东义诊治，这种信任令人难忘。

限于篇幅，本章仅选部分初诊时期的行诊记录。

王某德，男，52岁

初诊：1994年6月2日。左侧偏瘫（血栓）8个月，现症麻木、沉重，左半身汗出，身凉，纳可，便自调，舌紫暗，苔厚稍黄，脉沉滑，有痰。

处方：黄芪30克、当归12克、川芎10克、桃仁10克、红花10克、地龙10克、木瓜10克、怀牛膝20克、茯苓15克、泽泻10克、桑枝10克、丝瓜络10克、竹茹10克、天麻10克（先下）、半夏15克。

二诊：1994年7月9日。脑血栓后遗症，药后症无明显变化，舌淡红苔薄白，脉弦滑。拟化瘀通络之法。

处方：炙麻黄6克、菖蒲10克、远志10克、熟地30克、黄芪40克、葛根20克、地龙15克、川芎12克、赤芍15克、白芍15克、丹参20克、土鳖虫10克、桑枝12克、川牛膝15克、天麻10克、僵蚕10克、白芥子8克、胆南星8克、蜈蚣段8克。

三诊：1994年7月17日。药后症见好转，无不适，舌淡苔白，脉沉弦。

处方：炙麻黄8克、菖蒲12克、远志10克、熟地30克、黄芪60克、葛根20克、地龙15克、川芎12克、当归15克、枸杞15克、白芍15克、丹参20克、土鳖虫10克、木瓜10克、怀牛膝20克、天麻10克、蜈蚣2条、鸡血藤15克、竹茹10克、白芥子10克。

四诊：1994年7月25日。药后手麻，肢烦减少，面麻如前，乏力，纳少，舌暗苔白厚，脉弦滑。

处方：白芷15克、防风10克、白芍30克、胆南星10

克、黄芪 60 克、当归 15 克、地龙 10 克、乌梢蛇 15 克、全蝎 5 克、白蒺藜 15 克、山萸肉 20 克、葛根 20 克、巴戟天 15 克、肉苁蓉 15 克、怀牛膝 30 克、防己 12 克。

电针灸 11 次，大艾条 2 支。

五诊：1994 年 8 月 21 日。左半身不遂，左面及左上肢麻木，拘挛不适，舌暗苔白，脉沉弦。拟化瘀通络之法。

处方：生晒参 15 克、鹿角霜 30 克、山萸肉 20 克、水蛭 10 克、蜈蚣 10 克、僵蚕 15 克、全蝎 15 克、土鳖虫 15 克、节菖蒲 15 克、炙麻黄 10 克、地龙 15 克、杜仲 10 克、山药 15 克、白芥子 10 克、天麻 10 克，共为细末，装胶囊服。

六诊：1994 年 8 月 27 日。面部麻木，外治方，中风后遗症。

处方：麻黄 15 克、桂枝 15 克、防风 20 克、羌活 30 克、独活 20 克、炙乳香 20 克、制没药 20 克、松节 15 克、木瓜 15 克、川牛膝 20 克、怀牛膝 20 克、川芎 15 克、红花 10 克、赤芍 15 克、白芍 15 克、丹参 15 克、川椒 15 克、艾叶 15 克，2 剂，水泡，蒸后外敷。

七诊：1994 年 9 月 24 日。口渴，饮水多 4 天，伴头晕，胸中烦，小便次数多，舌淡苔白，脉迟（56 次/分）寸滑。拟化气行水之法。

处方：茯苓 15 克、泽泻 15 克、猪苓 10 克、白术 15 克、桂枝 10 克、花粉 10 克、葛根 30 克、芦根 15 克、石斛 10 克、桔梗 6 克、生甘草 6 克、五味子 10 克。

八诊：1994 年 11 月 4 日。缺血性中风后遗症，拟益气活血化瘀之法。

处方：鹿角片 10 克、生晒参 10 克、黄芪 20 克、当归 10

克、川芎 10 克、桃仁 10 克、红花 10 克、天麻 10 克、全虫 10 克、土鳖虫 10 克、地龙 10 克、白芍 20 克、水蛭 10 克，共为细末，装胶囊服。

九诊：1994 年 12 月 16 日。口角溃疡，二便自调。

处方：黄连 10 克、半夏 15 克、生甘草 10 克、苍术 10 克、白术 10 克、葛根 20 克、厚朴 10 克、花粉 10 克、白芷 10 克、黄芪 30 克、当归 15 克、川牛膝 15 克、生地 15 克、茯苓 15 克，2 剂。

另外，五倍子 5 克、黄连 10 克、细辛 10 克为末，外用。

说起这个病案，曹东义颇为感慨。患者身高 1.8 米左右，平素健康有力，家属在农村，多年分居。51 岁时突然发病，尽管及时送医院急救，仍然留下比较严重的后遗症，左半身活动困难。单位将其家属接来照顾他。刚入壮年就躺在床上让人侍候，70 多岁的老父亲反而来招呼他，王某德难以接受这样惨烈的人生变故，经常泪流满面，求治之心自不待言。

医院已经对他关闭了大门，只有曹东义这个小诊所可以用中医药为其调理治疗，缓解症状，这里是病人最后的希望，曹东义丝毫不敢懈怠。初期使用补阳还五汤加减，后来用小续命汤与活血化瘀相结合，加用滋补肝肾、填精益髓，兼清郁热，虽然有一定效果，体力逐渐恢复，但是半身不遂症状一直未能康复，面部的麻木感觉也时轻时重，但许多年来，患者一直坚持治疗、坚持自我复健，至今已经 75 岁，依然坚强乐观地坚持着。

因经年累月的精心治疗和推心置腹的安慰、劝解，患者逐渐接受了"带病生存逐步康复"的理念，知道自己的病况已不可能完全治愈，渐渐地调整心态，决心勇敢地带病生存，重新回归社会，这种精神层面的康复，也是治疗的重要目的。患者打开心扉走出阴影，不再躲避同事和朋友，拖着不太灵活的身躯，满身大汗地行走在省城的便道上，从几百米到几千米，渐行渐远，有的时候达到五六公里之远。病体见好转后便扔掉拐杖，拖着不太灵活的左脚一拖一拉地顽强行走，左脚的布鞋穿不了几天就磨穿了。后来，他买了一辆小三轮车，骑着三轮车外出活动就方便多了。

由于坚持不懈的康复锻炼，以及后来坚持服药，补肝肾、强筋骨，患者至今仍然顽强地活着，而同期患病的有些病友，有的早已离开人世，有的不能出屋、不能下楼已经多年了。

由此可见，对于一个病人来说，精心治疗与心理辅导都是非常重要的。

曹东义的徒弟、硕士研究生导师、主任医师王红霞在一篇跟师随感录中写道："医生常说最难处理的是医患关系，但我在师父曹东义身上看到了解决这个问题的最佳方法，那就是真心待人，细心医病，以心换心。师父以一片仁心对待患者，不但保持着很好的医患关系，而且，还把一颗颗万念俱灰、只等一死的绝望的心唤醒。心病还需心药医，由此可见我师曹东义为病人付出了多少心血！"

是啊，遭遇这种难以治愈的疾病，病人内心的痛苦是外人难以理解的，离病人最近的只有医生，病人对医生还抱着一线希望，尽管希望是那么渺小，是那么摇摆不定，但那是支撑他活下去的最后的曙光。当这一缕光明摇摆不定的时候，他内心的痛苦只有医生能体谅。因此，病人急的时候医生不能急，医生不仅要医疗他的病体，还要理解、调解他的心理，减缓他的痛苦。

有这样一句话："没有治不好的病，只有治不好病的医生。"听起来好像没问题，但是，这话就和理论上的"真空"一样，仅仅存在于理论上，从古到今，没有一个能百分百治好所有病的大夫，即使扁鹊、华佗再世也不能。临床上，病症在时刻变化着，在治疗的过程当中，饮食、情绪、气候、居住环境、工作和生活压力等因素都可能导致病情发生变化，即使是住院患者，有时候病情都难以把握。况且有些疾病是不可逆转的，比如一些衰老性病变、脊髓神经彻底损伤性疾病等。所以，大夫有治不好的病，是在所难免的。当然，没有治愈不等于没有疗效，也就是平常所说的"见效"。王某德这个患者，虽然没有治愈，但是很见效，这点，看就诊时的记录就能知道。

慢性病，治疗的时间往往是经年累月，甚至与患者相伴一生，这个过程，对患者和医者的毅力都是一种严峻的考验。在治疗过程中，曹东义针对患者症状变化，适时调方，化裁加减。用天麻、菖蒲、远志等治脑，以半夏、南星等祛痰，以黄芪、当归、白芍等补益气血，再加用活血化瘀等药物进行治疗，虽不能治愈，但力求收效。

曹东义写了这样一段临证心得：

这个病案跨时超长，且不属于那种效果明显、病人痊愈的成功病例，但在长期对症治疗过程中，也有值得总结的经验。

1. 葛根的应用很高妙。我们知道葛根具有解肌退热、生津止渴、升阳止泻、通经活络、解酒毒的作用，临床治疗"项紧"效果不错，不管是中医上的受寒受热所致，还是西医上的脑血栓、脑出血、高血压所致，都能起到一定的作用。我们知道"紧"则致颈部的气血流通不畅，用葛根缓解之后，可以畅通气血。中风患者，病位在头，更多的表现在肢体，而脖颈就是中间的枢纽。还有，人体从饮食所吸收的营养物质和水，也是通过脖颈上达于头部的，一旦脖颈出现了瘀堵，则头部的气血供应就会受到影响，故而，只要是头部的病变，加用葛根来治疗，一定会增效。这也是我的临床经验之一。

2. 外用腾药或散剂，直达病所，内外结合，相得益彰。所以临床上遇到能外用治疗的病症，就需考虑应用。

3. 峻猛昂贵之品，做成散剂装于胶囊中服用，出于仁术，则通经活络，效果不错；出于仁心，则能减轻患者负担。

王红霞写了一篇针对这个病案的体会文章，收录在《两年医案》这部书里，其中有一段是这样写的："细读曹老师写在王某德医案后的医话，不由思绪万千。此案的治疗过程充满了中医辨证论治的智慧，见证了曹老师临床经验的丰富，但更加吸引我们的是曹老师按语的第一句话：'本例患者给我留下深刻的印象，并且在长时间的治疗中与我结下深厚的友谊，后来的许多年里，他的家人、子女身体有恙时都来找我诊治，这种信任令人难忘。'我不由想起这样一句话：'有时，去治疗；常常，去帮助；总是，去安慰。'这是在纽约东北部撒拉纳克湖畔长眠的特鲁多医生的墓志铭。这句话久久流传，激励着一代又一代的医生。"

这个病案也给了我们这样的启示：医学是有局限性的。这种局限来自每个生命个体现象的复杂性和不确定性，也说明了医生是人而不是神，还揭示了医学作为科学的发展性、延伸性和局限性。所以，人们必须接受医学不能治愈一切疾病，也不能治愈所有病人的现实。对医生而言，更高的要求是，医生要尽一切努力拯救疾患缠身的病人。医生的神圣职责就是帮助病人、温暖病人，尽可能地减少患者的痛苦，减少其家人的负担，不论是肉体上的还是精神上的。作为医生，除了提高自己的医术治疗疾病之外，还要细心帮助患者及其家人，增强他们面对困难、克服困难的勇气。尽可能地站在他们的角度为他们考虑，去帮助他们，不论是专业上或是精神上。总是去安慰，作为医生应在病人面前展现出关爱、友善。这就是大医孙思邈说的："誓愿普救含灵之苦，先发大慈恻隐之心。"

说到医生治病，古时有这样一句话："世有愚者，读方三年，便谓天下无病可治；及治病三年，乃知天下无方可用。"曹东义治疗这个患者20年也没有达到痊愈，但在曹东义精心医疗和细致的心理辅导下，一个20年前就被医院宣布无法治疗的病人至今还满怀信心地生活着，并且与曹东义建立了深厚的友谊，这就是医生的成功。

这个病案还告诉我们：良好的医患关系是心理治疗成功的基本保证。

仔细阅读病案记录和曹东义按语及其弟子的学习心得，医者苦心令笔者深深感怀。病案中除了记载诊断状况和用药变化之外，还描述了患者病后的思想变化及行为方式，记录了患者同时患有脑卒中后抑郁，这是脑血管病的常见并发症，其表现为情绪低落，自责自罪，兴趣减低，对疾病的恢复失去信心。抑郁状态会加重症状，增加病死率。对此，临证中医生和患者交谈，循循善诱，改变其精神状态。通常来说，临床医生熟知患者躯体症状已属不易，要求其关注患者心理障碍太不容易了，而帮助病人克服心理障碍对疾病的恢复有极大的影响。

《灵枢·师传》云："人之情，莫不恶死而乐生，告之以其败，语之以其善，导之以其所便，开之以其所苦。虽有道之人，岂有不听者乎？"临床医生应重视心理疏导治疗，建立良好的医患关系，取得患者的信任，向其讲明所患疾病的病因、病性、发病机制及预后，使患者减轻或放下思想包袱。曹东义正是及时给予患者心理疏导，才让患者坚定了康复的信心，加强自我锻炼，直到20年后还满怀信心地生活着。

可见心理治疗是医学科学不可缺少的一个重要手段。医学心理学认为疾病的发生发展过程伴随着患者心理的改变与异常。如果医生仅给患者以物理或化学方法治疗，只能改变生理上的异常，达不到最佳治疗效果。而在治疗生理异常的同时配合心理干预，调节好患者的心理，使之达到身心合一，方能收到最佳疗效。

这大概是王某德医案留给我们的启示之一吧。

回望曹东义的行医之路，无论是最初在公社医院、地市医院，还是自办诊所乃至成为主任医师之后，始终有两个明显的特点：一是习惯带着研究者的眼光，在临证中注意积累资料，逐渐形成独立的医疗思想；二是注重师承和带徒，师承古代名医和身边老一辈中医专家的经验、方法，在各种环境里坚持带徒传艺。

曹东义一直主张"分级诊疗"这一特色方法，将病症与方药都纳入其中，并为未来发展预留空间。告诉徒弟们"病如河流证似舟，系列方药像码头"，这句话形象地说明了病人可以从任何地方下河（表里发病不同），也可以从任何码头上岸，关键是要辨证论治。如小船一样的证，可以随时变化，就像河里的小船向上向下游动不定。医生的责任，就是不要让患者在河里待太久，更不要沉没。张仲景沿岸修建了112个"经方"小码头，吴又可建了"达原饮码头"，叶天士、吴鞠通增补了一些码头，如今的生脉注射液、丹参注射液、清开灵注射液等都是小码头，正确使用都可以帮助患者恢复健康。但是，应注意必须辨证用药，使病症与治疗方药紧密契合，才能效如桴鼓。

曹东义日常临证主要治疗肺心气虚证和肺心阳虚证、肺病兼心血瘀阻证。在长期的临床实践中，在遵循古代医典理论的基础上，勤于观察，结合实际，渐渐形成独特的医疗思想和临证经验。在一部文学作品里，难以阐述曹东义的学术思想，但可以把曹东义治疗肺系疾病独特的经验讲述一二。

在多年治疗肺系疾病的实践中，曹东义以《黄帝内经》《伤寒论》指导诊断、医疗，总结出了一套独特的医疗思路。

古人经长期研究发现，各个脏腑通过阴阳表里关系和五行生克制化等互相联系和影响，肺病可以影响他脏，他脏有病也可影响到肺，所以肺系的病变，常需辨因果先后以及有无其他脏腑兼证。整体观念和辨证论治是中医理论的特点，深入研究肺与其他脏腑之间的特殊关系，有助于更好地掌握肺系疾病变化规律，提高疗效。

比如说肺脏独病、自病，多见于平素体健无病者，新受风寒，发为咳喘，只需宣肺化痰、止咳平喘，常以麻黄汤加减。若素有痰热、湿热在内，又受风寒而咳喘，多以麻杏石甘汤、小陷胸汤加味治疗。若形寒饮冷伤肺，痰饮停于肺者，则以苓桂术甘汤、理中汤加味。肺热咳血，常以泻心汤降火止血。

如慢性支气管炎、支气管哮喘常常在外感、饮食及劳累、过敏等因素的影响下急性发作，出现咳喘、胸闷气短，又伴有心慌、自汗、少气懒言，即为肺心气虚证。治疗上既要宣肺平喘化痰，又要用黄芪补肺气。若素有心阳虚衰，又会影响肺，导致肺气不利，痰饮内停，易受外感，发病时症见咳喘、张口抬肩、鼻翼翕动，不能平卧，夜间喘促尤甚，下肢凹陷性水肿，小便不利，舌质淡，苔白，脉沉等。证属心肾阳虚。治疗以真武汤为主方，温阳利水，加桔梗、贝母、款冬花化痰止咳，并加用活血利水药物，如泽兰、益母草、茯苓、红花、水蛭等。

若痰饮化热、上热下寒、上实下虚，则以真武汤合用小陷胸汤加味。若兼痰热阻肺、胸闷喘促、痰黄发热，则以真武汤合用麻杏石甘汤，以达温补心肾、清宣肺热之效。

曹东义在长期临床中注意到，肺肾同病多见于肺肾阳虚。肺病患者年老体弱，久治不愈，肾阳虚衰，气化无权，水气内停，就会出现少阴寒化证。水泛为痰，上犯于肺，则加重咳喘，对于此类病症常用温阳活血利水之法，以真武汤为主方，可加用桔梗、贝母、款冬花、百部等药物化痰止咳，加麻黄、杏仁宣肺化痰。

如若咳喘长期不愈，久必及肾，寒痰伤及肾阳，尤其老年患者，可能伴有畏寒肢冷、夜尿清长量多、腰膝酸软等肾虚症状。《景岳全书》曰："实喘者有邪，邪气实也；虚喘者无邪，元气虚也。"《临证指南医案·喘》说："在肺为实，在肾为虚。"《类证治裁》说："喘由外感者治肺，由内伤者治肾。"曹东义认为，在哮喘、老慢支的急性发作期，邪实重于肾虚，应以清热化痰、宣肺止咳为主，一般不用补肾药，以免加剧痰热。在缓解期，一派肾虚之候，而无明显痰热、湿热阻滞，舌苔不厚，舌质不绛，可以应用麦味地黄丸滋阴补肾，佐以化痰止咳药以治标。阳虚水肿者主以真武汤加味。

对于慢性咳嗽这样的顽疾，东义主张"清补结合，润降止咳"治疗，以往论治咳嗽"以温药和之"，虽然时有获效，但多对于肺的肃降作用重视不够，尤其是慢性咳嗽杂试群方，有失"肺为咳嗽之本"的嫌疑。肺虽主气，然其也"体阴而用阳"，其"朝百脉""通调水道"，皆需阴津充沛，才能根本牢固，下生肾水；"金扣则鸣""不平则鸣"，咳嗽久作，既伤肺气，也损肺津，而且肺配金秋之气，易被燥伤。所以，肺以肃降为主，宣发皮毛为辅。

祛邪宣肺皆为权宜之计，而润肺固金为治本之策。"顺其性为补"，尤其对久咳伤肺、干咳无痰者，东义善用清补结合之法治疗咳嗽，并自拟基本处方桑杷二百五润肺止咳汤，此方在临床上加减运用，治疗各种咳嗽效力良好。药物组成：百合、百部、五味子、桑叶、枇杷叶、玄参、牛蒡子等为基础方，临床随症加减。发热咽痛者，加夏枯草、鱼腥草；食少腹胀，加香附、鸡内金、焦三仙；大便溏薄，加炒山药、白术；鼻塞流涕，加辛夷、川牛膝；自汗较多，加乌梅、白芍。使用本方为基础，让有效专方与辨证论治紧密切合，坚持日久，可获良效。

曹东义一度还请中医学院和研究院的几位名老中医轮番来执专家号，对重病难病一同会诊。老中医诊断有高见，治病有良方，一些四处求医不见疗效的老病号在这里获得新生，一时间口碑广传，慕名而来者甚多。来就诊的患者往往是愁眉苦脸进来，高高兴兴出门，诊所里洋溢着和谐欢快的气氛。

熟读经典，勤于临床，善于思考，道术并重。回望曹东义的行医之路，这几个坐标醒目地矗立在路途之中，沿着这些坐标就可以看到一个良医的修炼过程。十年诊所坐堂，曹东义以仁爱之心精心医治每一个病人，很多人在这个小诊所里改变了命运。有的是多年顽疾缠身四处投医无果，在这里抽丝剥茧终祛疾患，还有被医院判为"不治"的绝症患者，经曹东义巧裁经方，化险为夷。昨日十年医学院苦修，今天日复一日的临床临证，使曹东义实现了从理论到实践、从古典到现代的融合发展，渐悟辨证施治、经方应用的真谛。

第六章

英雄肝胆照华夏

新年的帷幕徐徐拉开的时刻，一场罕见的瘟疫席卷华夏大地。

2003 年 2 月初，曹东义刚刚结束停薪留职从诊所回到科学院（此时研究所已更名）工作。十年办诊所的磨砺，曹东义已是一个具有丰富临床临证经验的医生，在学术研究上也有诸多收获。就在"非典"爆发前不久，刚刚完成了一部研究张仲景医学思想的专著《中医外感热病学史》，与妻子合著的《瘟疫论译注》也即将脱稿，本想回院继续专心研究这两个课题，没想到，一场闻所未闻的瘟疫——SARS 突然袭来。

河北环绕京津，是首都的"护城河"。特殊的地理位置决定了河北医务人员责任的重大。如果河北不保，疫情蔓延，后果不堪设想。曹东义与同事们迅速投入燕赵大地防疫抗疫的战斗。步履匆匆的防疫前沿，扑面而来的"非典"信息，感染者的症状，使曹东义惊讶地意识到，这不正是传统中医描述的"外感热病""瘟病"吗？历代中医对瘟疫研究颇深，建立了辨证论治体系，留下经方和中草药应用方法，此时应该尽快应用中医药抗击疫情，全国的中医应该尽快行动起来！

作为研究外感热病多年的科研人员，曹东义紧张地奔波在防疫一线，一回到科学院，立刻尽一切可能了解疫情信息，密切关注着全国疫情的发展。

疫情迅猛而激烈，让整个医疗界措手不及。新年伊始，广东省突然拉响疫情警报，接着几天之内广州市就被一种来历不明的传染病攻陷。

2003年1月7日，一位黄姓先生由于高热不退到广东省中医院（即广州中医药大学第二附属医院）住院，与他有过接触的7名医护人员突然莫名病倒，而且症状相似。院长吕玉波、副院长罗云坚大吃一惊，如此剧烈的传染病见所未见！他们立即召集本省名中医刘伟胜、呼吸科主任林琳、ICU主任张敏州等专家一起会诊分析，结论是，这是一种医学史上没有任何记载、从没有出现过的特殊肺炎，有很强的传染性！他们立刻向区、市防疫部门报告疫情，采取隔离措施，拉响了抗疫的警报。

几天后得知，此疫情在其他一些国家也相继出现，世界卫生组织认定这是一种叫SARS的病毒，也称"非典型肺炎"，可通过口鼻和空气流动传播，传染性极强，必须尽快调动最强的防疫、医疗力量，救治感染病人，遏制其传播。广东省中医院建立抗疫指挥部之后，还邀请了北京中日友好医院的晁恩祥教授、吉林的任继学教授、广州的邓铁涛教授以及广州医学院第一附属医院、广东省人民医院和中山大学附属医院、广州中医药大学和本院的专家前来会诊，并通过电话向全国著名老中医焦树德、陆广莘、路志正、颜德馨、朱良春、周仲瑛等专家紧急求助，成立了以院长吕玉波、副院长罗云坚为核心的专家领导小组指挥抗疫。

"非典"为呼吸道传染性疾病，经观察发现，其主要传播方式为近距离飞沫传播或接触患者呼吸道分泌物。潜伏期常见为3至5天。起病急，传染性强，以发热为首发症状，可有畏寒，体温常超过

38℃，呈不规则热或弛张热、稽留热等，伴有头痛、肌肉酸痛、全身乏力和腹泻等症状。起病数天后出现干咳、少痰，偶有血丝痰，肺部体征不明显。高峰时发热、乏力等感染中毒症状加重，并出现频繁咳嗽、气促和呼吸困难，生命危险加剧。

人类对于"非典"的特性有了基本了解，应对方法也就随之产生。广东省中医院的应急策略、抗疫组织应该说是快速而合理的，但疫情依然迅速蔓延开来，医生护士相继倒下，恐慌自南向北弥漫。

SARS病毒传染性极强，医护人员在救治重症病人时，要为病人佩戴呼吸机，这个过程医务人员必然要紧靠病人的头部进行操作，插管的时候大量的飞沫会随着病人的咳嗽喷射出来。这种近距离传染概率很高，可是，在抢救生命的紧急关头，医务人员根本无暇顾及自身安全，许多医务人员就是在这个时候被传染的。中山三院的王凤娇护士长原本在大年初一那天已经下班了，听说来了一个"非典"重症病人就主动留下来参与抢救，结果就在为病人插管的时候不幸感染。

面对医务人员受感染人数持续上升的情况，广州中山三院紧急调配人员组建了两个医疗小组，第一小组负责治疗前来求医的病人，第二小组负责治疗本院的医务人员。临危受命的内科主任娄探奇毫不犹豫地承担起第二小组组长的职责。院长提示第二小组人员同样会有近距离感染的风险，娄探奇说："除了作为医生的职责外，还有一份感情。倒下的都是和我一起工作多年的同事，是我的兄弟姐妹。他们是因为履行职责而倒下的，他们是值得敬佩的人，在这个时候，我怎能担忧自己的安危呢？"

到3月下旬，广东全省累计报告的非典型肺炎病例中，医务人员竟然达到三成。面对凶猛的病毒，我们的白衣战士没有退缩，一个倒下了，另一个顶上来，广医一院就先后有4批医务人员轮番上战场。广州市八院收治的病人多，医护人员紧张时，市一院、二院、六院、珠江医院、市红十字会医院、市肿瘤医院及区级医院等兄弟单位,立即派出了精兵强将赶赴八院支援。市一院的梁健、市二院的张莉都是到八院来支援的护士,在繁忙紧张的护理工作中感染了非典型肺炎。虽然医护人员面临如此大的危险,但没有人畏惧,没有人退缩,各医院领导都明确表示:"去支援的医护人员病倒了,我们立刻再派!"

从"非典"蔓延开始,广东省中医院制定了临床观察表,对每一例"非典"患者的病情变化进行登记,建立了症候数据库,为尽快研究出有效的治疗措施和药物积累数据。西医现有手段和药物不能有效治愈,急需要一种中西医结合的新方法。

广州中医界一面调兵遣将,一面在临床临证中观察。观察中发现,一例患者高热不退,虽用藿香、青蒿之类进行透发,却始终退热不明显。是清热透邪的力度不够呢,还是透发的原则不对?一直倾心观察后期康复的杨志敏副主任医师发现,相当一批患者后期普遍具有疲惫、面色苍白、胃口差等症状,便召集专家组进行讨论。大家认为,这些患者后期仍然表现出湿热内困的症状,这不正提示我们:湿邪在早期透发并不充分,还有空间可为吗?专家们在对这类患者观察后发现,这批患者湿热更盛,传变更快。这种现状使他们想到了一个中医药学特有的病理位置——膜原温病的病邪常常直接闯进这个位置,躲在这个针药难以抵达的地方兴风作浪。杨志敏翻开厚重的《温病学》查证,果然如此。按照中医治则应从透达膜原之邪着手,可是,怎样才能更加有效地透达这种半表半里的湿热呢?

此时,恰逢全国名老中医、长春中医学院任继学教授来广州讲学。看到广州抗"非典"形势紧迫,任继学教授立刻把讲学内容改为以研究非典型肺炎为核心内容的研讨会。任老建议,采用升降散配合达原饮。这两个方剂出自明末吴又可《瘟疫论》和杨栗山《伤寒瘟疫条辨》,虽然只是简简单单几味药,却能发挥使邪气溃败、速离膜原的重要作用。临床一用，果然收到奇效。改进方法后，很多患者都反映体力增加，精神也好了起来。一些发现早、体质较好的患者很快退烧，接近康复，很少有发展到要使用呼吸机的地步。中西医结合的方法在治疗"非典"战斗中表现出显著优势。

战斗在一线的中医们有困惑时就给自己的导师打电话，把观察到的情况和困惑及时向远在异地的导师汇报，向他们请教询问。全国名老中医焦树德、陆广莘、路志正、朱良春等国医都很快加入了智囊团。

但是，曹东义注意到一个令人不解的现象：广州以中医治疗为主取得良好效果，而其他各地疫情蔓延的时候，却迟迟不见中医的身影。中医在哪里？

自古以来，历代中医对防疫治疫进行了深入的研究，中医经典《伤寒论》论述了对多种传染性疾病的诊疗方法，不但书中的方药沿用至今，其灵活多变的辨证施治方法也为中医防疫治疫奠定了基石。《中国疫病史鉴》记载，西汉以来的 2000 多年里，中国先后发生过321 次疫病流行，由于中医的有效预防和诊疗，在有限的地域和时间内控制住了疫情的蔓延。中国的历史上从来没有出现过像西班牙大流感、欧洲黑死病、全球鼠疫那样一次瘟疫就造成数千万人死亡的悲剧，每当发生传染性疾病和疫情的关头，中医都发挥了巨大的作用。家乡仲景村的传说不就是这样吗？瘟疫流行之时，张仲景四处奔走，用草药拯救了成千上万的民众。然而，今天，在遭遇重大疫情的紧急关头，很多人却忘了中医。

国难当前，应该尽快发挥中医药防疫抗疫作用！2003 年 3 月末，曹东义三次河北省和国家卫生防疫部门，呼吁尽快采取中西医结合的方法抗击"非典"，介绍了广州中医抗击"非典"的经验，他们的实践证明了中医药抗疫有推行快、成本低、不受设施限制等优势，应充分发挥中医药资源的作用。

建言献策并不是容易的事，投书无门，报国也需要渠道和平台呀！曹东义不灰心，电话打不通就发邮件，把书信直接送到抗击"非典"指挥部，并给邓铁涛教授写信，倾诉了自己的担忧，陈述了自己的建议。很快，听说邓铁涛教授给总书记写信，总书记热情回复支持中医介入"非典"治疗，曹东义受到极大的鼓舞。

不久，曹东义发给上级抗击"非典"指挥部的邮件也得到回复，国家中医药管理局在回信中对曹东义的建议给予高度评价，申请省局和国家局的科研课题项目也得到批准。

河北省中医药管理局批准立项0398："SARS与中医外感热病诊治规范研究"；国家中医药管理局批准立项04－05JP07："外感热病诊治规律研究"。为了做好这两项课题，曹东义日夜奔波于抗"非典"一线，一面收集中医专家们治疗"非典"病人的辨证思路和医疗方法，一面采访收集全国中医抗疫的信息，着手课题研究并编撰一部记录全国中医抗疫的长篇纪实报告，把中医抗疫的艰巨历程载入史册。

凭着多年来对外感热病的研究，曹东义认为SARS就是一种极有代表性的外感热病，以发热为突出症候，现在多认为它属于温病范畴，但是它自始至终都没有出现神昏谵语、斑疹透露的营血症候，而伤气与虚脱却很常见，这与温病经典的卫气营血传变规律不同。《伤寒论》的温病理论并没有过时，张仲景所说的温病是有严格的临床研究的，但与后世所定义的温病一样吗？清代温病学为什么不取仲景定义？温病"在卫汗之可也"的辛凉解表治疗法则，果真能阻断外感热病的进程吗？

古为今用，需要深刻反思，外感热病是否具有共同的病理生理基础？众多的传染性、感染性疾病有无共同的传变规律和相似的治疗理法方药？

中医的外感热病学说，已有两千多年的历史，是先贤们不断探索、不断发展演变的成熟的医学理论。《内经》热病、仲景伤寒、清代温病，在症候上基本相似，都是论述以发热为主要症候的疾病，包括了现代大部分传染性、感染性疾病，积累了相当丰富的经验。但是，伤寒与温病学说形成于不同的历史时期，对于外感热病的病因、病症、传变规律和治疗方法的论述，存在着明显的分歧，长期论争未能统一。伤寒与温病学派的分歧虽然有可能是病种、病症不同，但更主要的是认识方法的不同造成的。

在现代中西结合的背景之下，我们借助科学手段看到了古人所看不到的戾气、病邪，知道了多种传染性、感染性疾病的感染过程、病理变化规律、治疗的关键环节。那么，既然《内经》热病、仲景伤寒、清代温病，在症候上基本相似，都是论述以发热为主要症候的疾病，包括了现代大部分传染性、感染性疾病，那他们所阐述的理论，就存在着共性，就有统一起来的可能，这就是当今中医们要做的事。

曹东义在采访编写《中医群英战 SARS》这部主题宏大的纪实报告文学时，怀着激动的心情记叙了广东省中医院院长吕玉波带领医生护士们在疫情面前不畏牺牲、勇敢战斗的英雄情怀。

吕玉波是一个优秀的中医，也是一个出色的指挥官。很多人都说现今是中医式微的时代，但吕玉波把广东省中医院办成了全国第一，门诊量第一，连许多西医医院也无法相比。吕玉波具有一般人所不具备的胆识，就医院的发展模式而言，吕玉波充分发挥老一辈中医技术力量、培养人才等方面的优势，在全国中医界遥遥领先。正是靠着这种多年不懈的努力，靠着中医药技术、资源方面的实力，才能在与"非典"激战的三个多月里，一次次击退病毒的进攻，坚守阵地，高举中医旗帜，遏制了疫情蔓延。在人民群众的生命健康受到威胁的关头，在生死大考面前，吕玉波和他的医护人员们所表现出的大无畏英雄主义情怀更是令人肃然起敬!

吕玉波在《在那不能忘怀的日子里》一文中写道:

这是一场突如其来的遭遇战。医务人员在猝不及防的条件下仓促应战。孙子云:"知己知彼,百战不殆。"但这次遇到的是什么样的敌人?它从哪里向我们发起攻击?一无所知,甚至,在连"非典"这个名称都还没有诞生的时候,我们已经倒下了一批战士。这场战争将会持续多长时间?将会升级到何种程度?我们没法预测,只知道战争越来越残酷。医生们之间只有一句话:"坚持!咬紧牙关坚持!"随着战争的升级,体力与精力的拼搏、透支,我们都无怨无悔,然而,巨大的精神和心理压力,常常使自己心力交瘁。但还在工作着的健康同志,义无反顾,赴汤蹈火。不幸染病倒下的同志,受尽病痛的折磨,天天挣扎在水深火热中,高烧39摄氏度到40摄氏度,神志不清,头痛欲裂,全身像散了架似的,连说话的力气都没有,只能靠手机互相发短信,传递着生命的气息。更令人难以忍受的是呼吸困难,"非典"的另一个名称叫作"急性呼吸窘迫综合征"。许多染病的同志事后说起来,当时觉得像被人硬按着头在水中,无法呼吸,平时健壮如牛的小伙子,感染后连站起来都吃力,有些病人因此而有轻生的念头。每次我进入隔离区探望他们时,看到他们由于病痛折磨而扭曲了的面容时,我的心在流泪,我感到深深的愧疚!太对不起他们了,他们是与"非典"搏斗的战士,我却没能阻挡住"非典"对他们的攻击。然而,我们染病的同志却无怨无悔,听说我们去看望,怕我们担心,马上止住痛苦的呻吟声,装出轻松的微笑,连说:"好多了,好多了!"

二沙分院急诊科的主任张忠德、护士长叶欣是为抢救危重病人同一天病倒的，当天发烧时，肺部还没有变化，就像其他病人一样，先放在急诊隔离观察，没有安排在感染区，以免本来不是"非典"却因此而染上了。我和罗副院长、黄副书记去探望叶欣的时候，叶欣一见到我们，就笑着说："院长，我发烧了！"语气就像一个孩子对疼爱自己的长辈诉说做了错事似的。第二天明确诊断为"非典"，转入了感染区，我去感染区看望她时，她还是那副表情对我说："院长，对不起，我中招了！"我一靠近她的床沿，她马上着急地摆手，另一只手捂着已经戴着口罩的口鼻，大声叫："不要靠近我，会传染的！"我只好止住脚步，看着她由于高烧而通红的双颊，鼓励她挺住。她反过来安慰我："院长放心，我会挺过来的，我很快就会上班！"但是，叶欣的病情发展得很快，不几天就被转进了ICU，并且插了管。我们用了一切能够使用的办法，采取了一切能够采取的措施，都没有使她的病情有根本性好转的迹象。我的心被深深地刺痛了，我多么期望全院职工一个不漏地欢聚在胜利的总结会上，我甚至设想过一定要在会上读出每个因抗击'非典'而染病的职工的名字，一定要为他们每人送上一束感谢的鲜花，但我意识到这已经不可能了。

我反复地发问，难道一定要用我们战友宝贵的生命去结束这场战斗吗？令人稍感安慰的是，在ICU叶欣病房的左边，是她昔日的战友张忠德主任，他经过与死神的殊死搏斗，终于挺过来了。右边是她抢救过的既有急腹症，又患了"非典"的病人，他也一样由于呼吸困难插了管，经过医务人员的悉心治疗，康复出院了。唯有叶欣，我们留不住她，3月

25 日凌晨 1 时多离我们而去。当我赶到病房与叶欣做最后告别时，见到了叶欣的先生张慎同志，他就叶欣的身后事，仅仅向我提出了两条要求：根据叶欣生前的意愿，一是叶欣一辈子热爱护士工作，请医院为她穿上一套护士服走完人生这最后一段路；二是委托我了解一下由于抢救叶欣而染病的医务人员名单，他要代叶欣去慰问他们。面对着这样好的职工、这样好的职工家属，我无言以对，只有任由热泪夺眶而出！

在写作《中医群英战 SARS》这部书的日子里，曹东义常常为同行们的英雄情怀流泪不止。广东省中医院与"非典"的战斗残酷而激烈，战斗在抗疫一线的医护人员以生命为代价夺取破解"非典"病毒的密码，前面的人倒下了，后面的紧紧跟上。就这样，在医护人员感染人数不断增加的情况下，在救治重症病人、摸索防疫措施中积累经验，步步为营，层层推进。终于，在老一辈中医专家的指导下，中西医结合共同抗疫渐渐稳住阵脚，不断传来胜利的消息。

广东省在最先遭遇"非典"袭击的关头，能紧急发挥中医力量取得初胜，还有一个重要原因——广东有邓铁涛这样一位大国医，有邓铁涛打下的重视中医、尊重中医的良好基础，有一群优秀的中医药人才，吕玉波就是邓铁涛弟子的优秀代表。

2003 年 2 月 5 日，广东省中医院举行中医专家座谈会，讨论"非典"的中医治疗原则，对温病有精深研究的邓铁涛老人，根据"非典"病人的症候特点，提出了"非典"病属于春温夹湿的观点。2 月 6 日，广州市"非典"型肺炎进入高发期，疫情紧急。广东省中医院扩建了隔离区，腾空了重症监护室，集中全院的人力、物力抢救病人，之后又在芳村分院建起了隔离病区。

广州中医药大学的第一附属医院也收治了大批的"非典"病人，

中医大学与附属医院还肩负着全省的西医医院病人的会诊任务。可以说广东的中医界，已经全部披挂上阵了。邓铁涛看见吕玉波急迫而疲惫不堪的样子，就安慰他说："玉波啊！别急，战胜'非典'，中医有个武器库。'非典'虽说是闻所未闻的新名词，但也不出温病这个范畴，不过是一种温病的变化，传统中医早有研究。"

在西医还没有弄清病原，也不知有何可用之药的时候，邓铁涛凭着他对于中医外感热病学说的研究，竟然说出了"中医有个武器库"这样的话！可以想见，这句话对于全国抗"非典"战斗有着怎样重要的作用，给正在与"非典"紧张鏖战的医护人员带来多么巨大的力量！胸中没有中医的百万雄兵，没有丰富的临证经验，谁能有这样过人的胆识，谁能有此信心！

果然，很快就传来了初步胜利的喜讯。

2003 年 2 月 21 日《中国中医药报》刊登了胡延滨的报道："广东省中医院积极救治非典型肺炎，此前他们已经接诊治疗'非典'患者38 例，仅有 1 例使用了呼吸机，退烧大部分只要 5 到 6 天，住院平均在 10 天左右，已经观察到中医药在退烧、缩短病程、促进吸收方面具有优势。"

2003 年 2 月 26 日《中国中医药报》刊登了马定科、方宁所写的通讯《岭南温病理法方药与非典型肺炎救治——记为治疗非典型肺炎做出贡献的广州中医药大学温病专家刘仕昌等》。文章介绍了广州中医药大学终身教授刘仕昌，刘老比邓老还要长一岁，是我国温病研究的泰斗。2 月 10 日广州市卫生局邀请刘老和其他专家到广州市第八医院，对重症患者进行会诊。刘老不顾 88 岁高龄，也不管行动不便和有被传染的危险，立即带上弟子——该校的首席温病学教授彭胜权教授和一附院温病科主任钟嘉锡教授、副主任史志云副教授等人一起赶到病房，在病人床边问诊、按脉，提出治疗方案。到 2 月 17 日，已有 18

人康复出院，其余均高热消退、病情稳定。在此前后，他们还到广东省中医院、中山大学附属第二医院、第三附属医院等去会诊。他们在温病理论指导下，辨证施治，疗效相当明显，连一些西医院的负责人都称赞中医的确起到了非常重要的作用；省卫生厅厅长黄庆道也对中医治疗非典型肺炎给予充分肯定。

1月7日至4月30日，广东省中医院共收治了112例"非典"患者，占当时广东省全部患者的十分之一。按照卫生行政部门颁布的标准，77%的患者属于重症患者，将近40名患者使用过呼吸机。除7例由于年纪较大或合并有各种基础病死亡外，其余105例全部康复。

同在抗疫前沿的广州中医药大学第一附属医院，在抢救感染病人的过程中也取得了令人瞩目的成绩，收治45例病人全部治愈，且无一例医护人员感染。

该院自2003年2月2日至2003年4月30日，共收治传染性非典型肺炎病人45例，采用中西医结合治疗，中医按温病辨证施治，选用中药针剂、汤剂和中成药。西医治疗采用支持疗法、抗菌药物及对症处理。该病属中医瘟疫范畴，中医分型辨证标准采取《中医温病学》六版教材标准。本组病例症状特点为起病急，以发热为首发症状，体温一般高于38℃，偶有畏寒，咳嗽多为干咳、少痰，偶有血丝痰；或伴有头痛、关节酸痛、肌肉酸痛、乏力、腹泻；或有胸闷、气促、咽干、纳差。舌质红，舌苔多黄或淡黄，苔薄或厚腻。属卫气同病，或邪在气分。按照温病学辨证体系辨证，本病属风热湿毒袭肺，邪在肺卫或卫气同病，以疏散风热、化湿解毒为基本治则。拟银翘清解基础方（金银花、连翘、僵蚕、蝉蜕、桔梗、玄参、厚朴等）。每日1剂，水煎分两次内服。

随症加减：咳嗽较剧加枇杷叶、桑白皮；热毒较甚见尿黄、舌红者，加黄芩、蒲公英；湿浊较甚见纳差、苔厚腻者，加苍术、陈皮。

另外，全部病例均同时静脉滴注清热解毒中药针剂。鱼腥草注射液100 毫升静脉滴注，每日 2 次；清开灵注射液 40 毫升，加入 5% 葡萄糖注射液 500 毫升中静脉滴注，每日 1 次，并常规用小柴胡片口服，每次 3 片，每日 3 次。热退后停用。

此方被推荐到各医院使用，效果良好。

4 月，SARS 新瘟疫由南往北传播，直逼首都。几天之内，北大医院、东直门医院被整体封闭，隔离人群不断增加，人心恐慌，疫情紧急。大量的确诊和疑似病例涌现，不断有医护人员被感染。4 月 20 日公布的"非典"确诊病例达到 339 例之后，北京的"非典"病例呈现出持续上升趋势。21 日，北京报道新增"非典"病例 143 例，疑似病例 610 例；22 日，新增"非典"病例 106 例，疑似病例 666 例；23 日，新增"非典"病例 105 例，疑似病例 782 例；24 日，新增"非典"病例 89 例，疑似病例 863 例；25 日，新增"非典"病例 103 例，疑似病例 954 例……随着疫情的蔓延，国人心中的恐慌也在迅速地扩散。

4 月 23 日，北京市政府开始采取一系列防疫措施。中小学宣布放假，同一天，国家卫生防疫部门将"非典"列入《传染病防治法》。4 月 24 日 0 时，北大附属人民医院开始封闭隔离，这是北京第一个整体隔离的"非典"重点疫情地区。同一天，中央财经大学、北京交通大学两处宿舍楼也被隔离控制。之后，被隔离的人数节节攀升，最多的时候高达 27000 余人。

纵观全国抗疫战场，曹东义发现一个奇怪的现象，全国各地疫情蔓延，此起彼伏，各地医院应接不暇，纷纷告急，却看不到、听不到有关中医抗疫的信息。广州已经总结出中医治疗"非典"的方法和经验，却没有在其他城市推广应用，一些重感染地区没有中医院隔离区，没有中医药专家指导治疗"非典"病人的相关报道。很多人对中医治疗"非典"还是持怀疑态度，不敢应用中医，不让中医进入抗疫主战场。在医疗界很多人大概觉得这是一场针对病毒的现代化医学战争，连西医都没有可行的医治方法，古老的中医能行吗？

某医院面对不断增加的"非典"患者无力应对，医师向上级领导提出加用中药的要求，马上有人反对，因为对于 SARS，西医现在还没有确定方案，此时用中药，出了人命怎么办？治愈率下降怎么办？干扰西药效果怎么办？尤其是有西医指出中药注射液若出现不良反应，现在这么紧急的时刻，对于传染性这么强的 SARS 病，抢救中广泛感染后果不堪设想，谁来对此负责？

这就是医疗界普遍存在的状况。

邓铁涛、吕炳奎、朱良春、路志正、焦树德等名老中医坐不住了，这一代老中医大都已是耄耋之年，看到疫情肆虐、国难当头，心急如焚，纷纷向国家、省、市卫生防疫和医疗机构提议，要求发挥中医药善治瘟疫优势，运用中医药防治"非典"。广州作为抗疫的最前沿，中医药在防疫治疗中的突出作用已经做出了表率，传统中医药是祖先给我们留下的宝贵财富，应该让全国各地都调动起中医的力量，阻遏瘟疫的蔓延。

这个时候，邓铁涛站出来了！几天来，连续接到一些老中医的电话，他们身处全国各地，说的都是同一个话题：疫情如此严重，中医怎能缺席？应该在全国推广广州中医防疫治疫的经验，应该发挥中医的作用！急切的声音、殷殷忧国之情，邓铁涛理解一代老中医的心情，他要直接上书党中央、上书国家卫健委！

研墨提笔，不由想起前几次给中央领导写信的情况，想起中医经历的世态炎凉，邓铁涛心情久久不能平静。

在国家历次面临重大疫情、人民群众遭受疾患威胁、中医被诋毁的历史关头，邓铁涛都挺身而出，与多位名老中医一起上书国家领导人，为拯救国家危难建言献策。每次投书都得到了国家领导人的重视和回应，政府很快出台相应政策，起到了力挽狂澜的作用。

1984 年 3 月 18 日，针对中医被冷落、面临机构缩减的局面，邓铁涛给徐向前同志写信，反映中医药的严重现实问题，引起了中央领导的重视，为落实中医政策、推动中医发展，提供了组织上的保障。

1990 年 8 月 3 日，听闻因改革精简机构，国家中医药管理局面临裁减的消息，正在长春开会的邓铁涛当即与路志正、方药中、何任、焦树德、张琪、任继学、步玉如 7 位全国著名中医教授，联名致信党中央，陈情中医药在国计民生中的重要作用，恳请在精简机构的时候，国家中医药管理局不要裁撤，对中医的支持不要消减，中央办公厅、国务院办公厅收信后复函一一答复、落实。

1998 年 8 月，医疗系统改革出现"抓大放小"的风潮，比如河北中医学院并入河北医科大学之后，中医由一个学院压缩成了一个系，很多中医院并入西医院之后变成一个科室。这种做法被各地推广，出现很多令人担忧的连锁反应。如果这种现象再不刹车，将使刚有起色的中医药事业走向衰落。邓铁涛再次与任继学、张琪、路志正、焦树德、巫君玉、颜德馨、裘沛然 7 位知名老中医联名写信，直接上呈国务院总理。信中明确提出："中医西医不能抓大放小"，这种做法将会造成中医药事业越"放"越小，痛失祖先留给我们的瑰宝。这封信引起了国务院的重视，批转卫生部、国家中医药管理局之后，制止了这股合并的风潮，保住了整个中医药事业。

当时，瘟疫肆虐，举国危急，各地医疗系统却不敢应用中医药资源防疫抗疫，守着前人给我们留下的医药宝库不用，不能让华夏医学为拯救苍生献力，中医人士何以心安？

邓铁涛提笔写道：

尊敬的总书记：

您亲临广州指挥"非典型肺炎"之战，爱民亲民的形象永远留在广州人民和全国人民的心中。您对吕玉波说："中医是我们祖国的伟大宝库，应该在非典型肺炎的治疗中发挥作用。"我是一位中医，今年87岁了。我有责任出点力！我是中共党员，有责任向您反映中医的问题，供您决策参考，因此附上拙作三篇，希望总书记在日理万机之余，费神赐阅，是为万幸！

专此敬上，祝政安！

中共党员邓铁涛

2003 年 4 月 26 日

邓铁涛信中所说"拙作三篇"是不久前刚撰写的关于中医药大是大非的论文《正确认识中医》《"心主神明"论的科学性》，以及《论中医治"非典"》，他把这三篇论文一起寄往北京，通过彭珮云副委员长转呈总书记。同时，给全国防治非典型肺炎总指挥、政治局委员吴仪副总理写了一封短信，也附上三篇论文。

信寄出不久，卫生部副部长兼国家中医药管理局局长佘靖给邓铁涛打来电话："您写给总书记的信，他收到了，他要我打电话谢谢您！"

不久，新闻联播里传来消息：政治局委员、国务院副总理兼卫生部部长、全国防治非典型肺炎指挥部总指挥吴仪，5月8日下午与在京的知名中医药专家座谈，强调中医是抗击"非典"的一支重要力量，要充分认识中医药的科学价值，积极利用中医药资源，发挥广大中医药医务人员的作用，中西医结合，共同完成防治非典型肺炎的使命。

中医药的大军终于开进了抗击 SARS 的主战场。

《中国中医药报》转引新华社记者王燕萍、白冰报道："中医药医疗价值，引起香港医学界重视。借鉴内地抗'非典'经验，香港医院管理局已经开始全面向医护人员提供中药冲剂，以降低医务人员在一线工作时的感染率。与此同时，香港医院管理局正通过特区政府，请求中央政府委派内地中医药专家到港，协助香港研究如何结合中医药防治非典型肺炎。"

《中国中医药报》2003 年 5 月 9 日刊登记者周颖、胡延滨的报道："广东省中医院专家赴港交流抗'非典'方法，共同研究制订香港中西医结合治疗'非典'临床规范。"文章说，5 月 3 日，应香港医管局的邀请，广东省中医院呼吸内科主任林琳副教授和中医内科专家杨志敏副教授前往香港，与香港中西医专家共同研究中西医结合治疗非典型肺炎，提高临床疗效的方法。他们以广华医院为基地，进行"非典"防治交流以及研究工作。据悉，这是香港医管局首次邀请内地中医师到港参与治疗"非典"患者，并希望在一周内制订出香港首例中西医结合治疗"非典"的临床规范。广东省中医院用中西医结合治疗"非典"所取得的效果受到多方关注。特别是世界卫生组织考察组专家对该院中西医结合治疗"非典"所取得的疗效给予较高评价之后，香港一些学会和大学陆续邀请该院专家赴港介绍经验。

6 月初，由我国卫生部主办的"东盟与中日韩高级国际研讨会"，将中国治疗 SARS 的初步成果与世界各地学者进行交流，共同学习，相互提高。国家中医药管理局科技教育司积极组织相关课题进行阶段总结，东方医院、地坛医院、佑安医院、广东省中医院及广州中医药大学第一附属医院的代表参加了会议交流。

国医，国之大医，是一个国家医学水准的体现，邓铁涛、吕炳奎、朱良春等老一辈国医学识渊博，医术已达炉火纯青之境，更重要的是他们身上那种先天下之忧而忧的境界，是传统中医医德医道的坐标。大医医国，他们的影响力已经超出了医者的范畴，在这场举国共进的抗"非典"战役中，他们的作用是巨大的。

广东省中医院和广州中医药大学第一附属医院可谓抗疫先锋队，他们之所以能够最先取得抗"非典"胜利，为全国提供了经验，有一个重要的原因，就是他们身边有一个中医教育家、临床大家、中医战略家邓铁涛，邓铁涛多年的传、帮、带，为他们树立了坚定的信念、培养了过硬的中医基本功和坚实的技术实力。

2003 年 10 月，邓铁涛在香山科学会议上做了"为中医药的发展架设高速路"的主题报告，其恢宏大论令人耳目一新。2004 年 10 月在"邓铁涛国际学术思想研讨会"发表了精彩演讲"中医与未来医学"，为世人揭示了未来医学应当追求的目标，参会代表无不为邓铁涛老人的智慧和过人胆识叫好，对中医的未来充满信心。

读着邓老的文章，曹东义的心为之震撼，自己以往的忧虑、困惑烟消云散，为中医界有这样的大师而自豪，对中医的未来充满信心。很多人对中医的创新心有疑虑，认为古老而深奥的中医与当今快速发展的社会难以紧密联系起来，更不要说创新了。邓老用事实告诉大家，什么是创新——20 世纪 60 年代，天津传染病医院的院长大胆应用中医药治疗白喉病，取得了很好的疗效，不仅挽救了大量的病人，而且节省了半个中国的血清，避免了使用血清治疗可能出现的不良反应，每一位病人产生的费用只有 1.5 元。这是一个多么好的继承与创新的成果，但我们没有把这样优秀的成果再加以研究发扬，多可惜啊！为什么被冷置呢？不就是因为这是应用中医药的土办法而不是外国人发明的吗？国内的某些专家给予的是阻力而不是动力。"重西轻中"，这是当前医疗界的顽疾。现在有一种错误的思潮，认为凡是西医能解决的，中医就应当靠边站，中医在西医学的最新成就面前手足无措，忘记了中医药是中华民族用无数生命和历代先贤名医的聪明智慧总结出来的优秀传统文化瑰宝，这是很令人痛心的事情。这一顽疾若得不到根治，中医的创造发明与推广难矣！中医药当前的继承与创新，主要在于继承，中医工作应在这方面下大力气！

邓铁涛在文章最后发出了殷切的呼唤："我们肩负神圣的使命，要当中医的脊梁！中华文化、中华医学的瑰宝，能在我们手上丢失吗？如果这样一个伟大宝库丢掉了，不仅对不起祖宗与子孙，也对不起世界人民。中医药学不仅属于中国，同样属于世界，是全世界人民的财富，不存在中外之争、宗派之争。"

多么崇高的境界，多么宽广的胸怀！邓老还列举了许多发生在他身边的例子，生动地说明中医药的不可替代的作用。目前世界医学对抗药性的凶险细菌病尚无有效的对策，中医应该站出来，为世界医学分忧，研究消炎抗菌的治法与方药，不应袖手旁观。中医药学是中国的，也是世界的，目前世界上最欠缺的是高水平的中医，欠缺在临床上有真功夫的千千万万个铁杆中医，中医药的发展需要一大批栋梁之材。我们不努力行吗？

3月初，国家科技部中医药科技情报所所长、中医药发展战略研究课题组组长贾谦教授来到广州调研"非典"防治情况。贾谦是一位中医战略研究专家，是邓老所说的那种"铁杆中医"，到广州后首先拜访他尊敬的邓老。谈起中医药治疗"非典"，邓老侃侃而谈，讲了中医治疗瘟疫的历史，讲了中医治疗"非典"的依据，贾谦深受启发、备感鼓舞。当邓老讲到中医抗"非典"的武器库时，贾谦振奋不已，击案而叹："太好了！邓老，现在太需要您的武器库了！麻烦您立即以此为题撰写一篇论文，三日之内寄到北京，我们在组织中医药防治'非典'的战略论坛，您的这篇论文就是打响论坛第一枪的檄文！"

当晚，邓老伏案至凌晨，一口气写下《论中医治"非典"》，这篇论文是给中医战胜"非典"以理论、以武器的一篇重要文献，也是最早的指导性论文，对全国防疫抗疫起到十分重要的作用。

"中国中央电视台的开播格言'传承文明、开拓创新'，可以看成是中华民族复兴的导言，中医振兴的指针。千万不能丢掉中医的精华，空想创新。当然世界各国文明也在传承之内，但世界人民都希望我们把中华优秀文化传给世界。"邓老开篇先讲中华文化与中医药的特殊关系，接着，以中医学特有的几千年的深厚积淀，以特有的自信，在现代医学刚刚找到冠状病毒这个病原微生物，一无疫苗、二无有效抗病毒药的紧急关头，大声地发出了中医的声音："战胜'非典'我们有个武器库！"这是多么豪迈的呐喊！这是多么可贵的宣言！在这中华民族与瘟神战斗最黑暗、最困苦、最为紧急的时刻，在党与政府领导人感到"揪心"的时刻，我们来了！我们是中华大医，战胜"非典"，我们能行，我们有一个先祖留下的武器库！

这个武器库里都是些什么武器呢？为什么此前没有人敢这么说？这些武器好用吗？中医真的能行吗？不要说一般人不知道，一般的西医不了解，就是中医的硕士、博士、专家们，有几个人能有这样的认识和魄力？"非典"可是全新的病种啊，很多人都说以前没见过，是新的冠状病毒，中西医都没有遇见过。邓老在论文中写道："'非典'是全新的疾病，为21世纪以前所未见。无论中医与西医都遇到了新问题，中医不能袖手旁观。我认为对病毒性疾病的攻克，中医自有其优势。从历史可以上溯至仲景时代，1956年石家庄流行乙型脑炎，师仲景法用白虎汤疗效超世界水平，并不因为中医无微生物学说而束手无策。"

邓老对中医"战胜'非典'的理论依据与特色"是这样阐述的："世人多不理解为什么中医没有微生物学说，却能治疗传染病，对病毒性传染病的治疗效果甚至处于世界领先地位。因为中医用的是另一种辨别方法，中医虽无微生物学说，但微生物早已被概括于'邪气'之中。吴又可的戾气、厉气、杂气学说，已非常接近对微生物的认识，可惜明代无光学上的成就，致未能进一步发展耳！但温病的病原说发展到吴瑭（吴鞠通），却使中医理论从另一个角度认识了发热性传染性及流行性疾病，提出独特的温病的病因理论。这一理论，即使在今天看来仍具有极高的科学性，足以破解中医虽无微生物学说，仍然能治疗急性传染病之谜。"

4月下旬，北京抗击"非典"主战场传来中西医结合治疗"非典"取得成功的好消息。

北京中医药大学中医教研室主任、博士生导师张允岭受命担任重症区主任，当很多人还在质疑中医能否有效治疗"非典"时，张允岭说："中国人之所以对中医有感情，就在于它在多次重大疾病的治疗中一直显示着独特的疗效。中医自古就有治疗瘟疫的经验积累。说中医疗效不确定，可西医也处于摸索之中，激素也在超常规使用。中药在用量、使用方法、给药途径上，都相对安全。"

张允岭在临床观察中发现，SARS除了感染性强、发展迅速外，其余的症状都常见。凭借深厚的中医基础理论和临床经验，张允岭认为对于发热、喘憋、全身疼、关节痛这些症状，中医有着丰厚的经验积累，而撤减激素、增强免疫力等方面，中医的治疗经验和成功病案更是不胜枚举。张允岭带领重症组在抗疫最前沿研究中西医联合治疗"非典"最佳方案。以往在使用中药退热、止咳、消除头身疼痛等方面做过临床研究，对中药的作用有深刻的了解和把握。虽当时还没有政策上的支持，但病情集中爆发，情况紧急，急需中药介入逆转危候，同时，这也是科研观察的关键时机。

此时，中日友好医院、宣武医院未转型，小汤山医院未建成，长辛店医院在3天之内就收满了病人，患者病情极为相似，发展极为迅速。张允岭与重症组的医护人员、研究人员，在临床中及时对照观察积累数据，在西医专家认为中医疗效不确定，而西医自身还没有一份有效数据的情况下，这项工作赢得了先机。

此间，张允岭多次找丰台区领导协商，丰台区卫生局领导也非常重视，两次开会讨论，尤其是看到已准备好的方案后，他们信服了。长辛店医院抗击SARS指挥部很快做出部署——4月23日中药静脉注射药物全部到位，4月25日紧急调入中药饮片和中药煎药机，现请了煎药工。当天，中药汤剂全面投入使用。

4月28日，《中国中医药报》报道："首都中医药医护人员抗击'非典'，北京中医药大学东方医院的中医医护人员，进入隔离病房。中医院向全体党员发出了《抗击'非典'，责无旁贷》的倡议书，全院800名职工纷纷报名请战。第一批中医人员被派往长辛店医院之后，第二批中医队员又迅速奔赴地坛医院。"

4月29日，北京派出的第一支最大的中医医疗队——中国中医研究院广安门医院抗击"非典"医疗队的83位中医医护人员，满怀激情，带着全院职工的重托，来到了胸科医院三病区SARS病房，开展第一期医疗救治工作。

中国中医研究院西苑医院，迅速在急诊科组建发热门诊部，医疗队征集令发出后，立即有254人报名参加，包括医生141人，护士113人，并迅速组建了一支22人组成的医疗队开往煤炭总医院，承担一个病区的SARS救治工作。

中国中医研究院广安门医院，抽调 57 名医、护、技人员，组成了第 4 批医疗队，整装待发。

至此，中医药不仅大规模地介入了非典型肺炎的治疗，而且成为一支有备而来的科技力量。他们不仅要治好病人，而且要拿出科学的数据，拿出过硬的临床结果，告诉人们，先祖给我们留下的中医武器库效力巨大，治疗 SARS 卓有成效，让人们看到，在国家有难的时候，在人民需要的时候，中医用疗效证明了自己存在的价值。

6 月，抗击"非典"战役取得初步胜利，曹东义的另一场战役——从抗疫初始就在进行的课题研究《中医群英战 SARS——SARS 与中医外感热病诊治规范研究》开始了。如今，抗击"非典"取得初步胜利，曹东义夜以继日地投入课题总结报告的撰写中。

半年来，曹东义亲历和目睹了全国中医界抗击"非典"的艰难历程，难忘的一幕幕在心头涌荡，热人心怀。每当伏在案头写作时，曹东义常常眼含热泪。正像一位诗人说的：为什么我的眼里常含泪水？因为我对这土地爱得深沉。曹东义正是因为深爱着中医，不由得要写这些滚烫的文字。这部报告里要记下老一辈中医的经验和智慧，记下他们忧国忧民的胸怀，记下邓铁涛老人在危急关头从容宣告——中医有个武器库！记下中医药防疫抗疫的重要作用，记下冲锋陷阵在一线的年轻一代中医人，为拯救重危病人不惧自己被感染，前面的战友感染倒下了，后面的接着上……这部总结报告将使这些难忘的历史瞬间永留青史！

曹东义北上南下，奔波于广州、北京等地，日间采访、组稿，采访了数百人，收集了数百个典型病案，撰写报告常常到凌晨时分。时间飞快地流逝，一部宏大的纪实性专著日渐形成，经历了 10 个月辛勤的写作和组稿、编辑，至次年春季，凝结成 50 万字的专著《中医群英战 SARS》。

这是一部史诗性的抗"非典"纪实专著，一部全方位记录中医药抗击"非典"的实录，《中医群英战 SARS》以大量的事实记录了那些难以忘怀的历史瞬间，再现了那不平凡的艰难岁月。令人耳目一新的是，曹东义站在全国、全世界抗击"非典"的大局面前，从战略的高度，深刻思考中医学的历史价值，而不是仅仅着眼于局部的技术得失问题。并且把古代中医关于伤寒、温病的论述和治则，以及今天老一辈大医和专家的经验在这次抗击"非典"和历代医治瘟病中的应用，加以总结和思考，思其所以得，也思其所以失，着重阐述了在突发公共卫生事件中中医药不可替代的作用。曹东义把自己对历史与现实的沉甸甸的思考和盘托出，为人们深入研究，不断总结、反思，形成新的方法和理论，为将来更有效地防治新出现的大型传染病提供了全新的思考空间。

SARS 战役展现了中医药界新时代的群英形象，揭示了中医药在突发性公共卫生事件之中不可替代的作用，再一次突显了中医外感热病的辨证治疗独有特色，证明了中医理论一直有着巨大的生命力而不是"陈腐玄虚"。通过 SARS 之战，我们收获了世界卫生组织认可的科学精神，中医的治疗经验孕育着中医外感热病的伤寒与温病学说融合统一的理论突破，将为提高中医外感热病诊治水平提供理论依据。

这是一部极有分量的重大课题总结报告，既有学术方面的探讨和回顾性的研究，也有开拓性的思考。书稿分为"史实篇"和"反思篇"两大部分，收录了多位名老中医对 SARS 病的探讨和治疗的建言。大部分文章的作者都已经年过花甲，或已入耄耋之年，他们既有深厚的传统中医药理论素养，又有多年实战疫病的临床经验，这些理论与经验不仅言之成理、言之有据，而且在 SARS 瘟疫突然来袭之时，各有见地，用之有效，让人们深切认识到：名老中医是我国医学界不可多得的宝贵财富，他们的医术医道必须好好地传承并发扬光大。

这一部开创性的"课题总结报告"引起老一辈中医的关注和赞赏，在书稿付梓之际老中医们纷纷写下鉴评意见。

广州中医药大学邓铁涛教授点评意见：

中医药为中国防治 SARS 做出了重大贡献。对于这一段史实进行认真总结和反思，具有重要的现实意义。本项研究分"史实篇"和"思考篇"，根据大量资料，完整地勾勒出 SARS 疫情的经过以及中医药在防治 SARS 中发挥的作用。"思考篇"则汇集了各地中医防治 SARS 的理论和经验。这些从实践中摸索出来的知识，经过系统整理后对中医药学是一笔巨大的财富。

研究者又结合外感热病史的演变，对 SARS 的中医认识提出了有意义的见解，建议将伤寒、瘟疫、温病融合为外感热病学，这一设想十分可取。

无论是在史实整理，还是在对中医 SARS 治疗认识的综合整理方面，本研究到目前为止都是最全面详尽的，就此引出的思考也很有见地。研究达到国内外同类研究先进水平，应予通过鉴定，并建议申报奖励。

南通朱良春教授鉴评意见：

曹东义教授主编之《中医群英战 SARS》书稿，是一部展现中医参与抗击 SARS 的完整、全面的记录，也是通过实践融会综合形成的《中医外感热病学》的奠基之作。书中搜集了大量客观、生动的资料，以具体的事实来证实中医药不但能治疗急性热病，而且疗效是卓著的。有力地为中医扬威，为国争光，让中医药更顺利地走出国门，为世界人民健康做出更多贡献。

书中对中医热病的源流、病因、诊治等方面的论述，是中肯的、客观的，并且具有前瞻性的，为提高中医外感热病诊治水平提供了理论依据，对中医药剂型改革，起了促进作用。

此书之出版，将对新的《外感热病学》的形成与发展，起到巨大的作用，为弘扬中医学术，做出不可磨灭之贡献！

长春中医学院任继学教授鉴评意见：

本课题设计分为"史实篇"和"思考篇"两部分。"史实篇"从中医的历史发展陈述了中医岐黄学术是活人之术，从《内经》到《难经》，从解剖到理论，阐述了中医不断发展壮大的历史过程。"思考篇"展示了中医既能治疗传染病，又能治疗疑难杂症的能力，同时也得到了世界卫生组织的科学评价。历史证明了中医学术继承发扬光大，为世界人民健康服务的事实。

该课题研究资料丰富，史料真实，论证可信。传承中医治疗未病的病因病机，辨证论治，急救方药，使中医代代相传，具有深刻的历史意义和现实意义。对于中医事业的发展，起到了积极的推动作用。

科技部中医发展战略课题组组长贾谦研究员鉴评意见：

由河北省中医药管理局立项，河北省中医药研究院主持的科研课题"SARS与中医外感热病诊治规范研究"（课题编号：0398）的总结报告《中医群英战SARS——SARS与中医外感热病诊治规范研究》，分"史实篇"与"思考篇"两部分内容。"史实篇"客观记述了 SARS 疫情的发生、发展过程，特别是对广东省中医界如何采用中医外感热病理论指导临床防治 SARS，进行了经验介绍。在此基础上，"思考篇"从中医药发展战略的高度，揭示了中医整体观和辨证论治的现实意义，以及中医在突发性公共卫生事件中不可替代的作用。

本项研究选题针对性强，研究目标明确，资料丰富，数据可靠，研究成果有相当的深度和广度，在国内首次较全面系统地对我国 SARS 防治，以及中医诊治规范进行了深入探索，并提出了一些中肯结论和较新观点，为国家及相关部门汲取 SARS 防治的历史经验、制定和完善相关政策提供了参考与依据，特别是为国家将中医药纳入重大突发疾病应急系统有重要参考价值，是一份难得的有实际价值的研究报告。可以说，这项课题完成得相当好，同意通过科技成果鉴定。

中国中医研究院医史专家李经纬研究员的鉴评意见：

SARSA 于 2003 年春突袭，以病因不明、治疗效果不佳、病死率高，在人群中迅即掀起了一股恐惧之风。特别在初期，中国医疗所积累的丰富经验一时还难以发挥作用，使治愈率与并发症均不能令人满意。在中西医结合、中医较广泛参与后，上述情况发生了明显的转变。治愈率提高了，并发症降低了，从而得到了国内外学者一致好评。

《中医群英战 SARS》之研究，忠实调查研究，客观分析综合，求实总结经验，认真反思教训，对 SARS 从流行到被控制，以"史实篇"和"思考篇"两大部分进行了令人信服的论述。资料翔实，分析研究客观，给我们当代乃至后世提供了非常有益的参考资料与有价值的借鉴。他们对 SARS 的研究，是很有见地的、成功的，应当给予充分肯定，并通过科技成果鉴定。

中国中医研究院医史文献专家余瀛鳌研究员的鉴评意见：

由曹东义主撰之《中医群英战 SARS——SARS 与中医外感热病诊治规范研究》堪称与时俱进之现代疫病专著。它体现了中医药学重视学术源流变化，突出临床疗效，阐析当前客观存在的学验思辨概况。而全书的主旋律，又是论析 SARS 等病症的规范研究。作者表述了历代对有关疫病的诊治特色及优势，复能结合当前现实应用、需求与发展。应予肯定的是，撰论符合史实。作者能站得高、看得远，从总体构思进行分析、讨论。

书中面对 SARS 的病症所属和中医对 SARS 在辨证结合辨病的认识，对"寒温统一论"，和伤寒、温病、瘟疫的病症特色和区别要点进行了阐介。尤为重要的是，全书将中医学术思想密切结合临床实际应用。故在学术性、规范性、实践性和传承发展与实际应用方面，均堪称达到了国内外先进水平，具有申报奖励的优越条件。

河北省中医药研究院李浩教授鉴评意见：

人类与 SARS 的艰苦斗争虽然告一段落，然而尘埃落定之后人们仍然没有完全看清瘟神的真面目，还有许多待解的难题等着人们去攻克。禽流感、艾滋病的猖獗蔓延，也证明瘟神并没有走远。在中华大地上苦苦探索、奋斗了几千年的中医学，在 SARS 瘟疫的考验面前表现如何，值得学术界认真总结和深思。

曹东义教授承担的这一课题和课题的总结报告《中医群英战 SARS——SARS 与中医外感热病诊治规范研究》，以大量的事实记录了难以忘怀的历史瞬间，再现了那不平凡的艰难岁月。尤其可贵的是，作者能站在全国、全世界的大局面前，从战略的高度，深刻思考中医学的历史价值，而不是仅仅着眼于局部的技术的得失问题，思其所以得，也思其所以失，着重阐述了在突发公共卫生事件中中医药不可替代的历史作用。作者把自己对历史与现实思考的体会奉献出来，供后来的人们继续研究，不断总结、反思，以有利于形成新的见解、理论，有利于将来更有效地防治 SARS、禽流感等新旧瘟疫。

综上所述，这不仅是一部回顾性的研究，也是一部开拓性的著作，填补了有关研究领域的空白，达到了国内同类研究的先进水平。同意通过鉴定，并申报科研成果。

河北医科大学李恩教授鉴评意见：

曹东义主编的《中医群英战 SARS》，是在河北省中医药管理局立项课题"SARS 与中医外感热病诊治规范研究"和国家中医药管理局立项课题"外感热病诊治规律研究"课题立项之基础上，总结撰写的一部创新之作。全书分"史实篇"和"反思篇"，用辩证的唯物史观记述和总结了 2003 年在我国发生的 SARS 历史以及中医药学在这场与 SARS 的斗争中显示出的历史地位和作用。全书具有史料性、政策性、科学性和创新性。

　　为了感谢各位名老中医和专家学者的肯定和勉励，曹东义在后记中写道："古今医林多少事，信笔写来即春秋。时值 SARS 瘟神肆虐之时，面对迅猛发展的疫情，亲见如此多的感人事迹，从中央领导到普通群众，在严峻的考验面前，沉着应对，迅速反击，积极抗争。中医界人士，个个奋勇争先，人人建言献策，或在一线流血流汗，或在后方呐喊助威。年长的老一辈中医，年龄已过花甲或至耄耋，英勇精神不让血气方刚的青壮年，为国为民献身的情怀感天动地。我们看到的是一群高高挺立的时代英雄，是一群有着与瘟疫斗争的丰富经验的苍生大医，是我们新时代的白衣天使！笔者为他们而激动，被他们所鼓舞，挥笔记录下这一段感人而难忘的历史，奉献给所有无愧于华夏国医的中医界仁人志士们！"

第七章
我以我血荐岐黄

面容清癯，银丝闪亮，目光祥和而深邃。在热烈的掌声中，邓铁涛教授迈步上台做主题报告《中医与未来医学》，只见邓老抬眼望众双目炯炯，嗓音洪亮，报告刚刚开始，台下已是群情振奋。

已入耄耋之年的邓老，思维敏捷，性情豪迈，嗓音洪亮，讲话不疾不徐、抑扬顿挫，幽默，从容，成竹在胸，挥手之间有一种力量。听邓老讲话，曹东义有一种"拨云见日，豁然开朗"的感觉，对中医的未来充满期望。2003 年初，"非典"突然来袭，人们惊慌失措不知如何应对时，邓老一句"中医有个武器库"稳定了军心。在曹东义心目中，邓铁涛教授是中国中医界的传奇，是中医的脊梁，是全体中医人的主心骨。

这是 2004 年 11 月中旬，温凉适宜的广州，鲜花盛开，完全没有冬日的寒冷。曹东义离开石家庄时已是凛冽的严冬，他的心情像广州如春的气候一样充满热情和希望。

由广州中医药大学、广东省中医药局、广东省中医药学会联合主办的著名中医学家邓铁涛学术思想国际研讨会于 2004 年 11 月 18 日在广州召开，来自 12 个国家和地区的近 300 名代表欢聚一堂，研究和探讨中医大师邓铁涛的学术思想。这次会议由邓铁涛教授做《中医与未来医学》主题报告，然后围绕邓铁涛的最新研究成果一起研讨"中医治疗 SARS"辨证思想、"重症肌无力治疗经验""五脏相关理论"等重大学术课题。

这是曹东义第一次参加中医学术界国际性高端会议，也是第一次当面聆听邓铁涛教授讲学，与很多仰慕已久的大医、学者同会，对于曹东义而言，这是一次走近大师、开阔视野、提升境界的重要契机。

虽说曹东义是第一次坐在邓铁涛教授面前听报告，但从心底里对这位老人已经很熟悉了。邓铁涛幼时即随父亲悬壶济世，走上中医求学之路，半个多世纪来，为中医学教育发展奔走呼号，为中医的传承发展呕心沥血，他的行医史伴着新中国的发展史，是新中国成立以来中医历史的缩影。他一生都在为传承光大传统中医而努力，复兴华夏医学是他一生的梦想，正如他所说："我是为中医而生的人！"邓铁涛老人的传奇经历在杏林广为传播，几乎每一个中医人都听说过邓铁涛老人的故事。

当历史的车轮进入 21 世纪，百业兴旺，各个领域人才济济，而中医药行业却是冷落萧条、人才青黄不接。邓铁涛振臂一呼，号召全国名老中医打破门户之见，集中到广东省中医院带徒传艺，集中全力打造一个"铁杆中医的黄埔军校"。全国老中医闻风而动，云集广州，在邓铁涛的带领下，读经典，做临床，探索中医人才培养模式，年轻的中医人才不断涌现。在名师带徒动员会上，邓铁涛对弟子们大声呼唤："学我者必须超过我！"全场中医师徒们掌声雷动。

就在 2014 年春，邓铁涛在广州举办了名师带徒首批弟子出师仪式，亲笔题写"我以我血荐岐黄"，与新老中医共誓，为传承弘扬华夏中医奋斗终生。邓老的一生正如他给自己题写的挽联："生是中医的人；死是中医的魂。"

邓铁涛力倡中医传承，从理论、实践上为全体中医人做出榜样。日常工作中，还对每一个中医后学尽力扶持，给予帮助。就在几个月前，曹东义撰写的《中医外感热病学史》出版后，怀着求师指正的愿望给邓老寄了一本，没想到很快就收到邓老的回信。邓老写道：

曹东义教授：

您好！

蒙赐大作《中医外感热病学史》已收到，因事忙至今始复，希为见谅！大作出版之时正是 SARS 横行之日，中医对抗这一新世纪之瘟疫，取了得世人意外的成绩，你的大作正好给予了历史之证明与破译。可贺可贺！大作史料丰富，史论正确，你是余瀛鳌的高足，证明"名师出高徒"非妄语也。至于"截断疗法"我认为不值得提倡，因为姜春华对温病缺乏研究，只提出"截断"一词，但如何"截断"尚欠理与法、方与药等一套理论与经验。他老人家以为温病的治疗要经过卫、气、营、血之历程，不知卫、气、营、血乃辨证论治之法则耳。他对我说："叶天士今天还在害人！"这就太过无知了！！（骨鲠在喉，言重了！）说来话长，补寄赠拙作《邓铁涛医集》（其中第 84～142 页是我对温病学说的一些不成熟的看法），请查收指正为盼。

耑此奉复，祝撰安。

邓铁涛书

2004 年 7 月 15 日

捧着这封用毛笔写就的书信，曹东义读了一遍又一遍，感受到了一个大国医的胸怀和境界。这次接到来广州参加国际研讨会的通知，曹东义想到将走近大师亲耳聆听邓铁涛老人做主题报告，激动得难以入眠……

邓老的主题报告引起大家的热议，这是关系到中医未来发展方向的大问题。邓老说自己虽然不是"未来学家"，但是对于中医与未来医学的问题，一直在思考，愿意把自己的想法与大家一起交流。

讨论会上，曹东义说了自己听报告后的体会："中医与未来医学是个很重要的命题，很多人看不清中医的未来，这个命题要深入研究下去，广泛传播，成为中医界的共识，变成中医人的信心和力量。"

邓老看看眼前这个年轻人（在已入鲐背之年的邓老面前，曹东义是很年轻很年轻的），眼神里满是赞赏和欣喜。近两年已看到曹东义的一些学术成就，尤其是前不久看到的《中医群英战 SARS》清样，洋洋五十万言，融学术研究、医疗现状思考、中医人的精神于一书，宏大精深，令人耳目一新！中医界有这样敢作敢为有思想的年轻学者，怎不令人欣慰呢？邓老便兴致盎然地接过话题说道："未来的医学，应该'养生重于治病'。中医有句名言'上工治未病'，这是一个重要的指导思想，它包括未病先防，已病早治，重点在于防病。西方医学也重视预防，讲卫生。西医的预防讲外部的防御，如绝对无菌、消毒；而中医比较重视发挥人的能动作用，发挥人的抵抗作用。"

代表们都围过来听邓铁涛讲："中医养生学，有几千年的积淀，内容十分丰富。未来医学必将把养生放在最重要的地位。富如美国，也支持不了日益增长的天文数字般的医疗开支。中医的养生术、导引术既能防病又能治病，立足于无病。"

邓铁涛学识渊博，思维活跃，由古老的中医养生思想又跳跃到未来医学之路："我们谈医学科学时，要清楚，不是只有重视微观的西医才是唯一的医学科学，立足于宏观的中医学也是科学。去年对 SARS 的防治，西医千方百计用电子显微镜抓到病毒，然后再找寻防治之法，目的在于杀灭病毒。中医则根据时间、气候环境、病邪的属性、个体差异、症候表现，进行辨证论治，针对时、地、人宏观现象进行预防与治疗。中医用药物预防，其优势相当明显。在其他疾病领域也一样，按照中医的诊治模式，就能走出一条与西医完全不同的道路来。"

去年刚刚经历过抗击"非典"战役的中医们心领神会，大家不约而同地鼓起掌来。

邓铁涛的话题又回到这次会议的主题上："比如，'重症肌无力'这个疾病，西医研究了上百年，是从微观着手，可谓已够深入，并能做出动物模型。治疗方法也不少，认为切除胸腺是一张王牌，但其总的效果并不理想，多数治疗只能达到缓解之目的，仍然会反复发作，能根治者很少。我带的课题组是近几十年才开始研究这个疾病的，我们没有走按神经学说研究的老路，而是按中医理论进行研究，我们的结论认为'脾胃虚损，五脏相关'。我们的经验是：凡病程短又没有用过溴吡斯的明、激素、胸腺切除等西医治法的患者最好医治，更易达到根治的目的。"

大家都知道，在这个疾病的诊治问题上，邓老解决了现代西医无法解决的世界性难题。中医与西医尽管思维方式不同，但是在很多领域中医是走在前头的，可以与西医互相补充。

邓老高瞻远瞩的眼界和乐观豪迈的情怀深深感染了代表们，对未来医学前景的描绘更是鼓舞人心。邓老豪迈地说21世纪的前景是光明的，未来医学是循序渐进的，人类对中医的选择会越来越主动，并对21世纪前半叶人类医学的发展方向做出预判：

（一）人类将摆脱化学药品的副作用，摆脱创伤性的检查以及治疗技术带来的痛苦与后遗症。医学要讲人道主义，要达到"仁心仁术"的职业道德最高境界。

（二）实行"上工治未病"，医学将以养生保健为中心，使人人生活过得更愉快、舒适、潇洒。

（三）医学将以"保健园"的形式，逐步取代医院的主要地位，医院将成为辅助机构。

（四）医学除了属于科学范畴之外，将深入文化、美学、艺术，使医学从人体的健康需求，上升到精神世界的美好境界。医学、文学、美术、书法、音乐、歌舞、美食、药膳、气功、武术、健康旅游、模拟的环境、梦幻的世界……将成为"保健园"的重要组成部分，保护健康，是快乐的事而不是苦事。

（五）第三世界要摆脱贫困与落后，才能一起进入未来医学的世界，而使第三世界贫困与落后的原因是强权政治、种族压迫与掠夺战争。抢救一个垂危的病人十分艰辛，但打死一个人，只要手指一扣扳机！

邓老生动有趣的"未来畅想"让与会者如沐春风，对未来医学的远景蓝图的构画让人们更加清晰地认识到中医的地位和对人类健康大业的重要作用。

曹东义虽说是第一次参加全国性高端学术研讨会，第一次和名老中医和学者们同台议事，但近年和邓老、朱老、李老、陆老等这些大师们已有多次书信交往，在他们的指导下完成了多项课题研究。老一辈名医学养深厚，平易近人，对曹东义的论文和专著多次予以肯定和鼓励，这次能够面聆教诲，对东义来说太重要了，自己对老一辈大医的学识和胸怀景仰已久，感觉到离大师越来越近了。他多么期望能够拜名老中医大师为师，做他们的传承人，能够在他们身上获取能量，能够为中医多做一些事情。一个年逾90岁的老人，身姿挺拔地站在台上，谈中医与人类的关系，谈中医的大好前景，那种气宇轩昂的气场，谈笑风生的从容，让曹东义感到一种能量立刻注入心怀，同时增加了对中医的自信。邓老对中医的透彻分析令人折服，其宽广的胸怀、睿智的思想令人赞叹不已。

曹东义的愿望很快得以实现。

这次会议过后仅隔了几个月，曹东义拜师名老中医的愿望成为现实——2005 年春，经河北省中医药管理局和科技部贾谦先生推荐，曹东义成为邓铁涛先生的徒弟，紧接着又成为朱良春先生的徒弟。

时隔不久，便收到邓铁涛先生的来信。

曹东义同志：

你好！来函及河北中医药管理局来函已悉，经贾谦同志推荐，已同意你的要求，作为遥从弟子。因我明天去北京参加香山会议，详细容再详谈。现先将《中医群英战 SARS》之函审意见两份寄你，请查收为荷。祝夏安！

北京返穗后，再函复河北中管局，烦代致候多位领导同志，又及。

邓铁涛书

2005 年 5 月 8 日

稍后，邓铁涛先生又一次来信：

你我建立师徒关系，我感到很高兴，得英才而教育之，乃人生一大幸事也！兹将我对学生之要求提出如下，如同意希为遵守。

一、培养德才兼备的人才，是我国优良的传统。"德"在"才"的前面。我认为"德"更为重要。作为"学者"必须尽量做到淡泊名利，重视对国家与人民做贡献，为振兴中医，奋斗不息。

二、学术上，把自己培养成铁杆中医。

三、建议你争取临证的机会，我的学生必须有较高的临床水平，千万莫做空头的理论家。

师父的三点要求，曹东义谨记于心。师父对曹东义的要求与期待，也是对千万个未来中医的要求与期待。在第一届全国名老中医传师带徒大会上，邓老对着数百弟子说："学我者，必须像我、超过我！"其情其怀令人终生难忘。

过了不久，又收到朱良春先生来信。朱良春收到河北省推荐曹东义的信函，当即欣喜地说："孺子可教！与曹东义结缘师徒堪为幸事。"因为他已经多次帮助曹东义审读修改课题论文和专著，对曹东义十分了解，尤其对曹东义勤于钻研医理的精神颇为赞赏。

成为两位大国医的亲传弟子，曹东义可谓双喜临门，举杯遥敬师父，心中暗暗发誓：师父放心，我会做好一个铁杆中医，从你们手中接过岐黄薪火，把火炬传递下去！

在大师们的教导下，曹东义的心胸、格局、境界，都发生着变化。追随着他们的脚步，曹东义逐渐从只关心自己课题的小我境地解放出来，把目光投向更远的目标，潜心研究中医脉因证治、理法方药等学术课题，深入思考宏观中医学的微观基础，复杂微观变化与病灶、与症候的关系，先后在省、国家级医药专业杂志和《中国中医药报》上发表论文20多篇，创作的《中医群英战SARS》《回归中医》两部专著顺利出版。

走近大师，曹东义汲取了巨大的能量，增强了信心。邓铁涛、朱良春、任继学、路志正、焦树德、陆广莘、周仲瑛、颜德馨、何任等等，这些耄耋之年的老先生们，忧国家之忧，急民众所急，在抗击"非典"的关键时刻，纷纷奔往抗疫一线。邓铁涛提出中医传承是国策，是当务之急，老中医们相约而聚，北上南下，东征西战，谈经论道，授业解惑，把长期积累的宝贵经验毫无保留地传授给后来者，"学我者，必须超过我"，这是多么宽广的胸怀！传师带徒蔚然成风，学院把学历教育与师徒传授结合起来，理论与实践紧密结合，倡导导师式的跟师形式，博学广拜，融会贯通，因人施教，非真毋授，促进了学术创新。徒弟台上讲继承心得，师父台下点评所学是否为活法，授人以渔，金针度人，深泉出橘井，活水育杏林。

一鹤引来万鹤鸣，一度沉寂的中医药再现"奇峰突起、流派纷呈"。

2006年12月18日，又是一度杏林盛会，曹东义与师父邓铁涛、朱良春再次聚首广州，"第二届著名中医药学家学术传承高层论坛"大会隆重召开。这次会议安排了一系列学术活动，内容丰富，特色独具。最后从全国1000多名师带徒的专家中，选出136名专家授予"中医药传承特别贡献奖"。

难忘的颁奖典礼，成为中医人最暖心的一刻，成为杏林最美一幕——100多名身着唐装的老中医神采飞扬，笑容满面，以汉字和龙飞凤舞为装饰的红色唐装形成一片红色的海洋，老中医们额手相庆，互相道贺，彼此祝愿，华发飘飘，春风沐面。这是一次史无前例的中医盛大节日，科技部、卫生部、国家中医药管理局、广东省各级领导都前来祝贺，体现出党和政府对中医学术传承和人才培养的支持与关怀。广东省领导人在会上宣布，为了把广东建成中医药强省，广东省政府决定每年拨付100万元用来举办中医药传承高层论坛会议，希望中医药传承工作越来越好。

合影后，一身红色唐装的朱良春十分开心，满面春风地对曹东义说："东义呀，去年咱们在南通举办的名师与高徒传承论坛，虽然也算得上盛况空前，但是，那只是一个开端，这次会议的规模与内容，都有很大的发展与充实，今后，肯定会越办越好。"

接着，朱老又兴致勃勃地说："东义你看到了吗，全国的名老中医有一多半都让广东省中医院请来了，实在是因邓老、吕院长的精诚所至。以前中医传男不传女，因为女儿嫁人就传'外人'了，现在我们提倡和盘托出，既要传女还要传外，甚至传到国外去。邓老是我们这批中医里年龄最长，也最勇于为中医讲话的，我等愿紧紧追随。邓老说得对，中医有自己的理论体系和运行规律，不能用管理西医的办法来管理中医。眼下这种管理体制导致三分之一中医院濒临倒闭，是该想想中医的前途了，应该为中医呼吁、为中医立法！"

曹东义深深明白，这一幕正是邓铁涛、朱良春这些老一辈中医期望已久的，中医药受到国家的重视，中医事业后继有人，这是中医前辈们长久以来的愿望。

作为著名中医学教育家，邓铁涛对中医教育和传承有自己一贯的见解和思路。邓老多次说，中医学院的课程教育，在培养中医人才方面，成就巨大，不可否定。但是，需要调整，应该重视经典著作和各家学说的教育。为了透彻地讲清楚这个观念，邓铁涛用了一连串生动的比喻："经典是中医的根，历代各家学说是中医的本，临床是中医的生命线，仁心仁术是中医的魂。在学校打好基础之后，再在临床上磨炼诊治技术，积累治病经验，才能成为一个合格的中医人才。"

邓铁涛认为，为了更有成效地创新，全国中医，特别是中青年中医，都应该先来个大温课，重读四大经典与历代名家学说，以提高临床和理论水平。在这个基础上，中医学与 21 世纪的最新科技相结合，走自己的路才能闯出新天地，为世界人民的健康做出贡献。高楼必须建在厚实的基础上，要为中医药学之大发展呼吁打基础，"重西轻中"已成时弊，故必须大力扭转，否则创新也无用。

针对当前的中医教育状态，邓老指出："不能理论脱离实际，搞基础教学的老师，一定要有临床经验；临床医生一定要不断学习，提高理论水平。师带徒是学校教育的补充，属于继续教育，是传承学术。这次会议上的高徒，都是已经具有一定临床经验，取得了高级职称的中青年中医人员，有的还是研究生导师，所以，这一层次的师带徒，是一种提高过程，是培养高级人才的一种方式，而不是入门教育。"

是啊，在近十几年来研究医史课题中，曹东义有一个明显的感受，一种文明、一项学术，它的传承都有着自身的特点，倘若丢失了传承方法，这项文明和学术也将面临失传的危险。所有的文明都具有传统，但不是所有的文明都能传递下去；所有的学术都需要传承，而历史上很多学术都已经失传了。

在一次国际学术会议上，邓老对着满堂中外代表说道："中医学是世界上唯一延续几千年而没有中断的学术体系，是中华民族独有的学术体系。现在世界上有一百多个国家都在学习中医药、应用中医药。美国那样的科技大国，都允许针灸和中医药的存在，并且把针灸治疗纳入医疗报销的体系之内，美国还拿出那么多资金研究中药，如果中医药不是科学的，美国还会那么做吗？日本在明治维新之后，一度取消汉医（相当于中医）的合法地位，只允许西医存在，而后来的实践证明是错误的政策。因此，日本近年来又花大力气发展中医，只不过已经改称东洋医学，这是看重知识产权才改的名称。所有这些，以及2003 年经历的 SARS 疫情，充分体现出中医药在突发公共卫生事件中所具有的重要作用，这还不能使我们清醒吗？"

对于古老中医的创新以及如何把传统手法与现代化的统一起来这个命题，很多中医人既说不清楚也缺乏自信，曹东义感觉自己对这个问题也是心有疑虑。是啊，古老的传统理念和手法怎么与创新和现代化这些新时代新课题融合在一起？听了邓老的主题报告后，曹东义心中豁然开朗，对中医的未来充满信心。

邓老知道大家都关心这个话题，这也是一度迷雾重重的敏感话题。因而，讲到这一部分时，他语速放慢，加大音量："站在世界的角度看，举凡中医处理疾病卓有成效的方法，在外国专家眼中，都是新鲜事物，是创新。举例如'针刺四缝'治疗急腹症的蛔虫团梗阻，既简单又速效，又省钱。在外国医家看来多么神奇！把这一疗法放到世界医学中去，就是现代化的成果。什么叫现代化？就医学而言，不应只追求形式，不应以时间定位，应该用最少的支出，以最短的时间，达到最佳的效果，这才是世界人民对现代化医学的要求。如果一个人到医院求医，无论大病小病，都给他从头到脚用各种仪器检查一遍，动辄交费几万十几万，这就是现代化吗？"

"论文化，近四五百年，西方文化发展很快，造福了人类，但并不是十全十美的。预计21世纪开始，将是西方文化与东方文化相融合的时代。现在世界的诸多难题，要靠推广东方文化去解决。中国是东方文化的代表，论未来医学，那将是西方医学与中医相结合而形成更加完美的医学。"

最后，邓老大声疾呼："我国的中医是主流医学，不是从属医学。我们需要大力发展中医，需要发展100万铁杆中医！"

在中医学发展的历史长河里，师徒传递承载着文明火种的延续。流派纷呈的学术创新，充分体现着师徒共同开拓进取的足迹。扁鹊脉学、仓公诊籍、《素》《难》理论、仲景经典、金元学派、温病争鸣，都有学术传承。为师开创，徒弟继承，不断创新，融会各家，自成流派，生机盎然，绵延至今。

一种学术主张的提出和开创，需要经受实践的检验，也需要不断完善与拓展，这不是一个人在短时期里能够完成的，这就需要后来者的继承与创新。只有这样承先启后，才能提炼学说，形成流派。否则，再好的学术主张，也只能是一人之学、一家之说，而不是一派之学。名师与高徒的学术传承，就是这样一种提炼与升华，应当是积极总结过去，又放眼探索未来，把当代中医学术的精华沉淀下来，流传下去，发扬光大，形成辐射，带动中医药在新的世纪不断向前发展。

当然，学术细化、分科研究，是促进学术发展的重要方法，中医学也在学习引进这种方法。所以，中医学的许多学术组织，也是按呼吸、消化、心血管、肿瘤、风湿病等专业成立分会，这对推动学术研究，深化细化有关课题，是很有益处的。但是，应该看到过于细致的分科，有可能会限制自己的视野，局限自己的思路。在临床上，我们现在各大医院里的专家，很多已经变成了"单家"，一生只看一种病。那又怎能博采众长，怎能"普救含灵之苦，成为苍生大医"？

人生道路上最大的机遇莫过于有良师引路，成为邓老和朱老两位大医的亲传弟子后，曹东义不仅在学术和研究课题上连连取得成果，心胸和眼界也不断开阔。邓老常说"立志先立德"，在谈到怎样才能成为医术精湛的良医时，朱老也说"立仁心方能有仁术"。从两位导师身上，曹东义领悟到了医道、医德的力量和上医治国的宏大抱负。

从拜师那一刻起，曹东义就暗下决心，此生一定要做一个铁杆中医。那么，怎样才够得上一名真正的铁杆中医的标准呢？

大会间隙，当记者就这个问题访问邓老时，邓老做了明确的阐述，表达了对青年一代中医的期望："立足于中华文化深厚的基础之上，既善于继承又勇于创新的人才。他们是有深厚的中医理论，熟练掌握辨证论治，能运用中医各种治疗方法为病人解除疾苦的医生；他们是有科学的头脑，有广博的知识，能与21世纪最新的科学技术相结合以创新发展中医药学的优秀人才，此乃'铁杆中医'也。"

铁杆中医这个词汇是邓老的发明，是中医界独有的一个特殊称谓。因为中医的特殊性，非铁杆中医不能继承，没有一支铁杆中医队伍不能传承弘扬伟大的中医学。邓老自己首先做了铁杆中医的领队，一生都在为中医传承大业奔走呼吁，对老一辈中医、对中医院校的学子们说：中医事业需要百万铁杆中医，需要全体中医人的努力，邓老自己终生都在为此努力，直到百岁时还在带徒讲学。

伴着改革开放的春风，邓老一直在为中医生存发展做着不懈的努力。

1984年3月18日，邓老以一个中共党员的名义，写信给中央领导同志。在信中，他指出中医学是中华民族优秀文化遗产之一，不愧是一个伟大的宝库。由于某些历史原因，中医药事业在相当长的时间里未得到应有的重视，造成了中医后继乏人乏术的严重局面。中医药这一条短线，要使之根本好转，实在不那么容易，非下大本钱不可。发展传统医药已明文写入宪法，但我们失去的时间太多了，必须采取果断的措施，使之早日复兴。邓铁涛的信反映了整个中医界的心声，受到了党中央的重视。

中医学的前途如何？20世纪80年代中医药学往哪里发展？这是邓铁涛时常思考的大事。1984年他在《大自然探索》科学家论坛第2期发表了《中医学之前途》一文，该文通过对历史的回顾，肯定了中医学两千多年不衰减其学术光辉，具有强大的生命力，是因其内涵朴素的辩证法与医学的结晶。文章还分析了中医学发展的外部条件与内部因素，提出要发展中医事业，人才是根本，医院是关键，中医特色是方向；并进一步指出在这一进程中，要坚持马列主义哲学为指导思想，处理好继承与发扬的关系，要与自然科学相结合，以发展中医辨证论治，运用中医综合疗法为宗旨。中医之兴亡，将取决于现代之中医，如果目标一致，团结合作，中医之振兴经过艰苦努力是可以做到的。愿有志于发扬祖国医药学的同志们团结起来，朝着正确的方向迈步前进。

1986 年 6 月，邓老进一步就中医学发展的问题，在黑龙江《中医药学报》上发表了《试论中医学之发展》。他在文章里客观地分析了我国医学界现存西医、中西医结合、中医三支力量的特点，指出在三支力量中，目前最有问题、最令人担心的是中医这支力量。这支力量要发展自己的学术，必须以辩证唯物主义、历史唯物主义作为指导思想，抢救与发掘老中医之学术与经验，临床上中医辨证论治的理论要有所突破，要同现代自然科学各个有关学科相结合。

1990 年 10 月 20 日，在北京召开了全国"继承老中医药专家学术经验拜师大会"，这是党和政府为尽快摆脱中医事业后继乏人乏术的局面，抢救老中医药专家的宝贵经验的重大决策，亦是振兴中医的一项战略部署。

在一次硕士研究生班的讲座上，邓老问在座的学子们："你们读过鲁迅先生的《呐喊》和《彷徨》吗？"学子回答说"读过"。邓铁涛接着告诉他们："你们就是那'彷徨'的新中医，我是'呐喊'的老中医。今天是'呐喊'的老中医与'彷徨'的新中医的对话。"

研究生们在笑声中引发思考，感受到了邓铁涛老人"呐喊"的情怀。邓老从事中医教育的 70 年间，从来没有停止"呐喊"，从没有停止过对中医后来人的思想启迪。邓老说："中医教育首先要给学子们铸造医魂，把热爱中华文化、热爱中医事业的热诚，传承给一代又一代的中医学子，否则会导致中医灵魂的自我消亡。"

曹东义深深理解导师的急切之心，明白这个耄耋老人为什么总在大声疾呼，明白老人的一片苦心。

进入 21 世纪以来，面对西医日新月异的发展，不少进入中医行列的大学生、研究生，在思想上存在着困惑，对中医渐渐失去自信。似乎中医越来越远离时代，依然停留在古代的形式里，进步缓慢，缺乏时代气息。

经历了鸦片战争、中日甲午海战与戊戌变法失败之后，西方文化与西医药在我国广泛传播，具有一定的积极意义。但是，否定中华优秀文化的思潮，也在长达百年的时间里四处弥漫。崇洋媚外，认为中国"事事不如人"，也深刻影响了中医队伍的很多人。他们把传统的中医药学看成落后、陈旧的知识，要求取消，这种民族虚无主义思想在医院、学院之中蔓延，中医渐渐在人们的意识中边缘化。

近一百多年来，许多人都是戴着有色眼镜来看中医，首先认定中医药学是古老的东西，而古老的科学必然落后，认为中医虽能治好病，但没有实验做依据，与现代科学脱节，就不能算是科学。而西医的发展与其他科学同步，因而是先进的。甚至一些资深中医学者也发出了这样的慨叹："如今西医学已能洞察细微，无所不至，在治疗上则可换心换肝，无所不能。"连中医人自己都把中医药学放在"三等公民"的地位上了！

邓老早就察觉这个令人不安的现象。因此，无论是在会场上还是学院内外讲学的时候，都在向人们讲述中医的本质和中医在当代社会的重要意义。邓老编写了很多向中青年中医们传授知识的文章和著作，在《碥石集》的一篇文章里，邓老一针见血地指出："一部分中医学者对中医药学的信心不足，一种信任危机在滋长蔓延，这是一种危险的思潮。"

在多年行医和学术研究活动中，曹东义也常常感受到这种思潮的波动。在一次中医学术会议上，有位西学中医专家说："抗生素发明之后，中医治疗肺炎便落后了，速尿（呋塞米）发明之后，中医治疗水肿便落后了。"还有一位青年中医在文章里写道："中医药变也得变，不变也得变，往哪儿变呢？朝西医的方向变。"还有资深的中医专家在调查文章里叹道:"中医的临床优势病种越来越少了。"诸如此类的论点和担忧很多,甚至有人提出中医理论过时,与当代飞速发展的社会脱节。中医业内学者对中医药学的信心不足,加重了广大群众对中医的信任危机。

针对这种现象,邓老专门就中西医之比较做了深刻的阐述。

邓老说:"西方医学是当今世界医学的主流,它植根于西方文化。中医学是世界上唯一有5000年连续历史的,独立于西方医学的视野之外,它植根于中华文化。西方医学传入中国不过200年,过去,作为世界上人口最多的中国,5000年来的卫生保健,一直依靠的是中医。中国的传染病史足以为证——中国自东汉以来传染病流行次数不少,但像欧洲那样在14世纪、16世纪鼠疫流行,及1918年西班牙流感一次死亡人数过2000万者,未之有也。为什么?中医之功也。2003年SARS流行,世界统计病例8000多人,总的病死率为11%,中国大陆病死率7%,广州的死亡率更低,为3.7%。溯其原因,是广州中医介入治疗最早。"

2003年之后的几年里,曹东义连续写了几部中医史学专著,有宣传中医药文化的科普读物,也有研究古代中医医学思想的学术著作,《中医外感热病学史》对明清以降有关伤寒、温病和瘟疫名著中的临床建树予以充分表述,荟萃了历代寒温名家的临证经验。书成之后,曹东义给邓老寄了一本,邓老回信如下:

东义你好:

四月廿九日及历次来信俱悉。四月偶有不适又未暇执笔,迟复为歉。对于寒温统一以至(一直)想写一本有分量的外感热病学作品,由于事繁精力有限未果。众弟子中未遇适当人选,今寄希望于你,共同完成这一心愿,希望共同写一本传世之作，不急于今年完成。由于上述之目的，希望你再细读我著作中有关的文章，先接过我这第一棒，再去复习有关伤寒与温病各家学说，以及现在治疗"乙脑""出血热""非典"之类的总结文章。这就是我为你学术传承所设定的总的范围与内容。你认为好吗？有关参考书目请你自定，我的文章也有相关参考书目可供参考。我意你先把这方面的基础夯实，再设计蓝图。

你的《回归中医》书稿出版已通过，致以热烈祝贺。铁杆中医的标准，我一定写给你，若迟未收到，可来信催我。总之，此书选题很好，正中时弊，你为《中华国医国药·河北卷》写剧本，也是一个宣传中医的好机遇，希把工作做好。关于养生经验我在《八段锦》（"研讨会"有发此书）一书中有简述。该书你如没有，请告知。

李恩教授之研究，我早在《中国中医药报》的报道中看到，并把它剪下保存。这一工作我很欣赏，因为这就是我们"五脏相关"学说要研究的内容之一，他们做得很好，要我写序和题词，我乐为之，谢谢他们的邀请，希望先拜读他们的大作，你能参与该工作很好。你目前要做的工作不少，先排队完成之。主题曲应是《外感热病学》，今年是奠基年，基础牢固然后千年不倒，努力吧！

祝工作顺利！

邓铁涛书

2006 年 5 月 10 日

其实，自进入 21 世纪以来，国内国外医学人士都注意到一个现象——传统中医的优越性越来越明显。

近年来，医学界称人类进入全球性的慢病时代。随着医学的发展，过去很多严重威胁人类生命的疾病逐渐被克服了，但，慢性病却悄然增长、蔓延。人们内在生活失速、免疫衰退、功能失调、生命失意、焦虑不安，主要的致病原因已不是生物学因素，而是情志和心态，是生活方式和行为方式。在这个怪物面前，发达的西方医学找不着北了，先进的药物不管用了，西方医学像挥着长枪与风车作战的堂吉诃德，显得盲目而无奈，而中医的疗效却逐渐显现。

所谓慢性病究竟是怎么生成的？为什么杀伤力这么强大？中医认为，人之百病，莫非两种途径所致，一是外感，二是内邪。我们生活在大自然环境里，要面对"风寒湿暑燥火"等自然气候，就是说受了风寒湿热都会生病，所谓"六淫"致病是也。"六淫"侵经络入体再入脏腑，引起人体不适，生成小如感冒大如伤寒等种种疾病。

这是《内经》（素问·刺法论）中黄帝和岐伯的对话。意思是说人体脏腑功能正常，正气旺盛，气血充盈流畅，卫外固密，外邪难以入侵，内邪不生，就不会发生疾病。这里所讲的正气不仅仅是指生理上的水谷之气，更重要的是情志上的正气，一种浩然正气。中医所言之正气不仅是指人的先天之气，也包含依靠个人修为而得的一种正气，浩然之气。

就是说人的精神情志活动与脏腑功能、气血运行等有着密切的关系。突然间强烈或持久的精神刺激，可导致脏腑气机紊乱，气血阴阳失调而发生疾病。因此，我们坚持做到饮食有节、起居有常、劳逸适度、精神安定，少私而不贪欲，喜怒而不妄发，修德养性，保持良好的心理状态，就是在保护一腔正气，保护自身康健。

慢病时代，传统中医药学独特的优势越来越明显。中医的特点体现在精神的整体层面，靠经验的积累、取类比象，并且强调整体、强调多因素之间的相互联系，注重辨证施治，注重和患者的沟通和互动，判病治病以人为本，强调多层次作用的调节，强调三分治七分养，激活人体自愈能力，尤其是调整自己的生活态度，从根本上解病除症。

在长年临床临证、学术研究过程中，曹东义惊奇地发现：中医学有一个独有的特征——传统理论的经典性，越是古典的理论越是经得起时间的检验，传统理论历久弥新，经千年而不落伍。如《黄帝内经》和《伤寒论》，这两部医学著作问世已有近两千年的历史了，但至今也是不可逾越的高山。一部《黄帝内经》，从古到今，注家有400多位，注释《伤寒论》的人更多，无数学富五车的大儒大医投身到这个"注经"的队列之中。直到今天，我们的大国医、医学博士们还在注解，还在研究着，无数个中医大学的学子们孜孜不倦地学习着。"注经"就是解读、学习、传承，迄今为止，《黄帝内经》《伤寒论》仍然被奉为医学理论至高无上的经典。

这是一个极其罕见的现象，一种学科理论在长达近 20 个世纪里少有突破和更新，它的正确性却在当代不断得到验证，科学技术的发展每前进一步，对传统中医的认识和验证就加深一步，当代最先进的科学技术手段与古老的传统中医理念常常和谐共鸣、殊途同归。这种现象吸引着医者、学者不断地解读、探究：传统中医学的理论和技术为什么会这么完美、这么精准，为什么具有这么强大的生命力呢？

听了邓老的报告，学习邓老的著作后，这一切都豁然明朗！邓老不仅是一位中医大家，还是一位思想家、哲学家。对于那些对中医持悲观态度，认为中医过时、中不如西的认识，邓老敏锐地指出这是民族虚无主义思潮的产物，要引导人们用发展的目光看待中医，要树立文化自信，要坚持"实践是检验真理的唯一标准"的认识论。中医历经几千年，推而不倒，靠什么？靠治病有效果。如果中医治病无效，早就被人民所抛弃了。但贬低中医的人又说中医是经验医学，又说中医的经验不能重复等等。邓老认为那些没有中医理论与实践经验的人，只知照方开药，的确是难以重复宝贵经验的。中医师的高明与否，与其理论基础、临证经验、文化素养成正比，试翻阅历代名医著作及现代名中医的事迹足以为证，说中医只是经验医学是毫无根据的。

科学是发展的，科学观也应该是发展的。邓老主张微观是科学，宏观也是科学。西医是微观医学，从细胞到分子、基因，越来越细。中医学的理论与之相反，是宏观医学，把人（病人）放在天地之间去观察、去研究。西医能治好病人，中医也能治好病人，按照真理的标准来看，并结合上述观点，中西医不能互相排斥，正好是互相补充，是既矛盾又统一的。微观与宏观相结合会创造出更深的理论，取得更好的效果。这是"后现代科学"的发展方向。

新的科学观之中，有一个叫作"复杂性科学"的概念，主要用来研究生命现象和社会、经济领域的复杂问题。由于这些问题不能用物理学、化学的原理来解决，就产生了"复杂性科学"的概念。这个概念与古老的中医哲学倒是有相同之处，所以说，面对西医日新月异的发展，中医理论发展可借鉴中医哲学智慧。

邓老为《中医群英战SARS》题词说："历经突发的SARS之战后，世人开始正确认识中医。"

事实就像邓老说的，经历了2003年突发的SARS之战后，人们在危急关头看到了中医救治"非典"重症病人的良好效果，看到了中医防疫抗疫的强大功效，对传统中医的普世价值有了新的认识。

邓老呼吁："中医药学是中华文化的瑰宝，但真正认识中医药学的价值，对世人、对医学界，甚至对一些中医来说，却不容易。中医之振兴，匹夫有责，责任重大而神圣。必须端正对中医的认识，坚定信心，要树立为振兴中医而拼搏的精神。"

德国汉学家曼福瑞德·波克特在研究传统中医20多年后得出结论："中国在两千多年前就形成了完整的中医理论体系，是成熟的科学。"

第八章

斗士诚坚共抗流

2006 年 5 月 12 日下午 6 时许，曹东义收拾好案头的书卷正准备下班，突然接到李恩教授打来的电话。

"东义啊，你手边有《医学与哲学》杂志吗？"

曹东义不明白李恩教授为什么突然问这个问题，随口应道："没有。"

李教授说："你马上找一下刚出版的第四期《医学与哲学》杂志，上面有一篇文章，叫《告别中医中药》，是中南大学科学技术与社会发展研究所张功耀教授写的。这篇文章的立场和方向有严重问题，说要以文化进步的名义、以科学技术的名义、以生物多样性的名义、以人道主义的名义，有充分的理由，彻底告别中医中药。"

李恩教授声音急促沙哑，一反他平时从容淡定的雅士之风。曹东义大吃一惊：出大事了！中医理论界又发生大事啦！继前几年方舟子等人抹黑中医的风潮之后，又有人跳出来恶攻中医！

李恩教授声音越来越激愤："太出格了，太过分了！身为教授、研究所所长，说话这么不负责任！他对中医、中西医结合的成就一概不知、不谈，只说古代中医的缺点，看问题太片面。张功耀还是个大学教授，竟然写这样的文章。这篇文章的发表一定会引起中医理论界的混乱，会产生极坏的影响。你马上找到这篇文章看看，咱们几个人碰头交流一下，要批驳这种错误思想，不能让它危害社会。"

曹东义知道这件事非同小可，李恩教授，一个年逾古稀、温文儒雅的长者被气成这样，这篇文章的危害性可想而知。曹东义几年来研究几个课题都是古代中医医术医道方面的，如扁鹊、张仲景等，一直沉浸在古代中医理论里，这个《医学与哲学》杂志还真没有注意过。这个叫张功耀的人写了一篇什么样的文章，让李恩教授如此担忧、如此愤慨？曹东义既是李恩教授的学生，也是追随者，多年来深深敬仰李恩教授的人品和学问。

李恩教授执教于河北医科大学，是生化教研室的教授，是一位优秀的西医学者，但热心于中医事业的精神超过了很多中医专业学者。他很早就加入西医学习中医的行列，矢志研究中西医结合。李恩教授是第一任中华中西医结合学会理论委员会的主任委员，对于中西医结合理论的研究在国内很有代表性，创办了河北医科大学中西医结合研究所，其医学专业国家重点学科。自去年至今，李恩教授一直在为"恢复河北中医学院，筹建中医药大学"而多方奔走，以河北省中医学会、中西医结合学会、针灸学会的名义起草了呼吁书，请本省与外省的100多名专家签名，上书国务院总理。看到70多岁的老人拖着不甚便利的腿在研究所、学院之间往返奔波，曹东义心疼地说："李教授，以后跑腿的事情交给我好了。"李恩教授拍着曹东义的肩膀慨叹："你快快成长吧！将来成为像你的导师邓铁涛一样的人物就好了，咱们河北就是缺一个邓铁涛这样的人啊！"

5月13日是个周六，上午曹东义赶往研究院，按原计划参加一位教授的硕士论文答辩会。答辩会一结束，曹东义急忙寻找《医学与哲学》杂志，但图书馆周六不开馆，无法借阅。曹东义立即与同事一起在计算机上查找这篇文章。一看吓一跳，已经不止一个网站转发这篇文章，很多网站以"征询意见稿"的名义转发这篇文章。张功耀打着"征询意见稿"的旗号，广为散发，到处张贴。这样一来，这篇文章面对的就是全社会，面对广大青年和很多对中医不太了解的群体，还有一些虽然学过中医，但由于理解不深，正在探索中或者正在中医领域求职的初涉中医者，正处于彷徨迷茫的阶段，如果看到这样一篇肆意歪曲历史，蓄意污损中医药，并且举着追求科学的旗帜的文章，影响会非常大、非常恶劣！此文刚一出笼就来势迅猛，许多网站以"废除中医""废除中医中药"为主题词，以"中南大学、北京大学'校报'强文"为招牌大肆传播。就像电脑病毒一样，各网站竞相传播，几天内已是满城风雨。

张功耀在《告别中医中药》的文章里说道："许多为'中国古代无科学'做驳斥的学者，总是试图指出中国和西方存在'不同的科学'。这样的假定是虚幻的。衡量一种理论是否属于科学，最简单的判定方式就是看它是否建立了明晰而可靠的原理关系或因果关系。中医之所以不属于科学医学，就在于它的经验判断和理论陈述都没有达到这样的境界。有人以为，中医虽然不属于科学医学，但应该有资格被称为经验医学。其实不然！中医的绝大部分概念和陈述没有经验基础。诸如太阳、太阴、阳明、厥阴、少阳、少阴之类的概念在经验世界是不存在的……"

显然，张功耀一开始就不是做正常的学术争鸣，学术只是他的伪装，是为了麻痹中医界，好混淆视听，瞒天过海，暗度陈仓。《告别中医中药》首先以网络传播的形式无限制地扩散，然后再找机会进入学术领域。而且，他的宗旨明确，就是"告别""取消""促退"中医，主题先行，然后再慢慢找根据、凑材料，真正是"欲加之罪，何患无辞"！

"以科学的名义",从何说起?张功耀何德何能,可以代表科学说话?"以人道的名义",更是张功耀根本没有资格谈论的话题,中医在几千年之前就已经把医道建立在人道的基础上。中医是中华传统文化最优秀的部分,它不仅是中医人的,也是中华民族全体人民的宝贵财富,甚至是全世界人民的宝藏,是中国正在走向世界的重要发明。

张功耀文章的恶劣影响已经四处弥漫,"郑声足以乱雅乐",中医界人士必须尽快有人回应,必须有人应战!曹东义的第一反应就是像战士听到冲锋号一样担负起使命,甚至顾不得按李恩教授说的"几个人碰个头",没有时间了,必须连夜撰文驳斥张功耀的观点,不能让这篇文章的恶劣影响任意蔓延,时间太紧迫了!

等待电脑启动的一刻,曹东义走到窗前望着茫茫夜空,他知道,一个不眠之夜即将开始,一篇檄文的写作即将开始,一场战斗即将打响。

仰望天穹,星空闪耀,曹东义心中波涛翻滚。

怎么了我的中医?您这是怎么了?您像大地一样慈祥而宁静、辽阔而厚载,您用智慧之光对生命与自然做出了最完美的诠释,您是千年不枯的常青树,您护佑着炎黄子孙健康繁衍,从不期求任何回报。您伴随着炎黄子孙走过了几千年,您是华夏的骄傲,是华夏的自豪。您是炎黄子孙智慧的结晶,是中华民族的福祉,是一代代仁人志士用心血和智慧谱写的生命之诗,是中华传统文化皇冠上的明珠!如今怎么与愚昧、落后画上了等号?

这样一颗灿烂的明珠为什么屡屡被人蒙蔽其光芒,视为顽石?迎着窗外星光渐亮的夜空,曹东义不由念起屈原《离骚》中的句子:"纷吾既有此内美兮,又重之以修能。扈江离与辟芷兮,纫秋兰以为佩……"

从进入 20 世纪以来,中医一次又一次陷入被围剿被谩骂的泥沼!中医真像网站上传播的那样——愚昧、落后吗?为什么,中医常常蒙受不白之冤？为什么总是有人诋毁、诬陷中医？20世纪初，余云岫等提出了"废医存药"的主张，意图取消中医，激起广大人民的愤怒，全国17个省市242个团体选出281名代表云集上海，召开全国中医药团体代表大会，举行大规模游行抗议活动，当局不得不收回提案。到了今天，祖国强大，人民生活越来越好，在全民大健康事业正蓬勃开展的时刻，竟然有人叫嚣中医是伪科学，要告别中医！为什么会发生这样的丑剧？中医的生态环境为什么成了这个样子呢？

拿什么拯救你，我的中医？作为一个中医传承人，难道只能哀其不幸吗？不，中医这个民族瑰宝决不能在我们这一代人手中丢失，要坚决捍卫、大力传承弘扬！曹东义想起了拜师邓铁涛教授时，邓老清癯的面容带着几分严肃的表情看着东义，双目灼灼有神地说："拜我为师者要超过我，要做铁杆中医！要做中医的卫士！"

问天，天问，还得问自己，问中医人！现在明白了，邓老为什么说国家需要铁杆中医，为什么发出"我以我血荐岐黄"的誓言。邓老的嘱托、朱老的教导、李恩教授急切不安的声音全都在耳旁回响。自古燕赵多侠士，扁鹊、刘河间、王清任、李东垣、罗天益就是在这片热土上传承医学治病救人，如今曹东义跟上来了，铁杆中医来了！中医卫士来了！曹东义从仲景村一步步走来，高举岐黄薪火一路跑来，把自己的生命与火炬一同燃烧，曹东义就是为中医而生的，就是岐黄的使者。那火炬曾照亮蒙昧，驱散迷雾，如今亦将给人类带来光明。

从伏羲演八卦到神农尝百草，到黄帝和岐伯讨论治病的法则，经百姓口口相传，到先贤大医编著《黄帝内经》，经历了两千多年，积累了两千多年，传至今天又历两千年，一代代大儒国医不断地研究、注解、校正，扁鹊、淳于意、张仲景、华佗、王叔和、皇甫谧、葛洪、陶弘景、孙思邈、鉴真、王冰、张介宾、傅青主、刘完素、李东垣、朱丹溪、叶天士、徐大椿等，直到今天，自己敬仰爱戴的大国医邓铁涛、朱良春以及路志正、李恩等名老中医，还有大量的中医学者和民间医者，他们把毕生心血用在治病救人、传承弘扬华夏医术的伟大事业上。

而张功耀这样一位大学教授竟然放肆地叫嚣要中国人民告别中医！

不良思潮的蔓延不仅迷惑广大民众，也给医学界带来困惑。年长的中医大都不了解网络也不会上网，中年业务骨干没有时间上网，造成联系广泛、传播迅捷的网络媒体缺少中医界应有的声音。倒是一些反中医者和不明中医为何物者常在网络上散布一些对中医不利的言论，甚至有人利用网络，歪曲事实，肆意污损中医中药，欺蒙不明真相的青年民众，有意中伤中医药事业，以达到不可告人的目的，近年来有愈演愈烈的趋势。

我华夏中医普救生灵绵延数千年，为中华民族的繁衍做出伟大贡献，是炎黄子孙的骄傲和自豪，岂容别有用心者任意诬蔑、任意抹黑？作为一个中医卫士，是时候挺身而出了……

当第一缕朝阳射进办公室的时候，曹东义已经写完了长达12000字的檄文——《奉劝张功耀：迅疾告别固执与偏见》。

曹东义对网络操作并不熟悉，由同事帮助发布到了网上。尽管曹东义满腔怒火，但文章还是保持着冷静和理性，针对张功耀给中医罗列的一条条罪状，就事论事地指出张功耀有违史实的大量谬误，批评他的错误思想，指出了他立论不当、有损中华民族传统医术的重大危害。

一场关乎中医存亡的论战正式打响。

当晚，李恩教授戴上花镜看了曹东义的檄文，一连声说道："好！好！说出了我想说的话！说出了中医人要说的话！"

曹东义放下手头的研究课题，把即将完稿的书稿暂且封存，把全部精力投入到捍卫中医的论战中，紧接着又写出第二篇文章《不能放任张功耀〈告别中医中药〉泛滥》，曹东义要用铁的事实、用科学中医的论述，实事求是地告诉人们中医的真相，用犀利的雄文回击反中医思潮。

几后天，各个网站快速转发《奉劝张功耀：迅即放弃固执与偏见》《不能放任张功耀〈告别中医中药〉泛滥》两篇雄文，引起人们强烈关注。紧接着，《医学与哲学》杂志发表了曹东义撰写的《驳〈告别中医中药〉》《张功耀为何误读了科技史》两篇文章，《中国中医药报》《中医药通报》《湖北民族学院学报》等报刊也相继刊发了曹东义的20多篇系列文章，对张功耀现象进行了系统的分析和批判。

前几年在网络上出现的反中医言论，有的是化名、假声，有的是只言片语，基本上构不成多大威胁。由于没有遇到中医界强有力的反击，没有被及时制止，自2005年以来，情况变得越来越严重了。这个公开跳出来的中南大学科学技术与社会发展研究所所长张功耀，就是一个代表性人物。2006年2月，他在网络上以真名实姓在各大网站发表《告别中医中药》的万言"征询意见稿"，其主题词就是"废止中医""废止中药"，并且说："以文化进步的名义、以科学的名义、以维护生物多样性的名义、以人道的名义，我们有充分的理由告别中医中药。"4月份，对此文稍加修饰，又在《医学与哲学》2006年第4期全文刊出。反中医立场，已经由'地下'转到'地上'，由虚拟网络转到现实生活，而且响应者甚多，一些别有用心者到处煽风点火，妖言惑众，左一封公开信，右一个声明，开设反中医论坛，建立反中医的专业博客网站，蛊惑民众搞取消中医的网络签名活动，逐渐升级，愈演愈烈……

不能再听之任之了！

5月16日，曹东义的学生送来了《告别中医中药》这篇文章的复印稿，并且把同期几篇有关的文章也复印下来。曹东义仔细对照，发现了更多的问题。张功耀已经由"地下"结网扩张，转到了"地上"，明目张胆地向中医界挑战，竟然说"没有任何一个'爱国者'具备了理解和保守中国旧文化的能力"。

张功耀《告别中医中药》一文打着"以文化进步、尊重科学、维护生物多样性及人道主义"的名义，提出告别中医药的主张。虽然名义很庄严，旗帜很鲜明，却表现出以偏概全、以旧概新、全面否定的错误，严重违背实事求是的科学精神。

那么，这篇文章是怎样出笼的呢？曹东义询问这篇文章的责编徐承本教授，徐承本教授说："我也不同意他的观点。所以，我早就写好了一篇文章，题目是《不能告别中医中药》，准备发表出来进行争鸣，恰好你的文章《驳〈告别中医中药〉》来了，我们就一起在第6期发表吧。"

张功耀刚刚得意他的取消中医论影响四处扩散，《医学与哲学》第6期上刊登了这两篇批评张功耀错误观点的重磅文章，网络上的对战也进入白热化状态。张功耀看到曹东义《奉劝张功耀：迅疾告别固执与偏见》一文后，满不在乎地做出回应。曹东义文章中有这样一段话："张功耀的目的十分明确，毫不掩饰，就是要'告别中医中药'。因此他采取的措施，与余云岫一样也是硬刀子。只不过余氏的硬刀子是提案，而他的硬刀子是网络。他们的目的并不是批评传统中医某些不科学之处，不是帮助中医改良，而是要革中医的命。"

张功耀对这严厉的批评不以为然，得意地说："何必绕圈子，拐弯抹角呢！"紧接着，他推出了远在美国的王澄的文章。一个网名"刀客"的写手介绍了王澄其人以及王澄3万余言的《中国大陆医疗体制的过去、现在及将来——一个在美国的中国医生谈中国大陆的医疗体制及有关问题》。

看完这篇文章后，曹东义明白了他面对的是怎样一股势力。相比王澄而言，张功耀对于中医的攻击真是"小巫见大巫"了。王澄毫不掩饰地反中医、骂中医，根本不需要理由，也不容申辩。王澄公然要求医学整个向美国看齐，照搬美国就是最现代化，就是最先进、最科学的模式。按照媒体的说法，中西医之争叫作"既生瑜何生亮"，有了西医就容不下中医。可是，他们为什么就不想想，"瑜"（西医）出现的历史不足二百年，"亮"（中医）已经有五千年的历史，在西医出现之前的漫长历史中，中国人依靠什么与疾病、瘟疫做斗争？

曹东义明白了，这不是他一个人的战斗，不是一篇两篇文章就能使张功耀这类人清醒过来的，这将是一场长期的整个中医界的战斗。他把《不能放任张功耀〈告别中医中药〉泛滥》一文电子版发给师父邓铁涛和朱良春，希望得到师父的指导，并向《中国中医药报》《医学与哲学》投稿。2006 年第 6 期《医学与哲学》上刊登了曹东义撰写的《驳〈告别中医中药〉》，此后又刊登了《张功耀为何误读了科技史》等文章，网络平台更是传播了大量曹东义批评反中医思潮的文章。

不久，收到师父邓铁涛的来信。

东义同志：

你好！昨天安琳回来才收读你批《告别中医中药》文章，文章批驳有力，写得不错。真想不到 21 世纪余云岫的阴魂不散，仍有传人，实属可悲！余氏之徒子徒孙逆势而动，不知张氏的脑袋怎么长好，有什么不可告人之目的与仇家！建议你的文章送《中国中医药报》发表最好，该报影响较大也。

祝夏安。

邓铁涛书

2006 年 5 月 26 日

　　紧接着，邓铁涛觉得意犹未尽，又打来电话。曹东义急忙拿起笔一边听一边记："你的批驳文章写得不错，有理有力。现在国家如此重视中医药，真想不到余云岫的阴魂不散，竟然还有人继承他的衣钵，逆势而动，不知他们是怎么想的，想要达到什么目的。我看哪，主张取消中医的人的学识不如余云岫，支持余云岫取消中医的社会环境更是不复存在。今天，党和政府以人民利益为重，支持中医，学术界也支持中医而不是像余云岫时代那样嘲笑中医，余云岫效法的日本消灭中医的政策，受中国中医政策的影响，现在也改变为研究中药，发展东洋医学（汉方医）。尽管有人打着中医的旗号欺骗群众，但是，受骗的群众仍然相信有好中医，还是相信中医。所以，他想取消中医中药的目的，是不可能得逞的，人民群众也不会轻易就上他的当，不会答应他。一个张功耀，就像老鼠尾巴长疮，没有多少脓，但不能听之任之，你要继续和他们辩论，让广大群众看清楚。"

　　年逾九旬的邓老一口气讲了很多，又叮咛道："必要时应当用法律的武器捍卫中医，眼下知识分子们需要告别的是民族虚无主义，而不是告别中医。"

　　几天后，曹东义收到了邓老寄来的由他主编的《中医近代史》和《中医近代史论文集》，并说希望东义写一本《中医与民族虚无主义斗争简史》。

　　曹东义明白师父的苦心。多年来，尤其是进入 21 世纪之后，一种信仰危机在中医界不可遏止地蔓延开来。邓老在《正确认识中医》中说："中医药学是中华文化的瑰宝，但真正认识中医药学的价值，对于世人来说，甚至对于医学界对一些中医来说，却不容易！我们岐黄子孙怎么能盲目地把中华文化的瑰宝从我们手上丢失？如果这样一个伟大宝库丢掉了，不仅对不起祖宗与子孙，也对不起世界人民。中医药学不仅属于中国，同样属于世界，不存在中外与宗派之争。"

正像邓铁涛老人那句座右铭："我以我血荐岐黄！"老人心里时刻挂念着中医，时刻留意着中医药事业发展的动向，每逢历史的重要关头，老人即投书中央领导人，寄书国务院，或动员广大中医，力挽狂澜，保持了中医良性发展。曹东义一直以邓老那崇高的境界、宽广的胸怀为榜样，勉励自己成为一个为华夏中医作为的铁杆中医。

5月下旬，朱良春从广东回到南通市之后，看到曹东义的信件以及反击张功耀《告别中医中药》的文章后，当晚打来电话。曹东义知道师父连日在外参会奔忙，刚进家门就打来电话谈论这件事，心里很不安。朱老说："信和文章我都看了，这是当前中医界的大事件，问题很严重。这是自1929年通过余云岫'废止中医案'以来，最为严重的反中医事件。也是一系列怀疑中医、改造中医、称中医为'伪科学'思潮不断升级造成的，必须引起重视。你的文章很及时，写得也很好，我们还需要更多的人关注这件事。"

想必是舟车劳顿的原因，朱老声音有点沙哑。曹东义正想说让朱老先休息，把这种冲锋陷阵的事情交给年轻一代吧，却听朱老加大了音量，语气也更加严肃了："我已经与邓老通过电话，沟通了意见，你的反驳文章写得很好很及时，但这才是开始，这场反击行动要分阶段进行，像抗击'非典'一样，中青年专家在一线论战、反击，我们这些老中医专家为后盾，分步实施，打退这次反中医逆流。"

师父的话让曹东义深刻感受到了肩上担子的分量。只听朱老问道："怎么样，你有把握吗？有何'治病良方'？"

曹东义说："我和李恩教授及其他几位学者商量了，初步拟定'三方疗疾'的制胜之策。第一'方'——现在与1929年不同了，中医药事业受法律保护，已经写进了根本大法《宪法》，卫生部部长高强把中医与西医比喻为'卫生事业的一体两翼'。我们维护中医事业的完整是神圣的、正义的，而反中医的势力，属于逆流，不占优势，不得人心，我们要依法维护中医，这是我们取胜的前提。第二'方'——立足客观事实，反击张功耀歪曲历史事实的错误，已经初步掌握了不少证据，可以驳倒他。第三'方'——在查阅张功耀错误论据的时候，发现他不能辩证地看问题，存在世界观、方法论的严重缺陷，学问做得很肤浅。基于这三点，就能让他闭上嘴巴，不再疯狂地颠倒黑白、妖言惑众。"

朱老思忖了片刻："很好，看来你已经准备得比较充分了。要注意分寸，掌握有理有力、有章法的原则，以理服人。"

得到恩师的肯定，曹东义信心更加坚定："师父放心，我们不会使一场严肃的论战沦为人身攻击，不会像其他网友那样把张功耀说成'张攻咬''张公妖''张弓腰'什么的，那样就失去了意义，太不严肃了。我们要让他意识到自己的错误，要让他向全社会公开认错！"

朱老的声音有了几分欣慰和轻松："很好！我放心了。我近日也会利用各种机会让其他学者一同参与进来，打好这一仗。"

在那几个月里，曹东义宵衣旰食，通宵达旦撰文，一篇接着一篇，前后写了20多篇，篇篇直指张功耀。而张功耀也在6月中旬发布了《张功耀给全国网络读者的公开信》，在此之前，"谷歌"上他的相关信息只有1300多条，6月份猛增到3000多条。张功耀以为"人气"飞涨是他的成功，更加肆无忌惮，论战由此升级了。

2006年6月下旬，《医学与哲学》（人文社会医学版）2006年6期刊登了曹东义《驳〈告别中医中药〉》。

紧接着，《中医药通报》刊登出了《不能放任张功耀〈告别中医中药〉泛滥》。

第5期《中医药通报》刊登曹东义写的《反中医情结根于文化自卑——再驳张功耀〈告别中医中药〉》。主编万文蓉一直是中医事业开拓创新的支持者，《中医药通报》上经常可以看到新思想的火花。

《中华医史杂志》王振瑞主任向曹东义约稿，曹东义很快撰写了《五行、八卦与四元素学说探析》，发表于 2006 年 36 卷，批判张功耀对于五行学说的错误认识。

《湖北民族学院学报·医学卷》刊登过许多中医方面的重要文章，主编莫代碧教授一直把关注点定在邓老、朱老等老一辈中医专家的身上。看到曹东义的系列文章后，异常欣喜，看到一个年轻的中医专家站在了前沿，而且笔锋犀利、出手迅捷，当即给曹东义打电话约稿，说要尽自己的力量声援中医，并很快编发了《回答张功耀：告别文化自卑》《弄清科学内涵，再评论中医》两篇文章。

《中国中医药报》连续发表了曹东义的 4 篇文章，为反击取消中医助力：

2006 年 10 月 16 日发表《中医药科学文化岂容肆意诋毁》；

2006 年 10 月 25 日发表了《对于中医的错误认识源于文化自卑》；

2006 年 10 月 26 日发表了《弄清科学内涵，再评论中医》；

2006 年 10 月 27 日发表《取消中医有悖〈宪法〉精神》。

曹东义在文章里告诉大家，狭隘的科学观看不见中医的科学性，崇尚硬技术，以为中医没技术，这都是文化自卑的表现。中医是独特的医学体系，是我国原创的知识系统，与复杂性科学有着千丝万缕的联系。"废医存药""告别中医中药""废医验药"都是错误的世界观对中医药的误读、误解。

2006 年 9 月 20 日，正在南通市参加会议的曹东义突然接到杭州网友王明华的电话。王明华是一位年轻的坚定的中医传承者，一直密切关注着"曹张论战"，帮助曹东义收集信息、整理资料，实际上已经是同一条战壕里的战友了。他告诉曹东义："明晚八点张功耀在和讯博客接受专访，进一步阐述'为何主张告别中医中药'，我们不能再由他信口雌黄了吧？"

曹东义回答："好，我在南通，但可以用我师父朱良春的办公电脑上网应战，看他怎么表演。"

王明华有些担心地说："明晚是摊牌大较量的日子，张功耀做了充分的准备，咱们是不是也应该讨论一下作战方案？"

曹东义胸有成竹地说："张功耀的《告别中医中药》一文出笼已经快半年了，很多人关注这场在网络、报刊上进行的论战，这个过程中反倒使大家对中医有了更深的了解，也看清楚了张功耀的用心，我相信网友会做出正确的判断和选择。"

21 日下午，会议一结束，曹东义对朱老说了晚间要和张功耀网络论战的事，朱老一听就明白，满眼都鼓励，说"武器"没问题，研究所最好的电脑给你用！

曹东义顾不上吃晚餐，急步赶到朱良春研究所办公室，打开电脑一看，还好，离开始还有 50 分钟，便浏览有关这场专访的网页。网上已是沸声一片，已经有 200 多个回帖，网民们群情激昂地等待着一场事关中医存亡的较量。打开"中国中医药论坛"网页，那里边有网友"南京陈斌"帮助建立的"捍卫中医，反击张功耀"的文章库，曹东义撰写的 20 多篇文章都带着超链接，只要一点击就能打开。在 318 楼，曹东义把这个链接 20 多篇文章的目录贴到了网上。曹东义在"206 楼"贴了一篇文章《张功耀的反中医情结，根于文化自卑》，紧接着又连续贴了《解析反中医的"张功耀现象"》《不能放任张功耀〈告别中医中药〉泛滥》。紧接着，又在 211 楼贴出一篇文章《跪在洋人面前写不出正确的科技史文章》。

贴出的文章很快引起网友们的热议，212 楼一位网友劝曹东义："曹先生对那人不必如此认真，他只不过是在炒作，你对他越认真他就越得逞。他并不想得到认同，只是个想出名而不择手段的可怜虫。"曹东义回答："凡向中医泼污水者，应当让他自己把污水舔干净。"

216 楼的网友感到大战即将爆发，因此发出警告："请注意：所有的老外正开始以惊叹的神情、朝圣的虔诚、考古的认真面对中医！而另一边，本来生就黄皮黑眼的某些人却在自虐！不过，祝贺你！我不但点击了，还回帖了。祝贺你！"

217 楼主持人"牵牛续锦"宣布了访谈开始："大家好，这里是和讯博客访谈，今天我们请到了在我们这里开博客的张功耀先生。张先生，您好，很高兴今天您能抽出时间来与网友做在线交流。在访谈开始前，很多网友就跟帖向您提问，并发表了自己的观点。现在我们开始。"

219 楼主持人继续说："张先生，您的关于'告别中医中药'的系列文章，在网络上发表以后，引起了网友强烈的关注，你觉得大家为什么对这个问题这么关注呢？"

张功耀回答这个问题需要思考，他的帮手立即露头了，是上海的王某，号称是交大的博士，在 220 楼打出一块大字广告："从实践'三个代表'的角度论废除中医的必要性。"

221 楼楼主立即反驳："好大的帽子！"

张功耀回答网友们的提问显然是应接不暇，提问几乎是一边倒的趋势，纷纷质问张功耀。可怜的张功耀，500 多回帖，竟然有 400 多是批驳他的，不像是专访，倒像是一场批判会、声讨会，他真正陷入了"人民战争的汪洋大海"，成了众矢之的，陷入万炮齐轰的重灾区。让大批网民切实感受到了古人所说"天心自我民心，天视自我民视，天听自我民听"的力量！张功耀不得民心，已经到了天怒人怨的地步，尽管他"高举着"科学、文化、人道、生物多样性这四个金光闪闪的招牌，来势汹汹，似乎锐不可当，现在却成了灰飞烟灭的纸老虎，即使是有西方"无所不能的主"来保佑他，也无济于事了。

整个访谈，张功耀只能把他过去的陈词滥调翻出来，应付主持人的提问，无法应答愤怒网友的质问，也无法回答王明华紧追不舍提问张功耀涉嫌造假五大伪科学的问题。

张功耀以为自己可以成为改变历史的人物。然而，他的阴谋破产了。访谈会之前曹东义接到王明华的通报之后，就想到了"用人民战争的方式淹没他"的战略战术。在专访之前，曹东义把近来写的重要文章转给网友，让网友看清中医的本质和反中医者的本来面目，网友们自会做出判断。果然，结局发生逆转，张功耀本以为接受专访是一趟荣耀之旅，没承想变成了接受审问、接受批判的耻辱之行，这一下让一度嚣张跋扈的张功耀清醒一些了，认识到逆历史潮流而动的事情注定是要失败的。张功耀隐隐感到自己表演的时间不会长了，被网民耻笑和抛弃的时刻即将到来。

在反中医阵营中，还有一个更具欺骗性的人物，他穿着"科学"的外衣，举着"打假"的旗号，拥有成千上万的粉丝，影响极其恶劣，这个人叫方舟子。

方舟子在美国念了生物化学博士，回国后选择了一条与专业无关的他认为是捷径的路子，一条可快速出名的捷径——开设网站，20世纪90年代的网站确实是很新潮的了，所以他自命为"中文互联网的先驱者之一"。有了据点之后，方舟子便以贴牌、套牌的手法出场了。先是冒牌鲁迅主办的《语丝》杂志，鲁迅的名气有多大？方舟子办了一个《新语丝》的电子月刊，一下子就拉近了与被仿冒名牌的距离。网民看到这个名称，必然会联想到鲁迅的"投枪与匕首"，联想到当年的《语丝》杂志在网络里获得了重生。

贴牌的作假者，往往要糟蹋、败坏这个名牌。果不其然，方舟子首先要借鲁迅的名牌，糟蹋一个更加有名的名牌——中医。

中医是五千年的名牌，与中华民族生死与共五千年，深得民众信赖。要把中医搞垮，须以偷换概念、嫁祸中医的手法才能欺骗大众。于是，方舟子搜罗了几件江湖骗子假冒中医骗人财物的事件，以打假的面目赢得网友和群众的支持。之后以学者的身份提出了"废医验药"的理论，"废医"，要废掉中医几千年的基础理论；"验药"，要用西医的检验方式、用美国的验药方式来检验中药的功效，可想而知，必然没有一种中药能通过这样的检验，那就只能取消中医、取消中药了。

这位"打假英雄"就这样对中医展开了恶毒的攻击，并且暴得名利。所以，看到张功耀教授鼓吹《告别中医中药》的事件一步一步不断升级，由网上"征询意见"，迅速传播，然后开博客，引来美国的王澄，一唱一和，搞起"万人签名"，虽然最后只有很少的人"配合"他们，但似乎已经是风生水起了。这个时候，方舟子坐不住了，出来争功了。

的确，论反中医，方舟子的资历比那位张教授早得多，手法也高明得多。张教授闹了几场就退场了，方舟子仍然很活跃，善于应用"移花接木""指鹿为马""嫁祸于人""瞒天过海"等招数，对于网民骂、批不以为耻，摆出一副滚刀肉的架势，所以，在长达十来年的时间里一直很活跃。

在方舟子看来，反中医取胜在即，取消中医已是大势所趋，方舟子当是头功。便发出一篇帖子，叫作《论反中医方舟子是第一》，讥讽张功耀不过是新起的暴发户而已。方舟子说得没错，张功耀的反中医比起方舟子来说真是"小巫见大巫"了。方舟子要早得多、狠得多，获得的名利也大得多。多年之前方舟子就开设了《新语丝》电子月刊，以"立此存照中医骗子"栏目公然打出反中医旗号，所写之攻击文章、嫁祸手段，都明显高于张功耀的所作所为。

然而，正在风头上的张功耀并不理睬方舟子。张功耀觉得自己属于名牌大学教授，是"科学技术与社会发展研究所"的所长，他可以给国家发改委提建议，可以比余云岫 1929 年为国民政府写提案更有力度，他看不上方舟子吹阴风、点鬼火的伎俩。

但是，张功耀小瞧了方舟子。方舟子不仅出版了《科学成就健康》，其后还出版了《批评中医》。两本书都包含着污蔑中药属于"问题药"，不安全，需要"废医验药"，比余云岫的"废医存药"更进了一大步，终极目的是"废医废药"，一样也不留！而这一切，都是在"用药安全""保护大众健康"的旗帜下进行的，更具欺骗性、危害性。

方舟子在《批评中医》前言中写道：

　　我对中医的批评遭受太多的不必要攻击的另一个原因，是许多人没有耐心、没有意愿去细读我的文章，有意无意地进行歪曲。为了避免误读，我把我有关中医的看法简要归纳如下：

　　一、中医理论体系不是科学，与现代科学思想、方法、理论、体系格格不入，应该彻底地否定、抛弃。

　　二、中药、针灸等中医具体疗法包含一些治疗经验，值得挖掘，但是要用现代医学方法检验其有效性和安全性，不要轻信传统经验。

　　三、中医中的有效成分可以被现代医学所吸收，成为现代医学的一部分。但是中医和现代医学是两套完全不同的体系，是不可能相互结合的。要反对那种让患者接受正常的现代医学治疗的同时又让他们购买中药，或者在中药中添加化学药物成分的"中西医结合"，并没有确凿的证据证明这种

"中西医结合"会比单纯的现代医学治疗有更好的效果，反而可能干扰现代医学治疗，并增加患者的经济负担。

四、在当前最为紧迫的，是反对"中药没有副作用"的宣传，要在中药说明书中清楚地标明已知的毒副作用。对于毒副作用不明或毒副作用过大的中药至少不能作为非处方药销售。

方舟子这些主张归纳起来就是四个字："废医验药"，即废弃中医理论体系，检验中药（和其他中医疗法）的有效性和安全性。这要比前人提出的"废医存药"的主张更为苛刻、更具有欺骗性，完全不承认中药的合理性，而是强调检验的必要性。

最后，方舟子在结语中更加明目张胆地说："中医向何处去？废医验药是唯一出路，在现代医学兴起之后，传统医学就不可避免地走向了衰落。在中国由于政策保护、深厚的文化传统和强烈的民族自尊心等因素，中国的传统医学的生命力要比其他国家更为旺盛。但是几十年来的历史已经证明，试图靠政策保护、舆论宣传、谎言欺骗来振兴中医，要与现代医学一比高低，只是一种不切实际的幻想。不过，我们批评中医的非科学性、质疑中药的有效性和安全性、揭示中医药的真实情况，并不是要全盘否定中医药。中医药中仍然有一些有价值的部分值得去挖掘……"

方舟子的最终目的是"废医"，而"验药"不过是手段，是糖衣。很多不明真相的人，甚至很多热心振兴中医的业内人士，也被他"验药"的迷魂弹所击中，希望靠"验药"保存和发展中医事业。方舟子在这里告诉人们，这只能是一种幻想，"验药"的最终结局只是为了"废医"，如此，"一旦获得验证"的部分"就可以被现代医学采用，成为现代医学的一部分"。没有了体系的中医，自然只有零散经验最终被西医学所消化。方舟子有意抬高所谓"现代医学",其还原论主张的定性定量化学成分用药方法,绝对不能吸纳以多元复杂成分为主的"组合效应"中医经验,这是完全不同的学术体系。如方舟子所说,如果"现代医学"能够做到包容"多元共存、整体和谐"的中医学体系,那么"现代医学"就应该放弃还原论主张,融入中医学之中。当然,这些学术问题,方舟子不懂,也不愿意懂,他只热心于"废医验药"。

"废医验药"论公然提出:"中医要发展,就必须抛弃其错误的以'阴阳五行'为基础的理论,而用科学来规范它,其疗效也必须接受现代医学的检验(即'废医验药'),不能停留在寻找成功个案,'感觉有效就是相信它有效'这样的阶段。"

显然,"废医验药"论目标明确,就是全面否定中医的基础理论,毁坏中医药的生存环境,阻碍中医药的发展、进步,这种披着科学外衣的恶毒言论正在严重干扰人们对于中医的正确认识,必须认清其危害。

看了方舟子的《批评中医》之后,曹东义义愤填膺,痛心不已。方舟子之流的险恶用心早已是路人皆知,令人痛心的是,我们的一些媒体和舆论平台存在导向上的问题,有的媒体一味地博取热度和关注,纵容一些耸人听闻的话题哗众取宠争夺眼球,助长了方舟子之流,形成了一种谁拿中医说事谁就成功,谁黑中医谁就能一夜成名的怪象,反正中医谁也说不清。方舟子声名大噪,电视台、网络都为他一路开放绿灯,成为"英雄""嘉宾""成功学者",所到之处迎者甚众,得到的都是掌声与鲜花。

多年来,常常有"中医黑"跳出来诋毁中医,不时发出"废医验药""废除中医"的叫嚣……从近代到当代,这些让人揪心的怪象一直伴随着中医。中医到底经历了怎样的艰难历程？中医和西医到底有什么不同？中医的未来在哪里……

中医和西医是完全不同的两个体系，中医是经验医学，建立在传统文化、古典哲学基础之上，西医是实验医学，是实验室里分析化验的产物。随着科学技术的不断发展完善，可以说，两种体系各有所长，都是人类文明的结晶。中医的特殊性在于诸多理论无法用现代科学方法做出解释，比如说中医理论中的"气""经络"属于非物质形态，无法用医学解剖来验证。因为见不到实物，提取不了所谓数据，就屡遭质疑，然而，"气""经络"等中医核心理念已经过几千年研究、应用、验证，成功案例数以亿计，西方发达国家专家学者纷纷来华求经，难道，中医的理论基础还用质疑吗？

中医是中国的独创智慧，属于独树一帜的医学，被誉为世界第五大发明。中医的贡献是历史性的，也是世界性的。中医学包含了哲学、人体学、环境学、天文学、气象学、矿物学、植物学，以及在当代显得越来越重要的人文学，辨证论治时还要考虑人的情绪、伦理等等。这就形成了一道"门槛"，广大民众要认识中医就要迈过这道"门槛"，要了解中国传统文化、古典哲学，否则就难以理解、相信中国医学。

在激烈论战的硝烟里，曹东义意识到，作为捍卫中医的卫士，在与少数别有用心的黑中医分子搏斗的时候，他还有一个使命：宣传中医，用科学理论阐述中医的本质，引领广大民众迈过"门槛"，认识中医、理解中医、支持中医。

随着科学技术日新月异的发展，现代西医分科越来越细，几乎是按病种分科挂号，很多患者到了医院里，就像走迷宫一样不知道该投奔哪个门是好。有一个反中医的院士曾以此为据批评中医："我在美国看西医，人家会'从头到脚'地用现代科技手段给我仔细检查一遍，中医能做到吗？怎么能说西医没有整体思维！"这样的"整体思维"，不是从整体上思维，而是把人体分解之后再组合起来的思维。不要说对于治病究竟是否适宜，普通民众日常看病又怎能像那个院士一样享受"从头到脚地用现代科技手段给你仔细检查"的超级消费呢？这样庸俗的思维方式正危害着当代医疗观，危害着求医群众，不仅中国目前的经济水平无法承担，就是经济发达的美国也已经难以承受这种医疗绑架的危害。

试想，一个"从头到脚"都有毛病的老人，在各个专家的诊室里走一遍，就会被一大堆检查单据弄得头昏脑涨，而且会被各位专家以科学的名义开出来的各种药物所吓倒。这许多的药物，即使有经济实力可以购买，也没有那么大的胃口可以消化。人体承受这许多的"科学"药物，生命的健康可能求不到，反而会因为药物的副作用和化学污染而受害。

而方舟子之流却完全拜倒在这种所谓科学、现代的系统医疗检查之下，公然叫嚣"中医要发展，就必须抛弃其错误的以'阴阳五行'为基础的理论，而用科学来规范它；其疗效也必须接受现代医学的检验（即'废医验药'），不能停留在寻找成功个案、'感觉有效就是相信它有效'这样的阶段。"

黄金埋在土里，垃圾泡沫却大闪其光。反中医倾向愈演愈烈，方舟子之流变本加厉。"废医验药论"严重破坏了中医药的生存环境，干扰人们对于中医的正确认识，阻碍中医药的发展、进步，必须认识到它的危害。曹东义明白，这是一场长期的战斗，必须从根本上、从大众对中医的认识上来一场争夺战，错误的舆论要靠正确的舆论压下去，他们不是说中成药都不安全、有毒副作用，让大家远离中药吗？曹东义决定写一部介绍中医和西医不同医理药理、不同辨证方法的科普读物，给大众讲清楚中医药的理法，说清楚中医药的优越性。

形势所迫，使命使然。论战的间隙，曹东义奋笔疾书，常常通宵达旦，三个月时间完成了《挺起中医的脊梁——"废医验药"正危害中医》一书，揭露方舟子以科学名义提出"废医验药"的险恶用心。

这部书共分四章，第一章是"科学被误解的悲哀"，指出方舟子等人并没有弄清科学本身的含义，而只是把科学当作棍子用来诬陷和敲打中医。把科学异化成西方中世纪的宗教审判，用西医的世界观审视中医的理论与技术、方药经验，对于自己看不懂、不了解的中医药，先废医，再验药。废医，就是废除中医的指导理论；验药，就是用定性定量分析，通过验药而废药，是一种极为霸道的"株连九族"的验药方法，也就是不论中药之中有多少有用的好东西，也不管中医如何使用中药，都要做成分分析，只要其中某一种成分经过动物实验证明有某种害处、毒副作用，也不管它含量多少，是否可以溶解出来，是否实际构成危害，一律废止使用，并且把所有的中药都当作问题药物。他们规定没有证明其安全之前，都不能使用；所有含有"有害成分"的中成药，都必须停止生产。这就是用历史上最严酷的"清君侧"方法，为西方医药清除障碍，让中医药彻底消失。

曹东义把这种"攻其一点，不及其余"的研究方法，称为"睁眼摸象研究法"，他们只关心大象的肛门，深入进去，然后告诉人们："大象没什么，从头到尾都是大粪！"

第二章"病情复杂，医学幼稚"，对西医一两百年发展的状况进行了回顾。西医随着解剖不断深入，运用物理、化学手段诊断疾病，有进步。在治疗上，发现抗生素、维生素、激素也功不可没。因为麻醉、止痛、止血、抗感染而使手术方法大行其道，很多内科领域都用外科手术解决。但是，精细检查、分科发展，"努力找病，除恶务尽"的做法，带来了三大弊端：慢性病高发难治，费用高昂难付，化学制药滥用成灾。因此西方医学模式严重忽视人体"内在卫生资源"，是一个高耗能、高污染的医学，很多化学药物是大自然的异物，生产时污染环境，吃进去污染身体。这都预示着，人民大健康事业需要低碳环保的中医，医学的发展需要中医的智慧走向世界。

第三章"中医用独特方法认识人体"，阐述了中医与西医不同的世界观、方法论。

第四章"世人应该重新认识中医"，围绕中医问题，世人有过各种各样的观点，也经过反反复复的争鸣进行讨论。在回顾了这些争鸣与中医、西医的发展史之后，在努力分辨了中西医学术体系的不同之后，我们应该怎么看待中医呢？

这部中医科普读物还告诉人们，方舟子极力污蔑的五行学说恰恰是传统中医的理论基础，是中医的精华所在。五行学说是"天人合一"的哲学，所谓五行，是古人总结的一套学说，主要用来说明万事万物的互相联系、互相促进、互相制约，达到生态平衡。是一门善于解决多因素平衡、和谐、共存的学问，是很可贵的理论方法。

五行的具体内容，不能简单地从物质结构来理解，而应该从"时空整体"的角度看世界，土生金、金生水、水生木、木生火、火生土，以及土克水、水克火、火克金、金克木、木克土的关系，是金木水火土五大系统之间存在的相生、相克的复杂关系。

所谓相生，就是五大系统之间，都有"我生者"和"生我者"。比如，土生金，是说大地矿脉里含有金属，经过冶炼就能产生金属；金生水，是说金属的工具可以凿井挖渠、开掘水源，所以叫金生水；水生木，是说草木的生长，都必须靠水的滋润，没有水，就不会有草木的生长；木生火，是说草木可以燃烧变成火，这是古人经常做的事情，火是人类征服的第一个自然力；火生土，是说火热的阳光能够温暖土壤，使土壤充满生机，冬天的土地之所以不能生长草木，就是因为没有火力，所以没有生机。

五行构成了生生不息的一个生物圈，一个彼此依存的生态系统。五个要素因此都是"亲戚"，是一个充满爱的体系，是互助的关系。但是，世界万物不仅需要互相资助的"相生"，还需要"相克"，也就是互相克制、互相制约的力量，才能建立平等和谐的体系。五行之间，是人类劳动参与其间的动态变化过程，是人与自然和谐发展的美丽图画。

《挺起中医的脊梁——"废医验药"正危害中医》一书得到国内30多位科学家、医学家的赞赏和支持，在国内医学界引起很大反响，学术界称曹东义为"东方科学七君子"之一。

以方舟子当时在媒体和网络上的影响，曹东义一个中医学教授要与其公开叫板是一件困难的事情。曹东义知道这一点，书写成之后联合了30位中医学、哲学专家共同署名，以壮声威。即使如此，《挺起中医的脊梁——"废医验药"正危害中医》这部批判"废医验药"论、批评方舟子错误思想的著作却迟迟不得出版。历经几年辗转，换了5家出版社，直到几年后，重庆刘世峰中医联系到中医古籍出版社，这本书才得以付梓，收到样书后，曹东义特意挂号寄给方舟子。

数年之后，曹东义和方舟子才有了第一次正面交锋。

这年初，某省级电视台策划了一期《有话就说》节目，由方舟子和听众方代表对方舟子打假现象进行讨论。由于很多人不了解方舟子的真面目，也对中医感到很神秘，都希望通过中医人士与方舟子的辩论了解中医的真实情况，而电视台明显也是以此吸引观众，提高收视率。电视台邀请了中医教授曹东义、李伯淳等人作为辩方代表。方舟子的同盟军有司马某等，阵容强大。

辩论开始之后，方舟子抛出他的论题：中国人坐月子是旧习惯，不科学，就像中医中药，很多都没有科学依据。第一位上场嘉宾是李伯淳，对方舟子诬蔑中医、反中医论点进行反驳。李伯淳列举中医医治"非典"、禽流感的例子，验证了中医的防疫治疗效果并得到国际卫生医疗界的认同。方舟子对此嗤之以鼻，反而说李伯淳医师没有读国际论文，认为那些中医治病的案例要有国际权威认证才可作为数据。

李伯淳质问方舟子对中医连基本的知识都不具备，怎么可以信口说出"废医验药"的荒唐话？方舟子支吾其词不做正面回答。谈中医这个话题，这本身就是一场不对等的谈话，如同大学生和小学生之间的交流，李伯淳认真严谨地陈述中医的理与法，质问方舟子对中医诽谤的理由，方舟子对许多话题有意回避或不接招，台下有听众开始"嘘"方舟子。

接着双方又对方舟子的"废医验药"展开争论，李伯淳例举日本对中医的认识过程，还说到中医的古代传统，方舟子以现代科学否定传统中医。看到方舟子被动慌乱，主持人几次出场干预。这时，有人当场指责主持人和电视台偏向方舟子，有观众愤而离场，现场开始出现混乱。

到了中医代表辩论的后半阶段时，曹东义作为特约嘉宾上场。曹东义上场后和方舟子并排而坐，直奔主题。之前李伯淳的辩论过程已让曹东义清楚地看到，和方舟子们根本不可能认真谈中医，应该针对性地揭穿他的阴谋。曹东义举起两本书说："方舟子在中医问题上造了太多的假，这是他写的一本书叫《批评中医》，而我也写了一本叫《捍卫中医》，我要告诉大家，方舟子这个所谓'打假英雄'对中医的批评有几十处造假。"

曹东义话未说完，方舟子就站起身质问，争论进入白热化。主持人以劝架的姿态问曹东义为什么说方舟子造假，曹东义说方舟子对中医的造假有50多处，主持人打断曹东义的辩论，说如果要说清楚50处造假时间不够，这个话题就不要谈了。观众还没搞清楚原因，曹东义的桌子就被搬下去了。观众席开始骚动，有人质问为什么不让说了，有人要求把曹东义的桌子搬回来，也有人抗议方舟子说话的时间过长，方舟子理直气壮地说："今天我本来就是嘉宾。"

曹东义的辩论虽没讲完，但观众听懂了，鼓掌声叫好声连成一片。然而，主持人生硬地打断了曹东义的演讲，说不允许这样评价方舟子。那个时期，方舟子还是一个"打假英雄"的角色，但观众之中支持中医的还是占多数，看到主持人偏袒方舟子，压制辩方，义愤群起。有人大喊，有人跳上台厉声质问方舟子："你鼓吹西医，鼓吹'转基因'，是不是为了帮美国灭亡中华民族？"

会场一时大乱。场面有些失控，这时，主席台上的方舟子和观众席隔着几米远的距离对骂，方舟子声嘶力竭地喊："你给我滚出去！"有观众质问："你有什么资格叫别人滚？"方舟子说有人对他人身攻击，观众席上有人说："是方舟子先进行人身攻击的，有录音为证！"这时候，坐在一旁的司马某也被群众激怒了，离开嘉宾席，气愤异常，走到舞台中央，抡着胳膊大声喊叫自己是练过武的……

这场为夺人眼球提高收视率的节目最终也没有公开播放。

这一场与反中医思潮的斗争，引起了社会民众的广泛关注，使广大民众对中医有了新的认识。而中医界的医者、学者们更是意识到了正确宣传、弘扬传统中医文化的重要性。

随着方舟子、张功耀等人的充分表演，广大人民群众逐渐看清楚了他们的真面目。所谓"反伪科学"活动逐渐暴露其"伪科学"面目，完全是一种打着"科学"旗号的非理性行为，得出了种种违背科学规律的结论。方舟子等人在他主办的"新语丝"网站和其他媒体，连篇累牍发表中医药是"巫术"和"伪科学"的短文，阅读过后，发现其中大部分属明显的主观臆断，大都缺乏科学根据。有的则是无中生有，还有的纯属谩骂、恶意丑化，极尽歪曲，恨不得将全世界的中医医生、中医学典籍、中医学术机构、教育机构、中药都消灭干净，这种险恶用心怎么可能得逞呢？

经过激烈的网络论战，经过一次次激烈交锋，曹东义，这位为华夏中医主持正义、坚守真理的勇士，以不懈的努力，让人们看到了中医的本质和作用，看到了中医与炎黄子孙不可分割的联系。

第九章
却是人间奈废兴

2006 年 12 月 19 日，第二届名师与高徒会议在广州召开。经历了一场捍卫中医的论战，曹东义与邓老和朱老相逢于会场，分外亲热、分外欣喜，二位师父看他的目光也带着一种赞赏和关怀的热乎乎的温暖。不用问，师父邓老和朱老一直关注着爱徒的每一场战役，看了爱徒每一篇文章。不用讲，从二老脸上微微的笑意和欣慰的神态中能看出来，他们已经知道曹东义和他的战友们击溃了反中医逆流。

邓老目光炯炯地看了看东义，然后转向朱良春："我看哪，借着东义打胜仗的东风，咱们这次会上做一件事。"

朱老似乎已经猜到邓老的打算，笑吟吟地望着邓老。邓老说："我想以咱们老一辈中医的名义给全国青年中医写一封公开信，表明我们老中医的态度，坚定青年一代中医人的信念，回应社会上的反中医思潮，同时把我们这场名师与高徒传承会议的精神传播出去，形成一个全社会人人关心中医学术传承、关心中医人才培养的大好局面。"

朱良春抚掌赞道："好！这个建议非常好、非常重要，把咱们的心里话说给青年中医们，说给全社会，让全国人民都来关心中医。"

邓铁涛道："朱老，那这件事就交给你了啊！"

朱良春点头道："没问题，我立即组织人员起草、修改。最后要请邓老把关啊！"

下午会议上，朱良春做完报告后又语重心长地说了一段话："中医之生命在于学术，学术之根源本于临床，临床水平之检测在于疗效，而疗效之关键在于人才。翻开中医学发展史，每一个学术鼎盛时期的出现，都是以一代临床大家的突出贡献和卓越成就作为标志的，所以临床的人才是中医学存在、发展的基础，失去临床人才，中医学将成为无源之水、无本之木。为此，培养人才乃是当务之急。"

散会后，朱良春来到曹东义面前："东义，起草公开信的任务就交给你了。我知道你最近写了很多文章，疲劳了吧？这个公开信草稿不用太急，会议还有几天。"

曹东义哪能不急呢？这么重要的历史时刻，这么重要的公开信，老一辈中医的殷殷嘱托，中医的传承与弘扬，这一封短短的公开信中包含着历史的重托啊！

晚餐后代表们聚在一起热切地议论，曹东义照常和大家在一起；一同去看望几位中医前辈，曹东义也没有缺席。子时，代表们都进入梦乡之后，曹东义悄悄地打开电脑开始写作。几经修改觉得满意时，已是凌晨 5 点钟了，然后到会务组打印好交给邓老。邓老看到标题后有几分惊讶："哦，你可真快！把稿件放在这里吧，会后我认真看看，这毕竟代表这些老中医的意见，不能出错。"

之后邓老和朱老分别改了几处，很快就形成了《告全国青年中医书》，在会议临近尾声的时候，所有参会名老中医和专家们签名赞同，形成了一个记录现代中医史的重要文献。公开信全文如下：

青年中医们、莘莘学子：

你们好！

今天，我们这些已是耄耋之年的老中医们，聚首冬暖如春的美丽羊城，一起参加"全国第二届著名中医药学术传承高层论坛"盛会，心情格外高兴。中医药学术传承得到党和政府高度重视，十几年之前，在庄严的人民大会堂举行的首届拜师大会上，我们就提出了"学我者，必须超过我"的号召。近年来，看到中医药学后继有人，我们深感欣慰的同时，对全国青年中医与在校的同学们，怀有殷切的期望。

我们的青少年时期，是在旧中国度过的。我们在亲身经历了旧社会的灾难之外，还饱受排斥中医、取消中医给我们带来的精神和事业上的无比创伤。但我们仍然在这样的环境下，学习中医，传承中医。我们深切体会到今天的中医事业来之不易，也深切感受到中医事业所面临的困难和所要做的事情还有很多。

中医药学源远流长，她与中华民族一起走过几千年的风雨历程，是中华文化的瑰宝。中医药学以她独特的学术体系，五千年来安全有效地解决了中华民族防病治病的问题，为中华民族的繁衍昌盛，做出了无可替代的贡献。今天她依然优秀，与西医一起，构成我国卫生体制的"一体两翼"，是我国人民防病治病不可或缺的重要的卫生力量。中医药学优秀的学术体系，历经 SARS 之战洗礼，不仅得到世界卫生组织和国际社会的广泛认同，也使世人重新认识了中医。中医药学首先从针灸技术推广，已经走向世界 100 多个国家，成了向世界传递中华优秀文化的先行者。

最近，党的十六届六中全会做出了《中共中央关于构建和谐社会若干重大问题的决定》，把"大力扶持中医药和民族医药发展"作为今后一个时期的战略方针，充分体现了党的决策英明，我们坚决拥护，并将责无旁贷地将中医的科学体系发扬光大，传递下去。

中医按照《中华人民共和国执业医师法》的要求，以中医理论为指导，使用中药防治疾病，是依法履行职责的行为，是神圣不可侵犯的权利。一些别有用心的人攻击她，与一些人打着中医的旗号行骗的行为一样，都是伤害中医事业、危害中国人民健康福祉的行为，我们坚决不答应。

中医药学与现代医学是完全不同的学术体系。她根植于中华优秀传统文化深厚的土壤，有自己独特的理论体系、独特的诊疗技术、内容丰富的治疗经验。她的基本理论，既古老又新颖，21世纪与最新的科学技术革命相结合，必将突飞猛进，造福于全人类。青年中医们，你们理应知道祖国和世界人民对于你们的期待，期望你们成为优秀的中医人才。因此，必须打好中医的基础，没有坚实的基础理论功底，成不了优秀中医人才，也不会成为中医大家、名家，所以我们倡导你们要学好经典著作。经典是中医的"根"，历代各家学说是中医的"本"，临床疗效是中医的生命线，"仁心仁术"是中医之魂，德才兼备是对苍生大医的严格要求。中医理论得益于丰厚的中华文化，你们有良好的现代科技基础，更要努力学好传统文化，才能在未来肩负起历史的重任。

我们希望你们：读经典及历代名著，勤临床，跟名师，创新论，成名家。

我们要说的话还有很多，我们希望传授给你们的亲身感受也很多。虽然已经出版了不少著作与文集，但是，我们对于你们的殷切期望，祖国和世界人民对于你们的期待，是难以用语言表达的。历史正在关注着你们。道路就在脚下，努力吧，青年同志们，未来的苍生大医们！相信你们一定不会辜负 13 亿人民对你们的期待！

出席第二届著名中医药学家学术传承高层论坛全体老中医

2006 年 10 月 10 日，卫生部发言人答记者问时，立场鲜明地表明了卫生部坚决反对一切取消中医的言论和行为。此后，国家中医药管理局发言人也发表了类似的讲话，一场反中医思潮逐渐平息下来。

网络虽然是虚拟空间，但与现实世界是紧密关联的。近年来，网络迅猛发展，已经成为功能强大的舆论媒体的阵地。各级政府机构都建立了政府网站，各种新情况的汇总、分析，也逐渐通过网络完成。网络不是与现实世界无关的虚拟存在，许多网上文件、文献长久存在，只要一检索就可以找到多年之前的大量信息，几乎是现实世界的备忘录，将长久地影响人们的生活。正因如此，政府部门逐渐加强了对于网络的管理。比如，各个网站都不得传播违反《宪法》和其他法律法规的东西，不能传播黄色、恐怖内容，等等。在一片净化网络的呼声里，网络管理逐渐走向正规。

2007 年 1 月 23 日，中共中央政治局第 38 次集体学习时，专门就网络管理进行了讨论。党和国家领导人发表了重要讲话，就加强网络文化建设和管理提出五项要求，强调网络要传播先进文化，要为建设和谐社会服务，指出："把博大精深的中华文化作为网络文化的重要源泉，推动我国优秀文化产品的数字化、网络化，加强高品位文化信息的传播，努力形成一批具有中国气派、体现时代精神、品位高雅的网络文化品牌，推动网络文化发挥滋润心灵、陶冶情操、愉悦身心的作用。"

2007 年 1 月 29 日，经中华人民共和国民政部批准的中国哲学史学会中医哲学专业委员会在京成立，来自中国哲学界、科学界、文化界、中医界的 60 多位专家出席了成立大会，曹东义当选为常务理事。

中国社会科学院学部委员、中国哲学史学会会长方克立研究员在致辞中说："2006 年出现的取消中医言论，其根源在哲学。不是中医出了新问题，而是哲学出了新问题，有人用西方哲学为标准，而不是用实践检验真理的标准，提出来取消中医，背离了真理的标准。思想文化战线上的严重问题，需要我们提出来，以此保卫中医。因此，成立中医哲学专业委员会，意义远大。"

专业委员会发起人、中国社会科学院罗希文研究员谈了自己的观点："微观科学固然重要，但是，人类对自身的认识还很肤浅，有人提出取消中医更是对于中华原创文化缺乏认识。我曾经用 30 年的时间完成了《本草纲目》的英译工作，2004 年经李长春等党和国家领导人批示，又主持了'中医典籍研究与英译工程'。现在所有中国传统学科之中，能够在千万次打击之下仍然不倒的是什么？是中医。为什么？因为中医是科学，科学不可能被伪科学打倒。"

国家图书馆名誉馆长、著名哲学家任继愈先生说："中国哲学史很久以来，就认为中医哲学是一个重要的组成部分，《黄帝内经》是中国哲学的一章，中医是科学的。东西方思维模式不同，《中国哲学》杂志要刊登中医的文章，要培养队伍，从基础做起，要读原著。中医的兴亡关系到民族兴衰，守土有责，要增强我们的民族自信心。"

这次会议论坛期间，哲学界、科学界的许多专家学者，从各个角度强调中医药学是我国的原生态医学，至今有着强大的生命力，受到世界越来越多国家的重视。专家学者认为深入研究中医哲学、研究中医与哲学的关系，是我国人文社科领域贯彻和落实党中央、国务院加强自主创新、建设创新型国家的具体体现。研究中医哲学，不仅会深化以往中国哲学领域的研究，而且有可能会为理解和阐明中医药学作为原创科学的性质，做出基础性的贡献。

反中医的逆流暂时退潮，叫嚣告别中医的人反而自己告别了，似乎风清日朗，一场中医信任危机的风波平息了。但曹东义知道，要让广大民众认识、了解中医进而信任中医、支持中医，还需要中医人士的努力，要把中医的科学性给人们讲清楚，把中医的理论基础给人们讲清楚。在这一年里，继《捍卫中医》之后，曹东义又接连出版了《关注中医》和《回归中医》，这两部专著以生动朴实的文字讲述了中医辉煌的历史、厚重的文化，还巧妙地把医理药理、医术医德融于书中。几千年来，中医人对崇高医术医德的追求一直是传统文化的重要组成部分，"上医医国""不为良相，则为良医"是中医的美谈，是中医人的至高境界。

曹东义在书中告诉大家，中医与西医分别抓住了不同的东西，西医看重病灶，把它当作"构成"来研究。中医依据生成论来辨识症候，认为所有异常结果，都是生成的结果，而不是原始构成因素。症候与病灶分别反映疾病的侧面，症候包容病灶，而不是病灶决定症候表现。比如，冠心病的纤维帽，看似属于很明确的"白箱病灶"，但是它是否稳定，是否发生"冠脉事件"，不仅与病灶形态有关，而且与饮食、情绪、气候、劳倦、感染、血脂、血糖等等都有关系，是一个随机发生的"黑箱控制"。

临床医生不能笼统地说，什么药是治疗冠心病的，而只能说选择的药物是钙离子拮抗剂、血管紧张素转化酶抑制剂、某个受体阻滞剂、激动剂等等，需要说出分子靶点的作用机制。也就是说，在具体治疗过程之中，病理解剖的"白箱病灶"已经太粗略了，病灶既不能精确地说明过去，也不能准确地预测未来，甚至不能精确地指导现在的治疗，因此说，"白箱病灶"诊断实际上只是一个笼统的"黑箱"。

中医的诊断尽管也是"黑箱"，但是，经过转化，我们看到中医理论指导下的辨证论治，抓住了复杂微观变化的整体综合状态，而且通过反复实践的摸索概括，以中医理论贯穿起来的中药、针灸、按摩、拔罐、饮食、气功，都可以为帮助病人由疾病向健康转化服务，是理、法、方、药一气贯通的整体医学。它往往能够解决西医解决不了的复杂病情，取得意想不到的临床疗效。

在中医经典《素问·异法方宜论》中，黄帝与他的老师岐伯讨论医学问题时问道："医之治病也，一病而治各不同，皆愈，何也？"

这个问题问得很高明，涉及中医治病技术的特色，回答起来并不容易。黄帝问的是这样一个疑惑：很多医生在治疗同一个"病"时，为什么会有"五花八门"的治疗方法？这么多技术手段，为什么没有一个"唯一正确"？各种手法不仅是有效，而且都能"治愈"，这是为什么？这个问题是几千年来中医临床治病特色的真实写照：都是名医，有的主张寒凉，有的主张温补；有的使用内服，有的使用外治；有的用药，有的不用药。方法不同，手段各异，但殊途同归，都治愈了疾病。

岐伯的回答充满智慧，更耐人寻味，他说："地势使然也。"当然，地势不仅是方位的区别，还有时空的差异。

岐伯说："故东方之域，天地之所始生也。鱼盐之地，海滨傍水，其民食鱼而嗜咸，皆安其处，美其食。鱼者使人热中，盐者胜血，故其民皆黑色疏理。其病皆为痈疡，其治宜砭石。"

因为生命是一个整体，自然生成，内在的脏腑与外在的皮脉筋骨肉、四肢百骸、五官九窍息息相关，与天地四时阴阳的消长密不可分，一旦人体由有序转为无序，气血运行、升降出入背离了常态，就会产生疾病。

中医认为人既有"生长壮老已"的规律，也有年、月、日、时的变化，人的脉搏、呼吸、气血运行、津液输布、饮食消化，每时每刻都处于不停变化之中，并且互相配合、互相制约，"升降出入"，整体和谐地变化不停。比如，一呼一吸脉行几寸，呼吸的频率与脉行的速度是否成比例，春秋末期的医学家扁鹊就认真地推算过，其计算之精准被司马迁称为"守数精明"，以至于后世医家普遍遵循扁鹊的法则，几无超越。

比如中医所说的脏腑，既有不可变更的空间位置，也有严格的时间顺序，是一个时空一体的脏腑概念。心肺居上焦，肺为华盖，主气，属金，通于秋气，因此而能"朝百脉，行津液"。心如艳阳当空照，因此属火，主神明，通于夏气。心肺的位置与所主时令，是不能互换更替的。中医关于腹部脏腑的位置，不是按实际的解剖位置规定的，而是出于理论学说的需要而构建的"理想模型"。在腹部的实际解剖关系里，肝肾所在的空间地位，并不比脾胃低，甚至可能肝肾高于脾胃，但是，中医学"硬性规定"肝肾居下焦，脾胃在中焦，它们不能互换和调整位置。因为，不这样做就不能建立脏腑之间升降出入的理想模型，就不会有"先天生后天，后天养先天"的理论存在。

中医构建理想化的"脏腑时空图"，就是为了把人与天地相参的概念贯彻到底，作为其学说的根基而不容动摇。脏腑在各自的位置上，生克制化，其作用既不能太过，也不能不及，储存阴精，化生气血，输布津液，制衡喜怒哀乐，沟通四肢、九窍，外联天地阴阳、四时五味。

中医学除了重视生理状态的把握之外，在辨证治疗的时候，也是动态把握疾病的变化过程。张仲景《伤寒论》创立的"观其脉证，随证治之"的辨证论治方法，也就是根据病人症候变化，即时随机地进行调整治疗，使病人由疾病状态转为健康状态。

治疗疾病，无须深入体内切割，更不需要靶点一一对应，在体表使用恰当的方法，在远离脏腑的四肢针刺拔罐、艾灸按摩、膏药贴敷，都有利于人体恢复有序，重返健康，即使是癌症、类风湿、各种增生，也可以通过这些"不起眼"的"内病外治"，达到治疗疾病的目的。

西方医学重视结构，忽略人体内在卫生资源的巨大作用，把健康的主宰依附于外力的干预，因此，不当检查、过度治疗现象普遍存在。

德国慕尼黑大学曼福瑞德·波克特教授，是一位著名汉学与医学家，既熟悉西医，又坚持研究中医几十年，他取名"满晰驳"，意为"以饱满的责任感反驳西方明晰科学的不足"。在中国科技信息所主办的"中医药发展战略研讨会"上，他做了"为什么当代人类不能缺少中医"的专题讲演，受到与会者的广泛认同和高度赞扬。

波克特教授还接受了《科技中国》记者的专访。他说："我一再强调中医是一门成熟的科学。这是我几十年研究而得出的结论。"他针对当前医学界的状况，深有感触地说："中国自己不把中医药学当成科学，不重视中医药的发展，其根源是文化自卑感。中医是一种内容最丰富、最有条理、最有效的医学科学。而西医学的发展只有几百年的历史，大踏步发展只有几十年。应当看到，它是借助物理学、化学的方法和理论，作为自身使用的技术才发展起来的，事实上它没有真正意义上的药理学基础。从根本上说，西医学还只是一种典型的生物医学或动物医学，还远没有发展到真正意义上的人类医学。"

医随国运，在新兴科学观正在崛起的时期，有的人看不到科学观、技术观的变化，看不到中医有效性的背后蕴藏着丰厚的科学原理，依然按照狭隘的科学观、技术观看待中医。因此，错误地认为中医不科学、不进步，其实是他们自己不进步，思想仍然停留在"五四"时期，他们反中医的理由竟然还是"五四"时期的那一套理论，这充分说明现代反中医人士思想上的贫瘠是何等严重。他们用错误的方法研究中医，用错误的方法评价中医，污损了中医的社会形象，侵害了中医的权益，是非常错误的行为，甚至是触犯法律的行为。

反中医者一贯推崇西方，而西方的医疗危机日趋严重难以化解。近年来，欧美国家在不断引进中医药知识和技术，美国政府不断加大对于中医药的研究力度，FDA（美国食品药品监督管理局）也正式认同中医药是具有完整体系的医学，而不是反中医人士所说的"土医""另类医学"。

全球100多个国家与中国政府签订有关中医药合作的协议，中医药走向世界的势头越来越强劲。国家五大发展理念，与中医完全一致，"一带一路"倡议让中医药走向世界的步伐更加坚定。在"健康中国""美丽中国"的发展梦之中，中医药具有不可替代的优势。

当人们看到这种生动灵活地讲中医的文章时，对中医的辉煌历史、对中医医理药理、对中医对炎黄子孙的重要意义都有了新的认识：原来，中医就在自己身边，有时只是一句话，有时是一个偏方，有时是一个动作，甚至一碗粥、一杯水都渗透着中医的医理药理，对我们的健康有着重要的意义。

2007年1月11日，全国中医工作会议在京召开。如果说近几年中医经历了认识和思想上的波折，很多中医人士都有一种失落之感、委屈之感，那么，对这次新年刚刚开启之时召开的全国中医大会，代表们都抱着一种期待。这种期待在大家眼神中有所流露，彼此都心领神会。

9时整，中共中央政治局委员、国务院副总理吴仪健步走进会场，随着她有力的脚步和春风般的笑容，掌声春雷般响起。吴仪副总理似乎理解大家的心情，等掌声持续片刻后才开始做报告。

"一年之计在于春，这次全国中医药工作会议的召开是及时的、必要的。2004年，我曾参加过中医药工作会议，就中医的地位、作用、发展讲了一些意见。我分管的十个部门，年会我是不出席的，但这次参加全国中医药工作会议是我主动请缨的，也邀请了国家发改委、教育部、科技部、财政部、人事部等十多个相关部门的领导一起参加，目的有两个：一是社会上群众反映的看病难、看病贵问题，我认为中医药在缓解这一问题上是大有作为的；二是近来有个别针对中医药的极端言论，引起社会的关注。今天我来开会，就是要表明我坚定支持中医药发展的态度！"

这是代表党中央发出的声音，这是代表们期盼的声音！听到吴仪表明了自己的态度后，代表们情不自禁地鼓起掌来，春雷般的掌声经久不息，有的老中医摘下眼镜擦拭着，擦拭着……

一直奋战在最前沿的曹东义更懂得这番话对中医药事业、对广大中医人士来说是多么重要。曹东义一直清楚地看到，支持中医药的不仅是党和国家及政府，而且有科学界、哲学界、文化界、新闻界的仁人志士，以及广大民众，都是坚定地站在中医这边，一起捍卫中医。持续一年多的捍卫中医的论战引起了广大民众对中医的关注和了解，形成空前的中医热。但是，那些诋毁中医的别有用心者不会就此罢休。有许多人对于这场网络风波还不了解，或者知之甚少，不知道在哪里能够比较全面地了解这场风波的起因，这么重要的一场历史事件应当记下来，应当在中医药发展史上留下一页。

曹东义连续奋战3个多月，完成了近30万字的书稿《捍卫中医》，在中国中医药出版社王国辰社长和众多热心编辑的关怀下，这部"应时之作"顺利出版，实现了师父邓铁涛说的"把坏事变好事，为发展中医服务"，也实现了曹东义为振兴中医秉笔春秋做史官的愿望。

《捍卫中医》这部专著里，完整记录了2006年中医界与反中医思潮斗争的全过程，全书分三部分：

第一部分"拉开网络论战的序幕"，记录了这股思潮的来历，分析其与历史上取消中医论的联系，其原因既有东西方文化的冲突，也有科学价值的世界观分歧，文章介绍了李恩教授、邓铁涛先生、朱良春先生、贾谦先生、余瀛鳌先生等著名人士对于这场风波的看法。

第二部分"不断升级的取消中医的言行"，介绍了张功耀与身在美国的反中医人士王澄一唱一和，反中医言行不断升级，他们一起大搞"万人签名"闹剧背后，有深刻的历史文化原因，也有不同阵营不同价值观的原因。

第三部分"世人重新正确认识中医"，介绍了法律、政府、新闻、学术界等对于中医历史发展、现实作用、未来价值的认识，他们支持中医，尤其是中国哲学史学会成立中医哲学专业委员会，对于加强中医理论基础有着重大意义。

在阅读《捍卫中医》这部记录中医界与反中医势力论战的纪实专著时，笔者不仅看到了一个岐黄传人的心路历程，也看到了古老的传统中医冲破层层阻遏、冲关闯隘步步走进当代的艰巨历程，看到了一幅中医群贤图。邓铁涛、朱良春、路志正、李恩、曹东义等中医，为把传统中医这份华夏瑰宝传承下去，搏逆流、斗小人，据理力争，正本清源，宣扬医术仁心，传师带徒，一代代人前赴后继，为中医的存亡进行着不懈的斗争，那些重要的历史关头，真是惊心动魄啊！

作为一个中医文化爱好者，笔者也一直在关注中医的兴衰，也在思考着中医在广大民众心里究竟有多重的分量。明明是我们的祖先用生命用鲜血经历几千年时光积累起来的宝贵经验，明明为中华民族的生存、繁衍做出了巨大贡献，为什么要被"废"被"验"？为什么至善至美的中医常常遭受诟病？

应该说与社会风尚的变化也有密切关系。

传统中医一些核心理念，比如"大道至简""上医治未"，医疗和用药追求"简、廉、效、验"，要求医者发愿立誓"普救含灵之苦"，策发"大慈恻隐之心",还有,中医崇尚生命平等、医疗平等理念,自古以来是士大夫们追求的理想社会风尚的一部分,也是新中国成立后推崇的高尚社会主义新风尚。但是,近年来,这些理念被一度流行的金钱至上、权力至上的社会风潮冲击,显得与当今社会格格不入,因而,中医日渐被漠视被淡忘被排挤,不时有一些欺世盗名之辈、受利益驱动的小人跳将出来,对中医极尽污蔑中伤抹黑之能事,这种倒行逆施的行径不但没有受到制裁,反而使他们名利双收、甚嚣尘上!

随着商业社会的到来,人们的健康观、医疗观也发生了巨大变化。欲望膨胀、内心浮躁、崇洋媚外,不良社会风气蔓延。在一些人眼里,无论是得了大病小病,都要找大医院求名医,哪怕是一次小小的感冒,也要用最先进的设备全面检查,不停地输液,插上各种管子,似乎这才是最好的医疗。他们认为中医那么简单,望闻问切手法那么原始,只给病人一把草药,连吊针都不能打,能治好病吗?就像某院士标榜他在美国的经历"一进医院先用最先进的仪器从头到脚检查一遍",这种检查对人的健康有利吗?不,这是一个天大的误区!如果让这种恶俗的不良社会风气蔓延,中医自然会"门前冷落车马稀",自然会被扣上"陈腐""落后"的帽子,没有中医的中国,人民的健康会怎么样呢?

在健康问题上,中医与西医不同。中医的健康观念是动态的,健康的决定权在每个人自己的手里,中医让你可以选择各种养生方式,提醒你不要"逆于生乐,以妄为常"。在中医的观念里,没有绝对的毒,也没有绝对的药。对身体有利,就是药;对身体有害,就是毒。化毒为药,变废为宝,是中医的大智慧。以这个观点来看,阳光、空气、水是生命所不可缺少的基本物质,是生命赖以生存的"好东西",但是"过其度"就是邪,就是毒,就是危害生命的因素。中医倡导的"升降出入",远远超过"新陈代谢"对生命的概括。因为"出入"是从生命的主体立论，不限于"新陈代谢"；"升降"是从动态着眼，不限于细胞结构。

中医学几千年来一直"没有质变"，不是"没有进步"，更不是"没有找到进步的方法"，而是其具有"广泛普适性"的表现。SARS突袭地球，甲流第一次光临人类，宇航员初上太空，中医药都不可或缺地参与其中。正如邓铁涛先生所说"根基牢固，才能千年不倒"，一门学科能够延续几千年而不衰，足见其具有旺盛的生命力。

我们可以自豪地说："千年医学万年药"的中医学，是一门成熟的医学、稳定的医学，是中华民族智慧树上丰硕的果实，可以走进千家万户，可以关爱每个人一生，人类健康事业，离不开中医药的关爱。

在与方舟子、张功耀等抹黑中医势力论战的几年里，曹东义注意到，有一位院士竟然在各种访谈中公开表示反对中医，他的理由是，中国传统文化和中医是封建糟粕，是腐朽落后的，阴阳五行学说是糟粕中的糟粕，应当取消。当记者问他为什么这样说时，他说，在他两岁的时候，他父亲就被中医治死了。然而那位记者是个高端媒体的名记，认为即使一个院士，在公开场合讲话也应该持一种平等的负责任的态度，便质问道："你用这件事做理由怕是不合理吧？两岁时的事你能记得清楚吗？你说得可信吗？"该院士大概从未被人质问过，一时语讷，但马上又态度强硬地说："反正中医是腐朽愚昧的，是伪科学。"

曹东义看过这段视频后，十分反感，十分痛心。一个国家培养的院士，一个有自己的专长，在自己的学术领域里为社会做出过贡献的学者，理应得到社会的尊重。可是这位院士完全不懂中医，竟然信口雌黄地诋毁中医。他可以不信中医，可以不懂中医，但是当他以一个院士的身份四处宣扬中医是封建糟粕时，这就产生了十分恶劣的影响。

该院士还在 2006 年第 17 期《环球人物》杂志上，发表了一篇《某某院士为何批中医》的文章，在这篇"经过某某院士审阅"的文章里，某某院士抛出了"中医阴阳五行理论是伪科学"的论点，其中论据之一竟然是"我母亲对中医十分反感"。

常常，在一些人物专访或是论坛接受记者采访时，这位院士做出一副谈风凌厉快人快语的样子，张嘴便说"你准备发多少字，我就给你谈多少问题"。好像他对于中医很有研究，需要说多少就能说多少，而且他紧接着就说"我说话很尖锐，我喜欢讨论尖锐的问题，不怕得罪人"，一副大义凛然的样子。该院士果真对中医很有研究吗？答案显然是否定的，该院士面对中医界人士时声称自己对于医学是外行，但是，面对广大网友时又说："对于中医的一些缺点和严重问题，我相信我的评论还是靠得住的。"

该院士仅仅因为他"母亲对中医十分反感"，所以时隔多年后跳出来反中医，看来，该院士的反中医情结来自不正确的家庭教育。那么，在改革开放取得巨大成就，国家明确肯定中医、支持中医药事业发展的今天，一个院士跳出来到处宣扬反中医言论又是为什么呢？几年来与方舟子、司马某、张功耀等反中医人士论争的经历，使曹东义明白了，都是网络惹的祸，都是不良社会风气惹的祸！

进入 20 世纪之后，网络的功能越来越强大，传播信息快速而有效，成了引人关注的重要平台。一个人在网络抛出个奇谈怪论，立刻会吸引众人的眼球，快速爆红。而一些有身份的高层知识分子，一些越洋回国的高文凭"海归"，在网络上一露面立刻引起轰动，这种轰动诱使一些人挖空心思利用网络巧取名利。于是，打着"打假""反伪""反中医"的旗号纷纷跳将出来，迅速蹿红网络。

但是，为什么屡屡有人跳出来反中医呢？为什么一些与中医完全不相干的人士也以反中医为荣呢？几年捍卫中医的经历，使曹东义看明白了其中的奥秘：一方面，反中医最夺人眼球、最方便，没有门槛没有难度，不需要知识储备，任何人都可以张嘴就反。另一方面，中医是广大民众人人都关心的话题，却又因其古老、深奥而不被人理解，怎么说都行。因此，时不时就有某名人拿中医说事，往中医身上泼脏水。就有了一拨又一拨的反中医逆流，就有了方舟子、司马某、张功耀等人的闹剧。可是，某某院士，你实在不该呀！

曹东义一直想有个机会和该院士理论一下，给他科普一下中医。

2007年11月，曹东义得知自己将和该院士同时参加在石家庄科技宾馆召开的"河北省自然辩证法第六次代表大会"时，决心会一会这位院士。11月10日这天，曹东义走到该院士面前，自我介绍后，送给他四本自己近几年出版的中医科普读物，这四本书是：《捍卫中医》《中医药知识普及读本》《回归中医》《中医群英战SARS》。该院士还以为是他的粉丝来了呢，兴致勃勃地接过书说："好，我喜欢了解中医。"但是，当他坐在主席台上打开《捍卫中医》这部书，看到曹东义在扉页上写的"伪科学打不倒科学中医"这句话时，脸色大变，这不明明就是批评他说中医不科学的观点吗？院士扫了曹东义一眼，对这个不足50岁的愣头青面对面的挑衅很是生气，过了一会儿感觉不适离开会场，回宾馆休息了半个多小时。

该院士草草翻阅一遍《回归中医》，没找出什么破绽，当晚又翻阅了另外三部书，决意找出毛病，要与曹东义理论一番。

次日下午，该院士到中医科学院视察，曹东义知道，院士有一肚子火气要发。果然，大家刚刚坐下，院士就语气激昂地说："这一次我来石家庄，无论是省上会议还是到你们科学院，我本已经下决心不谈中医了。但是，你们科学院有人在会场上送我几本书，指名道姓批评我。我不得不表明我的态度。"该院士情绪激动地站起来，举起《中医群英战SARS》这本书大声说："这本书引用毛主席的诗，没引全。'千村薜荔人遗矢，万户萧疏鬼唱歌'前边还有两句诗：'绿水青山枉自多，华佗无奈小虫何。'毛主席都说华佗无能、中医无能！你们同意不同意我这个看法？同意了我就和你们讨论中医问题。"

院士话音还没落地，年近 80 岁的李恩教授唰地站起来，指着这个院士说："你怎么能说毛主席说中医无能？你这是断章取义，这是胡说八道！毛主席说的是'中医药学是一个伟大的宝库！'。"

院士愣住了，看到这个和自己年龄相近的学者如此愤怒，一时不知如何应对。这个时候，曹东义站起来又是一番连珠炮："院士，你的文学水平太差了！毛主席的诗你仔细读了吗？毛主席是说'华佗无能'吗？瘟疫流行，是一个社会问题、医疗问题，不是哪一个医学家的责任。'无奈小虫何'是说连华佗这样优秀的医生也难以对付血吸虫病，要靠全社会的力量。"

这位院士哪里这样"走麦城"过呢？气得哑口无言，当即拂袖而去。工作人员挽留他与大家一起吃饭、合影，但院士一言不发，铁青着脸离开了会场。

其实，曹东义与该院士并不是初次相逢，2006 年由人民日报出版社出版的《环球人物》"生死中医"栏目里，就把该院士和李时珍作为对立的代表，栏目里收录了几篇文章，有张功耀的文章，有该院士的文章，还有曹东义的文章。该院士的文章说："中华文化百分之九十都是糟粕，看看中医就知道了"，还说："阴阳五行是最大的伪科学"，这些耸人听闻的言论非常极端，极其错误，一直是中医界批判的对象。

这一回，曹东义科普中医，就是希望这位院士好好思量一下自己的言行。

其实，中医没有敌人，中医历来敞开怀抱，把医术医道、把养生治病的智慧奉献给每一个人，甚至走出国门，造福于世界各民族。中医也没有门户之见，一向对中西结合持积极的态度，很多医术高明的中医同时也精通西医，而很多优秀的西医坚持学习中医，把中医的辨证论治理念用于临床临证。中西医并重是中国卫生体制的特色，也是《宪法》精神的体现，关系到人民大众的健康选择。

随着西方科学与西医的传入，100多年以来，中医一直处于被审视的目光之下，中西医不断交流，与时俱进。中医学者也一直在努力改变自身，试图证明中医的科学性。经过从王清任《医林改错》到张锡纯《衷中参西》，再到中西医汇通、中医科学化、中西医结合、中医现代化等一系列的努力与奋斗，中医学并没有像希望的那样发生质的变化，即使想把中医"西化"的人，也无法将其西化，可以说"中医依然是那个中医"。由此，一些对中医了解不深的人，提出来"废医存药""告别中医中药""废医验药"的错误论点。这些主张由于持论偏颇，理所当然地遭到了猛烈的抨击。

"废医验药论"既危害中医药事业，也损害民众的切身利益，需要深入分析其错误，指出其危害，把正确的道理告诉大众，把中医学的优秀特质说清楚。这是一件既重要又严肃的事情，也是中医界、科技界仁人志士的责任所在。

今天，如果仍然用器官解剖看中医，用机械唯物论的观点衡量中医，就显得格外狭隘。然而，持狭隘科学主义观点看中医的言论，仍然严重影响着很多人对中医的态度，这极不利于我国的卫生事业发展，有害于国家自主创新战略的实施。我们不能回避他们的考问，必须回答中医与中国人民健康大业的联系是何等紧密，为何不能取消中医。

对于攻击中医的错误言行，如果听之任之就会造成巨大的社会危害。方舟子的错误言行不仅没有被制止，反而"红极一时"，2007年公开出版了《批评中医》的"专著"，其"科学成就健康""废医验药"等理论对于广大民众形成误导，危害极大。

当这些黑头发的华夏子孙用尽心思恶攻中医的时候，很多黄头发学者却对中医顶礼膜拜，从大洋彼岸来到中国研究中医，一钻就是十几二十年。德国科学家、慕尼黑大学东亚研究所所长波克特就是其中一位，他在中国考察研究了 20 年，编著了 10 多本中医药学专著，最后得出结论："这是因为中医自古就形成了一套成熟的、有效的、始终如一的方法论，它可以不受现代科学的影响而独立治疗疾病。"

中医凝聚着炎黄子孙深邃的哲学智慧，是中华民族几千年的健康养生理念及其实践经验凝结成的，是古代科学的瑰宝，是打开中华民族文明宝库的钥匙。在近代 100 多年里，虽然一再被污损、被抹黑，但从来不曾倒下。今天，中医人应该做出百倍的努力，让人们了解中医、认识中医，让中医重新回到苍生大医的历史地位。

第十章
神仙手眼乃良春

雍容大度，随和亲切，春风般的笑容。第一次面对朱良春先生时，曹东义心里暗暗吃惊，近 90 岁高龄的老人，身体还是如此硬朗，精力充沛，思维敏捷。微显福态的脸庞，清澈睿智的眼神，从容镇定的带有南方口音的言谈，让东义感觉仿佛面对的是一位修行至高的宗师。许多年前读研时，对于《后汉书·华佗传》描述的"时人以为年且百岁，而貌有壮容"，心里还有些疑惑，一个四处奔忙的医者，那么大的年纪还能保持那么好的体质，可能吗？当见到朱良春先生和比朱良春先生还年长一岁的邓铁涛先生时，才体悟到什么叫"修身有道"，什么叫"仁者寿"。

20 年前读研究生的时候，曹东义就十分敬仰朱良春先生，朱良春先生医术精湛，在中医界有着崇高的威望，医界流传着许多朱良春先生妙手回春救人于危难的故事，还有发现、抢救民间中医特色技法的故事，以及传师带徒的种种传奇，令人由衷地敬佩。曹东义深知朱老十分繁忙，平时不敢轻易冒昧叨扰。2004 年初，曹东义和妻子杜省乾共同撰写的《中医外感热病学史》一书出版后，给朱老寄去一册，希望得到朱老的指点，但又暗自担忧朱老忙于应对大量的学术交流活动和传师带徒，没有时间看后学的著述。

没想到曹东义很快就收到朱老的来信，朱老对曹东义的研究成果给予了肯定和鼓励，并且寄送自己主编的《章次公医术经验集》，这部经验集让东义领会到了章朱学术渊源之深厚。

朱老在信中说："令太老师无言先生与敝业师次公先生是志同道合之挚友，而瀛鳌兄与愚云鹤交往，因此与阁下虽未谋面，但早有宿缘存矣，不亦快哉！"

2004 年 11 月 20 日，曹东义参加在广州召开的"邓铁涛学术思想国际研讨会"，终于与仰慕已久的朱老见面了！到达当晚便与朱老交谈了很长时间，谈到中医拜师传承的问题，曹东义有很多问题要问，很多想法要说。

朱老侃侃而谈："中医的许多精华都掌握在名老中医的手中，老中医大都八九十岁了，要抓紧传给年轻一代中医。像你们这些年富力强的中医，要广采各家的学术思想，打破门派藩篱。2000 年前张仲景就反对'各承家技，始终顺旧'，倡导博采众方；华佗'游学徐土，兼通数经'，绝非只学一师；孙思邈在《大医精诚》里也说'博学而后成医'，为医者必须学习各位名医的宝贵经验，才能具备苍生大医的学识；朱丹溪在罗知悌那里，就学到了河间、易水不同学派的精华；叶天士广拜天下名师成为一代大医的故事，更是传为美谈。"

这次见面过后不久，曹东义就成为朱老的弟子了。

2005 年 6 月 28 日，"中国首届著名中医药专家学术传承高层论坛"在朱老的家乡江苏南通召开，作为邓铁涛、朱良春先生的亲传弟子，曹东义受邀参加这次盛会。南通是朱老的家乡，南通，一方偏隅小城，因为有了朱老这样一位大国医而成为国家中医重镇。一想到将赴朱老的家乡亲聆师父的教诲，曹东义心情激动，夜不能寐。而朱老对曹东义来参会也是十分在意，特意打电话叮咛东义提前到会，以便留出时间通读会议论文全集，这对曹东义来说是一个极好的学习机会。

曹东义赶到会场，老远就看到正在查看会场布置的朱老。曹东义行过弟子礼后，朱老指着会标"传承中医薪火，继承岐黄衣钵"一行字问东义："你觉得这个会标怎么样？"

曹东义思索片刻，直言道："我觉得要是改成'名师高徒聚首南通，传承中医为我中华'就更好些。"

朱老望着曹东义，脸上绽放着慈祥、满意的笑容："好，后生可畏！我知道你这个初生牛犊敢说敢为还能写，中医今后就靠你们这一代了。"

这一年朱良春先生已是 87 岁高龄，提前到会场是为了亲自审阅参会稿件，161 篇参会稿件在台上摞起高高的两摞，看着朱老手执丹铅逐一批改，有时为了一个疑问而与作者几次电话讨论，东义心中深为感动。

当日傍晚，朱老的大女儿朱婉华师姐带领曹东义去朱老家里做客，这是东义作为朱老的亲传弟子第一次造访师父家。

第一次走进师父家里，曹东义心情激动难以自已。朱老是中医界一代宗师，20 世纪 30 年代医科大学毕业后，师从孟河派又追随章次公，新中国成立半个多世纪以来，呕心沥血致力推进中医药事业，创造了许多医界传奇。曹东义从上医科大学起就仰慕、崇拜朱老，没想到今天自己能成为朱老的亲传弟子，在师父家中做客。

朱老正在接待另几位外地来访者，师姐便带曹东义到客厅等候。曹东义一走进客厅，立即被四壁悬挂的珍贵墨宝吸引住了，这里云集了刘海粟、海灯法师、周而复、欧阳中石、范曾等名家墨宝，字画相间，满壁生辉。厅堂正中端端正正挂着一幅字："发皇古义，融会新知"，东义知道，这是朱老的恩师章次公先生亲自题写的。朱老半个多世纪以来正是坚守"发皇古义，融会新知"的信条，弘扬光大"章朱学派"。

南墙窗下挂有一块横匾，字迹古拙，风格独特。东义走近细细打量，原来是"为大医王，善疗众病"八个大字，从落款辨认是弘一法师20世纪30年代末题与朱良春的，这八个字真是道尽了当时年轻的朱良春誓为大医的壮志，也是一代奇僧对中医的寄望，想必是有故事的。

看到曹东义久久凝视着八个大字，师姐朱婉华说："你看的这一幅是后来请书家摹写的。"曹东义吃惊地问道："那是为什么？原作呢？"师姐说："怪我们没有替父亲保管好，'破四旧'时被毁了。"

曹东义想到那个特殊的历史时期，作为中医学界的权威，朱老本人肯定也受了不少委屈和折磨，更不要说文物字画了。师姐说："当时我们想了一些办法保护这些字画，弟弟特地找来一幅'民族大团结'的国画覆盖在弘一法师的题字上面，但还是没能保住那幅墨宝，后来请一位书法家重写，是为了让父亲高兴。"

朱良春在南通是个传奇，南通因有了朱良春这样的人杰而显地灵。在南通的街头巷尾，随处可以听到很多有关朱良春的故事。

1940年，南通流行急性传染病登革热，染病者高烧不退，全身疼痛，十分痛苦。南通医生太少，抵挡不住疾病的蔓延，病人一天天增多，一时间人心惶惶。朱良春研制药剂迅速用于施救，服药者三天即退烧，费用低廉，适合贫苦百姓。后来乡下病人也纷纷涌来，朱良春便日夜加工中药丸，凡来求医者或者街头路人，先免费赠药丸或喝汤药防止传染，然后再诊病。经此一"疫"，朱良春名声大振，南通城外来朱门拜师学医的青年人增多，为传播中医，朱良春广收门徒，传授孟河医术，培育中医人才。为了不脱离临床，朱老还联合医界资深人士开办了南通中医专科学校，学制四年，学费低廉，且自编教材，聘请章次公先生任校长，聘资深中西医师任教师。新中国成立时，这批毕业生成为当地急需的医疗人才。

江苏南通邮政局的邮递员们，常常会收到这样的信件：信封书"南通朱良春医生收"，他们会及时送给朱良春医生。一位外地学者想求见朱良春请教学术上的问题，打电话问朱良春："我想去南通找您，但不知道您的地址，到了南通能找到您吗?"朱良春说："可以的，南通的出租车司机经常把不知道地址的病人送到我们医院来，邮递员也会把一些没有详细地址的信件送到我这里。"

正如一位医学教授所言：僻居一隅而名闻天下者，朱良春也。

朱良春每天除行医外，还要抽时间处理成堆的信件，有海内外学者交流学术的，有各地求医的，有弟子寄来的。家人帮着分类后，朱良春一定要自己看，有信必复，直到90多岁还坚持这样做。朱良春说中医乃仁术，"仁"即两个人，医生对病人要诚，病人对医生要信。诚信则灵，中医不但是一种谋生手段，更是一种仁慈胸怀。

一次，朱良春到广州参加会议，听说省医院有一个病人，得了一种叫作"蕈伞样肉芽肿"的怪病，全身皮肤溃烂后又结出1厘米厚的痂，如身着铠甲，寸步难行。治疗20多年反反复复，"铠甲"难去。朱良春应邀去诊治，行医65年的朱良春也没见过这种病症，臂上结满厚痂，连号脉都无法进行。但朱良春就是朱良春，堪称神仙手眼，诊断后开出一方，病人连服3剂，身上1厘米厚的腐痂层层剥落，内层溃烂处不再分泌脓水。褪掉一身烂痂，仿佛拆除了生命的桎梏，病人从死亡线上回来，好像一个被冷冻20多年的人突然苏醒，望着救命恩人不知该说啥。朱良春离开时，病人说以后再犯病还要写信求朱医生来看病。南通邮局怕是又要多送一封"南通朱良春医生收"的信件了。

有一个朱良春隔洋遥治癌症的故事在医界流传很广。

日本西尾市有个叫寺部正雄的会长，在国际学术会议上与朱良春相识，之后一直保持联系，成为好友。1996 年，寺部正雄夫人患病，在当地医院检查后确诊为乳腺癌，欲行手术时正值炎夏，与院方协商待秋凉时再择时手术。等候期间，寺部正雄写信向朱良春求医，朱良春看过寺部正雄寄来的病历及相关资料后，开了一方寄去，寺部正雄夫人便一边喝着汤药一边等着做手术。秋凉之时，寺部正雄夫人如约入院，进行术前检查时，医生惊呆了——肿瘤呢？肿瘤去哪儿了？一个多月前是医生亲自检查的，直径 4 厘米多的肿瘤块非常明显，现在竟然整体萎缩到几乎看不到了！医生百思不得其解，把询问的目光投向寺部正雄时，寺部正雄说："在等候手术期间，我夫人一直在喝中药。"医生难以置信："一个多月时间，就靠喝中药能把癌症肿瘤消解了?! 这也太神奇了！"寺部正雄微笑着说道："也许，是上帝之手救了我夫人。"

曹东义向朱老问及这个传说时，朱老笑言："言其不可治者，未得其术也。"（《内经》）

曹东义明白，师父是说一个医生说某种病不可治时，是因为还不了解这种病，未能知晓治疗这种病的方法，知学不够。因而，探索那未知的医学领域，是朱老每天的必修课，每日必有一得，方能入睡。这次来广州开会朱老又买了很多书：《药用动物学》《蛤蚧》《中医名方临床新用》《内科诊治要诀》等等。当然，曹东义知道，朱老每见到医书总有要买的，有时，遇到厚厚一本大书里哪怕只有几页是有参考价值的，他都要买而读之，从中获一得，大得小得都是乐事。

有人劝朱良春到北上广一类的大城市去，可以造福更多的人，朱良春笑说自己已经是耄耋老人，离不开故乡。但坚持每月去一两次上海仁济医院浦东分院，为一些疑难杂症重症患者会诊，这样的飞行往返中，救治了不少危重病人。有一次，收到医院救急信息，朱良春立即飞往浦东，到医院得知，一位晚期胰腺癌病人，医生打开腹腔见癌症肿瘤已经扩散到整个腹部，只好再缝上。躺在重症监护室的病人身上插着输液管、输氧管、引流管。一个牙关紧闭滴水不进的人怎么治？怎么服药？朱良春镇定从容开方煎药，让人用灌肠的办法把汤药灌进去。几天后，病人就可以自己服药并且要吃东西。现在，这位病人在上海一家中外合资企业当老总，红光满面的。

自从建立师徒关系后，朱老对曹东义关注较多，对这个精力充沛的徒弟总是寄予厚望。除了会议相逢、东义登门拜望，还时常书信联系，或是电话沟通。

2006 年 11 月，曹东义接到中国中医药出版社肖培新主任的电话。肖主任说："曹教授，你师父朱良春他们这一代名老中医的成长经历，不仅对于初学中医的人有启示作用，而且对于世人了解中医也有示范作用，应该加以总结，写出像中央电视台《百家讲坛》《大家》栏目那样吸引人的作品来，这是一件很有意义的工作。"

曹东义和肖主任未曾见过面，但肖主任显然是一个有想法有作为、热心中医药宣传的出版人士，他循循善诱的话语很让人动心。曹东义一边表示赞同，一边听他继续说："已经和朱良春先生联系过，希望把他的事迹作为首批入选的专家进行介绍。"

"好啊！"曹东义高兴地说，"朱老的医术医道是应该留在中医青史里。朱老行医的故事和培养民间中医人才的故事不胜枚举，有的还很传奇，非常感人，应当好好地写一部朱良春传记。"2005 年，曹东义参与了《朱良春医集》的文字整理工作，对师父的医学思想有了更深的了解，听到出版社有这样的计划，真是打心眼里高兴。

肖主任就在等曹东义这句话呢，听到曹东义表达了同感，进一步说道："我和朱老联系了，朱老说他很忙，年事已高，讲述一些事情还可以，要写出来还是有些困难。在身边的子女也很忙，不一定能帮得上。虽有很多弟子，但远的太远，忙的太忙，没有能写大型作品的合适人选，所以朱老说不太方便参与。"

曹东义知道肖主任后面还有话，只是静静听着。果然，稍做沉吟之后，肖主任说："我们觉得，如果一个写当今中医名家学者的系列作品里没有朱老的参与，那是很不完美的。"

曹东义深有同感地说："是啊，名家学者系列作品里怎么能少了朱老呢？如果没有那就是严重缺憾。"

肖主任话锋一转："我们王国辰社长说您是朱老的弟子，而且您的《回归中医》书稿刚由我复审，我觉得您文笔不错，完全可以做这样一件大事。"

曹东义明白了，这是出版社在向自己约稿。能为国医大师、为自己的师父写传记当然是好事，当即应承下来，并约定：肖主任将陪同尽快去南通采访朱老。

世上的事情常常会有难以预料的变化，肖主任买好车票之后，他爱人因膝关节患病住院，肖主任一时脱不了身，便委托社里包艳燕编辑陪同前往。这位包艳燕编辑也是一位热心中医事业的资深编辑，《捍卫中医》一书就是在包艳燕的积极推荐下列入出版计划的。曹东义为维护中医与反中医者的激烈论战引起中医界各方人士的密切关注与支持，记录这一场斗争的《捍卫中医》的书稿写成后，包艳燕当即对曹东义说："中国中医药出版社是中医书籍出版系统里主要的力量，属于国家中医药管理局直接领导，我们王社长正在组织有关选题，我回去就帮您联系，应该会顺利出版的。"后来果然如她所料，王社长以及社里各位同人都力挺中医，使这一部记载中医历史大事件的《捍卫中医》在半年之内就顺利定稿、出版，奉献给中医界以及关注中医前途的广大读者。

在南通市朱老家里，曹东义多次与朱老促膝长谈，朱老很高兴由曹东义执笔写这部书稿。由此曹东义再一次走进朱老的世界。朱老从70多年前的求学之路开始讲起，讲到学成归来在上海开办诊所，讲到朱老的导师章次公先生，讲到新中国成立后为了国家中医的振兴，朱老在南通组建了全国第一家联合医院，在这所医院里，朱老传师带徒，发现培养民间中医，一时，带徒之风蔚然兴起，由南通传向中医界。在学术研究上，朱老把起自孟河、章次公的章朱学派进一步完善弘扬。朱老为中医药事业所做太多，影响深远，以至中医界流传着"朱良春现象"的说法。

曹东义向师父问道："当代中医界很多人都知道'朱良春现象'，这个提法是怎样形成的？"

朱良春说："这是卫生部中日友好医院史载祥教授提出来的。既然是现象，就有一定的代表性，可以为中医同道提供参考，也可以深入挖掘形成现象的原因，总结规律，推动中医事业发展。我想，这就是史载祥教授提出'朱良春现象'的良苦用心，而不要把这种提法当作个人崇拜。"

曹东义："从您老的成长过程、奋斗历程来看，有历史机遇的因素，但更重要的是您个人努力的结果。"

朱良春微微笑道："古人说，成就一项事业，或者一个人要做出一些成就，都离不开天时地利人和，这样的认识才会更全面一些，不要单独强调一方面。"

南通访谈之后，曹东义全力投入《朱良春传》的创作，过后不久几次会议与朱老相逢广州、北京，又有过几次深入的长谈。写作中遇到的困惑也在与朱老频繁的电子邮件往来中得到解决，已经90岁的老人对东义的问题总是耐心地解答。

2007年5月，初稿完成，曹东义只用半年时间就写完了《朱良春传》。第一稿是按传记体裁写成的，肖主任一审后提出修改意见：这是一套系列的丛书，每本书在体例、篇幅字数等方面，大体上要接近，以保持这套丛书的风格，所以还是以对话体为好，曹东义即刻投入修改中。

修改过程中，曹东义觉得还是有不少缺憾，比如，朱老作为临床大家，书里应该有大量的病例，这样就可以增加感人的力量。中央电视台《天佑中华有中医》的节目，开播第一期就是朱老诊治晚期淋巴癌患者上海施先生的病案，经朱老精心调理治疗，十几年之后仍然健在的施先生现身说法，曾经引来无数电话热线咨询。朱老70多年的从医经历，该有多少感人的事例啊！那真是难以计数的。但限于篇幅，很多事例都只能割爱。好在朱老自己写的，以及子女、弟子、学生整理，经过他审阅的学术著作很多。《朱良春用药经验集》等不仅几次再版，而且每本都是十几次重印，《中国百年百名中医临床家丛书·国医大师卷：朱良春》《虫类药的应用》《医学微言》《朱良春医集》等大多都有新版，了解朱老的临床经验可以从朱老很多著作中获得。

尽管如此，更多的缺憾是对于朱老每一个时期重要学术活动细节的描述太少，本书只能构成一个大致的粗线条的轮廓，有关细节部分的补充都应该是很精彩的故事，只能留待将来，留给那些希望了解朱老的人们一一去品味、去记述了。朱老是一棵大树，为多少中医人遮风挡雨，为多少人带来阴凉，这是世人皆知的。

通过这次采访和写作，曹东义还走近了朱老的家庭，走近了朱老的亲人，他深深感受到，做一个大师级的国医，注定了要担当很多常人无法想象的责任和义务，他们的家人也不同于普通的家人，也多了一份奉献和责任。

朱良春培育了很多弟子，加之其医术精深、学养深厚，杏林中人仰者甚众，常有从全国各地来的中医人士拜访求教，家里常常是客来客往高朋满座。朱老的夫人姚巧凤女士贤慧达礼，对来人总是热情款待，礼敬有加。去过朱老家的人无不说姚夫人待人热情厚道。但有几人能知道在大国医的背后，姚夫人有多不易，付出了多少辛劳呢？

朱良春先生有 7 个子女，还一直和母亲、岳母在一起生活。偌大一家人，吃穿用度，有多少含辛茹苦的操心事真是难以想象。有那么一天，那还是 20 世纪六七十年代生活困难的时候，朱良春竟然又领回来一个名叫朱步先的后生，对夫人说："从今往后，朱步先同学就吃住在咱们家了。"说完便去忙自己的事了。姚夫人什么也不问，立刻面带笑容地安顿朱步先各项生活所需。从此家里就多了一口人，非亲非故，只有一条理由，要跟朱良春学医，只是为了给中医培养一个后来人。想想，作为一个家庭主妇，突然让她打开家门接纳一个陌生人，要把这个陌生人当作自己的儿女一样对待，要达到一种怎样境界的人才能做到？然而，姚夫人愉快地答应了，就像当年章次公的夫人戴福珍一样，为了先生的事业，把每一个走进家门的学生、徒弟当作自己的孩子，这是一种怎样的情怀啊！

说起朱老对待学生、弟子的深情厚谊，医界很多人都有过同样的经历、同样的感慨。曹东义成为朱老的弟子后，多次到朱老府上叨扰，有时和师兄弟、编辑等友人一起，只要到了南通都会受到朱老的邀请，在酒楼里摆一桌丰盛的南通特色菜肴，叫上几个子女作陪，那浓浓的热情温暖了每一位远来的学子。

曹东义知道，朱良春家族有一支中医"朱家军"闻名医界，想必也有很多故事。听朱老讲过才知，朱老的子女和孙辈，很多都想追随朱老学习中医，但是，在过去的岁月里，想跟随长辈学习中医并不是一件容易事，也都经历了坎坷和挫折。

大女儿朱胜华从小就想学中医，但后来考上医科大学学了西医，工作后又考了中西医结合的研究生，成了中西医兼修的专家，也算是遂了心愿。二女儿朱建华、四女儿朱婉华随父亲学医的过程比较顺利，都是南通医学院（2004 年并入南通大学）的中医教授。小女儿朱建平自小爱医，但习医过程几经波折。

朱建平是 1969 年下乡的知青，1971 年，朱良春去海安县送医送药，医疗队到达建平所在的村子时，建平卷起铺盖卷就跟医疗队走了，跟着父亲学医看病，成了朱家军里最早的"跟师传人"。后来，报考中医学院，虽然考试成绩很突出，但朱建平是公社卫生院的骨干，能独立看病，下乡巡诊又特别能吃苦，医院的领导不舍得放她走。招生组找医院要人，院领导说："她是插队知青，表现是不错，但是锻炼时间还短，等明年再说吧！"

这一卡就是好几年，直到 1974 年知识青年大量招工时，朱建平才被招工到印染厂医务室工作，次年被推荐到南通卫校中医班脱产学习三年，随后又通过了南京中医学院的课程考试，取得大学学历，圆了自己的中医梦。2000 年，朱建平调到研究所任副所长，与胞姐朱婉华紧密合作，推动研究所向前发展。2006 年，南通良春风湿病医院落成之后，朱婉华担任院长，研究所的重担就由朱建平一人承担。这些年来，朱建平不但扩建壮大了研究所，还建成"朱良春国医大师工作室"，对于建设南通中医药博物馆给予大力协助，这些成就都展现了朱建平不平凡的能力和人格魅力。

三女儿朱敏华虽然没有学医没有从医，退休后却是朱老最重要的助理。朱敏华不仅细心安排朱老的饮食起居健康护理各方面的事情，还是朱老工作上不可或缺的秘书。每天忙于安排各项社会活动，协助处理各种文案、整理资料等等。

2007 年 8 月，曹东义又一次来到南通，向朱老详细汇报书稿修改情况。朱老兴致很高，尽管已过 90 华诞，依然思维敏捷，对书稿中相关学术问题一一更正、标注，对曹东义提出的问题逐条解答清楚。

　　翌日，朱老兴致勃勃地领着曹东义参观刚建成开业一周年的"南通良春风湿病医院"。这座医院是朱老与他的四女儿，也是朱老的学术继承人朱婉华教授于 2006 年 9 月创办的江苏省第一所地市级风湿病专科医院，是国家中医药管理局"十一五"重点专科（风湿病科）项目建设单位暨痛风协作组组长单位，集医、教、研于一体，是中国中医科学院中医临床基础医学研究所博士后流动工作室和南京中医药大学临床实习基地。医院的建成实现了朱老多年的愿望。

　　南通良春风湿病医院设有门（急）诊部、住院部、中医保健与康复中心、中医药研究所和虫类药博物馆，以及风湿病科、肿瘤科、中医保健与康复科，其中，中医保健与康复科是医院的特色科室。医院建有 2800 平方米达到 GGP（达标制剂用房）标准要求的制剂用房，生产 21 种有自主知识产权的医院制剂。医院在中医药治疗风湿病、肿瘤领域所形成的临床治疗体系中，极大地显示出中医药的特色优势。

　　朱老和朱婉华带领的医院学术团队，以辨证与辨病相结合、标本兼治、善用虫药为治疗法则，对类风湿关节炎，强直性脊柱炎，痛风，颈、胸、腰椎退变，椎间盘突出，骨关节炎，红斑狼疮，干燥综合征，皮肌炎，硬皮病，白塞氏病等疑难杂症有确切的疗效。

　　走进研究中心大厅，曹东义眼前一亮，一件古香檀木巨型雕塑赫然入目。雕塑以一棵苍劲的松树为中心，七只仙鹤围绕松树盘旋，松树盘根错节、枝繁叶茂，仙鹤神形各异，但都依绕松树盘旋。这不正是朱老他们一家人的象征吗？七只仙鹤寓意七个子女依绕朱老这棵不老松，共同为振兴华夏中医而努力。其实，朱老他们这个中医之家不也是国家中医的象征吗？医术医德代代传承，家族兴旺未来可期，多么和谐美好的寓意啊！

　　曹东义回望满面笑容的朱老，兴奋地说道："师父，我明白这座雕塑的寓意，太美好了，太恰当了！"

朱老颔首笑道："是啊，我们见到这件作品时也是一见如故，觉得和我们家的情况很相似，因此，就请到研究所来，可以说是一种精神上的慰藉或是象征。东义啊，你知道这件艺术作品的另外一层寓意吗？你看看，这棵不老松就是我们国家千年不倒的中医，这一群仙鹤就是咱们一代代中医人，松龄长岁月，鹤语寄春秋！"

朱老春风满面，曹东义心里为师父的成功高兴。建立这座医院是朱老多年的愿望。如今，这座六层楼全面投入使用，中医的特色诊疗手法和现代设施完美结合，方便了疑难重症患者就医。各地转来的类风湿致残患者和晚期癌症患者，在这里得到治疗，重新燃起生活的希望。

临离开这天，曹东义正好看到著名作家陈祖芬 8 月 15 日发表在《光明日报》的报告文学《朱良春：医乃仁术》。陈祖芬是报告文学大家，以特有的文学魅力把南通的名人张謇、范曾，以及弘一法师、海灯法师、章次公等放在同一个坐标上，阐述他们与朱良春千丝万缕的联系。让人们从时代的大背景来看中医，真切地感受到中医离人们很近，中医名家朱良春离人们很近。作为中医界的优秀代表人物，朱良春不仅救治了大量患者，造福无数家庭，培育扶持了许多濒临失传的民间中医特色技法，为弘扬民间中医做出了巨大贡献，而且在学术上发展了中医学术，在事业上开拓出令人羡慕的业绩，在个人修身养性方面更是达到了世人难以企及的高度。这样的中医大家怎能不受到人们广泛的爱戴与崇敬呢？

朱老在中医教育方面，特别注重传统中医经典教育，在前不久召开的传师带徒会上，朱老语重心长地说："经典是中医的根，历代各家学说是中医的本，临床是中医的生命线，仁心仁术是中医的魂。在学校打好基础之后，再在临床上磨炼诊治技术，积累治病经验，才能成为一个合格的中医人才。搞基础教学的老师，一定要有临床经验；

临床医生，一定要不断学习，提高理论水平。不能理论脱离实际。师带徒是学校教育的补充，属于继续教育，是学术传承。这次会议上的高徒，都是已经具有一定临床经验、取得了高级职称的中青年中医人员，有的还是研究生导师，所以，这一层次的师带徒，是一个提高过程，是培养高级人才的一种方式，而不是入门教育。"

从广州回来后，曹东义接受了科技部中医战略家贾谦的紧急约稿，把《走近中医大家：朱良春》一书修改定稿工作暂往后延，埋头创作一部海外中医人士急需的介绍新中国成立以来中医药发展过程的书稿，日夜兼程，一口气拼了一个多月，眼看书稿已成，忙给师父致信一封。

尊敬的导师朱老：

您好！

广州一别快两个月了，身体可好？近来忙吧？

我回来后，接到贾谦先生分派的一件急活：为美国芝加哥的舒天先生写一本新中国成立后中医发展的书，他原来请河南一个人写，写了一年，没有完成，而且已经失去了联系，让我一个月完成书稿救急。他说，这是向美国介绍中医，很重要。于是我立即投入工作，目前已经完成初稿，共20万字，即可交差，不知是否可用。

关于您的传记书，我只好往后拖一些时间，不过一直在想着如何把材料更好地组织起来，力争写成一部精品书，因为您的事迹实在感人！

新写的这本书名叫《关注中医》，准备在国内出版，很想请您题词，以使拙作生辉。《回归中医》已经出版，我过几天给您寄去，因为现在手头只有样书一册，且有错字。打算在报刊上发表您为《回归中医》的序言，期待以此引起人们的重视。我 1 月 29 日去北京参加"中国哲学史学会·中医哲学专业分会"成立大会，有关情况，回来后再汇报吧。

《关注中医》的电子稿寄上，日后再寄打印稿。因为，我的打印机有故障，不清晰，回来后再修理。

此致

敬礼！

弟子曹东义敬上

2007. 1. 25

仅隔半月之后，曹东义又写了一封信给导师报告书稿进展情况。

尊敬的导师朱老：

您好！

最近工作忙吧？身体好吧？

我写的《回归中医》，今奉上，错字不少，请您教正。

去年 11 月，邓老让我写一本以"中医与民族虚无主义斗争的简史"为题的书，我一直在想如何写才好。时隔不久，贾谦先生说在美国的舒天要写一本介绍中医的书，要我写新中国成立后 60 年的中医发展，说这很重要，而且要快，一个月左右交稿。

我试着梳理了有关资料，分理论、临床、针灸、中药几个方面，写了一本近、现代的中医发展概况的书，取名《关注中医》。请您审阅、批评指正。

我写的《捍卫中医》，中国中医药出版社已经确定出版，最近已经改写加工完毕，一并奉上，请您教正。这两部书稿，都已经被中国中医药出版社选中，计划最近出版，与《回归中医》合成一套"中医三部曲"。《关注中医》已经寄去了一稿的校样。您看其中有大的毛病吗？春节后，再起笔增补、修订您的传记书稿，估计 5 月前完成。

知道您太忙，不忍打扰。可是，事情重大，只好麻烦您。

写序太占时间，能否题词鼓励？以使拙著生辉，以传久远。

春节将至，遥望东南，海天一色，不胜思念。祝您全家，节日快乐，身体健康！

此致

敬礼！

弟子曹东义

2007. 2. 10

看到弟子曹东义连续出版多部学术研究专著和宣传弘扬中医文化的科普读物，在中医界已是引人注目的翘楚，朱老甚是欣慰，看过《回归中医》书稿后欣然作序——

回顾近百年中医药事业的历程，可谓几度沉浮，不无困惑迷茫。早在 1950 年先师章次公先生曾慨然指出："医至今日，式微已甚。"嗣后，党和政府对振兴中医工作多次发出指示，有所改观，但在学术上的困惑，殊难在短时间内扭转。章氏对改进中医的意见，今日观之，仍有重要的现实意义："故居今之世，而欲求改进中医，首望恢复辨证用药之精神，再以现代诊断方法，以济其不足，发皇中医药，其庶几焉。"他更进一步点明辨证论治精髓之所在："次公敢郑重为同仁告：昨日今朝，岂可等量齐观？世界事物，无一刹那静止不变者；昨日之事，已成过去，吾可不问也；明日之事，方在未来，吾亦不遑计及也；吾之汲汲焉、惶惶焉者，唯今日而已。治学做人，一以贯之，岂但治病为然？而非邃于医而深于理者，恐其闻之而骇且惑也。"一切应当面对现实，辨证必须精细周详，见微知著；施治更应药随证变，切中肯綮，方得个中三昧。然纵观当今之医，系统、正确运用四诊八纲，辨证论治者已不多见，常以生化声光检测为依据，按病选药，套方成药，应手而出；至于望神察色，详询切脉，形式而已；更有甚者，率以西药施治，美其名曰中西医结合，盖此等中医对辨证论治日趋淡化，已不姓中，中医院亦已成综合医院矣，令人浩叹！如何扭转现状，国家中医药管理局已采取多种措施，但愿能力挽颓势，重振中医雄风，则幸甚矣！

我认为诸多具体措施，如聘名师、带高徒、培养优秀中医人才、提倡读经典，多临床等等，固属必要，但更为重要者，乃是如何大力厘清思路，树立自强、自信的精神，才能安下心来，冷静思考，埋头去干。基于此，曹东义同志"不顾'飞蛾扑火''乱箭穿身'的警告，频频发言，竭诚以陈"，不计个人得失，在近两年内连续撰写20多篇具有真知灼见、言之有物、以理服人的文章，把目光投向中医的前途与命运，响应邓铁涛教授等老一辈的号召，呼唤中青年中医同道，回归到本职岗位上来，这种捍卫中医的忘我精神是值得嘉许的。《回归中医》是一本值得一读的清心开窍、鼓舞士气的好书，对当前做好继承、弘扬中医药事业的工作，具有积极的意义。

东义同志勤奋好学，博览群书，为人坦诚，敢于谏言。既对中医理论有较深的研索，又对现代医学有较高的涉猎，对文、史、哲更有坚实的基础，故能以高瞻远瞩的视角，犀利直率的文笔，对中医学术的科学内涵、继承创新的思路，予以精辟的阐述，持论公正，具有较强的说服力；对基础理论、辨证论治、寒温统一等均有独到的论述，特别是《勿忘与邪气"讲和"》一文，颇有新意。因为急症、实症多以驱邪为急、驱邪务尽为前提，正虚邪实时，始以扶正祛邪、攻补兼施并进。由于邪气有可以转化的一面，作者提出与邪气"讲和"，是值得我们重新思考的。"学会'与邪气讲和'，不是无能，不是妥协，而是给生命以宽缓环境，让机体自身在自我调节的过程之中，达到和谐、稳定发展，以此长生久视，'与万物俱浮沉于生长之门'。"所以在辨治过程中，不要诛伐无辜，要"以本为期""以和为度"，才能更好地显示出中医学的奥妙之所在。

我认为《回归中医》可以与忘年交刘力红教授之《思考中医》成为姐妹篇，推荐当代中青年中医同道一读，当有所获也，故乐而为之序。

朱良春

丙戌春月，虚度九十

第十一章
生生不息杏林风

究竟什么是铁杆中医？一个铁杆中医的能量有多大？

广州，因为有了邓铁涛，一个现代化商业大埠成为传统中医的大本营，成为全国名老中医集合地，成为中医传承的基地。2003 年"非典"一役，广州率先展示了中医抵抗瘟疫传染类疾病的能量，就像邓铁涛说的，打开了中医的武器库。

南通，因为有了朱良春，一个偏隅小城成为闻名全国的中医重镇。朱良春偏于一隅而名闻天下，最早创办了联合医院，一生致力于发现、拯救民间中医绝技，学术上造就了朱良春现象，传带弟子无数，还缔造了家族几代人组成的"朱家军"。

在一次全国性中医药工作会议上，面对记者"什么是铁杆中医"的提问时，邓老响亮地回答："立足于中华文化深厚的基础之上，既善于继承又勇于创新的人才。有深厚的中医理论，熟练掌握辨证论治，能运用中医各种治疗方法为病人解除疾苦的医生。有科学的头脑，有广博的知识，能与 21 世纪最新的科学技术相结合，以创新发展中医药的优秀人才，乃铁杆中医也。"

曹东义就是要做这样的铁杆中医。

几千年来，华夏中医生生不息，不断发展，关键在于中医有其独特的传承方式，在于中医人一代代往下传承，在于各个年代里都有一批铁杆中医，他们以坚定的信念克服一切困难，把医术医道一代代传下去。

中医传承，这是一个古老的话题。《素问·气交变大论》说："帝曰：余闻得其人不教，是谓失道，传非其人，慢泄天宝。余诚菲德，未足以受至道；然而众子哀其不终，愿夫子保于无穷，流于无极，余司其事，则而行之，奈何？岐伯曰：请遂言之也。《上经》曰：夫道者，上知天文，下知地理，中知人事，可以长久。此之谓也。"

中医的师徒传承，最早见于扁鹊师徒。曹东义曾以十年之功研究扁鹊，扁鹊师承桑长君及传承弟子柏的传说是历史记载最早的中医传承的动人故事，成书于汉代的《黄帝内经》也是一部师徒问对集，可见中医师徒传承历史之悠久。

新中国成立后，国家也曾一度重视中医传承一事，发现中医院校教育招生人数有限时，提出通过师带徒培养 50 万中医人才，后来由于种种原因，这个计划没有实现。近几十年，常规的中医院校教育越来越以西医思想为主导，严重背离中医基本规律，很多中医学子在校园里对中医越来越迷茫。很多老中医称这种教育方式是"辛辛苦苦几十年，培养中医掘墓人"。

毛泽东曾经说，中医师带徒不是落后的东西，带一个成一个，很少出废品。如今的中医院校教育，可以说陷入了培养大量不合格中医的怪圈。

通过拜师学习，曹东义深刻体会到拜师学习与院校教育的明显差别，明白了邓老为什么一再强调：师带徒不仅是中医历来培养人才的受业方法，更是"传道"与"解惑"的重要途径。邓铁涛正是深深感受到临床型名中医等高层次人才培养的重要性，一直在为中医界的人才培养而不断呼吁。

1988 年，邓铁涛出版了一本《耕耘集》，里面多篇文章提及"继承名老中医经验，抢救中医学术，已成燃眉之急""中医学再不花力气去抢救，等现在的老中医老去，才想到出钱出力去发掘已经迟了！时不我予，时不再来"。

时任国家中医药管理局副局长的朱杰，读了邓老的文章后，深深感受到这种"时不我予，时不再来"的紧迫感，当即以邓铁涛先生的建议为基础，积极与有关部门的领导沟通，最后与中央人事部、卫生部的负责人取得共识，各部门与国家中医药管理局联合起来，组织全国名老中医授徒。师徒传承的中医教育，再次被提到较高的高度。

1990 年 10 月，首届全国继承老中医药专家学术经验拜师大会在北京人民大会堂隆重举行。邓铁涛代表 500 位老中医在会上致辞，提出一个响亮的口号："学我者必须超过我！"听了邓铁涛先生的发言，参会人员无不动容，在场的国务委员李铁映同志立即带头鼓掌，表示赞赏。

广东省中医院在邓铁涛先生的支持下，从 2000 年起实施"名医工程"，得到了全国多位名老中医的鼎力支持。该院在借鉴传统"师带徒"教学方式的基础上，创造性地采取了"集体带、带集体"的带教方法，先后有近百名中青年专家拜师 30 多位名中医，在全国中医药界产生了巨大的影响，探索出了一条现代中医临床高级人才的培养之路。第一、二批中医师带徒，有 1343 名学术继承人；第三、四批师带徒培养了更多的中医临床高级人才。

广东省中医院名师带高徒活动，在 2003 年防治"非典"的战役中发挥了重要作用，战斗在一线的医生遇到危重病人及时向名老中医求教，很多疑难问题得以及时解决。受命代表广东省中医院到香港出诊的林琳、杨志敏主任，救治"非典"病人时与带教导师保持联系，听取导师诊疗建议提高疗效，名师带高徒的重要作用在异地行诊中得到凸显。

如今，国家把名师带高徒活动作为一项发展中医药事业的常态化措施加以重视，这是邓铁涛、朱良春等老一辈中医多年来不懈努力的结果。

每当想到中医代代传承的历史，曹东义就会想起自己拜师邓铁涛和朱良春两位国医的过程，就会想起古人罗天益拜师的过程，那一幕幕难忘的场景就会在脑海里闪过。因为，罗天益和他师父李东垣都是在冀中平原这片热土上治病救人的良医，他们师徒二人把国医传承做了最完美的演绎。

罗天益生活于金末元初，其学术思想遥承于洁古，授受于东垣，又突出脏腑辨证、脾胃理论、药性药理运用的"易水学派"特色，成为易水学派理论形成和发展过程中承前启后的一位重要医家。

公元 1243 年，李东垣告别了挚友范尊师和元好问，从山东回到家乡河北正定。花甲归来，李东垣感慨万千。土地荒芜，人丁稀少，连年战乱引起瘟疫肆虐，家乡正定也一样，死伤无数，缺医少药，需要医者。在山东，李东垣是一位德高望重的大医，他拥有优厚的条件进行医学研究，和文人高士交往唱和，民众拥戴，雅士挽留。但李东垣执意要返回老家，因为，他要传授一个徒弟，要让一个人品好的徒弟把他的医术传下去，把岐黄的薪火传递下去！这个人最好是家乡的子弟，能为家乡父老施医传药的家乡人。

李东垣回到家乡后，很快就投身于施医救人、医术编著、带徒受业。今天我们依然能看到，《东垣试效方》医案中的编年时间显示，大部分医案都出自他生命最后的 8 年。他的医学理论和经验也在这 8 年里集为大成。最重要的是，他找到了传人，带了一个好徒弟。

李东垣收徒的消息传出后，先后有几个人前来拜师，几经考量，李东垣都不太满意。李东垣期待的那个人不但要有一定的临证经验，还要有胸怀有格局有抱负。李东垣耐心地观察着等待着，直到罗天益的出现。

罗天益出身贫寒，性情敦厚，为人厚道，得知有机会拜师大医李东垣之后，连夜写了一封信，表达了对医学的执着追求和对李东垣的敬仰。这封信流传至今，曹东义曾多次诵读这封信，对罗天益的心情感同身受。

"窃以射不师于后羿，岂能成弹日之功？匠非习于公输，未易耸连云之构。惟此医药之大，关乎性命之深，若非择善以从之，乌得过人之远矣？兹者伏遇先生聪明凤赋，颖悟生资，言天者必有验于人，论病者则以及于国。驱驰药物，如孙吴之用兵；条派病源，若神禹之行水，是以问病而证莫不识，投药而疾靡不瘳，有元化涤胃之神功，得卢扁起人之手段，犹且谦以接物，莫不忠于教人……"（出自《卫生宝鉴》）

李东垣看信后，心中有几分满意，见面时只问了罗天益一个简单的问题："汝来学觅钱医乎？学传道医乎？"

憨厚的罗天益按心中所想回答："亦传道耳。"

李东垣当即决定收下这个徒弟。罗天益家有妻儿，首先要赚钱养家，才能安心传道，这个老实诚恳的回答恰恰显露了罗天益的人品。李东垣知道罗天益的家境，免收学费还每月给他一些银两。罗天益惭愧相拒：自己未赠敬师分文，吃住在师父家，怎敢再让师父破费？

李东垣说："吾大者不惜，何吝乎细？汝勿复辞！"

是啊，李东垣把更贵重的学问都传给罗天益了，这点小银两算什么呢？罗天益也不负师心，把毕生献给了老师的事业，献给了华夏中医。李东垣去世后，罗天益将老师的医学思想分经论证或以方类之，历三年三易其稿而成《内经类编》。用很多年整理编写《东垣试效方》

医话书籍，每一部出版的时候都要在前言中注明：这是尊师李东垣的医学思想和理论，自己只是整理者。直到很多年后，整理完李东垣所有论著后才撰写了体现自己医学思想的《卫生宝鉴》24卷。

罗天益不仅继承了李东垣的理论观点，还发展了金元四大家的针灸学术思想，成为一代名医。

2012年夏，曹东义成为河北省第四批中医师带徒指导老师，先后有张培红、王红霞、张海涛、王秀民等被指定为曹东义的徒弟。他们逐渐成为邓铁涛先生、朱良春先生的再传弟子，成长为单位的业务骨干、科室主任，或者担任研究生导师。

实际上，在此之前，曹东义已经收了很多"计划外"的民间徒弟，有当年办诊所时一起共患难的杏林好友，有常年在一起研讨学问的学友，既有学院里的大学生研究生，也有贫困乡下自学不辍的中医爱好者，算起来有七八十位。近年曹东义带着这些徒弟一起开展"世界中医药学会联合一技之长专业委员会"之"空中课堂""每日一讲"等医学研讨、讲座活动，坚持多年从不间断。曹东义说，不仅仅是他带了这些徒弟，把邓铁涛、朱良春等国医的医术医道传授给徒弟们；同时，徒弟们也有力地支持他的学术研究和宣传中医的各项活动，没有徒弟们的参与，很多目标是无法实现的。

说起收徒的故事，曹东义兴致勃勃地讲起了接收异地工作的曹传龙为徒弟的过程，看得出来，曹东义对每一个徒弟都怀着深深的感情。

2008年春，曹东义连续几次收到一个叫曹传龙的民间医生的来信。诉说自己下苦功自学中医，为当地群众诊治疾病，有很多成功的案例，却苦于没有合法身份，想去考行医资格证书却连参加考试的条件都不具备。一心想拜师学习，提升自己的医术，因为，自己深爱着中医，此生的唯一愿望就是做一个治病救人的中医大夫。

头两封信大致都是这一类内容，曹东义看后放进抽屉，算是打入冷宫，这样的信件收到过不少，有的是一时血热想学中医，有的是诉说怀才不遇，曹东义太忙，没有时间做心理辅导。

不久，又收到第三封信，这封信写了几十页信纸，写了他面对病人时的困惑，写了几个医案的治疗思想。看来这个求师者还真是学了些东西，而且有相当长的行医经历，有一定的基础，重要的是病案思考中流露出对患者的担忧和牵挂，能感受到这个人有悲悯情怀和一种百折不挠的决心和勇气，这是决定一个医生能否成为良医的重要因素。

此后，曹东义开始与曹传龙通信交流，就医谈医，对他行医中的困惑谈一些自己的看法，虽未答应正式收徒，也算是"隔空带徒"了。

当曹传龙突然出现在曹东义面前时，曹东义有点意外，也有点不太高兴。医生是一项高度理性的职业，容不得一点冲动和莽撞。这一时期正是曹东义手头工作十分紧迫的时候，《大道国医》等书稿正在修改校正，每一天每一刻都排满了。"曹传龙，你不管别人有没有时间就不请自来，有这样拜师的吗？"

曹东义只见了曹传龙一面，这是个憨厚实诚的农家子弟，中等个头，稍显胖的身材结实有力。他为自己的突然造访也有些不好意思吧，向曹东义鞠了一躬后便拘谨地搓着手。曹东义简单地和曹传龙谈了一会儿，安顿他住在诊室里，给了他一些自己出版的专著和医案资料。

曹传龙第一次登门虽然不是古人那样立雪程门，但也感受到了冷落。几天后，看到曹东义没有收徒的意思，而且忙得找不见身影，便悄悄地走了。悄悄地来，悄悄地离去，这是曹传龙第一次来石家庄的情景。人走了，曹东义眼前倒是常常跳出这个憨厚讷言的人来，感觉是块好料子。

但是，冷遇没有挫伤曹传龙拜师求学的积极性。曹传龙虽不是医学院才子，读书却相当多，涉猎的中医经典也很多。每当学习中有心得有疑惑时，就向老师报告自己的想法。曹传龙当时没有手机，后来有了之后也不会发短信，给老师汇报交流完全靠写信，三天两头寄来信件和案例，曹东义指导这个学生够费力气的。

2009 年春，卫生部发布了中医师带徒的文件，曹传龙觉得机会来了，又一次一个人来到石家庄。不管曹东义教授愿不愿意收徒，这一年曹传龙从曹教授那里学会了很多东西，无论是学问方面的还是临床临证方面的，这次一定要恳请曹教授答应收徒一事，若不答应，下次还来。曹传龙没想到的是，这回一到石家庄，曹东义立即正式举办了收徒仪式。

曹传龙的刻苦精神令东义赞赏，给他布置的必读书目和参考资料，他总是在短时间内完成，让饱读医经的曹东义常常觉得不太可能，但交谈之中稍一考量便知，曹传龙真是下功夫苦读了。每隔一段时间，曹传龙觉得攒足了问题就来求师解惑，他从安徽偏远的地方来一次石家庄很不容易，无论冬夏寒暑，一次次往返于安徽和石家庄之间。历经多年磨砺，在张培红、王红霞、耿保良等师兄弟的帮助下，终于顺利通过出徒考核，也通过了技能、笔试，考取了中医助理医师资格。

不同于曹传龙，另一个徒弟姬领会是陕西中医学院毕业的高才生，出校门不久就被当作人才引进到山东淄博周村。2006 年秋，姬领会在中国中医药论坛网上看了曹东义许多文章后，大有意气相投、相识恨晚之感，再一了解，得知曹东义已出版专著多部，还是圈里有名的医学专家和中医卫士，仰慕之心愈发强烈。此时的姬领会正热衷于撰写中医药历史和文化方面的书籍，便向曹东义倾吐了拜师的愿望，把自己写的书稿发给曹东义请求指导。

曹东义看过书稿之后发现不少问题，毫不留情地痛批一通。姬领会不死心，修改后再发过来，如此这般往来多个回合，持续了二三年之后，姬领会的书陆续开始出版了。付梓前夕，姬领会找一个朋友开着车从山东淄博来到石家庄，提出拜师请求。已经有过收徒的经历，曹东义面对这个能看病会写书的徒弟自然是"见好就收"了。

姬领会不同于那些学院出来的年轻中医，他有七八年临床临证的实践经验，注重经典，注重学习民间中医的治疗方法，而且善于思考，善于用通俗的语言把传统中医理念表述出来，撰写了很多宣传中医药文化的科普书籍，有几本中医药文化通俗读物成为京东图书的畅销书。随着影响越来越大，粉丝越来越多，希望拜姬领会为师的人频频找来。姬领会不知如何是好，自己才拜师几年，资历尚浅，医术、学问都还在修炼中，何谈收徒传道呢？

听姬领会诉说了自己的苦恼，曹东义微微一笑，打量着这个身材瘦高、机敏聪慧的弟子："好啊！我徒弟现在是名人，要当师父收徒啦，厉害呀！"

姬领会以为师父批评他骄傲，急得面红耳赤地对师父说："师父，弟子绝没有忘乎所以，没有骄狂，弟子胸中这点墨水在师父面前永远都是小学生！"

曹东义笑着捶了姬领会一拳："我开个玩笑，你怎么当真啊？现在我答复你：只要你经过了解，认定对方是有志于中医药事业的志士，人品好、有才能，就可以收徒。收徒当师父并不是比别人高明多少，也许只是某一方面有长项，收徒是为了把自己的一技之长充分发挥，为中医药事业的发展起点作用。当前传承发展中医学术，很需要拜师学习这个'历久弥新'的方式。"

姬领会收徒弟之后，曹东义的资深徒弟王红霞、张培红等人也开始收徒，师徒队伍越来越壮大，年轻医师越来越多，都成为邓铁涛、朱良春的再传弟子，师徒传承的脉络就这样一代代延续下去。

中医的主体在民间，中华医学的薪火是依靠一代代先贤良医以师带徒、父传子的形式传承下来的，而无处不在的中医药更是源自民间、源自土壤，因而，草根性和普及性是传统中医的鲜明特性。"草根性"是中医特性十分重要的一个方面，就是说中医在民间，民间中医是中医的主体是中医的拯救者，他们散存于小巷、乡镇、村野，以家传、师承、自学的方式传承中医，保持着中医的原汁原味。

有位老国医说过这样的话："我们不能忘了中医是啥，不能忘了它的根本。其实传统中医的精髓在于它是很简单的，是大众的，也是穷人的，中医应该是'窝头'！而有些人想把它打造成'珠宝'、打造成'奢侈品'，这就背离了中医的初衷。"

那么，究竟什么是传统中医的精髓？师父邓老和朱老都谈过这个问题，大致可以归纳为这样几个方面：以人为本悬壶济世的情怀，突出"治未病"提倡未病先防的理念，着眼系统和整体把握人体各个部分，采用中草药内外兼治，并以食疗、怡情养性等多位一体的措施达到标本兼治的目的。

再近一点、再具体一点，对于普通百姓来说，中医的精髓到底是什么？理论体系？医疗方法？医者仁心？好像都是又不全是，或者说不仅仅是这些。有时候它是一种神秘的观念，有时候它是一种简单的方法或一个奇怪的偏方，有时只是一句话，不曾写入教材和医典，甚至很多人质疑不信、嗤之以鼻。但是，一个村落、一条小巷、一个家族，总会有人一代代薪火相传，承续至今，因为那些简单的方法在危急时刻能救人性命。好的中医像水像阳光像窝头，简单而朴素，让每一个需要的人都可以无偿得到。任凭我们忽略它忘记它甚至不信任它，它总是不离不弃地守候在我们身边，默默地维系着我们的生命和健康。

曹东义行医几十年，完成多项课题研究之后，渐渐明白中医的精髓、中医的魅力，最重要的体现就在这个方面，而这种精髓往往在那些不起眼的民间医生那里。这就是国家一次次提出要拯救民间中医传统技法的原因，这就是邓老、朱老等名老中医重视民间传统技法的原因。

传师带徒是中医传承的生命线，还有一项更为重要、更为复杂的工作，那就是发现、挖掘、拯救深藏在民间的特色疗法，把那些濒临失传的民间传统技法、偏方整理出来传承下去，不要让中医的精髓丢失。像朱良春那样以数年之功与民间艺人、游医朝夕相处，关心他们、尊重他们，把他们手中的绝活引入医学殿堂，成为服务人民健康事业的医学成果。

半个世纪前，朱良春发现、培养三位民间土郎中的事件轰动全国，至今还在医界流传。

20 世纪 50 年代初，南通市民间流传着一个"蛇花子"的传奇人物，作为"联合中医院"院长的朱良春，正在民间广纳人才，听到十字街头耍蛇的季德胜治蛇伤有绝招，立刻找上门来。季德胜外号"蛇花子"，以街头卖艺为生，不肯与人交往。朱良春不怕被拒，不在意季德胜的冷脸，三顾茅庐，问寒送暖，终于赢得季德胜的信任，日久竟成莫逆之交。季德胜说："我家秘方是一代代传下来的，向来秘不传人，现在政府待我这样好，我就把秘方献出来。"

朱良春把季德胜调进联合中医院，协助他一起研制成功"季德胜蛇药"，此药直到今天还是治疗蛇咬伤的名药。1958 年，季德胜出席了全国医学技术革命经验交流大会和全国科联第二次代表大会，受到周恩来总理的接见，还被中国医学科学院聘请为特约研究员，成为驰名国内外的蛇药专家。

治疗淋巴结核的民间中医陈照，也是在朱良春礼贤下士春风送暖的关怀下走上医坛的。

陈照原本是以推独轮车谋生，21 岁时，遇到一个善于治疗淋巴结核的民间游医,这位游医有腿疾,行走不便,陈照不厌其烦地推着游医走方出诊。游医临终前,把治疗淋巴结核的药方传授给了陈照。不识字的陈照,请人认出来之后,就熟记在心,扔掉独轮车,成了民间郎中。20 世纪 30 年代,陈照治疗瘰疬病在南通一带已经小有名气了。朱良春听说这个人后,多次走访、看望,渐成知己,陈照把治疗淋巴结核的药方献给了医院。

还有一个叫成八(本名成云龙)的乡下人,父亲生了肺脓疡,咳嗽吐出的是又厚又臭的脓痰。找许多医生看了,吃了好多中药,都没有什么效果。有一天,有个江湖郎中经过他家门前,送给他 7 枚坚硬的块根形药材,叫"铁脚将军草",嘱成老爹用 3 斤老黄酒拌和,放在瓦罐中密封,然后隔水蒸半个时辰,以后每天食三汤羹。服用此药后,成老爹渐渐不咳了,与这个郎中成为交情很深的朋友。

郎中给的铁脚将军草究竟是什么药材?原来是一块植物根茎,把这块根埋在土中,就会爆芽长出来,但是长势很慢。三年后,茎只有拇指那么粗,但是根却很粗大,因之得名铁脚将军草。

成老爹按照郎中所说,将铁脚将军草制成治疗肺脓疡的中药,给肺脓疡患者吃了果然见效。这事就一传十、十传百地传开了,于是成老爹成了专治肺脓疡的医生。成老爹临死前把秘方传给了成八,成八又成为治疗肺脓疡的游医。

成八生性孤僻,不喜与人交往。朱良春数次被拒之门外依然不灰心,以精诚心意打开了成八的心扉。后来,成八主动赠给朱良春一块铁脚将军草的根茎,让他试种。铁脚将军草长出枝叶后,朱良春带着整株铁脚将军草到南京中山植物园鉴定。原来这种草属于蓼科植物,学名叫金荞麦。

这就是朱良春先生发现培养民间中医留下的美谈,他视民间中医为宝,精心扶持,培育了民间中医三朵奇葩。

朱良春誉满杏林，不仅培育了南通三朵奇葩，还把没有大学学历的何绍奇先生送进中国中医科学院。其后，何绍奇成了独拔头筹的研究生，留校任教，取得很高的学术成就。朱良春把同样没有大学学历的朱步先，推荐为《实用中医内科学》审稿人，后来逐渐成为《中医杂志》的编辑、副社长。

从师以来，曹东义深深感受到，师父邓铁涛、朱良春这些大国医像火炬一样照亮了中医界，照亮了中医人。作为亲传弟子，曹东义既要传承他们的医术医道，传承他们的学养和情操，还要像他们一样让自己的生命像火炬一样燃烧起来，燃烧的生命才能照亮别人。

2012 年 11 月，卫生部副部长、国家中医药管理局局长王国强在中国医史文献所成立 30 周年大会上动情地说道："一定要重视民间医药的调查研究、抢救挖掘。不要因为我们穿上皮鞋就忘记穿草鞋的了，别忘了我们也是穿着草鞋走过来的！"

是啊，中医药源自民间，中医药的许多理论和知识是在民间积累起来的，然后才从民间逐步走向课堂、走向院所，但是当前我们对民间中医的知识、文献的整理、筛选做得远远不够。时不我待，民间的这些中医宝藏随着时间的推移会慢慢流失，我们再不抢救，再不重视，可能就无法挽回了。

发现、拯救民间特色疗法，为民间中医做点有益的事情，这是个美好的愿望，但做起来并不那么容易。2007 年，发现、推荐民间按摩师闫惠民的过程，让曹东义深深体会到这项工作的艰难。

在河北，关于这位民间中医的传说很多。闫惠民出生于中医世家，当时已经年逾八旬。他在 60 多年的从医生涯中，精习祖传的筋络按摩点穴法，刻苦钻研，自成一派，创造了十二部简易诊脉法、脉气诊断法和治疗法，痛区、非痛区诊断法和治疗法等创新疗法，不仅为众多患者解除了疾病痛苦，更为——既对人体无损伤又能使本身机能恢复正常运转的自然疗法为一体的科学——筋络信息学注入新的生机。多年来，闫惠民以独特手法行医，给很多患者带来健康，还有来自美国、新加坡的国际友人，他们缠身多年的顽疾在闫惠民的按摩下消失无踪。一位美国教授称闫氏按摩是"不用仪器、不用药物的神奇医术"。

调研走访期间，曹东义既为这位老中医的情怀感动，也为他的境况担忧。老当益壮的闫惠民，想办一所按摩学校，把自己这份手艺传承下去。但是，身处偏乡僻隅的老人哪有这样的力量呢？甚至，他的祖传按摩绝技都面临后继无人的境遇。

这年 11 月，曹东义去广州参加名师与高徒学术会议时带了一份特殊的资料，这份资料是为推荐民间中医闫惠民按摩技法而写的专项报告。经过长时间的调查了解，经过几次与闫惠民交谈，曹东义觉得这项特色按摩技法很有推广应用和研究价值，如果再不能得到卫生医疗机构的保护和支持，将面临失传的危险。如果在这次大会上得到名老中医和国家中医药管理局的重视，立项研究，加以保护推广，那就救活了这项特色绝技。因此，曹东义提前以与会老中医的名义写好了一封推荐信，带到会上来，向名老中医陈情，希望名老中医联名推荐。推荐信内容如下：

国家中医药管理局各位领导：

你们好！

我们看到河北省中医药研究院医研部主任曹东义教授转来的材料，其中介绍了闫惠民先生（有医师资格）长期从事中医按摩，治疗了许多疑难、危重病。其中记载的几十位患者的姓名、病情、诊治过程等资料，事迹感人。其学术经验，有着浓郁的中医特色，可以造福于世人。

我们考虑到，闫惠民先生已经82岁，他在理论、技术方面的创新之举，应当尽早予以整理研究，成熟的经验，应该加以推广。

我们想到，朱良春先生在上世纪50年代，曾经发现被誉为"三枝花"的民间中医，其中两人不识字，一个只会一味药，他们的经验在朱老的手里，都上升为科研成果，造福于人民，有两位还被中国医学科学院聘为特约研究员。这样的"民间采风"式的发掘工作，今后还要做下去，不可偏废。

我们还想到，北京双桥老太太的正骨经验，曾经得到周总理的赞扬，为她取名"罗有名"。20世纪70年代初，西医冯天友跟随她学习，加以总结，取得了很好的成就。

考虑到闫先生年岁已高，家在石家庄市。因此，我们建议：

1. 由国家中医药管理局立项研究，特事特办，进行验证、总结；

2. 责成河北省中医药研究院提供条件，并委派专人，进行跟踪研究，加以整理、总结；

3. 形成课题总结之后，进行鉴定，然后加以推广。

谨此建议，希望能够落实。

此致

敬礼！

2007年11月26日于广州第三届名师与高徒论坛会议期间

曹东义讲了自己走访中医闫惠民的过程，介绍了闫氏按摩法的调理治疗效果和在民间的口碑后，邓铁涛先生、路志正先生、朱良春先生、张学文先生、樊正伦先生、罗金官先生等先后签名，表示支持，希望国家中医药管理局重视这个建议。

其后不久的 2008 年春节期间，曹东义又带着闫惠民一起到北京，来到科技部中医药发展战略课题组负责人贾谦先生家里，希望贾谦先生以战略家的眼光和策略促成此事。贾谦先生当即体验了闫惠民的按摩手法，颇感神奇。其诊断与治疗的手法很独特，贾谦先生认为闫氏按摩极有研究价值，然后亲自带着闫惠民和曹东义一起去了国家局、科技部，陈述了闫氏按摩的医学价值，但都没有给予明确的答复。

曹东义没想到的是，回到河北后，立项的事尚无进展，他和闫惠民却受到批评，有领导认为这是"越级告状"行为。领导说应该先从基层做起，有了经验再逐级上报，好的东西不会埋没的。可是闫惠民先生都 80 多岁了，这许多年来有谁注意过他？

批评不怕，只要能把事情做好，挨几回批评又何妨？当时，曹东义是河北省中医药研究院的医研科科长，负责单位的业务工作，总结民间中医特色疗法的经验是分内事，便按领导要求先总结经验，重新做资料总结，然后把闫惠民请来，在单位旁边租了间房子住下来，详细总结按摩技法，还请来一些患者座谈按摩治疗的感受和体会。持续了一阵，很难得到各部门的理解，阻力越来越大，最后只落下个无言的结局。

"春不到，冰不化。"这次教训，使曹东义认识到美好的愿望并不是靠热情就能实现的，现实很"骨感"，发现和保护民间中医药传统技法这项工作要利用政策法规，要顺势而为。

中医药传统知识是一个庞大而复杂的知识体系，有丰富的内容和形式多样的存续、表达方式以及与之相关的资源等。保护对象中比较核心和重要的、具有推广价值和经济价值的部分，是中医药传统知识的"命根子"。这些"命根子"应包括：中医药理论知识，如药物理论、方剂理论、疾病与诊疗理论等；中药资源，如数量众多的中药材物种资源和基因资源。

2012 年，国家全面推行中医药传统知识保护工作，各省成立了相应的组织，作为河北省项目的负责人，曹东义感到，保护传承民间中医药传统知识的大好时机终于来了，一定要抓住这个机遇，广泛宣传，深入调查，不漏下民间中医的"命根子"。曹东义把调查、申报工作分成行政与技术两条线，每个县区至少有一名卫生局的领导负责本辖区的填报，由主治中医师以上的人负责技术把关，对于传承了三代以上，或者 60 年以上的活态性中医药知识进行调查、填报，数据库主动生成项目号。县区上报到省级平台之后，由专家组审核，评定合格的上报国家的 6 个分中心，不合格的退回去可以再补充、再提交，这样做是为了保证一些偏远地区不漏报。

基层很多人不理解这项工作的意义，省上启动会议过去半年多，有的市县还是"零申报"。基层动不起来，就从上往下推。曹东义选了四个中医药专业研究生包片负责，分别对应 11 个市及其下属的县区，到各个市、县去"督导、培训"。曹东义申请成立"河北省中医药传统知识保护与研究中心"，得到上级领导的支持，下发批准文件，得到各部门的重视，为中医药传统知识保护工作奠定了基础。

2013 年初，曹东义接到徒弟李有源打来的电话。李有源在宁晋县中医院工作，2009 年成为曹东义的徒弟。在诸多弟子中，这个李有源是那种稳重扎实善于思考的类型，文笔也相当好。李有源说要向现任民间中医药保护项目负责人的师父曹东义报告一个保护项目，这个项目快要保不住了，希望曹东义尽快去看看。

李有源讲的是赵县一个名叫刘双锁的民间中医，祖传正骨绝技救治了不少人，在当地挺有影响，但老人已经 80 多岁，后辈不热心学医，没有传承人，也得不到医疗机构的认可和帮助，眼看要失传了。

听完弟子的讲述，曹东义坐不住了。他知道，一些家传几代的中医药特色疗法由于得不到相关扶持而失传的事情时有发生。在当前以商业为重心的社会里，过去"一招鲜吃遍天"的民间特色疗法连糊口都难以为继，后代传续无人，眼看着一些传承几代人的疗法、配方消失在历史的云烟里，眼下推进保护工作，就是要避免这种现象发生。

曹东义把刘双锁的情况推荐给新华网，意图通过媒体的力量先传播出去，让更多的人知道刘双锁，引起医疗机构的注意，然后自己以"保护项目申报负责人"的身份前去调研考察。

记者到赵县实地采访后，很快写出了《夹缝中生存的"民间中医"》一文，此文在网上传播后，引起社会高度关注。刘双锁自幼便跟着父亲学习祖传的正骨点穴术，擅长治疗人体筋骨方面的疾病。在位于华北平原的河北省赵县西章铺这个小村子生活了一辈子，虽然没有正式开诊所，治疗场所只是在自己家里，但周边村子的人们都知道他有一手绝活，甚至有人不远几百里来求医问药。

面对记者，刘双锁很自信地说："骨折是最好治的，服用祖传的药方，再辅之以手法，一般48天就能长好。肩周炎、骨质增生等比较难治，需要的时间长一些。我说能治就一定能治好，治不了的就直接告诉他们。"

像刘双锁这样的民间中医曾广泛分布在中国乡村，并以其简、便、廉、验的医术为很多人解病除疾。但随着中国医疗卫生制度的规范、中医的逐渐边缘化等，这些民间中医的生存面临尴尬的境况。首先遇到的难题是传承不下去了，祖传几辈人的手艺眼看就要丢了。就拿刘双锁来说，他有子孙十几个，但只有两个儿子不是很情愿地跟着他学，都嫌学这个手艺不挣钱、不落好，眼下大儿子60岁，小儿子55岁，说起来学了十几年了却还不能独立看病。祖辈传到刘双锁是第三代，以后还能不能传下去呢？

像刘双锁这样行医 50 年，救治无数病人的民间中医却戴着一顶"非法行医"的帽子。1999 年《执业医师法》实施，使得全国数量众多的民间中医陷入"非法行医"的处境。虽说后来国家补充了针对一技之长的中医药人员、中医学徒等取得医师资格证的办法，但诸多限制下，民间中医还是寸步难行。对一个中医学徒来说，要求高中毕业学历、跟师三年，出师后才能考取助理医师，取得行医资格证，而如果想要自己开诊所则需要考取执业医师，并且执业 5 年以上才行。

很多民间中医没有文化、年龄偏大，连考试资格都没有。有的民间中医一个字都不认识，也没有行医资格，但心里装着很多从老一辈传下来、一直在应用、实践证明非常有效的技艺和验方。如果不给这些人一个合法身份，后人看不到前途就不愿意学，很多有价值的中医药遗产就失传了。

经邓铁涛、朱良春等老一辈中医呼吁、倡导，这些现象在一步步改变，国家中医药管理局 2013 年启动了"中医药传统知识保护技术研究项目"，对传承超过三代人或 50 年、具有较高医疗技术价值的中医药传统知识进行收集和保护，河北省相关工作也已正式启动，但具体实施过程需要中医人的努力。

记者采访时问刘双锁，上级有关部门对他的正骨技术是否关心，传承方面的问题有无帮助。刘双锁说有的，但又说好像总是有点牛头不对马嘴。上级医院专门派中医大夫来了解、学习，刘双锁把祖传方子毫无保留地抄给他们，但他们回去后却无法炮制出来，后来还把刘双锁请到县里手把手教过几次，但他们最后也没学会。记者开玩笑说："是你没好好教人家吧？"刘双锁摇着头说："药材一样，就看怎么炮制，这个没办法用话讲清楚，全靠手下的感觉，祖上传下来的就是这个感觉。"

2014 年 6 月 19 日，河北省中医药传统知识保护研究中心在宁晋县卫生局召开宁晋县中医药传统知识调查启动会，这是一次对宁晋县民间中医特色技法全面了解、实时保护的良机。

这次参会人员有来自宁晋县中西医结合医院的，还有 14 个城镇乡卫生院的负责人、部分民间中医的代表及河北省中医药传统知识保护研究中心的人员和专家。作为负责人、河北省中医药科学院副院长，曹东义就中医药传统知识调查、保护工作对与会人员进行培训。当即向大家在线展示国家中医药传统知识保护工作平台，登录互联网，让大家看到调查表的结构，讲解如何填报才符合要求。

调查和保护的重点是传承三代、发明使用 50 年以上的中医药"活态性"知识。这些知识如能掌握在国家各级体制内的中医药人员手中，就能为人民健康事业发挥更大的作用，而眼下多是散落于民间。由于民间知识持有人大多年事已高，缺乏承续保障，有濒临失传的危险，所以这次开展调查是抢救性保护的前期工作，是为国家摸清底数，为将来落实中医药传统知识保护措施打基础，是保障中医药事业可持续发展的一项重要工作。

河北省中医科学院是河北省民间医药领导小组办公室的依托单位，是河北省中医药技术与方药评价中心的建设单位，承担着"全国第四次中药资源普查河北省试点"的组织协调工作，其中 40 个项目县也有中药传统知识调查的任务，可以与全省的中医药传统知识调查互相参照进行。

河北省是中医药的发祥地之一，历代名医辈出。1955 年卫生部第一次表彰中医 4 项成果，河北省就占 2 项（郭可明治疗乙脑、刘贵珍气功疗法）。近年来，河北省政府高度重视中医药工作，决定将中医药大省建设成中医药强省。为了充分展示河北省的中医药传统知识底蕴，必须做好调查工作。这是一件具有重要现实意义和未来价值的工作，责任重大。

曹东义告诉在场的民间中医们，传统知识调查、上报，不是要求大家献方、献技，凡民间中医认为需要保密的"核心技术"部分不必填写，只要说清楚这项中医药传统知识好在哪里，具有什么价值，要有相应的支持材料和实物证据。只有这样，才能顺利通过省级、华北片、国家专家"三级评审"，进入国家《保护名录》。

河北省市中医药传统知识调查专家组的成员曹东义、王红霞、齐建兴、张建涛、衣之镖、李源，办公室人员段绪红、张玉卓现场解答大家提出的问题，与大家进行了互动交流。

大会结束后，曹东义立刻带领有关人员冒雨赶往赵县西章铺村，调查、访问民间正骨老中医刘双锁，去感受和见证老中医正骨绝技和传承情况。

在西章铺村，在刘双锁家里，见证了老人独特的正骨手法，听了村民们对老人的夸赞，目睹了老人生活现状之后，曹东义心情沉重。老人已经83岁，传承问题真的是迫在眉睫。为了加快刘双锁项目的申报，过后不久，曹东义又约请国家中心首席专家柳长华先生等人集体登门造访刘双锁，柳长华等人看过之后由衷赞叹："我们要保护和抢救的就是这样的技术！"

但是，美好的愿望在现实面前总是困难重重。刘双锁和很多民间中医一样，就是进入不了保护体系。直到中医药传统知识保护工作结束的时候，当地卫生部门就是不给刘双锁填报，虽然省里、国家相关机构都知道刘双锁的情况，但是"属地管理"县区申报是一个原则，曹东义不能越俎代庖替刘双锁申报，这很遗憾，也很无奈。

当年，为了把民间中医闫惠民的按摩绝技传承下去，曹东义曾专程到国家中医药管理局、科技部有关部门申报。由于那时国家还没有相关顶层设计，民间中医药经验的挖掘整理还没有专项支持计划，一些好的想法只好先搁置下来。虽遇挫折，曹东义对于民间中医经验挖掘整理的热情却丝毫不减。回到石家庄之后，曹东义向省中医药管理局的有关领导做了专项汇报，得到支持，很快组建了"河北省民间医药工作领导小组"，办公室就设在河北省中医药科学院，由曹东义任副主任。此间，领导小组处理了大量民间中医来信，也接待过很多来访的民间中医，对民间中医的现状有了较为全面深入的了解。

有一位名叫张玉凤的 80 岁阿婆，是唐山民间老中医，只身一人来到石家庄，向曹东义反映她行医难遭遇打压的情况，说话间情绪冲动，泣不成声，身子颤巍巍的，不由让人担心。曹东义认真记下她反映的问题，安抚老人，说一定会帮她向上反映，尽力解决问题。为了老人的安全，将老人曹东义安排在病房里住，自己出钱为老人买了卧铺，与她的家人联系后，派办公室主任把她送到车站。

担任这个副主任，曹东义对民间中医的现状了解得更多，也感受到肩上担子的沉重。很多民间中医虽然身怀绝技，但是没有医师资格，整天治病救人却面临"非法行医"的尴尬，经常受到行政部门"劝阻歇业""关门闭店""违规罚款"等处罚的困扰，甚至面临牢狱之灾。基层执法人员工作简单粗暴，当民间中医向他们申述，甚至有的病人帮忙说情时，执法人员竟然说："他就是把全中国的癌症都治好了也与本案无关，我们处罚的是无证行医，与疗效无关！"

河北省中医药传统知识研究与保护中心及时出台了一系列积极可行的方法，发现、扶持、验证民间中医经验，挖掘杏林瑰宝，为民间中医传承创造了一个好的环境。

曹东义在主持"河北省中医药传统知识保护与研究"项目过程中，带领全省各县区 620 名工作人员，深入挖掘整理，对全省 11 个市有关部门进行指导和督促，入库项目 600 项，选报国家中心 218 项，在全国排名第一，并且出版了《杏林寻宝·保护中医》一书，使很多民间中医从业者得到相应的保护和扶持。

2014 年，是全面推进民间中医保护项目申报工作的"申报年"，一个叫马文毅的民间中医传承人来到曹东义面前。

马文毅是个心直口快的中年女性，她说有一项治疗肿瘤疾病的特色技法，叫作圈疗，这项技法治愈了成千上万的疑难杂症患者，疗效好，技术含量高，自己是这项技法的再传徒弟，这项技法的创立者刘俊岑先生已经逝世，他的徒弟刘淑香也已年高，作为第三代传承人，马文毅感到圈疗眼下势单力薄，前来申报项目，希望得到上级医疗机构的支持。

马文毅的讲述，让曹东义逐渐了解到圈疗的一些传承脉络，其艰辛与波折使曹东义颇为动容，于是，他就让马文毅坐下来，慢慢叙说其中的传承关系，以及可能成为佐证材料的内容，以便帮助她们顺利申报项目。

交谈中，马文毅就从提包里拿出来一份发黄的文件，曹东义接过一看，原来是刘俊岑先生 2002 年写给刘淑香女士的《证明书》：

> 余所创新的内病外治理论，摆脱临床固有的授药方式，透皮吸收为途径，这种授药方式至今尚有无法理解之谜。药物圈疗法问世五十余年，已得到无数病患者赞叹，但医界对这一独特疗法不重视，至今没有第二人进行研究。同时，毕业的医学大中院校学生不愿来学此疗法，因为这疗法的大夫须亲自给患者涂药，较苦，所以不愿来学。在 1973 年，刘淑香身患顽疾，吃药打针无效，来求医，余以圈疗法外治而愈，从那时起她潜心热学这一门医术，决心为人类健康事业尽一分力量。她有不怕苦和累的精神，跟随我对圈疗技术进行精益求精的研究，辨证施圈达到了治疗的高水平。还同我的大

女儿一同研究经络，提高疗效，今后圈疗传授问题，依靠她
二人。

特此（证明）。

圈疗发明人刘俊岑

2002 年 4 月

曹东义看完《证明书》不由心酸，这其实就是一个授权书，它就像一份遗嘱，其中透露出刘俊岑先生对事业的执着追求，"药物圈疗法问世 50 余年，已得到无数病患者赞叹"，这是他对圈疗技法的坚定信念，"但医界对这一独特疗法不重视，至今没有第二人进行研究"，反映出刘俊岑先生的无奈与辛酸，"报国无门"的遗憾是多么令人心痛！

"今后圈疗传授问题，依靠她二人"，刘俊岑先生把传承圈疗的希望托付给她二人，而两个女人一个是刘先生的长女，一个是刘先生的病人，当时都已经 60 多岁了，她们都没有读过大学，没有医学背景，有的只是对圈疗的信念和长期追随刘俊岑先生学到的技法和经验，她们"有不怕苦和累的精神，跟随我对圈疗技术进行精益求精的研究，辨证施圈达到了治疗的高水平"。

自古以来，一个医者找到合适的"衣钵传人"很不容易，刘俊岑先生行医 60 余年，以圈疗法治愈无数肿瘤疾病患者，民间口碑广传，晚年时想必还有很多期盼与愿望，但，能依靠的只有她二人。他只希望圈疗这个宝贵技法能够传承下去，否则就会遗憾终身、死不瞑目。

这份遗嘱形式的《证明书》，深深震撼了曹东义。《黄帝内经》所说的古代传承方式，竟然在当今社会再次呈现——帝曰："余闻得其人不教，是谓失道；传非其人，慢泄天宝。"师父朱良春国医的话语也再一次回响在曹东义的耳边："道无术不行，术无道不远。"

曹东义决定到圈疗这个"圈"里好好看一看，下决心为这项独特的外治技法传承贡献一点自己的力量。

为了弄清圈疗项目的起源和传承的坎坷历程，曹东义走访了时年76周岁的刘淑香女士，以及她64岁的妹妹刘梅香。相差十几岁的姐妹俩，都曾经是刘俊岑大夫的病人，在医治过程中成为医患朋友，进而共同为弘扬传承圈疗努力终生。

那个心直口快、颇有才华的马文毅，是刘淑香在酒泉卫星基地行医时结识的，马文毅亲眼看到刘淑香用圈疗外治技法为基地人员治病，疗效极好，听刘淑香大夫讲了圈疗的前世今生之后，曾经留学新西兰、当过律师的马文毅，放下自己的大好前程，毅然追随刘淑香学习圈疗，成为圈疗的又一代传人。

刘氏家族几代行医，刘俊岑先生在家传秘方的基础上，配治中药汁涂于患者体表的不同病理反应区，通过平面圈、立体圈、螺旋圈、圈接圈、圈套圈、圈应圈的不同形式，使药物的有效成分通过皮肤渗透进入体内，从而发挥其独特的中药治疗作用。这个药圈调经脉、通气血、活细胞，直达病灶，改变瘀、滞、堵及细胞休眠坏死状态，增强新陈代谢。通过外治内调、软坚散结、化瘀活血、除湿利水、消肿止痛，促进人体阴阳平衡，这个圈疗法是刘氏家族几代医匠智慧和经验的结晶。圈疗主治调理治疗慢性病、疑难杂症，尤其是在治疗肿瘤、妇科病方面声誉极广，是一种对抗各种慢性病及防癌抗癌的治疗体系。

曹东义从各个层面对圈疗进行考察和验证，见证了很多不可思议的真实病例，了解到圈疗技法确实具有神奇的医疗效果。圈疗不仅可以治疗肿瘤疾病和疑难杂症，还可以在一定程度上达到预防疾病、美容、养生保健等目的。

师父邓铁涛长期主持973项目"五脏相关研究"，获得广泛赞誉，给予曹东义深刻的启发，尤其是从"五脏相关"理论联想到中医的整体观，"内外相关"的思想火花闪现在他的脑海。人体是一个完整的生命体，与万物一样，都是自然生成的。内外相关的理论引申到"内病外诊"医疗思想。"内病外治"不仅仅是学术主张，它广泛应用于临床指导，其目的是要达到"外治内效"。为了达到"外治内效"，一代代医者苦苦探索了几千年，针刺、艾灸、拔罐、熏洗、熨贴、膏药，样样都是"内病外治""外治内效"，如果这些外治法没有效果，也就不会传承这么多年。圈疗的有效性，既是因为它独特的施行方法，也因为特有独特的药物组方，内外结合，相辅相成，互相激荡，合作起效。

在鉴定、评价圈疗医理疗效时，曹东义在师父邓铁涛的"五脏相关"理论基础上进一步提出"内外相关"理论，很好地揭示了圈疗的学术原理，进一步巩固和发展了"中医外治"理论和中医整体观。

师父朱良春多年前就对圈疗予以关注，褒奖有加，2006年出版的《朱良春医集》收录的一篇文章中，朱良春写道："惠群医院刘俊岑老中医祖传的'圈药'外治法，疗效很好，颇有特色。我认为这些是否可以组织有关人员进一步深入了解，经过论证，认为合理的，再加以推广，将是特色优势的另一个层面。可能还有很多流传在民间的好经验、好方药，建议各省市中医管理机构，予以调研，给予弘扬推广。"

原来，在多年前师父就有做好圈疗调研和推广的愿望，如今曹东义更当竭力完成。

如今，师父关注的这项"颇有特色"的治疗癌症和疑难杂症的外治疗法，已经得到国家有关部门的批准，成为可以推广的"中医高新适宜技术"。河北福妙堂医药科技有限公司下属的传统中医门诊部承担了验证、总结工作，与河北省中医科学院一起，把这一项民间中医特色疗法从理论上和技术上加以总结和提高。

圈疗没有失传，其技术标准得到规范、提升后，临床效果更加好，刘俊岑老先生可以瞑目了。

第十二章
玉竹重楼国老家

长江三角洲北翼，有一颗灿烂的明珠——江苏南通，依山傍海，风景优美，气候宜人。自从成为朱良春先生亲传弟子后，曹东义便时时牵挂着，经常造访这座小城。

2013 年 11 月 15 日下午时分，一群人聚集在朱良春家门前，领头的是曹东义，看到朱老的三女儿朱敏华出来接他们，曹东义连忙迎上去。

看着朱敏华打量身后站立的 10 多个人，曹东义解释道："这些都是我的徒弟，也是朱老的再传弟子。他们从各个地方赶来这里，一同去拜见朱老，我给朱老说过这件事。"

朱敏华面有难色地说："这样啊。你们进去后先在大厅里坐一会儿，我看看父亲的身体状况，先给他说一声，让他服了药再和你们会面。主要是不能让他太激动，毕竟是 96 岁的人啦。"

看到三师姐神情紧张，曹东义心想自己组织这场集体拜师是不是太冒失了，朱老毕竟已经 96 岁高龄。几个月前来看望朱老，聊得开心时朱老问起曹东义的几十个弟子，朱老说见过好几个，都还有些真本事。看到朱老说起下一代再传弟子时十分高兴的样子，曹东义就说想选 10 来个弟子一同来拜望师父，他们都想来看望祖师爷老人家。朱老高兴地连连说："好啊好啊，要来啊，一定要来啊！"后来曹东义就选了这个时节联络了在石家庄、北京等地的弟子，约定了时间，就有了这场 12 再传弟子拜师祖的盛会，却疏忽了这几个月来朱老的身体状况，能否经受这么大的活动？

东义对三师姐说："是我冒失了。师父要是身体不太方便，我们就先不进去，等一两天好些再来。"

朱敏华一边让大家进门，一边悄声对曹东义说："你师父前些天心脏不好住院，血压也高，刚出院两天，不能激动。他早上就说要等你们来。我说能不能把见面推后两天，等身体状态好点再见面。你师父不答应，说既然来了就一定要见，还说这次师徒团圆一定要办好。我刚给他吃了药，你们慢点说话，不要让他太激动，不要时间太长。"

曹东义连连应道："好，我们一定注意，一定注意！"

实际上，曹东义他们刚坐了几分钟，朱老就在朱敏华的搀扶下走进大厅，曹东义给徒弟们交代过了，站在原地不要动，不要扑上去和朱老握手，说话要轻声。朱老缓缓走进厅里，看着徒子徒孙排成两行整齐的队列，一张张笑脸迎着他，开心的笑容溢满了脸庞。曹东义扶着朱老坐下后，再把徒弟一个一个领到朱老面前介绍："这是刘在群，这是曹传龙，这是李源……"

朱老微笑着打量一张张年轻的面孔，高兴地说："好呀，你们把师徒传承工作做得不错。师徒传承做好了，才能更好地发展中医药事业。"

十几个人一下子把大厅坐满了，朱老坐在沙发中心，曹东义侧身坐在朱老的身旁，三师姐朱敏华站在朱老身后，随时准备护理应急工作，毕竟是 96 岁的老人啊，又刚刚大病了一场。

朱老情绪高昂，把 12 个再传弟子挨个儿打量过后，开心地说：

"几个女弟子是第一次来，但我看过她们的论文，不错，有想法有见地。李源是个善于求学问道的人；姬领会我认识，能写书；曹传龙还有刘在群，都有各自的长项。"

曹东义和 12 个弟子围坐在朱老身旁，像朱老家人团聚时一样，亲情浓浓，乐也融融。多数弟子都带了自己新出版的学术成果，送给朱老，朱老一本一本翻阅着，不时地给予鼓励、赞赏。

朱老精神状态良好，兴致很高，三师姐神态也放松了。曹东义说："朱老，您的徒孙们在来的路上就说想听你好好讲讲为医之道和医术医德这方面的话题，将来我们也要做您这样的良医。"

望着大家期待的眼光，朱老说："中医啊，这东西要下苦功夫，要读经典。要好好地认真学习前人的东西，也要学习近代人的新东西，把它们融会贯通；然后复制于临床，要理论和实践结合起来，这样子呢，才能成为一个好医生。那么怎样才算一个好医生呢？我感觉要做一个好医生，非常重要的就是医德医品，医术呢，是第二位的。所以过去呢，古人说过的'道无术而不行'，就是说你很有学问，人品很好，也就是在理论上下了功夫了。可是呢，在临床方面呢，功夫不够，实践得不够，就是说你虽有一定的理论基础，但是缺少临床实践的东西，这就是'道无术而不行'，行不通的。'术无道而不久'，是说你临床上有一点技巧而已，掌握了一些技巧，但是啊，你的医德、你的品德不好，也不会长久。所以有两句话你们要牢记：'道无术而不行，术无道而不久。'这个呢，就是医德同医术，要一起并重。这样子呢，才有可能成为上工大医啊！"

朱老一番话引起了弟子们的深思，他们静静地望着眼前这位睿智的长者，用心记下师祖讲的每一句话。

朱老接过曹东义递来的茶水喝了一口，接着讲道："要成为一个好医生，首先要修德，如果光是靠那么一点小的技术就宣扬自己，这是不行的。所以做一个医生，要完整、要全面。我们讲'医乃仁术'。什么叫仁术？仁术就是推己及人，爱护别人，爱护同道，爱护所有的人。这样才是一个好医生，如果光是为了钱，把名啊利啊放在前头，那就错了。"

朱老脸庞红红的，目光亮闪闪的："人啊！一个人啊，一生为了什么？就是为了能给社会留下一点好的东西，不管你的行为也好，你的工作也好，都应该多在这方面下功夫，要踏踏实实、求真务实，不能流于形式，做花架子，还自我炒作，不择手段，这样可不行。名医孙思邈一直提倡'大医精诚'，张仲景的《伤寒论》的序言，也要好好地读读，把这些做人的道理、做医生的最基本的准则读一读，应该要珍惜。"

看到三师姐望向自己，曹东义知道，不能再让朱老讲话，不能再让朱老兴奋激动了，时间也够长了，便领着弟子向朱老告别。临分别时，朱老把他刚出版的新著赠送给每个弟子。曹东义对朱老说："这次来南通，我身边的很多弟子都想来，我只挑选了这 12 个，得知您同意我们登门的消息后，他们兴奋得睡不着觉，能来到您的身边，亲耳聆听您的教诲，这对他们太重要了！他们都非常珍惜这次机会，回去以后我们会好好总结这次拜师，今后会把师徒传承做得更好。"

2015 年 10 月末，又是一个初冬时节，曹东义又一次来到朱老家里，带着刚刚写完的《走近中医大家：朱良春》增补部分请朱老审阅。师徒二人相对而坐，98 岁的朱老精神依然很好，翻阅了一下书稿说："晚上再看，咱们先说说话。你的徒弟们有的后来又来和我见面了，我很喜欢他们。"

曹东义说："我知道有几个人来看您，他们这些杏林新兵，都希望见到您这样德高望重的中医前辈，把您作为自己人生的榜样。每一次来南通聆听您的教诲，对于他们都是很重要的人生经历。"

朱老感慨地说："你们师徒都很像，有一种肯学肯钻的劲头。回想当年我自己的成长道路，我认为，早立志，有追求，这是一个中医人才成长不可或缺的过程。"

曹东义笑道："近'朱'者赤嘛！您的徒子徒孙怎能不像您呢?"

朱老指着曹东义呵呵笑，显然是听明白了"近朱"的含义。接着说道："你徒弟刘在群送给我一件清代神曲，很有意思，这种像砖头一样的块状神曲是很稀有的，保存在我们研究所的展品柜里了。他还说要办中医药文化博物馆，我为他题词鼓励，不知最近进展如何?"

就在几个月前，刘在群来过南通之后，姬领会向曹东义说想带他的几个徒弟来朱老家参观学习，曹东义自是成全他的美意，让朱老见到徒孙的弟子，又是一代传人，朱老肯定是高兴的。

朱老回忆起两年前姬领会来的情景："当时我还为他的新书题词，写的是'祝贺姬领会医师新著梓行：精悟医理，执简驭繁；深入浅出，举一反三；启迪心智，引领精进；弘扬岐黄，造福民康。九六叟朱良春题'。"

曹东义说："您的记性真好！"

那次集体拜师，姬领会撰写的《三个月学懂中医》一书刚刚出版，朱老捧着书甚为高兴，当即题词，姬领会一直珍藏至今。在为年轻中医讲课时，姬领会说："朱老是中医界的泰斗，我们都是'追星'的后生。我曾两次到朱老府上，每次跟他聊中医都能感受到一种心灵的共振，他的身上有一种巨大的感召力。"

曹东义说："就在前不久召开的第三届冀港澳台中华中医文化发展大会和中华传统中医学会 2015 学术年会上，刘在群展出了他收集的部分中医药文物，还印制了一份简报，上面就有您的题词和照片。您对弟子以及再传弟子的鼓励，如同他们行医之路上的启明星，能够指引他们前行，影响他们一生，使他们成为自觉传承的铁杆中医。"

朱老说："我看到了你在《中国中医药报》上发表的文章《'传承自觉'助力中医'体系自立'》，这个提法很好。中医传承，只有自觉自愿，才能事业兴旺、后继有人。因此，2013年你带着12个徒弟到我这里来，我当时的身体虽然很疲惫，也有疾病困扰，但是，看到你们师徒的成长，看到中医事业兴旺发达、后继有人，我的心里还是很高兴的。"

曹东义想起两年前集体拜师的情景，歉疚地说："朱老，那次我猛然带那么多徒弟到府上叨扰，实在是我考虑不周，做得不妥。在我读了您的年谱、日记之后，才真实地了解了您当时的情况，事后心里一直很内疚，没有细想这样的举动会给您带来多少麻烦，影响您的健康。如果事前我知道您当时的身体状况，也许我就不会这么做了。"

朱老摆手说道："你不必为这事自责，我知道你也是一片苦心，为了传承中医，给后学创造各种机会使他们经受锻炼，不断提高认识和学术水平。平素你也很忙，事先你曾经打电话给我，问我在去上海参加中医哲学分会学术年会的时候，是否可以带几位学生过来拜访一下，我也很想见见你们师徒，看看我的'再传弟子'是怎样的情况。见到你们我是很高兴的啊！看来你很会带徒弟，你带来的十几个弟子都挺好的，有干劲、有想法。那个姬领会还很年轻嘛，一下子就带给我几本书，都是他近几年写的具有科普性质的中医药书籍，内容很丰富，有利于向大众宣传中医药知识。但是，也有一些问题要注意，比如，他说当时正在写一本科普书，计划书名叫《三个月学会中医》。我当时就告诉他，这个书名要改一改，中医药博大精深，不可能用三个月就能学会，不能向大众灌输这种思想，不能把中医简单化。但是，也不能像有些人说的那样，读完五年大学，甚至研究生毕业也学不会中医，也不能把中医神秘化。因此，我建议他把书名改为《三个月学懂中医》，结果他采纳了我的建议，出版之后他给我寄来了新书。"

曹东义说："是啊，这十几位年轻中医都各有其长，不仅是姬领会，还有曹传龙、李源、王红霞等人，有的比我读书多，有的比我写书快，有的比我针灸好，有的比我会养生保健，有的人临床病人比我的多，这正是中医事业兴旺发达的标志，也是传承中医事业的希望所在。我和我的弟子们都为能够成为'朱家军'的传人而自豪和光荣，我们定会发扬章朱学派'尊师重道，善于临床，敢于担当，勇于创新'的精神，做新时代中医的传人。"

两天后，朱老审阅了稿件，并在打印件上留下了修改的墨迹。尤其是对"章朱学派"的提法，做了审慎的思考，在一旁注上"为了中医传承，我只有诚惶诚恐愧疚于心地接受"。曹东义带着朱老阅改过的稿件离开南通，他将直接去北京到出版社与编辑一同做最后的修订，尽快付梓。

这次与师父的长谈，给曹东义留下至深至美的印象。坐在一代宗师面前，坐在世纪老人面前，听他一字一板地讲中医传承，看着他一双眼睛闪烁着孩童般清澈的光芒，曹东义心灵像经受了一场洗礼，自宁静从容中获取了无穷的力量。师父那种胸怀天下的大家风范，那种至高的人生境界令曹东义叹为观止、终生难忘。

谁能想到，这竟是曹东义与师父最后一次长谈。

仅2个月之后，2015年12月13日凌晨，师父朱良春积劳成疾，与世长辞。收到讣告，曹东义带着4名徒弟火速赶往南通。

师父遗体送别仪式在天福园举行，师父生前的亲朋好友、同道、弟子、患者以及普通市民和社会各界的人士，纷纷赶来吊唁。天福园长长的甬道两侧摆满了花圈、花篮、挽联、挽幛，直到灵堂内。

灵堂门首，两条长长的挽联写尽恩师一生："悬壶济世立言立德立功自是大师名久远；振铎传薪亦道亦仙亦佛永留高范在春秋。"

曹东义随着吊唁的队伍缓缓向前移动，远望着安卧在鲜花丛中的师父，泪水夺眶而出。和师父的访谈还没有进行完，书稿还在修改中，还有很多问题要请教师父，手头还有师父交代的几件事尚在进行中，一直想努力做好以感激师父的教导之恩，可是，一切都戛然而止。

吊唁者有白发苍苍的老者，有年轻的学子，有从海外赶来的专家学者，有不相识的病人家属，有南通街巷里的市民，大家哀伤不舍地向朱老告别。南通市中医院的主任中医师田华悲伤地哭诉："10 个小时前老师还在为我的论文签字，谁能想到那竟然是最后一面！"一个南通市城郊来的七旬老妪扑到灵前磕头，众人忙扶起来，老妪哭诉："朱医生啊，你救了我家两代人的命，我一直没能来向你道声谢，现在我说你还能听见吗？"还有一个 10 来岁的少年由大人领着来到灵前，少年呜呜地哭着说："朱爷爷，谢谢你治好了我的病。我来就是告诉您，我的病全好了……"

曹东义带着弟子吊唁过后，来到朱老的工作室，向朱老的家人道声节哀。三师姐朱敏华说："今年这一年，父亲好像知道时日无多了，每天从早到晚不停地工作，几乎是拿生命与时间赛跑。"

师姐朱建华说："是啊，这一年里父亲好像把他平日说的'经验不保守，知识不带走'看得特别重，加紧写手头未完成的论著和文章，还帮弟子们修改文章。他总要自己写，自己清稿，不让我们帮忙。他好像有预感，知道属于他的时间不多了。"

曹东义看着师父案头堆积的书卷文稿，感觉师父的手温尚在。他对师姐们说道："师父走过了将近一个世纪，他的一生可以说辉煌无比，他为国家中医事业做出的贡献将永留青史。亲人们不必过于伤悲，师父未竟的事业咱们一同做好。"

对于 72 岁的师姐朱建华而言，目前最重要的事情，就是完成父亲生前的一大遗愿——将朱老殚精竭虑、精心整理的学术集萃和临证经验集成的《朱良春全集》（共 10 卷）全部出版。

从收到师父讣告那一刻起，曹东义内心一直是风云翻卷，与师父 10 年师徒情谊，师父的谆谆教导纷繁奔涌，萦绕心间，让他感慨万千。感恩此生能遇到朱良春这样的人生导师，由此见证了中医近现代史上"章朱学派"的传承经过，并幸运地成为"章朱学派"又一代传人。曹东义相信，在今后的历史进程中，"章朱学派"的医学思想价值会进一步彰显，章次公、朱良春把一生献给华夏中医的精神，必将在中医复兴之路上展示出独特的魅力，发挥巨大的作用。

当晚，曹东义没有在灵堂为恩师守灵，他还有更重要的事情要做。曹东义和朱婉华师姐以及秘书小张连夜在《南通日报》报社编写悼念朱老的文章，经过一个通宵的写作、编辑，赶在黎明时分完成了悼念朱老的长文，报社编辑们紧急编排，以四个整版的版面刊登这篇悼念朱老的长文。当日上午，人们在追悼会上看到了《南通日报》以特殊形式刊登的悼念长文《大师九九归一，学术传承永恒》，这篇文章表达了南通人民和整个中医界的同人对朱老最深切的悼念，南通百姓捧着这张报纸，一边流泪一边追忆国医大师的一生。

1917 年，朱良春生于江苏镇江。17 岁在武进孟河拜御医世家马慧卿先生为师，开始学习中医。次年，又转至苏州国医专科学校学习。1939 年 2 月开始在南通设立诊所，开业行医。

当时，朱良春有一个"五毒医生"的雅号，因为他善用有毒的虫类药。虫类药为血肉有情之品，生物活性强，但作用峻猛，具有一定的毒性，能搜剔深入精髓骨骼之病邪，没有功底的医生是不敢使用的。当年，当药店老药工得知开方子的朱良春只有 20 多岁时，赞叹道："这个年轻大夫，胆识过人！"

1939 年，21 岁的朱良春学成归来，在南通开设中医诊所，适逢疫病流行，朱良春因治愈大量登革热患者享誉一方。当时，日寇侵华，国难当头，生灵涂炭。朱良春认为，要打败敌人，拯救中华民族，必先壮其筋骨、强其体魄。为此，他自费办起了小型杂志《民间医药月刊》，搜集民间单方草药，汇集成册，每期二三百份，免费寄送，深受群众欢迎。

1945 年起，朱良春开始筹备创办南通中医专科学校，自任副校长。1952 年，为了新中国的医疗事业，又参与创办中西医联合诊所，任所长，后改为联合中医院，任院长。

中医界治风湿病素有"南朱北焦"之称，即指南通朱良春和北京焦树德。而朱良春经验方"益肾蠲痹丸"是目前唯一能修复骨膜破坏的中药制剂，很多癌症患者在朱良春这里绝处逢生。

1952 年，朱良春联合几位医学同人开办了南通市第一家中西医联合诊所，后扩建为南通市联合中医院，借用听诊器、显微镜等西医设备和手段，提高诊疗水平。一时间，南通市中医院名医荟萃，被评为"全国红旗单位"。朱良春对此并不满足，他思想开阔，气量恢宏，努力发掘民间家传秘方，造福于民众，将蛇医季德胜、专治淋巴结核的陈照、专医肺脓肿的成云龙等"土郎中"请进医院，开设专科病房，帮助他们整理经验，搞研发，成就了南通市中医院"三枝花"的杏林佳话。

1956 年，朱良春与同人将联合中医院无偿捐献给了国家，成立了公立南通市中医院，他被推选为第一任院长，任职 28 年。

在开办医校、为国家培养中医人才方面，朱良春也是中医界的先驱。早在 20 世纪 40 年代，朱良春即开办了南通中医专科学校，进入中老年后，朱良春更是把培养中医优秀人才作为自己的天职。他通过临床传帮带、指导进修、授课、组织专题系列讲座、著书立说，以及平时的身传口授等途径，悉心培养在国内外中医界有影响的弟子数以千计。

朱良春对虫类药潜心研究长达数十年之久。他认为虫类药具有一种生物活性，它的治疗效果比植物药要强得多，因为它含有大量的动物蛋白质、多肽类和各种酶，并含有一种灵气，是血肉有情之物。朱良春的这一研究成果为治疗当代许多肿瘤、心脑血管病开辟了一条崭新的途径。由他著述的我国首部虫类药专著《虫类药的应用》于1978年出版，后多次增订再版，填补了中药学虫类药专著的空白。在此基础上，还创制了许多有效药方，为攻克顽症痼疾做出了突出贡献。

2015年3月，南通中医药文化博物馆正式开工建设。朱良春率先捐资50万元，成为第一位捐款人。朱老子女积极响应，共同捐资200万元用于博物馆建设。为了中医药事业后继有人，朱老把他的子孙领上了中医传承之路，祖孙四代36人中有17人从事中医药工作，被邓铁涛称为"朱家军"。

报告文学家陈祖芬的《中医乃仁》一文开篇说道：朱良春曾被弘一法师誉为"善疗众病"的"大医王"。20岁时，即为贫苦人免费看病，90多岁时，还在杏林广播真知。一双妙手，让无数垂死之人起死回生；一颗仁心，把医学不传之秘公之于世。厚德行善，大医修为也。

2009年6月19日，全国各地30位从事中医临床工作（包括民族医药）的老专家获得了"国医大师"荣誉称号。这是新中国成立以来，国家第一次在全国范围内评选国家级中医大师，作为唯一一位来自设区市的中医，朱良春当之无愧地名列其中，有朱良春他们这一代国医大师，是我们国家、民族、中医界的幸运。

朱良春既和邓铁涛、路志正、任继学、颜德馨等名师大家相知很深，也和民间医生、无名晚辈私交甚笃。多年来，朱良春从不以名医、大家自居，对同事、下属、学生、徒弟、平民百姓皆一视同仁，对求教者真正做到了有信必复、有问必答。他90多岁时还四处看病讲学，为中医薪火相传而努力。他常说，世上只有"不知"之症，没有"不治"之症。

有一次，山西名医李可先生参加会议时见到朱良春，热情地跑过来拥抱这位闻名已久的大医，开怀笑道："相识恨晚啊！我在多年前就吸取先生用虫类药的经验，治好了一些疑难怪病，今日得见应该叫声师父啊！"朱良春笑道："不敢当，不敢当，我看过你一些医案，我现在用药审慎，不如你那样胆大有魄力。"

朱良春在离世前两个月，还给曹东义写了一封信。

东义贤契雅鉴：

　　复交上您整理之《走近中医大家：朱良春》及部分年谱，不知收到否？2008 年的情况有些不太详细，可以简单一些。您是一个高手、快手，是会处理好的。现将 2015 年 1—8 月的年谱寄上，供参考。近两个月的生病情况，可以一笔带过，不必细述。现在精神情绪，还是乐观的，只是体气虚弱，力不从心，邓老及诸多亲友，均劝我放下一切，适量运动，颐养身心为是，我现在完成全集后，将接受亲友之劝告，顺应自然，轻松乐观，享受天伦之乐，适当做一些力所能及之事，以尽一个老中医的职责，带好几个高徒（继承者、博士、博士后各 2 人，都将毕业），以竟吾心。

　　给您增添麻烦，很说不过去，衷心感谢！顺颂阖家吉祥安康！

朱良春

2015. 9. 12

收到信和年谱校稿后，曹东义即埋头编写校改年谱，心想完成编校工作后再给恩师回信禀报，却没想到再也没有机会了。每每捧读师父最后一封信，不由潸然泪下。98 岁的师父，在生命最后时光里，还在想着"带好几个高徒（继承者、博士、博士），以竟吾心"。

"师父啊，您是华夏中医的一座丰碑，您见证了中医百年磨难，亲历种种坎坷，把一切艰难困苦甩在身后，带领着'朱家军'的传人们，传承弘扬华夏中医，大步走向未来，曹东义将紧紧跟随，未竟之业定会实现！"

第十三章
秉笔春秋写岐黄

为中医写史的历程始于 1989 年，曹东义研究生毕业分配到河北省中医研究所，从这时就开始了在中医史科研领域里的跋涉。

这年底，时任河北省中医药学会副会长的高濯风先生，在"王好古学术思想研讨会"上的一番讲话，使曹东义意外地结缘第一个研究目标——扁鹊。

高濯风先生是河北省 20 世纪 50 年代即名传一方的医学专家，学识渊博，尤其对河北省历代名医医学思想研究深入，见解独到，在学界颇有影响。这次会议相逢，老先生对曹东义讲了一件困扰已久的学术上的问题，并希望曹东义解开谜团。

原来，近两年，山东中医学会两次召开全国性"扁鹊里籍研讨会"，发函邀请河北省中医学会派人参加，山东中医学会说，过去人们认为扁鹊是河北省任丘鄚州人是错的，根据最新研究，扁鹊应该是山东长清卢人。高濯风为难了，这个会怎么参加啊？同意人家的观点吧，他们的考证说服不了人，心里也不是滋味儿；不同意吧，人家有备而来，我们也没有翔实的根据与人家争论。因此，山东召开两次相关会议，河北中医学会都没有派人参加。

讲完事情经过，高老先生情绪激动地说："东义呀，你是搞医史文献专业的，应该好好研究研究，如果人家说得有道理，符合历史事实，我们就认可人家改写历史。假如他们的观点不符合历史本来面目，我们的研究有证有据，那就一定要把扁鹊老先生请回来。不能在我们手里，因为研究的缺失把中医的祖先扁鹊让人家山东请走了，那我们河北省学者就是丢了人，丢了'先人'啊！"

曹东义所学专业就是医史文献，听了高老先生的话犹如芒刺在背，虽不敢当下表态，但已暗下决心——把这个课题研究好，给老一辈医史学家一个交代。

看过山东寄来的关于"扁鹊里籍研讨会"的《论文集》后，曹东义对于山东中医学会研究方向有了一些了解，但其中涉及资料很多，大多是先秦的著作，必须先把这些著作通读下来，才能辨别。

这一番辨别用了一年时间，曹东义天天到省图书馆查阅资料，到师范学院历史系、省博物馆等单位访问有关专家，基本理清了有关问题的来龙去脉，阅读了大量古人和今人的研究文章。他发现围绕扁鹊的研究，山东及各地学者提出的论点都有很多疑点，有必要做一次深入的考证和研究，引起扁鹊研究的争鸣。

扁鹊，也叫秦越人，这位战国时代名医从姓名、生活年代、籍贯到行医地区、生平事迹、著作、学术贡献、墓庙等方面，都存在许多不同的说法，似乎各有依据，好像都有道理，但细分析却互相矛盾，让人如坠五里雾中。甚至，仅现存的扁鹊庙、扁鹊墓，也分布在河北、河南、山东、山西、陕西5个省区，多达10余处，究竟哪一个是真墓？很难断定。但它们可以"穿越"2500多年，历经风雨剥蚀，仍然立于世间，这不能不说是一个奇迹，同时彰显了良医扁鹊在人民心中的强大生命力，很多称雄一时的历史人物在扁鹊面前都黯然失色。即便秦皇汉武陵高大雄伟，传说中的曹操七十二疑冢神秘莫测，但在老百姓心中，都不可与扁鹊墓相比，也比不了扁鹊这样一个民间医生所受到的世人之爱戴。

司马迁在《史记》之中指出"扁鹊言医为方者宗""至今天下言脉者，由扁鹊也"。然而，历经两千多年的流传，扁鹊的形象逐渐被人为地模糊了，他的生活年代、学术成就、对中医的影响也随之而被虚化。

为了打开这些历史的谜团，弄清中医学奠基时期的医学状况，曹东义决心把"扁鹊秦越人生平事迹研究"的课题做深做细，并沉下去进行了大量考证、论证，直到 5 年后才发布自己的结论。

扁鹊生活于春秋末期，与孔夫子、赵简子同时代，那个时候老子的《道德经》刚成书，扁鹊论述医学理论的时候，大量使用阴阳、脏腑、经络、气血等概念，却不谈论"道"。曹东义认为这说明扁鹊不晚于老子，未受道家思想影响。而今本《黄帝内经》成书于战国至两汉，其中论述医理时频繁使用"道"，深受道家思想影响。这说明《扁鹊内经》比今本《灵枢》《素问》构成的《黄帝内经》还要古朴。扁鹊的医学思想见于《脉经》等医学典籍之中，随着成都老官山汉墓扁鹊医书的出土，更多的证据会有力地推进扁鹊之研究。扁鹊对古代中医影响极其深远，开创的诊脉见五脏症结，为中医打下了深刻的历史印记。还有扁鹊发明四诊合参，开创临床各科，是中医临床医学成熟的标志。司马迁说扁鹊是中医的宗师，显然是有依据的。

扁鹊出生、学医的故里鄚州，历史上就在燕南赵北，与晋国、齐国也是近邻，扁鹊青年时在这里开客栈 10 多年，见多识广，得到长桑君传承并接受其全部"禁方书"，成为一代宗师。此后"名闻天下"，四诊合参，重望色和脉诊，"视病尽见五藏症结"，救治赵简子，得四万亩封地，因此，就有了邢台内丘的"神头村"扁鹊弟子柏、虢太子岩，有了封地、众弟子；教书看病、传道解惑，因此就有了《扁鹊内经·外经》流传后世。

扁鹊在邯郸以妇科扬名，到洛阳开创耳目老年科和骨关节病治疗术，到咸阳成为儿科鼻祖。

这个课题大概就是读研时导师说的那种值得做一辈子的课题，曹东义渐渐被扁鹊迷住了，一边阅读古籍，一边沿着扁鹊当年行医的路线，在历史的烟尘里追寻。

这一追就是 5 年，5 年之后曹东义推出了一个全新的扁鹊。翔实的考证、大视角的研究、全新的立论，刷新了有关扁鹊研究的高度，在医史学术界刮起一股扁鹊旋风，京津冀川陕湘等地 11 位著名医史学家接连发文发声表示赞同，引起学界密切关注，甚至与曹东义观点不一致的山东学者也请曹东义鉴定相关课题。20 多年来，曹东义发表多篇相关论文，不断把扁鹊医学、扁鹊文化研究深入推进并展示给广大同道和大众，在国内被公认为该领域权威研究者。

曹东义怀着无比钦敬的心情走近扁鹊秦越人，去一一拜访有关专家，考察有关的文物遗迹，查阅可以找到的文献。其间得到河北省卫生厅、河北省中医药管理局的大力支持，该研究被列为科研课题，也得到国内很多著名医史学家的鼓励与帮助。河北省中医药研究所编辑的 1991 年《中医药情报》专辑刊载了曹东义撰写的《燕赵名医祖扁鹊》一文，寄送全国各有关单位，引起了各地专家的重视，也引发了一些学术争鸣。温如杰先生先后在 1991 年和 1994 年在《山东中医》杂志发表了与曹东义不同观点的商榷文章。曹东义回应其商榷的文章刊登于《河北中医》《河北中医学院学报》上，并就扁鹊生平有关的问题，进一步在《天津中医学院学报》《中医药信息》《中医杂志》《中医药学报》《中医基础理论杂志》等进行讨论。

曹东义认为，扁鹊是一个大文化，不能狭隘地看待扁鹊的地籍问题，研究扁鹊的立足点不能放在扁鹊是河北人还是山东人的问题上，要从中医学术体系形成的高度看待扁鹊。应该把司马迁所说的"扁鹊言医为方者宗"的历史事实搞清楚，把扁鹊如何在故乡学习医学知识，如何名闻天下开创医学临床各科，如何依靠医学的力量战胜巫医，如何宣扬"治未病"理念等内容阐述明白。由此步步深入，把扁鹊与《灵枢》《素问》《难经》《脉经》的关系及扁鹊对仓公、张仲景以及其他医学家的启示和影响等搞清楚，进而把扁鹊奠基的中医学术特色用时代的语言表述出来，这就说清了中医的原理和本质、与西医的区别等学术问题。这是一个庞大的医学工程，也是一个高深的学术研究课题，需要大家凝心聚力，集思广益，下大力气去深入思考，而不应该"只说一点，不计其余"。

1993 年，扁鹊研究课题顺利结题，给予鉴定的专家有——世界针灸联合会第二届主席、中医研究院副院长王雪苔先生，医史学会李经纬会长，医史文献专家耿鉴庭先生，扁鹊研究专家、中国科学院研究生院的李伯聪先生，"中医活字典"、天津中医学院郭霭春先生，陕西省中医研究院院长米伯让先生，湖南中医学院周一某先生，成都中医药大学赵立勋先生，河北中医学院院长宗全和，河北省中医药研究所李浩教授，专家们对这项课题给予高度评价。

这项研究当年获得河北省卫生厅科技进步一等奖。

1996 年，曹东义依据扁鹊秦越人生平事迹研究的科研报告，撰写了专著《神医扁鹊之谜》，由中国中医药出版社出版，引起全国有关学者的重视，扁鹊的影响进一步扩大。王雪苔先生为此书作序：

> 我认真地阅读了这部书稿，感到该书作者除了吸收前人的研究成果以外，在剖析运用史料与进行逻辑推理等方面，有许多独具只眼之处。如认为扁鹊诊赵简子的史料假中有真，提出"扁鹊"一称与赵人的鸟图腾有关，强调《汉书·古今

人物表》对考证扁鹊生活年代的重要性，通过司马迁叙述扁鹊用"召""客""过""赐"诸字来推敲扁鹊籍贯等等，都使人耳目一新。特别是在研究历史人物和事件时，作者不但重视考证那些同人物和事件有直接关系的文献资料，而且还注意把握当时的社会条件和背景，从而提出一些较有说服力的看法。扁鹊在中国医药发展史上的影响颇为深远，对扁鹊的研究还应继续进行。我曾向曹东义医生建议，希望他百尺竿头，更进一步，从扁鹊研究扩展到整个先秦与秦汉医药学史的研究。关于扁鹊生平事迹的考证，还应该从稗史、地方志、文集、碑碣等诸多方面扩充资料，使研究更加拓宽和深入。例如，我看到的明万历十二年五月二十四日的《御制重修郑州药王庙碑》碑文就详于本书所录，另外还有天启七年崔泌撰写的《创建行宫落成记》一碑，也反映了明代郑州药王庙商贸之盛。关于扁鹊的学术成就与扁鹊学派的研究，除了掌握史料以外，还应该从古代医籍里全面发掘有关扁鹊的学术内容。研究扁鹊学派势必牵涉到黄帝学派，如果没有对黄帝学派进行系统的深入的研究，则很难对两个学派的关系做出恰当评价，所以尤其要在研究黄帝学派方面多下功夫。研究先秦与秦汉时期医药学史，有助于中医药学追本溯源。我希望曹东义医生在这个领域取得更令人瞩目的成就。

时任河北省卫生厅副厅长孙万珍先生为《神医扁鹊之谜》作序：

　　河北省中医管理局下达的"扁鹊秦越人生平事迹研究"课题，由河北省中医药研究所医学硕士、副主任医师曹东义等中青年专家承担，课题组得到我省名医高濯风、冯新云教授的指导。经过几年认真细致的研究，查阅了大量古今文献并结合实地调查，去伪存真、辨析疑义，得出了令人信服的结果：认为历史上只有一个扁鹊，生活在春秋末期的赵简子时代，"扁鹊"是赵人送给他的尊号，这个称号的形成有着深刻的历史文化背景。司马迁称扁鹊秦越人为"勃海郡"鄚人，是用汉初的政区来表示秦越人的籍贯，鄚在汉初属勃海郡，所以扁鹊秦越人是今河北任丘市鄚州人。扁鹊墓、庙分布于河北、河南、山东、山西、陕西五省区的十余处地方，其中只有少数墓庙与其丧葬本身有关，而多数墓庙属于各地人民怀念扁鹊的纪念冢，从一个侧面反映了"扁鹊闻名天下……随俗为变"的历史事实，是极为可贵的历史文化遗存。扁鹊著作佚文见于《脉经》之中，从中可以看出是扁鹊发现了脉气出入循环学说，他对脏腑经络学说的形成起到了集大成的作用，《灵枢》《素问》《难经》皆传其学，足见其影响巨大而深远。课题组的观点，得到京津冀川陕湘渝几位著名医史文献专家的赞赏，他们一致认为该研究在扁鹊生平各个方面均得出了超越前人的独到认识，使有关扁鹊的研究达到了一个新的水平。

《神医扁鹊之谜》一书引起了山东省医史专家的注意，尽管曹东义的研究对他们之前的一些论点提出质疑，但山东省医史专家对曹东义的研究成果表示出极大的尊重。2002 年，山东学会编写《山东省志·诸子名家系列丛书》，写到有关扁鹊在山东的医学活动时，山东省卫生史志办公室专门把有关稿件寄给曹东义，请曹东义为其做鉴定。来函说道："您是位卓有建树、令人尊敬的医史学家，我们的《志》稿中力求客观地记述各家观点，为不失偏颇，其中涉及您的观点处尤多。为此，特请您审查以下几点：一、是否全面地、准确地记述了您的观点，凡有错讹、失当、遗漏，均请指正。二、对别家观点的记述是否允当。三、其他建议。请您不吝赐教。"

曹东义拿着这封请求鉴定的信件，与时任河北中医学院院长的宗全和教授商量。宗教授看后笑道："他们把这个球踢给你，看来是动了脑筋了。"曹东义说："不怕，只要是尊重历史，实实在在做学问，就可以争鸣，可以商榷，可以有理讲理。"

看完稿件后，曹东义高度评价了对方认真负责的态度，对于他们的系统研究给予鼓励和赞扬，同时指出其采用材料，尤其是对于采纳新近研究成果方面存在某些欠缺和不足，比如他们虽然尊重河北曹东义课题组的研究成果，但是在其初稿之中吸收的内容并不多。最后补充道："这不能不说是一种遗漏和缺憾。"

曹东义坚持尊重历史的治学精神引起对方的重视，对方收到鉴定结果后表示采纳曹东义的意见。2005 年《山东省志·诸子名家系列丛书》正式出版，其中的《扁鹊·仓公·王叔和志》的内容，吸收了曹东义课题组的研究成果，曹东义赞扬了这种求实的学风。在一篇文章中写道：我们今天的史学家不能用狭隘的眼光看待扁鹊。"利天下"是《易经》阐发的中华精神，扁鹊的生平事迹充分体现了这个思想。我们的研究也要本着一种"利天下"的态度。

通过研究扁鹊，曹东义与很多学者、同道成了学友，不仅在扁鹊出生地、学医之地的任丘鄚州，封地、葬地的邢台内丘结识了很多学者朋友，而且在扁鹊当年行医之地的陕西、山西、河南、山东等都认识了很多同道，还有热心于扁鹊文化的出版社、报社的编者、著者、读者朋友，可以说收获多多。

2006 年春季，反中医思潮沉渣泛起，诋毁污蔑中医的歪风邪气甚嚣尘上，曹东义挺身而出，放下手边的研究课题，以笔为枪回击反中医逆流，在邓铁涛、朱良春等老一辈名中医的鼓励下捍卫中医，为中医维权。短短几个月内，曹东义在《中国中医药报》《中医药通报》《湖北民族学院学报》等报刊发表 20 多篇系列文章与之论战。

这场风波也引起了国家中医药管理局的重视，中医药管理局意识到中医科普宣传的重要性，筹划了"中医中药中国行"等大型宣传活动。中国中医药出版社特别邀请曹东义参加出版社编辑策划会议，受邀主编《中医药知识普及读本》一书。这部书于 2007 年 6 月出版，作为"中医中药中国行"大型宣传赠送的主要图书。新任卫生部副部长王国强为这部书写了序言，国家中医药管理局网站专页介绍这本书的主要内容，此书成为中医药科普官方认定的主要作品，产生了广泛的影响。2009 年，该书获得中华中医药学会新中国成立 60 周年科普著作二等奖。

《中医药知识普及读本》是一本实用性很强的科普读物，对乡村医生、社区医生和广大人民群众具有较强的指导性，有利于广大群众正确认识传统中医，增强利用中医药防病治病意识，运用于医疗保健服务实践。这部科普著作告诉人们，中医并不完全是传说中的那么古老、深奥、复杂，也有其易学易懂易用的一面，具有不可替代的普世价值，对于治疗疾病、维护健康、解决人民群众看病难的问题有着重要的作用。

尽管这是一本科普著作，其中也融汇了很多曹东义的独特见解，比如"睁眼就可看阴阳""没有人类五行不转""表里如一建立脏象"等富有创意的提法。该书形象生动，简明易懂，深受大众喜爱。

2007 年，经历了与反中医逆流的论战后，曹东义连续出版了《回归中医》《捍卫中医》《关注中医》三部著作，应邀到中国社会科学院哲学所、中国科学院自然科学所、北京大学哲学系、北京中医药大学等单位演讲，讲述中医的本质、中医的原理、中医对人民健康事业的巨大作用，澄清迷雾，捍卫中医。

曹东义以大量文章让大家认识到，那些说中医不科学的人是因为被狭隘的科学观蒙蔽双眼而看不见中医的科学性，有人崇尚硬技术，认为中医只有经验没有技术，这都是文化自卑的表现。中医有独特的医学体系，是我国原创的知识系统，与复杂性科学有着千丝万缕的联系。"废医存药""告别中医中药""废医验药"都是错误的世界观对中医药的误读、误解。

2016年，《扁鹊文化与原创国医》出版，师父邓铁涛在百岁华诞寿宴上看到徒弟寄来的新作，欣喜不已，看过之后特意打电话给曹东义："很好，这是一部有分量之作。"

2019年，曹东义被河北中医学院任命为河北中医学院扁鹊文化研究院院长。这一年，曹东义和张志文等同道一起编撰了《医宗扁鹊》文学剧本，希望通过电影、电视、微信等多种文化载体，把一个完整的鲜活的扁鹊介绍给大众，传播到世界。

2021年曹东义主编的《扁鹊学术思想研究》一书完稿。

曹东义对扁鹊的研究，经历了整整30年的历程。30年前，初开始研究扁鹊的时候，曹东义在图书馆查资料一看就是一整天。有一位副所长指着曹东义直摇头："你可真行啊！大家都在面向市场找出路，你可好，整天躲在小楼看'左传右传'的，真服了你了！"

《回归中医》是曹东义拜师之后的跟师学习答卷，也是对中医前途命运、中医与西医关系、中医未来价值深入思考的结果。书中很多发人深思的见解，直到今天仍然是中医界的热点话题。

《关注中医》这一部书的写作时间非常紧迫，实在是时势使然。2006年不断升级的反中医事件过后不久，师父邓铁涛在10月份提议曹东义写一本"中医与民族虚无主义斗争简史",并寄来了他主编的《中医近代史》和《中医近代史论文集》作参考。恰在此时,科技部贾谦先生急约一部反映新中国成立以来中医药发展的书稿,曹东义把两个创作意向合在一起,以最快的速度撰写了《关注中医》一书,书中对中医近代、现代坎坷的历史做了详尽描述和分析,节奏流畅,观点鲜明。邓铁涛对此书很是赞赏,给曹东义的信中说自己尽管时间很紧张,但还是坚持每天看一些。

《关注中医》一书于2007年先后得到邓铁涛、朱良春、路志正等中医前辈的鼓励与肯定,也得到了河北医科大学李恩教授、副校长段惠军教授等中西医结合专家、西医专家的肯定。段教授还鼓励说,他已经向多位西医专家推荐,建议他们读读这本书,以便了解中医在近代走过的艰难道路和取得的成就。

35天写就一部20万字的专著?这是怎样的速度,那还有睡觉的时间吗?大概问到这个问题的人不少,曹东义在一篇文章中回答道:"时势所迫。贾谦先生约稿时说因海外中医学会急需这样一部介绍中医的读物,同时这也是宣传中医的大好机会,我责无旁贷。每天坚持写14个小时以上,到后来常常通宵达旦。现在看来还是时间太仓促,手头资料有限,只能从理论研究、临床进展、针灸针麻、中药研究等几个方面进行了初步揭示,只能说可以让人们借助这本书的内容来'关注中医',也就算达到目的了。"

2007年秋的一天,中国中医药出版社肖培新主任打来电话。几年来,通过频繁的工作联系,曹东义和肖主任,以及出版社社长、编辑们已经成为挚友,曹东义对他们热心中医药文化宣传所做的贡献十分赞赏。前一时期,为了《走近中医大家:朱良春》这部书稿的校对修订沟通了许久,如今这部书稿已经最终定稿,进入出版流程,肖主任来电还是因书稿的事情吗？

"您好！曹教授，您写的《走近中医大家：朱良春》很快就要付梓了，祝贺您。这套丛书的计划中还有《走近中医大家：路志正》这一部，我们希望您能完成这部书稿的写作。"

原来是又一次约稿啊。一听是写路志正先生，曹东义当即愉快地接受了这个光荣的任务。

路志正是从河北这片热土走出来的中医大家，是首批国医大师，曹东义对路志正先生景仰已久。早在20多年前读研究生的时候，曹东义与路先生就有渊源。曹东义与一个叫顾连成的同学，一起来到中国中医研究院读研，在西苑医院共同学习基础课。说起来，与顾连成已经是第三次同时跨进同一所院校。恢复高考之后，一起考进河北新医大学；毕业后不久，1984年下半年又一起参加了河北省第二届中医基础理论提高班，共同学习四大经典、医古文；1985年9月，再次一同考入中国中医研究院读研，顾连成的导师就是路志正先生，曹东义时常能分享到顾连成从导师那里得到的学术资料和课题指导意见。

慢慢地，从顾连成这里听到很多路志正先生的信息。这位87岁的老人是河北省藁城人，从年幼学习中医到走进国家卫生部，阅历丰富，学养深厚，堪称一代名医，是燕赵中医界的代表人物。路志正开的药方往往在平易之中见神奇，疗效颇不一般。在卫生部工作20余年，经常给中央首长看病，经历不凡。后来离开卫生部到广安门医院做一个普通医师，还是经常被接到中南海、钓鱼台行诊，或者出国讲学、交流学术，民间称其为"当代的太医"。

虽然曹东义还没有和路老见过面，但书信往来有过几次，在学术上也曾多次得到路老指点，他一直希望有朝一日能够走近路老、了解路老，很多事情要请教路老。现在，出版社给曹东义架设了桥梁。所以，接受这个任务，曹东义内心的激动和喜悦是难于言表的。路老和邓铁涛、朱良春以及各位名老中医都有渊源，尤其是在卫生部工作期间和章次公先生多有交往，见证了新中国成立以来中医的发展历史，为中医发展传承做出了巨大贡献，有许多传奇的经历，值得好好写一部书。

2007年11月中旬，曹东义到北京参加全国政协组织的中医药发展高峰论坛会议，开会之前先去拜访路老，路老已经接到出版社的信息，便开启了初步的采访。

当月底，曹东义又在广州第三届中医药名师与高徒的学术会议上与路老相逢，会议期间几次交谈。晚间休息时间，曹东义就许多问题向路老的女儿路洁进行了采访，路老毕竟已是快90岁的人了，不能过长时间打扰。

回到石家庄之后，初步拟定了整个访谈的框架结构，传给了路老，也传给了出版社的肖主任、戴编辑，他们分别提出了意见和要求。

2008年正月初十过后，曹东义和女儿曹晓芸一同又一次来到北京，在年味儿浓郁的新春伊始，肖主任、戴编辑、王编辑一起陪着曹东义父女找旅馆、安排采访计划。安顿下来之后，一起顶着寒风往返在北京的大街上，在路老家里进行了几次采访。正月十五这天，在路老家里安排了一次长谈，这天路老精神也特别好，接待曹东义父女在家共度元宵之后，和曹东义谈了很久。

虽然已有过多次采访，但曹东义有一个话题一直还藏在心里——请路老讲讲章次公先生。以前听朱老讲过一些章次公的事情，但大都是早年在上海时期的经历，新中国成立后章次公调北京工作，担任卫生部顾问，朱良春与之一南一北，见一面都不容易，后来，章次公英年早逝。那么，同在卫生部工作的路老一定和章次公先生多有交往，一定知道一些章次公先生的情况。

"路老，您给我讲讲章次公先生好吗？他是我师父朱良春的老师，但关于他我所知甚少，书籍文章里也少有次公先生的记载。"

路志正说："章次公先生确实是一位杰出的医学大才，可惜英年早逝，像一颗流星在岐黄王国的星空划过，光照后人。"

说起章次公，路老满怀惋惜地嗟叹了一番，才开始讲述。

章次公，号之庵，江苏省镇江市丹徒县人，生于 1903 年，是近代杰出的中医教育家、临床家。其父章峻乃前清秀才，属于革命烈士赵伯先的部下，曾担任其机要秘书，为同盟会会员，为革命做了许多有益之事。章次公年幼时父亲去世，由母亲抚育长大。他遵守父训，不过问政治，练武习文，后入丁甘仁先生创办的上海中医专门学校读书。次公先生在中医专门学校勤奋好学，博览群书、敏悟过人，深受丁甘仁先生的器重。其间，还拜章太炎先生为师，学习国学与中医。1925年章次公毕业后，因成绩优异，留校任教研工作，又兼任广益中医院医务主任，后改任上海世界红十字会医院中医部主任。

曹东义说："我听我师父朱良春说，章次公先生毕业后，师事经方大师曹颖甫先生，对伤寒有特别研究。"

路老说："是的，这位曹师是仲景学之大家，临证常用经方，胆大心细，对章次公影响很深。但章次公并不仅仅囿于丁甘仁、曹颖甫两家学说，而是锐意进取，不断创新，在学术上自成一家。曹颖甫先生曾经说：'众多门人中，得我心传者，唯次公一人而已。'他临床用药泼辣，处方以'廉、便、验'为特色，救治无数危重病员，受到广大劳动人民的尊敬和爱戴。"

曹东义："是啊，我师父说起次公先生也是和您一样的心情、一样的口吻。"

路志正道："次公先生对中医的贡献还不限于临床临证，他还是一位中医教育大家，对近代中医教育倾注了很多的感情和心血。1927

年，他与王一仁、秦伯未等创办了中国医学院，1929 年夏与陆渊雷、徐衡之共同创办上海国医学院，并担任教学工作，提出'发皇古义，融会新知'八个字为院训，培养了一批中医人才。1937 年开始经办私人诊所，在此期间，也带教了不少学生。"

曹东义说："章次公先生可以说是近代中医代表性人物，我听我师父讲的时候很惊奇，二三十年代，次公先生还很年轻，却已成就卓著、声名远播。"

路老叹道："是啊，章次公先生对中华传统文化的文、史、哲、医均有精深的涉猎，对中药学尤有研究，著《药物学》4 卷，多发前人之未发，补古人之未逮。关心中医前途，多次呼吁国人维护中医。那个时候，次公先生也才二三十岁，学问之渊博、思想之深刻令人惊叹。"

曹东义仰慕无比："真是英雄出少年啊！"

路老说："章次公先生一生不好名利，对恩宠荣辱处之淡泊，在民族危难之际铁骨铮铮，表现了中国知识分子的高尚气节，对劳动人民表现出深切的同情。抗战爆发后，他体察到兵荒马乱中的劳动人民有病不得治的痛苦，因而在上海私人诊所的日子里，每天固定一段时间专为穷苦人诊疗，不收诊疗费用。无钱买药者，还可以拿着签有他名字的药方到指定药店去配药，无须花一分钱，年终由他和药店结算，付清药款。故有'平民医生'之赞誉。"

曹东义说："我听朱老讲过一些，章次公先生所处的那个时代，是中华民族最困难的时期，他一腔热血为国为民，从不懈怠。"

路老深有同感地说："是啊，上海沦陷前，次公曾参加由上海世界红十字会医院组织的抗日救亡运动。1937 年上海沦陷后，虽然当时生活比较紧迫，但严词拒绝了敌伪机构委任的重职。次公先生说：'宁可全家饿死，也不当汉奸。'在十分困难的条件下，次公还资助几位热血青年去解放区参加革命。"

曹东义问道："据说章次公先生 1955 年来到卫生部，比吕炳奎先生还早一年。在卫生部期间你们一定常有交集，给我讲讲章次公先生行医瞧病的事情吧。"

路老笑微微地说道："我记得，次公先生来京不久，就赶上林伯渠老的危重病救治。林伯渠老因患尿毒症而呃逆不止，病程很长，病情也很严重，无法进食，不能睡眠，久治未效，身体极其虚弱。章次公受命前来会诊，经过细致观察、分析，陈述了自己的意见，主张使用一味大剂量野山参升阳补元。周总理听过汇报之后，指定章次公为抢救小组组长，负责救治。之前的救治过程一直是西医为主，所以小组成员对章次公开的方子意见不是很一致，章次公便亲自煎药，守候在病床边。"

曹东义想得来当时的场景，插话道："这个任务是很艰巨，前面西医没治好，现在让中医上，中医再治不好咋行？次公先生想必也有压力，必须亲自坐诊、看护。"

路老接着讲道："参汤煎好了，但林老牙关紧闭不能口服，强喂则呕吐，已有多日滴水不进，靠输营养液维持着生命。章次公就用棉球蘸上参汤，然后滴入林老口中，一滴一滴地滴，一点一点地喂，喂喂停停，持续了一两个钟头。然后吩咐工作人员去熬粥，叮嘱要用新米，用小火慢慢煨出稀稀的粥。其他医生和工作人员都感到奇怪，一个多日水米不进的垂危病人，难道能喝粥吗？然而，一两个钟头之后，随着一滴一滴参汤入口，林老痛苦不堪的呃逆逐渐减轻。一会儿，只见林老长出一口气轻轻说了一句话：'好饿啊！'在场所有人都惊呆了。章次公让人赶紧把新米粥端来，一汤匙一汤匙地给林老喂了半碗新米汤。林老好像很累，渐渐地睡着了。人们发现，呃逆也停止了。"

曹东义听得入迷："这简直是奇迹！"

路老说："是啊，这么神奇的疗效，让在场的人都很意外。更令人不解的是，在一滴一滴喂药汁时，章次公已经预测到林老很快会清醒过来，清醒之后会有饥饿感，早早就准备下新米汤。次公把中医的神奇演绎得出神入化。一直关注林老病情的周总理听说了林老醒过来了还能吃饭，很高兴，指示治疗小组召开一个讨论会，总结一下经验。"

曹东义笑道："这个讨论会怕是有热闹看了，估计西医还是占多数，对次公先生的经验肯定是不以为然。"

路老会意地笑笑接着讲："会议如期进行，结论却难得一致，中医专家按中医辨证思路讲了元气、胃气，正气、邪气等原理，西医专家不以为然，说如果没有西医输液供给营养，林老的生命维持不了这么久。再说这不过是一个偶然病例，算不得什么经验，更不能说是普遍规律。双方都是'御医大夫'，争执不下，主持会议的人无法收场，就去请教周总理。按说总理日理万机，无暇过问一个医学病例的讨论结果，但会议是他亲自安排的，况且对于下一步的救治工作还有借鉴意义，便赶来会场。"

曹东义说："虽然说实践是检验真理的唯一标准，但是对于事实的认定，以及它所反映出来的意义，往往会出现争论，西医和中医之间更是如此。"

路老接着讲道："总理来参加会议，引起所有人员的高度重视，双方简单地汇报了看法。周总理刚刚看过林老，心里很高兴，面带笑容好一阵没有说话。过了一会儿，抬头环顾会议现场，目光扫过每一个人，然后语重心长地说：'中医好!'几位中医脸上皆浮出笑容。周总理稍做停顿，又望着几位西医说：'西医也好!'几位西医脸上顿时花开，和中医对视着。接着，周总理又说出第三句话：'中西医结合更好!'会场上掌声顿起。"

听到这里，曹东义也开心地笑了："周总理真是语重心长啊，不但肯定了救治小组的成绩，安抚了中医西医各位医生们，而且对于如何看待中医与西医，也有指导意义啊。"

路老说："这个病案我当时虽然不在现场，事后西医的主治医师和中医代表都给我讲了这件事的过程，但章次公先生从未提及过，他一向淡泊名利。这件事民间流传也比较多，被人们描述成当代太医各显神通的故事。下来我给你讲一下我亲自参与的次公先生为河北省卫生厅厅长段慧轩诊治疾病的过程，也是一段难得的佳话，我至今记忆犹新。段慧轩是一位资深西医专家，也是一位慢性胃病患者，曾经由河北省中医研究院钱乐天主任为他用中医药治疗，虽有小效，而未奏大功，因此想求章次公诊治。但是章次公先生受聘为卫生部顾问，是'副部级御医'，担心请不动。因为我在卫生部中医司工作，经常能见到章次公先生，就让我来转达这个意思。"

曹东义问："您怎么向章次公先生说的啊？他答应了吗？"

路老说："听我讲述了段慧轩的病情后，章次公先生当即应允，并于第二天下午3点，由我和河北省驻京办事处主任一起陪同前往会诊。章次公先生见到段厅长之后，稍事寒暄，就详为四诊。段厅长面色虚浮，两目乏神，舌胖质淡，苔白水滑，有脘闷、噫气、纳呆、腹胀、左胸闷、气短等症候。"

曹东义插言："看来有气滞之象，正气虚弱应是根本。"

路老摇头笑道："次公先生并未轻易下结论，而是进一步询问治疗过程。段厅长回答说：'每天早晨起来，先服一碗参汤，半小时后再进早餐。隔一个半小时服汤药，其间还要按时服用一些西药。'章次公先生听后又看看诊疗记录，轻松地说道：'之前诊断无误，立法、处方、遣药也切中肯綮，其所以功效不太显著，实在是进补的剂型、服药方法欠当所致。'"

曹东义不解地问："我听说段厅长是一个医术很好的西医，又信任中医，治病过程把中西医方法互相参用，应该说是相得益彰，为什么会'服药方法欠当'呢？"

路老说："是啊，且听章次公先生是怎么分析的。他对段厅长和值班医生说道：'试想一下，段厅长年高脏腑薄弱，胃之消化力缺乏，而日进参汤、中西药物，一日三餐中又常有营养汤液，胃中几无宁时，尽是液体停滞，阻塞气机，不符《内经》'胃满则肠虚，肠满则胃虚'，以及'脾喜燥而恶湿'的生理特性，即使辨证准确、用药无误，怎能不影响脾胃的受纳与运化功能呢？'"

曹东义有所悟："是啊，这一说大家都明白了，可见次公先生观察深入细致，自有独见，方能分析得入情入理。"

路老接着讲道："章次公先生向主治医生和段厅长建议，将参汤改为参粉，装入胶囊，每次服 3 至 4 粒，以少量水服之。原用中药香砂六君子汤则宜煎后浓缩，再微温分服，测量少力专而效宏。一日三餐，宜食馒头、面包之类，不宜尽用流质食物，或少量多餐，以减轻胃之负担。说'如此可纳化健旺，其消化功能当可恢复'，并嘱咐节食肥甘厚味及饮料，合理服药，这样一来，段厅长的病可以'不药而愈'了。"

曹东义说："章先生所说的饮食忌宜，也是中医特色，张仲景《伤寒论》在许多汤方之后，都有类似的煎服法和使用注意事项。"

路老点头道："我们大家听了章先生的分析，不约而同地鼓掌称赞，都说章先生不愧是医林高手，见识不凡。段厅长的服药和饮食改变方法之后，病情很快转好。这次会诊使中西医同道、医学后辈，都受到了深刻的教益。"

章次公的故事真是令人入迷，但曹东义想到自己是来采访路先生的，却大谈章次公，便岔开话题问道："路老，听说您是当年第一个认定中医能够治疗乙脑的人，这在当时医疗界可是一件大事，请您谈谈当时的情况吧。"

路老说："说起这个过程来，还真有点曲折。流行性乙型脑炎，是一种由蚊子传播的烈性传染病，叮咬过病人或病畜的蚊虫再叮咬人时，将一种嗜神经性病毒注入体内，使感染者大脑神经系统受到侵害，出现高热、剧烈头痛、呕吐、意识障碍、抽搐等，病情逐渐加重，经过 10 天左右，轻的逐渐痊愈，重的可能丧失生命，存活者中将有20%左右的人留下精神失常、失语、痴呆、偏瘫、智力减退等后遗症。"

曹东义叹道："这真是一种严重的疾病啊，新中国成立初期，这种传染病发病率很高吧？"

路老说："是啊。人民政府把防治各种传染病作为卫生工作的重点，流行性乙型脑炎是 1952 年中央人民政府卫生部规定的 22 种传染病之一。一旦发现这种病例，一般公立医院、私人诊所以及普通群众，都必须立即报告卫生行政机关，把患者送入传染病治疗机构进行专门的隔离治疗，同时对发病所在地进行严格消毒，以防蔓延。"

曹东义问："当时的治疗效果怎样啊？"

路老说："当时对于乙脑的治疗并不令人满意。北京中央人民医院西医专家高崇基曾经说过：西医对流行性乙型脑炎的治疗，没有针对病原的特效药物，只是面对这种严重的症状施用一般的对症疗法，高热就用冰枕，头部敷冰袋，温水或酒精擦澡，冰水灌肠，发汗药或退烧药物。但是，这些处置对脑炎的高热并不能有效降低。另外，抽风就给镇痉药物，严重的病人也不能终止发作。尤其是对昏迷的脑炎病人根本没有解救办法，只能针对呼吸和循环衰竭给予输氧和兴奋呼吸或循环之药物，防止并发症给予抗生药物，以及安装胃管鼻饲输入饮食、水分和服药，其他则系护理方面防止褥疮、尿便处理等。总之，西医对脑炎的治疗，不能主动地施以根本性治疗，只是侧面治标的方法，并不能达到所期望的效果。很多重病人仍面临死亡的威胁。对重症患者采取血浆疗法及免疫血清疗法，虽可降低一些病死率，但从总体治疗成效上仍不乐观。"

"中医治疗乙脑的'石家庄经验'，是怎样发掘出来的呢？"曹东义问道。

路老回想了一下，开始讲述那难忘的历程："1954 年，石家庄私人开业的中医郭可明，被吸收参加石家庄市传染病医院的工作。'乙脑'流行期间，他在石家庄市传染病院和石家庄市卫生局领导的支持下，开展了中医药治疗'乙脑'的工作。其治疗方法主要是解毒、清热、养阴，并忌发汗、忌泻下、忌利尿、忌用辛燥刺激等兴奋药、忌用冰袋冷敷等；所用方药则是以白虎汤为主，重要药物有石膏、全蝎、蜈蚣、犀角、羚羊角、安宫牛黄丸等，一般患者服药后都能在短期内退烧，一至二周痊愈出院，很少留有后遗症，除了少数极重型'乙脑'患者，绝大多数病人经用中药治疗都全部获愈。"

曹东义说："这在当时，可是一件了不起的成就啊！郭可明先生为中医界赢得了荣誉。而路先生您反复调查力荐国家卫生部推广，这也是一件功德无量的事情啊！"

路老笑笑："功德无量的是民间中医。当时，石家庄市传染病医院合作治疗乙型脑炎的材料报到卫生部以后，我和与另外两位专业人员一同前往调查，调查过后，我认为这个好疗效是按照中医温病学的方法取得的，但另外二人与我看法不同，不能形成意见统一的调查报告。卫生部慎重地三派工作组反复调查，终于确信了我的观点，首都乙脑爆发时，同意推广郭可明的经验，取得非常好的疗效。后来，'石家庄经验'经蒲辅周等中医进一步完善，中医治疗乙脑取得了世界水平的疗效，引起了国际防疫和医疗界的关注。"

……

这个元宵之夜，曹东义和路老聊得开心极了。路老像邓铁涛、朱良春等名老中医一样，肩负着老一辈中医传承光大华夏医学的使命，走过了近一个世纪的风雨沧桑，一生都在为弘扬光大中医而努力。

路老曾连续三届担任全国政协委员，在参政议政的 15 年里，他为了保留和完善国家中医药管理局的职能，多次联合其他专家一起上书中央领导，提出切实可行的议案，受到国家领导的重视。他一次又一次利用建言献策的机会，利用为国家领导人看病的机会为中医药的存亡呼吁，利用自身的影响力，拯救扶持散落在民间的特色技术，维护中医药生存环境，并利用各种外事活动把中医药学术思想传播到世界各地。

2003 年，"非典"袭击中华大地的时候，路志正与吕炳奎先生一起，上书中央领导，要求组织中医人员参与"非典"的救治。在吴仪副总理主持召开的"在京中医专家座谈会"上，路志正坐在主席台上向领导人陈述了自己的意见，讲述了广东省中医院抗疫取胜的经验，中医由此进入北京抗击"非典"的主战场，迎来了小汤山医院全面应用中医药的防疫治疫的新局面。

在历次名师与高徒学术传承活动中，人们经常看到路志正先生奔忙的身影，在采访过程中，曹东义看到，在即将迎来九十岁诞辰的岁月里，路志正先生依然在岐黄世界里耕耘不辍。

曹东义怀着激情投入写作，仅用 5 个月时间完成了初稿。此后历经数次删改，路老每次都会亲自审读，对过誉之词一概删除，遇学术问题定要讲清，至定稿时路老看过的样稿已是积稿盈尺了。老人这种严肃认真、一丝不苟的精神，给曹东义留下了深刻的印象。

对曹东义而言，每写一部名老中医传记，都是一次走近国医、走近大师的机缘，走近邓铁涛、走近朱良春、走近路志正，都有不同的感受。书稿完成之后，曹东义掩卷长思，在当代中医的史册里，路志正先生是一个什么样的大医呢?

路老谈吐风雅,处世淡泊,医林中人评价他是"低调做人,高调做事"。是啊,他医术精湛、学养丰厚,坚持低调做人,谦虚淡泊、不争名利,但早已是当今医林公认的中医大家。"高调做事"即路老做的很多事都轰动医林、流传青史——是他,第一个肯定石家庄郭可明先生中医治疗乙型脑炎的经验,假如当初没有他的坚持,中医治疗传染病就不能及时发挥重要作用;是他,代表中医防治血吸虫病,提出来中医治水、西医杀虫,有机结合,促成了毛泽东《送瘟神》诗里高度赞扬的历史奇迹;是他,在卫生部工作的 20 年里,把民间特色诊疗技术放在心上,一次次外调核实验证,呈报给中央领导人,总结推广,使民间中医得以传承发展。毛泽东赞扬"中国医药学是一个伟大宝库",想必与路老呈报诸多民间中医经验有一定的关系。

1973 年,路老辞别了卫生部领导的苦心挽留,执意来到广安门医院做一名普通的中医。但他不是为了养老,不是退隐,而是带头搞中医特色专科建设,创建学会搞科研,抓急症,带研究生、带高徒,培养优秀临床人才,又是一番硕果累累,桃李满天下。

《易经》曰:"天行健,君子以自强不息。地势坤,君子以厚德载物。"路志正先生字行健,正是"志正以厚德载物,行健而自强不息"的写照。

撰写"走近中医大家"系列丛书,开拓了曹东义的眼界,大国医的情怀和境界使曹东义这个医史官更加勤奋,笔力更加雄健,一发而不可收,连续出版了多部医史研究和中医科普著作。

2010 年秋,中国医药科技出版社隆重推出曹东义的《永远的大道国医》一书。几年来,经历了与反中医逆流搏斗的惊涛骇浪,曹东义一直想写一部介绍中医本质和原理,以及中医历史、现状和美好未来的读本，解答大众关心的如何认识中医、准确评价中医的问题。写作这部书稿时，曹东义运用虚实相间的手法，以大量的历史故事和事实解说了中医的过去、现在，比较了中西医思维方法的差异，充满信心地期待未来。人们在生动有趣的语言氛围中，清晰地感受到：在近代欧洲文明强势东扩，传统学问纷纷谢幕退出历史舞台的岁月里，为什么中医学能够历尽坎坷，推而不倒、斗而不败，卓然挺立在东方的天空之下。曹东义对中医的深情呼唤，引起了所有热爱中医、关心中医人群的关注。

《永远的大道国医》出版后，引起专家学者的重视，中华中医药学会学术顾问温长路先生在序言中写道：

　　《永远的大道国医》一书，开门见山，用犀利的语言提出了如何认识中医、准确评价中医的问题。针对这个敏感而热门的话题，近年来出现了不少专门的著述，曹东义教授的这本书也算其中的一本。这类书我看了一些，最关注的是他们是否写出了新意、能否使人们对这一问题的认识有一些新的启迪。曹东义说，他"自己所思所想所表达的内容"，就是以"对于读者有所借鉴，对于中医有所助益"为目的，这增加了我阅读这本书的兴趣。打开书稿，书名《永远的大道国医》首先吸引了我的眼球，一种中医人的自尊、自豪、自信感觉和亲近、亲和、亲切意识，一下子拉近了作品与读者的距离。书的副标题也颇具吸引力："和普通朋友说中医简史，与业内人士谈中西医方法差异"。看来，曹教授目标不小，他是把此书定位在中医圈内圈外这样一个广泛的读者群之上的。

同年出版的还有《中医近现代史话》（以下简称《史话》），这部书讲述了中医从衰落到复兴的过程。中医曾有数千年辉煌历史，也有过近代长达百年的衰落。衰落的原因，主要是在外部还原论的科学观、机械论的技术观、新旧价值观的挤压下，中医界内部发生自我改造而逐渐形成的。痛定思痛，中医在近代和现代走过的道路，是艰难与曲折的，某些时期的经历，甚至可以说是屈辱与悲壮的，就像和氏璧被当作石头一样。邓铁涛先生说，中医这个"当代的和氏"，不为自己先后被砍去左足和右足而痛苦，而是为宝玉被当作石头而悲哀。关注中医近现代的命运，不仅是必要的回顾与总结，而且关系到将来的复兴之路。

《史话》第一章回忆了清代著名学者俞樾对中医经典的质疑，章太炎等人以西医解剖为标准比较中西医之优劣，导致中医理论界的混乱，直至发生余云岫公开反中医事件，否定《内经》，助长了反中医思潮，导致中医步入"废医存药"的衰落阶段。

但是，越是在这种混乱迷茫时期，越是显出坚定的国医传承人的可贵。章太炎弟子中分化出反对中医的鲁迅、余云岫，也出现了捍卫中医的陈存仁、章次公等，尤其章次公先生是一位坚定的中医传承者。新中国成立后，章次公先生身为卫生部副部级中医顾问，受到毛泽东主席接见，两次彻夜长谈，他深感自己肩负复兴中医的历史责任，著书立说，教学育人，竭力发展中医。

章次公弟子朱良春早年因为患肺结核，休学一年之后，拜师孟河马慧卿先生，在这个太医后裔家里跟师学习一年，然后投奔苏州国医学院，成为章太炎先生任校长时的插班生。在抗战爆发学校关门后，朱良春只身到上海跟师实习，成了章次公的得意门生。朱良春 1938 年底回南通开业的时候，35 岁的导师章次公先生送给 22 岁的朱良春一枚方章，上镌 16 个字："儿女性情，英雄肝胆，菩萨心肠，神仙手眼"，对朱良春寄予厚望。朱良春从诊所起家，逐渐发展成联合诊所、私立中医院、公立中医院，改革开放后率子女创业，有了自己的研究所、医院，缔造了一支"朱家军"，成就"朱良春现象"，成为国医大师。

朱良春先生学识纵贯古今，信念坚定，早年经历"废医存药"亦不改初衷，后期成为行业名师，以术服人、以德服人，重视经典与师传。提倡临床疗效是生命线，不能丢掉中医元神，倡导道术并重复兴中医。

第二章"毛泽东系列措施救中医"之中，介绍了毛泽东力主西医学习中医，举办中医研究院、让中医进医院、办中医学院等一系列的行政举措，保全了中医队伍，为未来发展开辟了道路。

后几章讲述了中医"走出困境奔向世界"，90年代初，国家中医药管理局正式成立。当时针灸在世界广泛传播，中医治疗艾滋病、治疗"非典"获得了成功经验，邓铁涛先生说这是中医"腾飞的两个翅膀"，尤其是复杂性科学为中医研究提供了新理论，预示着中医复兴的必然。

无论是热心关注，还是冷眼再看，中医都充满神奇的魅力，犹如一棵千年巨树，植根于华夏厚土，枝繁叶茂，果实累累。风雨来临的时候，它为人们遮风挡雨；炎炎烈日之下，为人们提供蔽日的阴凉。改革开放以来，经济发展迅速，科学技术日新月异，西医学不断有新的突破。在竞争激烈的历史条件下，古老的中医学却能够招徕五洲学子，并且以原创科技体系的身份走出国门，奔向世界，以丰富的果实哺育众多的生灵，足以说明中医药学巨大的未来价值。

应该如何看待中医？这不仅是一个学术问题，而且是关系到国计民生的政治问题，需要我们细致地分析，冷静地思考，正确地判断。

多年来一直存在这样一个问题，中医需要人们了解，需要人们认识，然而，因中医古老深奥、繁复庞大，形成一个较高的门槛，把很多人隔在门外。所以，以什么方式给人们讲中医、怎样让人们正确认识中医，成为弘扬传承华夏中医必须破解的一个难题。《永远的大道国医》和《中医近现代史话》做到了。

中华中医药学会副会长兼秘书长李俊德先生看到《中医近现代史话》后，把曹东义请到北京，为王国强副部长起草在中国科协第 12 届福州年会上的讲话稿。

多部著作问世，"给部长写讲话稿"，曹东义写作的名气因此越来越大，身不由己地承担了更多的"写志编史"的任务。

2010 年末，河北省中医药管理局组织编写"燕赵中医药丛书"，主编是杨新建厅长，曹东义作为执行主编，先后编辑出版了《河北中医五千年》《中医养生保健手册》《河北中医名师图录》《河北省中医名家经验集》《河北省中医高徒经验选》，这是系统介绍河北省中医药历史底蕴、现实成就的一套丛书，在中医界影响比较突出。优秀中华文化哺育了特色中医，要让更多的人了解中医、信任中医，就要先让广大民众了解中医文化，为此，曹东义撰写了大量科普文章，编辑了多种期刊。曹东义还担任了《中医药与亚健康》杂志的主编、《国医年鉴》副主编，可以说是一位名副其实的中医史官了。

第十四章
不负黎庶不负师

2015 年冬,师父朱良春以 98 岁高寿谢世,一代国医远去了。次年为师父邓铁涛老人庆过百岁寿诞后,曹东义心中特别牵挂邓老,每有去广州的机会就要去拜望师父,平时常向邓老身边的师兄弟打听邓老的健康状况,祈祷这位百岁国老安康。

2018 年 12 月 8 日,传来邓老因肺感染入院抢救的消息,曹东义心急如焚。不能守在邓老身边,便时时向守护邓老的师兄打听,关注邓老的抢救过程。师兄说,第一次抢救很成功,整个过程邓老意识清晰,表现得很坚强。家人跟他说要用力排痰,邓老就像个听话的老小孩一样非常用力地咳嗽。后来的几天里力气越来越微弱,但意识很清楚,医生向他说希望明天会好转,他依然点头致谢。

一个月以后,2019 年 1 月 7 日,邓老再次出现严重次感染,肺功能、排痰功能已衰竭,此时再上呼吸机等抢救设备只是徒增老人的痛苦。1 月 9 日下午,经多科会诊后,医院听取了家属的意见,也是邓老本人的意愿——顺其自然,放弃无意义的抢救。

师兄哽咽着说,邓老在弥留之际,听到亲人询问他的遗愿时,他声音微弱却清晰地说道:"一定要传承好、发扬好中医!"

1月10日凌晨，邓老停止了呼吸。104岁的邓老可能是太累了吧，就那么静静地合上了眼睛。

"一定要传承好、发扬好中医！"这句话成了邓老最后的遗言。

当时，曹东义在去往北京的高铁上，接到电话后心中怦然一震，热泪立刻涌了出来。曹东义把目光转向窗外飞驰的田野，心中默默向邓老作别。没有太多的伤悲，没有遗憾，这位百岁国老把生命的长度和高度都发挥到极致，培养了成千上万的铁杆中医，是该歇息了。

10号下午，曹东义在北京开完审稿会议即刻赶往广州。

邓老灵堂设在广州中医药大学会议厅，曹东义与很多外地赶来的师兄弟一起向邓老告别，灵堂上悬挂着邓老为自己写的挽联："生是中医的人；死是中医的魂"。看到那两行铁钩银画铿锵有力的字迹，邓老为中医振臂呐喊的音容如在眼前。邓老不仅是个中医教育家、临床大家，更是一位中医理论家、思想家、战略家。在很多中医人心中，邓老是中医人的主心骨。有的老中医说，邓老在中医在，今天，邓老去了，他在大家心中，中医也在大家心中。邓老一生期盼中医腾飞的时刻，相信这时刻一定会随着中医人的努力而到来！

翌日，曹东义从广州直接飞沈阳参加一个中医学术会议。离开前，邓老的亲属与传人带领曹东义参观了邓老长孙邓任斯办的国医堂以及设施现代化的线上教学办公室，进行了短暂的座谈，介绍了颇有特色的"铁杆医讯"发布情况，他们知道邓老与他的爱徒之间最关心的是什么。

飞离广州上空的时候，曹东义从舷窗俯瞰着羊城，城郭渐远渐小如沙盘，师父的音容越来越清晰，一种使命感油然而生：放心吧邓老，弟子会像您一样，把毕生献给中医！

师父走了，朱老、邓老，两位世纪老人可以说是享尽天年，但人的一生还是显得这么短暂，未竟的事业落在了曹东义和年轻一代医者身上。曹东义感到了时间的宝贵，感到了肩头的分量。

在曹东义习医、行医的漫漫长路上，还有一个极其重要的导师，他不是什么大师，不是有名的专家，可以说只是个普通的医生，却是对曹东义影响最大的人，这个人就是曹东义的父亲曹存良。

曹存良是个西医大夫，却一直对中医满怀热情，一生都在研习中医。他在临床临证时，习惯以中医的宏观思路辨证，用西医的微观手法治疗，把中西医的长处完美结合，临床一生，练就了精湛的医术，积累了丰富的经验，在学术上虽没有什么大的建树，但在衡水医院多年，为一方百姓祛病除症，是家乡百姓口口相传的良医。

在这一对父子间，中西医结合达到完美的体现，而父亲曹存良忠诚医疗事业的一生则像灯塔一样给曹东义的人生之路指明了方向。

东义自小就对父亲十分崇拜，父亲是新中国成立初期十分稀有的医科大学生。东义自童年时就听父老乡亲对父亲的夸赞，说他是村里最有学问的人，是医术高明的大夫，在家乡流传着很多父亲妙手回春的传说。当东义循着父亲的人生轨迹迈入父亲当年求学的河北医学院后，和父亲在一起的日子就越来越少了，毕业后很快又去北京读研，求学的光景近乎 10 年，工作安定在石家庄后，与在衡水的父亲相处时间也不多。

1996 年，父亲办理退休时，单位上有意聘用这位正高级专家、高级职称评审委员承担医学教育方面的工作，为医院培养人才发挥余热。曹东义知道父亲闲不住，觉得留在单位做点二线工作挺好的。但父亲说想去行诊，自快到退休年龄以后，家乡来的病人见面总是说："曹大夫你退休了我们找谁看病呀！"父亲说："看你说的，医院这么多大夫，哪能没处看病呢？"但这话把父亲的心思说活了，是啊，还有好几个老年慢性病人是要常年慢慢治疗的，有的要定期注射西医针剂，配合针灸艾灸和汤药治疗，中药方都是要随症候加减的，自己这一退，有些人的病找别的医生看还真是不方便。再者，一辈子行医惯了，突然放下听诊器怕也难以适应，便在衡水城里开了个私人诊所。

这个时期曹东义也正忙着办诊所。从读研回来分配到石家庄中医研究所之后，与父亲相处的时间并不是很多，逢年过节在一起待几天，平时父亲偶尔来石家庄开会办事什么的，与东义见个面，一块儿吃顿饭，谈谈行医中的趣事或是困惑，多是一对医生父子间的交流，多数见面总是匆匆而来匆匆而去。直到父亲临退休时，曹东义才猛然发觉，父亲老了，自己从成年后便忙于求学、忙于工作，对父亲的关心太少了。心里琢磨着等父亲退休后接到石家庄来，住在同一个小区里，好好陪陪父亲，看着父亲快乐地度过晚年生活。可是，直到父亲退休这一天曹东义才知道，他哪里闲得住呢？也许，开诊所继续行医才是他晚年最大的乐事。

一对医生父子便各自忙着行医问诊，一个西医一个中医，一个在衡水一个在石家庄，不是经常见面，但经常沟通交流诊断治疗中的体会。

2002 年夏，曹东义去衡水看望父亲，看到父亲的生活状况，心里不由暗暗吃惊。走到诊所门前，只见诊所门大开着，门里门外堆放着药箱、化纤袋，完全是搬家迁移中凌乱的样子。十步之外的楼房门洞处支了个锅灶，一个人背向着曹东义站在灶前端着碗正吃饭。东义心里一惊——那是父亲的背影，因忙碌、颠沛而显得疲劳瘦削的背影。

父亲一转身，看到东义心疼、着急的眼神，平平淡淡地说道："没啥，着什么急？最近诊所要搬家，但那边还没完全弄好，有的病人还要往这里来，过几天搬过去就好了。"

原来，因城市建设发展，这一片面临拆迁，父亲的诊所要搬到另一个小区。这几天要收拾整理物品张罗搬迁，要接诊一些病人，忙乱起来顾不上回家，就在邻居家的门洞里临时支个锅灶，中午自己做顿饭。下午忙到晚间 9 点多才关门，骑自行车跑半个多小时才回到家里。

父亲已经 67 岁了，行医一生，到老了日子还过得这般辛苦！看着这一幕，曹东义眼泪唰地流了下来。没有劝说父亲，也没有和父亲商量，心里拿定主意要为父亲做点事情。

骑上父亲的自行车，曹东义到周边一边打听一边找寻，发现不远处的小区售楼部正在售房，观察、了解一番后当即挑选了一套住宅，楼下一层的车库可以做诊所，楼上住宿，父亲不用再为交房租担忧了。居所和诊所合为一体，有病人来就瞧病，没病人就休息养生，很符合父亲的现状，当即就缴了定金。

晚上，东义到父亲家里说了买房的事。东义知道父亲历来不肯让儿女为他花钱，不说清楚他是不会接受的，便直截了当地说："我不知道你自己有多少存款，这套房子很适合解决你目前的状况，三个方案你选一种：一是你存款够的话自己买；二是你拿一部分，我帮一部分；三是房子我买，你住就行了。"

带父亲看了以后，父亲显然对小区的位置和房子的结构都很满意，只是对一下子花这么一大笔钱有些犹豫。父亲自己有一些存款，但他舍不得花，曾讲过要给孙女外孙们留一点上学用的钱，现在要把钱都拿出来买房子可是不情愿。

父亲犹豫了一阵说道："我年龄大了，把钱都用到买房子上不值得。还是算了吧，你把缴的定金退了。"

东义说："那不行，房子是一定要买的。这样吧，这套房子我来买，你先住，将来我们在老家也有个地方住。"

东义当时的经济状况也不宽裕，但为了让父亲晚年能有个安稳的环境，办好诊所继续行医问诊，仓促间做出了这样的决定。这样才能让父亲的晚年更有意义，健康也会随之向好。东义向妻子讲了经过，贤惠的妻子毫不犹豫地表示支持。

父亲搬到新房以后，很是高兴了一阵，精神也特别好，同事、朋友问起来，他总是自豪地说这是儿子给买的房。但是，他把一层的车库做成了药材库房，而没有把诊所迁过来。诊所的老房还租着，原因是：如果搬了诊所，很多熟人就找不着了，不能挪地方。

父亲在这里一直住到 2019 年，住了 16 年。这期间，弟弟曹东旺照顾父亲多一些。东旺比东义小 10 岁，从衡水师范专科毕业后成为中学教师，育有一女，考上了中医大学。东旺家离父亲家不远，经常去家里和诊所照顾父亲。东旺说，有一次和父亲聊天时，他自豪地说："好呀，咱家也是四世同堂了！更让我高兴的是我的三个孙女和外孙女都上了医科大学。"看着父亲高兴，东旺心里却并不轻松，自己虽未从医，却深知医生的不易，想成为父亲这样的良医更不容易。从小就记得，父亲不吸烟，不贪酒，不会打牌，下班后不是在办公室看医书、写文章，就是被叫出去给人看病。也许，一个医生的一生就是这样的吧。

父亲的诊所很受周边群众欢迎，一开始是一层平房，后来发展为三层楼的临街门面房，尽管二楼、三楼经常空着，靠微薄的门诊收费租这套大房子显然吃力，但是，老人家心里是愉快的。

早期，诊所还聘用一两个助手或护士，后来就他一个人支撑着诊所，坚持了很多年。东义和父亲分住两地，平时对父亲生活上的照顾不多，但对这个小小的诊所一直看得很重，因为这里有父亲的事业和追求，是一个医生晚年成就感的来源，也是父亲人生力量的源泉。

作为一个中西兼修的医生，父亲善于维护健康，加之洁身自好、生活有规律，体质状态良好，体检时各项指标基本正常。曹东义心里一直期望父亲像师父邓铁涛、朱良春那样，成为世纪老人。

但美好的愿望总是难以实现。2019 年 7 月，父亲查出食道鳞癌，经过一番医治和理疗，病情暂趋稳定。但紧接着因发现一块小小的干血痂，父亲为寻找其来源，反复检查反复医疗，使疾病愈演愈烈，生命画上了休止符。

人吃五谷生百病，医生也同样不能幸免。当疾病突然来临时，正确适当的医疗是必要的，但能否正确看待疾病，心理是否强大，就显得更加重要。

师父邓铁涛国医活到 104 岁，享尽天年，但很多人不知道他也曾患有严重的疾病。88 岁"米寿"这年，在邓铁涛学术思想国际研讨会上，邓老对着 200 多位来宾说，自己 1959 年在中山医大就确诊为冠心病，但没做造影检查，也没安放支架，近年高血压病也常犯，有时达到 200 也不吃降压药，因为吃药感觉难受。平时完全依靠刮痧、按摩、泡脚、做气功缓解症状。

父亲被一场并不十分险恶的疾病夺去生命，与他执信西医理念有关，与过多过细的检查有关。东义这个中医主任医师与父亲这个西医主任医师，在对待宏观医疗和微观医疗的理念上有默契的时候，也有不一致的时候。父亲病逝后，东义一直想与父亲进行一次跨越时空、跨越阴阳两界的对话，作为医者，东义心里放不下这件事，期望一个接近正确的答案。

父亲热心中医，说中医主要靠临床经验，积累病例和经验很重要，让东义多注意收集病例、药方、偏方治大病。父亲自己开诊所的 23 年里，经常用中药与西药组合起来给患者服用，也用不同的中药注射液。父亲敢于试验研究，敢于创新。他常把自己独有的方法用于临床，中医和西医手法都用。父亲对一些民间验方特别重视，一听到这方面的信息就要去查看、收集，验证后临床使用。衡水人都知道父亲有一项绝活——把猪胆里加上几味中药，挂起来阴干，然后研磨成极细的粉末，用一个小小的骨勺轻轻吹到患者的耳朵里，治疗慢性中耳炎效果出奇地好，病人们相传曹医生这一手绝活治好了很多人，说曹医生看病用药花钱不多效果还好。

东义知道，这项绝活是父亲在民间搜集来的，类似的偏方、绝活，父亲有好多。每掌握一门中医临证技巧，父亲总要及时讲给东义，一同从医理和技术上探讨一番，几经试验后用于临床。父亲这种心忧天下疾患、学而不止的精神对东义影响很大，东义心里深为敬佩。可是，在对待自身疾病问题上，父亲却坚持按西医的思维方式反复检查，也给自己增加了心理负担，导致病情越来越复杂，直到最后。

2019 年 7 月 4 日早晨，父亲是在偶然情况下发现床单上有一块干透的血痂，心里暗暗吃惊。心想必须弄清这块干血痂的来由，便不顾酷暑高温，先后到北京中日友好医院、石家庄市省三院检查了肛肠、食管、肠胃、心肺等，没有找到出血的原因。

这块不明来路的血痂，成了导火索，要了他的命，而且与他真正的死因毫无关系。可是老人家不这样想，他不甘心，再次预约中日友好医院，又一次到消化科做内镜检查。中日友好医院申请胃镜的"临床诊断"是"胃炎、反流性食管炎"。8 月 23 日的检查结果是"胃窦轻—中度慢性炎、黏膜肌轻度增生，淋巴滤泡形成，局灶肠化"，其申请病理的临床诊断是"食管隆起性病变、性质待定"，镜下见到的是"灰白组织两块，直径 0.2 厘米，质中，全"，病理诊断为"距门齿 24 厘米~26 厘米处，鳞状细胞重度增生伴癌变，取材浅表，建议做免疫组化进一步分析。"报告的结果没有幽门螺旋杆菌。

经过协商，大家都认为父亲年事已高，做手术比较痛苦，而且手术也有风险，并且有可能出现吻合口瘘、狭窄等情况，因此决定放弃手术、放疗、化疗，辅以中医药方法治疗。

曹东义知道正定有一家康复理疗院，使用火灸、小方调理治疗，很有特色。这个项目被国家中医药管理局国际交流中心认定为中医药的"高新适宜技术"，很多人从外地来到这里接受调理治疗，而且曹东义对该院郭院长比较了解，郭院长是一位心怀大爱的民间中医工作者，深受病人信赖。曹东义向父亲推荐，父亲来院感受并比较了几家医院后，同意到康复理疗院接受中医药康复调理，从 2019 年 9 月 4 日到 11 月 14 日，在这里调理治疗了 70 天。

刚开始，曹东义请郭院长帮忙看看在周围能否租到住房，以便父亲长期调理治疗，但房东们一听说是租给 80 多岁的病人，都不肯租。细心的郭院长就动员别的病人腾出一间有卫生间的单间，给东义父亲和继母住。父亲和继母在这里有了一个宽敞安静的生活环境，父亲生活有人照顾，心情愉快地接受康复治疗。东义对郭院长深怀感激。

把父亲送到康复理疗院时，曹东义看郭院长准备得很细致，父亲看了环境也很满意，一再向郭院长致谢。郭院长说："安心在这里住下，我们虽不敢保证最后怎么样，医生没有许愿的，但只要积极配合中医调理治疗，排除病邪恢复体力，就一定有利于康复。"

郭院长是中医康复调理方面的专家，有很多身患沉疴顽疾或疑难杂症的病人在这里康复。这里不仅是一座疗养院，还是一个颇有特色的培训学校，多年来办过 100 多期培训班，教会人们使用中草药技法调理疾病，很多学员就是本院的病人，在这里学习火灸、按摩，有的人不仅治好了自己的病，还成了可以帮助别人的土医生，还有人病好以后留下来成为院里的义工。这种家庭式的康复模式很有特色，非常适宜老年病患者长期调理治疗。

康复理疗院的火灸、按摩等传统技法，再加上东义开的中药方子，逐渐发挥了作用，父亲的身体状况和精神一天天向好。郭院长对曹东义说："您放心，我一定会像对待自家的老人一样照顾好他。"郭院长是一个优秀的医务工作者，对院里康复的老人关怀备至，对东义父亲也是细致入微，休班时常常拉上他爱人陪着东义父亲和继母两个老人一起散步聊天，安慰他们、鼓励他们。

父亲在康复理疗院居住的这 70 天，是他人生中一段难得的悠闲、舒适的日子，每天上午和下午接受各种中医调理治疗，一早一晚在公园里散步或者在康复理疗院听学员培训课，或者听康复患者分享经历。东义有的时候去探望，往往看到老人家在教室里入神地听课、做笔记，那个认真劲儿，就像一个小学生。

国庆节节日期间，父亲的儿女、孙辈们从北京、石家庄、衡水赶到正定看望老人，一家老小 20 多人坐了两大桌，父亲情怀大开，喜滋滋地打量着亲人。郭院长特地向大家介绍了父亲康复理疗后的变化，多年的下肢瘀肿大为缓解，面孔瘀斑减少，头发开始变黑，体质有所增强，精气神都很好，说明这里的康复治疗很有效果。进食虽然不是很顺畅，但是只要小心一点，基本可以吃他想吃的各种食物。只是，有的时候有干咳，大便比较干，东义对中药方做了针对性的调整。

天有不测风云，体质调理颇有成效，精神层面的打击却不期而至，宿命按下了下行键。国庆过后不久，父亲的病情突然加重了。

住院期间，父亲的诊所虽一直关门，但还没有注销，父亲大概还想着病愈后继续行医。但眼下，是关闭还是转让，成了一个必须面对的问题，而且续缴房租的日期逐渐逼近，父亲既舍不得关又不知如何是好，心情郁结，病情因此而悄悄地加剧了。

父亲病情加重后转到省三院，安排在普外科住院。那天，曹东义送父亲入院时，牵着父亲的手从车里下来，慢慢往放射科走。父亲有气无力却是面带笑容地说道："咱爷儿俩从来没有这样手牵着手走过呢。"他一定是想起了过去吧。东义也是百感交集，是啊，东义出生的时候，父亲在石家庄上大学一年级，等到他大学毕业，东义已经 5 岁了。之后的许多年好快呀，东义成年后到石家庄上大学，然后成家，又去北京读研，在石家庄研究所工作，下海办诊所，时光就这么流逝而去，如今东义都已是年过花甲的人了，回想一下，和父亲在一起的日子真是不多。如今，是该好好地陪陪父亲啦。

就这样，出入各医院检查治疗，病情时好时坏，父亲在焦灼不安中熬过了半年多时间。2020 年 7 月，父亲又一次提出要去北京复查，还是对那一小块来路不明的血痂耿耿于怀。东义一再劝说父亲不要四处奔波搞什么复查，想得来，一个 80 多岁的老人，用那些复杂的仪器检查哪能没有问题？检查过程要受很多痛苦，而复查的结果带来的只会是更严重的打击。

但是，父亲过于相信西医的检查设备和数据，对东义为他开的中药处方颇为质疑。东义告诉他："这是一个扶正祛邪的方子，适合你当前的病况。"

父亲就说："扶正祛邪，应该先祛邪，不能放着肿瘤不管，总是扶正。"

父亲还说要把东义开的中药处方带到北京，说："我看看是什么药，也学习一下，或者到北京再问问其他专家。"

东义说："北京的专家、全国的专家，我都很熟悉，他们未必了解你的情况，我开的方子对你应该是最合适的处方。"

父亲却固执地说："兼听则明，听听别人的意见没坏处。"

东义还能说啥？只好陪着父亲到了北京。北京大学肿瘤专家号不容易挂，东义托医界朋友帮忙才挂上号。

权威肿瘤专家告诉父亲，癌细胞进一步发展，肿瘤增大了，由 3 厘米变成了 5 厘米，淋巴结有转移的迹象，快速发展的迹象已经显露，根据眼下的体质状况，最好是选择化疗，杀杀癌细胞，抑制一下癌细胞发展的速度，争取延长一些岁月。

这样的西医诊断结果，完全是曹东义预料之中的，对父亲而言却是大出意外。

接着，做了胸腔引流，排出一些胸腔积液，父亲呼吸渐趋平稳。当晚睡眠很深，一直在身边陪护的弟弟怕父亲长睡不醒，十分担忧，因为父亲在睡梦中说胡话。次日，父亲屡屡做出"寻衣摸床、搓空理线"的动作，出现神气散乱状态。在这两天内，下楼做了5次检查，每次下楼上楼，都是抱着氧气袋，家人用轮椅推着。

第三天，在禁食禁水一天多之后，做了胃管置管，东义中午赶到手术室，躺在手术床上的父亲迷迷糊糊地说："我有5顿饭没吃了！"还断断续续给护士和医生说，做内镜检查的人操作很生硬，咽喉都弄破了，还没打麻药，感觉十分痛苦。

东义那几天连续有几场会议，实在无法脱身，不能陪护在父亲身边，只能不时地听弟弟讲父亲的病况。几天后的凌晨4点多，弟弟发微信说："刚才医生检查说父亲左右肺都有痰，这可不行！立即转院吧，或者叫120急救。"看到这个信息，东义心急如焚。他理解弟弟的心情，但父亲病情危急，东义当即回复说："急救也不一定能解决问题，机器吸痰也很不舒服。如果老人家希望紧急转院，一是与医院住院的医生联系好，估计需要让老人家签字，家属也需要签字。二是路上也有风险，再者转院也不一定能解决问题。这些事情都需要想到。也就是说，这些决定带来的结果都是不确定的，只能说是尽力争取，是一个积极努力的方式而已，大家都要有最坏结果的思想准备。一旦决定了，尽早电话告诉我，然后安排急救车接人。"

当天下午，父亲从北京转往石家庄中医院，一路上老人家吸着氧气，做着心跳、呼吸、血压、血氧饱和度的监控，吐了几次痰，裹着两层被子。晚上6点多，顺利到达省中医院，主治医师带着护士下楼来接，直接送到肿瘤二科进行救治。

这是一个不眠之夜，东义和弟弟守在父亲身边，家里其他亲人在走廊里等候消息，期盼还能有奇迹出现。父亲的意识时而清醒时而模糊，弟弟东旺用手指裹上湿巾，帮父亲从嘴里擦痰。凌晨时分，各项指标还接近正常，戴着面罩吸氧的父亲还可以用眼神与东义和东旺交流。东义心里清楚，父亲到了最后时刻。

清晨换班时值班大夫对东旺说："主治医师说要把衣服拿到医院来，防备到时来不及穿衣服。"

中午12点，弟弟打电话来："父亲不能表达了，下颚僵硬。"

这个时候，曹东义正在家里煎药，为父亲配了急救回阳的汤药，希望能再挽留父亲一阵子，看来，父亲喝不上了。东义急速赶到病房守在父亲身边。下午3点半，父亲停止了呼吸。曹东义紧紧握着父亲的手，眼看着缓慢的、不规则的心电显示渐渐消失，父亲和东义对视的目光也渐渐暗淡，看得出来，父亲对这个世界是十分留恋的。

师父离去了，父亲离去了，这一年还有几位年长的国医大师谢世，他们把一生献给了中华医学和人民健康事业。先辈已去，后来者要跟上，曹东义感到了肩上担子的重量。40多年来，曹东义从父亲和师父那里学到的不仅是医术医德，还追随他们走上了传承光大中华医学的道路，选择了与他们同样的责任、义务，选择了同样的人格取向。一个医生用毕生心血领悟医术医道，唯有锲而不舍孜孜以求，精通医理方可手到病除、扶危济困，同时还要有一种心怀天下的抱负。大医医国，这需要终生努力。

此生做一个铁杆中医，做一个岐黄使者，上承先师，下传后人，把华夏中医的火炬一代代传下去。这个宏大理想，从曹东义当年背着药箱在仲景村田间地头奔波的时候就已经在心中萌芽。考入河北中医学院、迈进中医的"黄埔军校"，这个理想更坚定了，拜师邓铁涛、朱良春后，这个理想更加明晰。铁杆中医"英雄情怀"，给了曹东义无穷的力量。如何担当起这个使者的使命？曹东义给自己确立了坐标。

做一个医术精湛的良医，40多年来精研医术，临床、临证数万，师承章朱学派，得师父朱良春大医真传，治疗疑难杂症手法独特，有很多成功案例，尤其在治疗伤寒和呼吸道疾病、风湿病方面积累了丰富的经验，成为一方百姓信得过的医生。

"中医卫士"，是医界同道的赞誉，也是曹东义杏林生涯的写照。每当中医受到诋毁、受到恶攻的时候，每当中医面临信任危机的时候，曹东义总是奋不顾身地冲上去，不管对方是势力强大的利益集团还是某些有着显赫身份的特殊人物，与之面对面论战，或是以笔为枪撰文辩论，捍卫中医。

做一个中医薪火传承者，从老一辈中医手中接过火炬，让薪火熊熊燃烧，再传给徒弟。曹东义收徒带徒80多人，个个有作为，有的成为一方良医，有的成为国家医学研究人员，有的著书立说，办起了国医博物院，成为传承弘扬中医药文化的中坚力量。

做一个当代中医"史官"，著书立说，讲述中医辉煌历史，传授医理药理，记录当代医事，在国家核心期刊及省市行业报刊上发表中医理论学术文章百余篇，创作出版中医学术研究专著和科普宣传读物18部，让更多的人认识中医、了解中医，让中医载入史册，进入人民心中。

做一个中医教学者、传播者，走上讲台，走进论坛，举办各种形式的讲座，针对各种层面的受众讲中医，宣讲医术医道、中医文化，为圈内圈外的人们讲中医的前世今生，让更多的人了解中医、信任中医。主办"燕赵中医"网公益大讲堂已经五年，五年来主讲了《伤寒论》《金匮要略》《黄帝内经》等经典课程，每一门课都是近百讲，听众数十万人次。主办"世界中医药学会联合会一技之长专委会"的"空中课堂""每日一讲"已坚持四年多，达千讲以上。

曹东义的听众多为各地诊所的医生和在校本科生、研究生等，除讲授经典，也讲中医内外妇儿、针灸、中药、诊断、中医基础等，既能满足基层医者，也能满足中医爱好者，笔者就是在这个讲堂聆听曹东义主讲的《黄帝内经》，受益匪浅。

曹东义的徒弟们也都成为讲课高手，他们担任了不同课程的讲师，分成 7 个小组，每组一天，由曹东义向大家布置讲座内容，讲座完毕后进行点评总结得失。听众队伍分为 17 个群，每次讲座受众都有近千人，这种形式深受听众喜爱。

"中医卫士""治病良医""写书快手""讲课专家""带徒高人"……医界同道们给曹东义送了很多雅号。

若非生命之火熊熊燃烧，人的一生能做这么多事情吗？

从 17 岁背上药箱开始，迈过田间地头，从仲景村一路走来，求学、行医、拜师、带徒，46 年习医行医初心不改，穿越峡谷沟壑，踏平坎坷，终于抵达岐黄王国。他是岐黄的使者，是铁杆中医，守卫中医、发展中医，是他的使命。使者曹东义传递给我们的是华夏民族的智慧，是打开先祖留下的宝库的钥匙。使者曹东义让我们看到，中华医药学凝聚着深邃的哲学智慧和中华民族几千年的健康养生理念及其实践经验，是中国古代科学的瑰宝。我们应该好好地珍惜、保护这块瑰宝，传承光大，为中华民族以及全人类带来福祉。

鉴于曹东义对中医药传承发展的重大贡献，国家中医药管理局授予其"文化建设先进个人"，他同时被中华中医药学会评为中医药科普"金话筒奖"、河北省首批中医药科普巡讲专家。

2011 年，曹东义担任了《中医药与亚健康》双月刊主编，在钓鱼台国宾馆召开的亚健康会议上举行了创刊揭幕仪式，曹东义与时任国家中医药管理局副局长的马建中一起揭牌。该刊设有"健康大视野""高端访谈""养生故事""名企名医""老中医信箱"等栏目，图文并茂，在中医界影响颇大。

2012 年 7 月 17 日上午，河北省中医药传承拜师大会在石家庄亚太大酒店国际会议厅隆重举行，这是河北省中医界的一次盛会，中医人士老少咸集。卫生部副部长、国家中医药管理局局长王国强，省人大常委会副主任黄荣，副省长孙士彬、杨汭，政协副主席王玉梅等领导人出席大会，向德高望重、医术精湛的国医大师路志正、颜正华、陆广莘以及中国工程院院士吴以岭等名老中医颁发"河北省中医药传承特聘导师"聘书，同时宣布，曹东义当选为河北省第四批中医师带徒指导老师，徒弟张培红、王红霞等上台给师父曹东义敬茶、献花，这是河北省历史上最大规模的拜师仪式，是中医传承的一次接力誓师大会。

2019 年 9 月 6 日，章朱学派学术传承会议在上海召开，曹东义从朱建华师姐、朱建平师姐手中接过"章朱学派河北省中医药科学院工作站"的牌匾，闪亮的铜匾光可鉴人，曹东义似乎看到师父朱良春笑眯眯地望着他。"师父，放心吧，弟子会竭力传承光大章朱学派的医学思想，让先辈的医术医道在未来闪耀出更加夺目的光芒……"

采访交谈过程中，笔者对曹东义在行医问诊、学术研究、授课带徒之余还能写作这么多专著、发表这么多学术理论文章很吃惊，一个人的精力总是有限的，一年 365 天分割应对各种事常常显得不够用，而曹东义有多少事情要做？除本职工作外，还担任了河北中医学院扁鹊文化研究院院长、世界中医药学会联合会一技之长专业委员会会长、亚健康分会副会长、中华传统中医学会会长、中国药文化研究会药食同源产业分会会长、中国哲学史学会中医哲学分会常务理事、河北省中医药文化交流协会副会长、中医学会常务理事、张仲景学术思想研究会主任委员、浊毒理论分会副主任委员、中西医结合学会呼吸专业常务委员等。身兼多个会长、副会长职务，兼任《中医年鉴》副主编，有多少资料要看、多少报告要写、多少会议要参加？还有各种讲座的筹办、主讲，各种论坛、峰会，这一大堆事务，曹东义能忙得过来吗？

说到身兼多职，曹东义笑道："所谓会长、副会长，不如说是服务员、联络员，就是为大家服务的。有时候，事情做到那一步了不由你。比如，我研究扁鹊 20 年，引来那么多同道一同掀起扁鹊热，为此，河北省成立了扁鹊文化研究院，这个院长我不当行吗？再比如《国医年鉴》，既是国医的青史，又是一种集文学性、艺术性、实用性和史料性于一体的大型工具书。其编纂工作既需要学问和勇气，又需要智慧和热情，对于发掘岐黄文化、促进文化传播、发掘中医药学术精品，展现中医名人风采都有极强的作用，我一个有心想做中医史官的普通学者，有幸加入这个国家平台，和专家们一同做这么重要的事情，怎能不'老牛亦解韶光贵'呢？还有亚健康学会，可以说这是中医界一项全新的工作，对于弘扬中医药学原创思维与原创优势具有重要的现实意义，对我国全民大健康事业非常重要。亚健康这个概念似乎很新潮、前卫、国际化，其实就契合了传统中医所说的'治未病'的观念，这个观念早在《内经》时代就已经确立了。我们说传统中医深厚博大、生命力强，就是在这些重大理念上体现的，而学习、研究并宣扬中医精髓，正是我一生痴迷的事业。还有中国药文化研究会药食同源产业分会、世界中医药学会联合会一技之长专业委员会，等等，大家推选了我，我就得担起这个责任，协调各个分会动起来，研究课题，学术交流，把科研成果应用于临床，只有中医药各个门类、各个领域都在行动、都在发展，中医药事业才能风生水起，中医药事业才能形成蓬勃发展的大好局面……"

望着侃侃而谈、兴奋不已的曹教授，我打趣道："有句话说中医是 60 成才，这是说学医的不易。照这么说的话，您 60 出头是刚刚成才吗?"

对我这个带有玩笑成分的问题,曹东义略微沉思了一下,先是笑着回答道:"按人们常规的说法,63岁的我算是成才了吧。"接着又神情严肃地说:"这句话是有道理的,医生这个职业,不下半辈子工夫穷读医经,没有大量的临床实践,是练不出'神仙手眼'的。所以,那些大医、良医往往到了七八十岁之后才进入最佳时期,我师父朱良春90多岁时还在带徒,还在给人治病,还在写学术文章,师父邓铁涛百岁时还到院校和国际论坛讲学,到他们那个境界才是真正的大医、良医。"

是啊,上天历来是十分吝啬的,从不会将"成功"轻易地赐予人。只有那些勤奋好学、善于思考、持之以恒,同时勇于实践、苦苦探索的人,才有成功的可能。学医的道路更为艰辛,要甘于清贫,慈悲为怀,不断钻研,才有可能成为"名医"。正如朱良春所说,一个人的成功过程,实际上就是终生"立志"与"修身"的过程。

采访过程中,笔者一直在想一个问题:时间,对每个人都是公平的,而曹东义是怎样在同样的时间里做了更多的事、取得更多的成就的?

当笔者怀着由衷的敬意问到这个问题时,曹东义说:"其实我并不是人们说的什么'写书快手''中医写家',您也看到了,我的文笔也不是特别好,与你们作家的水平不能比。上大学时也曾有过作家梦,后来发现自己有这种情怀但并没有这方面的天赋,工作以后一忙就更不想这个了。后来一本又一本地写中医科普书籍,是被逼的。中医是祖先留给我们的宝贵财富,为炎黄子孙贡献那么大,却总有人诋毁它诬蔑它,甚至几次三番地要取消它,而当今社会有很多人并不了解它,这就需要我们这些中医人捍卫中医、宣传中医,向大众讲清楚中医的实质、原理和意义,揭穿那些诋毁中医者的险恶用心!这就是邓铁涛、朱良春等国医大师那么重视传承并呼吁要培养铁杆中医的原因。"

胸有担当，志在岐黄，砥砺、勤奋、拼搏，每天的睡眠时间只有四五个小时，日复一日，年复一年，答案就在这里……

从春到夏，随着电脑上文字排列出宏伟的方阵，随着书稿接近尾声，我追随岐黄使者的旅程也将到达预期的站点。这是一个新的驿站，这是一片新的高地，这是一次难忘的心灵旅程。使者曹东义，引领我领略了中医王国大美风景，听到了中医人发自肺腑的心声，看到了他们一路走来的艰辛，并与他们一起展望中医药伟大复兴的灿烂明天。

我知道，对于曹东义而言，时间极其宝贵，我尽量少打扰他，白天读他的专著或是看他给弟子们布置的课程，夜间听他的讲座，默默地，像个普通听众一样，没有人知道他的听众里多了一个不懂医学的写作者。当我把书稿发给曹东义心中暗道再见时，不由想起元代诗人揭傒斯的《送人赴广州医官》诗中的两句："志士长医国，良医亦念民。"

作为一个爱上中医的写作者，我在岐黄王国里的漫游已经持续8年了。记得初始自学中医的时候，我常常被《黄帝内经》的深厚博大和文化魅力，以及文字间流淌的诗性美强烈震撼、强烈吸引——先祖的文字为什么这么优美呢？这是一部讲生理、病理、诊断、医疗的书籍，但读的时候却感觉到每一节篇章、每一页文字都像诗像词又像赋，像优美的抒情诗，言约义丰，字字珠玑，美不胜收。继而读懂一些中医的医理药理和内含的哲学、道学理念之后，更是惊喜不已！天哪！这是怎样一座价值无垠的宝库？

《黄帝内经》以取类比象的思维为逻辑起点，出入于儒道文化，以阴阳平衡、五行生克的原理为思辨依据，梳理归纳医术医道，其间还包含了丰厚的哲学、天文、心理学等多方面学科的知识。从世间万物到四季更迭，从天地运行到人类生命规律尽在其中。这是人类史上第一个完整的医学体系，其四诊、八纲、六经及阴阳、五行等学说，抽象、神秘、玄妙，每一项学说都堪比哥德巴赫猜想。

几年后，当我从一个岐黄王国的游客成为一位中医药文化传播者时，我常常想，要把中医介绍给每一个我关心的人、我爱的人，介绍给所有人，告诉他们进入宝库的密码，带领他们一同游历这座美丽的王国。

古老的中医似乎离我们很遥远，远到华夏文明的源头，古老而神秘。然而，离我们又是这么近，一直就在我们身边，从来没有离开过我们。先祖们一代代师承、一代代往下传，手手相授、口口相传，穿越几千年时光，直到今天。其实，中医药并不是只有深奥复杂、高不可攀的一面，也有广接地气、简单易学的一面，有时是一种神秘的观念，有时是一种简单的方法或一个小小的偏方，有时只是一句话、一个简单的动作，或是一个温馨的提示，甚至是一箪食一瓢饮，不曾写入教材和医典，甚至很多人质疑不信、嗤之以鼻。但是，不管在村落还是小巷，总会有一代代人薪火相传，承续至今，因为那些简单的方法在危急时刻却能救人于危难。

就是这样，好的中医像水像阳光像窝头，简单而朴素，与我们的生活须臾不离，让每一个需要的人都可以无偿得到。虽然因其朴素和平凡，常常被忽略被遗忘，甚至遭受无端的诋毁，却依然默默地、无偿地维系着我们的生命和健康。

这就是大美中医！先祖留下的宝贵财富胜过任何金银珠宝，这份财富的名字叫"健康"，让我们每个人心头都记住她、拥有她！

传承精华，守正创新，传承光大中医是一项伟大的事业，关系着中华民族的兴衰，人民需要良医，时代需要使者。

在与岐黄使者曹东义同行的途中，我看到了，幽幽药香中还有诗和远方。

后　记

天下谁人不识君

我是一名身在巴渝的中医，率先读到报告文学《岐黄使者》，深感荣幸。这部 20 多万字的长篇报告文学生动记叙了曹东义教授的成长经历，记叙了一个铁杆中医的修炼过程，中医同道读来颇有心心相印之感。从一名乡村赤脚医生考入国医最高学府，沉潜基层临床多年，积累丰富的临证经验，继而成为国医大师的高徒，传承医术医道，著书立说，捍卫中医，终成一代良医——曹东义教授生平历历在目，非常感人。

捧读《岐黄使者》时我想起自古以来一代代良医的故事，他们无不是心怀远大抱负，为中华民族的昌盛而传承国粹，从扁鹊、华佗、张仲景、孙思邈、李东垣、李时珍，到叶天士、吴鞠通、张锡纯，以及当代国医大师邓铁涛、朱良春等，无不是医国医民的志士，他们呕心沥血弘扬传承岐黄薪火，成为中医人的偶像和楷模，曹东义正是沿着他们的足迹一步一步走过来的，我们广大中医人也正在这条路上跋涉。

曹东义教授在河北省石家庄市，我在重庆市荣昌区，相隔千里。

初次相识是 2007 年在中国中医药论坛，那个时候他正为捍卫中医奋战在最前沿，我感到反中医逆流来势凶猛，便以"铁骨铮铮"的网名积极参与相关讨论。后来，论坛管理员把我升级为"总版主"，曹东义教授是专版版主，这个专版以他的姓名为号，颇有"行不更名，坐不改姓"的侠风。他的帖子占整个论坛的六分之一，专家访谈他的帖子和介绍他的文章《中医一支笔》的点击量达到数十万次，我们共同为捍卫中医而战斗，那是一段难忘的岁月。

读了曹东义教授《捍卫中医》及刊发在《中国中医药报》等多家报刊的文章后，我很想结识这位燕赵大地的铁杆中医。当时我写的《传承中医》一书刚刚出版，很想请他写一篇读后感。虽然素昧平生，他却爽快应许，我很快收到《传承中医，事关战略——喜读刘世峰先生＜传承中医＞》一文，曹东义教授充满激情地写道："似乎看到了千里之外的知己，我为结识这样一位道友而高兴，也为有这样一位铁杆中医而自豪。"

2011 年，重庆市中医药学会举办首届国医名师大讲堂，我把曹东义教授推荐给名誉会长马有度和会长周天寒，以曹东义教授在中医学术界的成就和影响得到肯定，于是市中医药学会盛情邀请曹东义教授赴渝做学术报告，报告题目是"试谈中医寒温统一论"，曹东义教授对我说这是邓老铁涛先生希望他做的一件事情。

这一回，素未谋面的老朋友终于实现了第一次握手。

曹东义教授温文儒雅，平易近人，在捍卫中医的大是大非面前却是个性鲜明，胆识过人，不惧权威，寸步不让。继《捍卫中医》出版后，曹教授又针对方舟子"废医验药"的谬论，主编了一部揭露方舟子通过验药达到废医、危害中医药的批评专著《挺起中医脊梁》，由于该书"话题敏感"，出版不太顺利，曹东义教授邀请了全国几十位著名中医专家加盟编委，共同为中医发声，我也忝列其中。后来我联系了中医古籍出版社，得到该社大力支持。为了力挺捍卫中医行动，重庆市中医药学会会长周天寒特意订购 200 册分发给重庆市中医药学会会员学习，鼓舞大家排除干扰，堂堂正正做好中医。

多年来，曹东义教授不遗余力地为中医呼吁呐喊，对同道传承、宣传中医之举竭力相助。但凡我主编或整理的医著，他都乐于推荐或作序。比如我主编的《周定夺医案医话选编》这部著作，他满怀激情写下了《中医有作为，大爱在民间》一文，对周定夺先生大加褒扬。又如《症治论读释义》和王昆文先生的《坐堂医笔记》等著作，曹东义教授都忙中抽暇为之作序。

曹东义教授的古道热肠和捍卫中医的铮铮铁骨，深受中医同人的感佩，朋友遍天下。四川自贡市老中医王昆文先生，在微信上与曹东义教授交流日久，颇为赞赏，特撰写《从仲景村走出来的学者》一文，收入医著《坐堂医笔记》中。还有重庆市中医学会副会长王辉武老中医，得知曹东义教授来渝，立即约见，赠送自己的新著，并挥毫题写《上古天真论》中的名句相赠以励同道。我更是通过与曹东义教授短信或电话交流，获取很多中医专业知识和治学经验。有一段时间我们在山西中医药论坛上频繁探讨中医药学术，交流学术心得，收入《传承中医》第二版中的《与曹东义教授讨论营卫之气理论》一文就是这样得来的。我还通过网络认识了曹东义教授的多位高徒，如姬领会、李源、曹传龙、王红霞、张培红、张俊青、耿保良、吕文华、马建辉等等，经常一起谈天说地论中医，这种交流往往比正规学术会议收获更多。

对曹东义教授由心仪到视为知己，主要源于他在传承弘扬中医药事业上的成就和他的人格魅力。认识曹东义教授的人很多，但真正了解曹东义教授的心路历程却并不容易。感谢愚公先生不辞辛劳著书，为我们讲述了一个扣人心弦的中医故事，写出了一个血肉丰满、个性鲜明的铁杆中医曹东义，也写出了我们中医人的抱负和理想。

愚公先生以记史般严谨客观的笔墨，以激情澎湃的文学描写，描绘了一幅当代中医传承发展的群英图，内容真实，人物形象栩栩如生。作品一旦问世，必将深受中医界同人、中医学子、中医爱好者喜爱并流传。读罢我热血沸腾——"莫愁前路无知己，天下谁人不识君?"我将努力成为像曹东义教授一样的铁杆中医，博极医源，精勤不倦。弘扬传承中医薪火任重道远，愿与诸君共勉!

刘世峰

2021 年秋